- 1 -

De la froidure matinale montaient des volutes de brouillard cotonneux qui venaient s'égratigner sur la crête des sapins crénelés… D'âpres coteaux boisés, mangés ici ou là par de maigres parcelles herbeuses, émergeaient de la chape de blancheur opaque qui engluait le fond de la vallée.

Bien au-dessus, tout là-haut, à la limite de l'horizon, là où les arbres ne poussent plus, s'étendaient les vastes espaces de roches et de bruyères que l'on appelle en ces régions sévères les Hautes Chaumes. La frontière entre les terres auvergnates et les terres foréziennes…

Une lueur pâlotte perça à l'Est la brume diaphane et rendit peu à peu translucides les rares mèches nuageuses étirées par bandes au-delà des sommets arrondis. Les détails du paysage se firent plus précis. La nature, réveillée par la lumière de l'aube, parut plus imposante, plus écrasante, plus hostile aussi…

La journée s'annonçait belle. Malgré les gelées nocturnes, bien naturelles à cette altitude et à cette époque de l'année, le temps n'était pas de saison : l'hiver tardait à s'installer mais personne ne s'en plaignait…

Si le froid s'était cruellement fait sentir à la fin de l'automne, ces lendemains du jour de l'An se distinguaient par leur clémence et leur douceur !

Un promeneur matinal eût pu deviner, au cœur des terres, des prairies et des bois, les quelques hameaux qui s'éparpillaient au hasard des vallons et des collines. Mais nul ne promenait ses chausses en la contrée à l'heure des premiers rayons de cette aurore hivernale... Au loin, un coq chanta. Son cri ne répercuta pas les échos attendus d'un coteau à l'autre. Le lourd brouillard étouffait les sons d'une inertie laiteuse... D'une autre basse-cour s'éleva pourtant une réponse à ce premier appel au réveil, suivie bientôt par les aboiements hystériques d'un chien hargneux. Très vite, l'activité des hommes et des bêtes allait secouer la torpeur du paysage figé... Tout en haut d'un arbre isolé, un oiseau solitaire lança son hymne à la vie, comme une offrande mystique à la joie de ce jour nouveau qui naissait lentement.

Josèpha ouvrit les yeux... Après un long bâillement, elle se redressa un peu plus dans ce lit de montagne où l'on dort presque assis sur un nid d'oreillers gonflés. Sous elle crissa la paillasse de feuilles de frêne dont l'odeur familière, réveillée par les mouvements, monta agréablement jusqu'aux narines de la jeune femme...

D'un œil vide où flottaient encore des lambeaux de rêve, Josèpha contempla un instant le décor qui l'entourait : un cadre simple et sans recherche, le cadre des gens modestes.

L'environnement quotidien de ceux de la terre en ces régions si austères... Le lot coutumier des êtres qui arrachent si difficilement au sol de quoi survivre en ce monde de misère.

Le regard ensommeillé accrocha l'immense cheminée de pierre, dans l'angle de la pièce. Quelques braises noirâtres y grésillaient encore faiblement... Il y avait là cette table massive où les bols étaient creusés à même l'épaisseur du plateau, un placard mural niché au sein de la pierre, quelques coffres, deux bancs et une vieille étagère en sapin.

Pour seuls meubles...

Une cloison de planches disjointes séparait la pièce de la partie du bâtiment réservée aux bêtes, dont l'odeur imprégnait les lieux, mêlée à celle plus douceâtre des cendres du foyer tiède.

Sentant bouger la maîtresse de maison le bétail s'agita, les chèvres se mirent à bêler et les vaches piétinèrent dans les stalles. La clarté diffuse joua avec l'unique petite fenêtre, où une peau tannée et huilée faisait office de carreau et remplaçait depuis longtemps une vitre brisée Dieu sait quand...

Josèpha se jeta un châle sur les épaules, posa les orteils sur les dalles froides et irrégulières. Avec un soupir, elle finit par se lever, avant de traîner les pieds vers la porte noircie par la fumée, porte qu'elle ouvrit d'un geste brusque en serrant les dents pour affronter la morsure vivifiante du froid.

Elle resta un moment immobile sur le seuil, suffoquée par l'air piquant engendré des ténèbres moribondes, puis réprima un long frisson. Enfin, elle respira bien à fond cette bienfaisante impression de vitalité qui émane des petits matins d'hiver...

Le soleil déchira un dernier voile opaque et ses rayons inondèrent le cadre sauvage des forêts et des Hautes Chaumes... Raide dans sa longue chemise de lin rêche, Josèpha s'accorda encore quelques minutes pour contempler le spectacle malgré le vent frisquet qui l'engourdissait peu à peu.

Loin au-dessous d'elle les vallées se noyaient dans la grisaille mais, tout là-haut, les crêtes s'illuminaient déjà de cette lumière crue que filtraient les aiguilles des sapins…

Bien que captivée par la magie de l'instant, Josèpha ne put réprimer la houle de mélancolie qui montait insidieusement du plus profond d'elle : dans ses yeux noirs se refléta, l'espace d'un battement de cils, la nostalgie d'autres paysages que jamais elle n'oublierait… Mais il ne lui fallait pas se laisser gagner par la mélancolie, et il ne convenait guère de prendre froid ! Aussi s'ébroua-t-elle comme un jeune chiot, ses longs cheveux dansant sur ses épaules. Enfin, elle réintégra son logis sur un claquement de porte…

Courbée devant la cheminée, Josèpha secoua les scories et les cendres de l'âtre, réunit quelques brindilles sur les braises agonisantes, et jeta deux ou trois morceaux de bois par-dessus le tout.

Très vite les flammes ressuscitèrent. Leur vue seule suffit à réchauffer la jeune femme. Elle décrocha de la crémaillère le lourd chaudron empli d'eau encore tiède après une nuit passée dans la chaleur du feu. Prestement, elle se défit de sa chemise de nuit pour procéder à une toilette revigorante. Dans un sursaut d'énergie, les flammes grandirent soudain, crépitèrent à l'assaut des bûches sèches. Les lueurs rougeoyantes jouèrent aussitôt avec les pleins et les déliés du corps de la jeune paysanne…

« *Un beau morceau ! Une belle plante !* » comme on se plaisait souvent à le dire... Non pas une de ces beautés fragiles qui hantaient la Cour, mais une solide nature du terroir ! Grande en comparaison des autres femmes du village, Josèpha attirait sur elle le regard des hommes. Non qu'elle fût vraiment belle, mais sa force, sa prestance et le moindre de ses gestes exhalaient un charme étrange...

La clarté du jour balbutiant, rehaussée par celle du foyer, lécha son corps en ombres et contrastes mouvants. Des jambes bien campées, aux cuisses fortes, pleines et fermes, des fesses accueillantes... Mais des hanches presque droites, des épaules charpentées, larges et trop musclées. Non, de dos, Josèpha n'avait rien de très féminin, mais il émanait pourtant d'elle une puissance souple et féline qui adoucissait cette première impression. Une lourde chevelure noire cascadait en volutes et en reflets jusqu'au milieu de ses reins.

De face, son visage plutôt carré, bien en chair, offrait des traits fins et harmonieux. Ses seins massifs mais non opulents, aux tétons durs et fiers, n'avaient nul besoin de soutien et son ventre, large et plat, surmontait une toison sombre et fournie. Oui, un beau corps qu'on eût pu trouver par certains aspects un peu trop masculin, mais qui n'en dégageait pas moins un magnétisme certain ! Un corps qui suscitait attirance et curiosité.

Toutefois, le principal charme de Josèpha se nichait au fond de ses deux yeux francs et ouverts, noirs autant que les cheveux, et qui brillaient d'un éclat farouche... Une étincelle plus tendre tempérait parfois la perpétuelle expression de défi que lançaient, sous le sourcil épais, ses pupilles volontaires… De ce mélange de force et de grâce émanait cet attrait qui avait d'emblée séduit François, lorsque son regard avait pour la première fois croisé celui de Josèpha.

François !

À la seule pensée de l'être aimé, une crampe sourde éclata en son bas-ventre, alluma une fournaise dans ses entrailles… Comme il lui manquait, son homme ! Il n'y avait pourtant guère plus de huit jours qu'il avait pris la route…

Le souffle de Josèpha s'accéléra, une pénible oppression lui serra la poitrine, une boule douloureuse lui obstrua la gorge, des larmes perlèrent à ses yeux. Titubante, elle s'abandonna de nouveau sur son lit. Nue, à plat ventre, échevelée, elle laissa sa peine s'épancher en sanglots silencieux dans le moelleux des édredons défaits…

Que la solitude lui pesait, dans ce Forez si rude où elle se sentait toujours une étrangère ! Chaque jour sans François incrustait une nouvelle cicatrice dans la chair de sa souffrance. Josèpha avait conscience de vivre l'absence de son époux comme un véritable purgatoire… Mais de tels moments d'abattement ne lui duraient jamais longtemps : vite, elle sécha ses larmes d'un revers de main, elle pinça les lèvres et avala une amère salive au goût de purge…

Tristement, elle s'habilla comme à contrecœur, tout entrain évanoui. D'un œil éteint, elle considéra les longs bas de laine sombre, la stricte robe noire, et le châle chaud qui protégeait si bien des dents aiguës de la bise. Ah ! Où était le temps de ses tenues chatoyantes ? De ces couleurs vives qui chantaient la joie chaque jour que Dieu fait dans ces régions qui l'avaient vue naître ? Où était cette douceur de vivre qui coule de chaque geste, là où le soleil règne en maître sur tout être, de sa première à sa dernière heure ?

Josèpha eut un pauvre sourire en se remémorant le cri des cigales dans la garrigue aveuglée de lumière... Elle se consola d'une grimace et songea que, même là-bas, les cigales ne chantaient plus depuis longtemps à cette époque de l'année !

Rêveuse, elle prit tout son temps pour avaler une solide portion de fromage accompagnée de lait. Le pain, cuit de la veille, calma vite la faim qui lui nouait l'estomac depuis le réveil. Elle mâchonna machinalement une dernière bouchée, se surprit de nouveau à penser à François, et une houle de tristesse mêlée d'insondable tendresse voila son regard sombre...

Son mari... Le plus bel homme qu'il lui avait été donné de rencontrer : un robuste gaillard des montagnes comme seuls les Monts du Forez savent en porter ! Grand, fort et bien bâti. Avec ces yeux si pâles qui s'égaraient en des paysages venus de nulle part...

François... Son François ! Un homme calme, tranquille et réfléchi, auprès duquel la jeune femme se sentait en confiance, un homme qui transpirait une force sécurisante chevillée au plus profond de son être... Un homme qui savait aussi être parfois insouciant... en apparence ! Car sa gaieté inébranlable ne l'empêchait pas d'être sûr de lui : un gagnant ! Un gagnant qui mettait toujours toutes les chances de son côté avant de se lancer dans des aventures qui, pour tout autre que lui, se fussent avérées aléatoires...

En un mot, l'homme de sa vie ! Qui l'avait sans aucun doute sauvée, puis protégée avant de lui mettre bague au doigt, un homme qui avait su l'imposer aux yeux de tous comme sa femme, car François l'avait choisie pour épouse malgré l'unanime réprobation des gens du village !

Peu à peu, les oreilles de Josèpha finirent par renaître à la vie. Elle entendit les hommes crier au loin, les vaches meugler, les chiens japper... Insensiblement, les bruits du labeur quotidien envahissaient la nature et se répercutaient d'écho en écho d'un flanc à l'autre des coteaux envahis de bois et de prairies...

Faisant appel à toute son énergie, elle se secoua et se décida enfin à s'occuper des bêtes qui renâclaient. Ce n'était pas une tâche trop passionnante mais, comme bien d'autres, il fallait bien l'assumer ! Et profiter de ce que les gelées préservassent encore un maigre herbage pour mener les vaches au pré, ce qui économiserait d'autant le foin rentré en grange pour l'hiver. Puis il lui faudrait encore donner du grain aux volailles, nourrir les porcs, porter pitance aux lapins, conduire les chèvres jusqu'à l'orée des communaux...

Ah ! Les chèvres... Une engeance autant qu'une aubaine ! Un animal facile à élever qui trouvait seul sa nourriture, ce qui n'allait pas sans quelques heurts avec le voisinage : la voracité des biques faisait des dégâts, n'épargnant ni jeunes pousses ni bourgeons...

Mais chaque bonne maison avait tout de même son troupeau, et ces hordes caprines décimaient les forêts. Néanmoins, ce ruminant si familier était d'un rapport sûr et régulier, ce qui était plus qu'appréciable en ces temps de pénurie où presque tous les hommes valides, tant jeunes que vieux, passaient la majeure partie de l'année à gagner quelques écus aux quatre coins du royaume…

Et puis, une chèvre, ça rentre seule, le soir, pour être traite lorsque les mamelles deviennent douloureuses !

Cet élevage aisé transformait au fil des ans les pâtures en déserts, les plantations en champs de friches… Était-ce la rançon à payer pour cette émigration saisonnière qui, de septembre à juin vidait régulièrement le pays de ses hommes ? Ils ne revenaient au foyer que pour participer en été aux gros travaux trop rudes pour des femmes trop seules : les fenaisons, les moissons, le battage ou les labours…

— Jèfa ! Jèfa !

La voix forte fit sursauter la jeune femme qui se retourna et s'insurgea :

— Antoine ! s'écria-t-elle. Tu m'as fait peur… Et je t'ai déjà dit mille fois de ne pas m'appeler Jèfa ! Je m'appelle : Jo - Sè - Pha ! Et même si ce n'est pas un nom d'ici, c'est bien le mien, et j'y tiens !

Prononcées sur un ton badin, ces réflexions étaient moins amères qu'amusées. Elles relevaient d'un rituel bien établi entre Josèpha et son beau-frère : une plaisanterie presque journalière… Mais Josèpha fronça soudain le sourcil et larmoya :

— Oh ! Non, Antoine… Ne me dis pas que tu vas partir, toi aussi ? Tu m'as l'air accoutré pour la route ?

Sa voix s'était brisée : depuis le départ de François, elle avait pris l'habitude de la visite quotidienne d'Antoine et craignait une solitude plus pesante encore...

— Allons, Josèpha... Je ne pars que pour trois jours, quatre tout au plus ! Tu verras, ce sera vite passé...

La jeune femme bougonna :

— Alors, tu ne m'accompagneras donc même pas à la messe, ce matin ?

Antoine eut un sourire attendri : l'accent chantant de Josèpha lui ravissait l'oreille !

— Non, Jèfa... Pas de messe pour moi aujourd'hui, car mon but ce dimanche c'est la plaine. Pour y vendre mes fromages... et les tiens ! Ils sont à point, tu sais... Et au retour, j'achèterai ce qui manque en nos montagnes. C'est cela, le commerce et c'est là mon métier !

Les propos apaisants d'Antoine furent loin de calmer la méridionale qui l'invectiva avec violence :

— Tu es comme ton frère ! Toujours sur les chemins par monts et par vaux ! Et s'il en est une qui reste ici comme une pauvre seulette, c'est Josèpha ! Comme toujours ! Avec pour unique compagnie les gens de ce village qui sont aussi froids que leur climat ! Ce village où personne ne m'aime et où on me montre du doigt !

Le marchand protesta faiblement :

— Tu te fais des idées, Josèpha... Les gens d'ici ne sont pas de méchantes gens... Et je t'estime beaucoup, tu sais ?

— Toi peut-être, parce que tu es le frère de François ! répliqua Josèpha avec toute la véhémence de son tempérament du sud. Mais les autres ? Qui n'ont jamais pardonné ma présence à Chaumezet ? Je ne suis pour eux qu'une intruse, une étrangère !

— Josèpha !

— Non ! Laisse-moi parler : pour tout ce village, je ne suis que fille du Démon parce que née huguenote ! Pour eux, je ne suis catholique que par la force des dragons du Roi... Mais je suis surtout celle qui a pris à l'une d'elles le cœur de François !

Son beau-frère baissa les yeux...

— Car crois-tu que je ne vois pas leurs regards en dessous ? reprit-elle. Leur mépris ? Leur méchanceté ? Crois-tu que je ne devine pas leurs ragots ? Et même votre curé n'a pas fiance en moi !

Les sanglots hachaient ses paroles et Antoine l'attira contre son épaule d'un geste fraternel :

— Calme-toi... Calme-toi, Jèfa... D'abord, ce n'est pas mon curé ! Tu vois, je ne vais même pas à messe, ce matin... Non, tu verras : tout ira mieux dès que François nous reviendra ! Tu sais, il m'a assuré que ce serait là son dernier voyage...

— C'est ce qu'il m'a promis à moi aussi ! Mais comment en être certaine ?

— Je te comprends ! Il aurait dû rester au pays maintenant qu'il a pris femme... Mais s'il est reparti, c'est pour toi Josèpha ! Et pour t'offrir autre chose qu'une vie misérable, car les impôts sont lourds et nous mènent à la ruine...

— Oui, je sais... admit la jeune femme.

— Estime-toi heureuse qu'il ne soit pas retourné en Italie comme il en avait coutume avant de te connaître ! À cause des guerres, peut-être… Je sais qu'il aurait aussi pu aller à Paris, mais François ne veut pas faire comme les gagne-petit et les Auvergnats, et il a bien raison ! C'est un bon scieur qui sait que les chantiers navals sont d'un excellent rapport. Le Roi a tant besoin de bateaux ! Le commerce aussi…

Josèpha ravala ses pleurs :

— Je sais tout cela, Antoine… Mais ce n'était pas une excuse pour se mettre en tête de s'embarquer sur le fleuve avec ces bateaux bizarres !

— Oui ! Les sapines… François n'a pas froid aux yeux : il prétend qu'ainsi sa route vers l'Océan lui rapportera un petit pécule plutôt que de lui coûter fortune ! Mais ne t'inquiète pas trop pour cela : les mariniers de la Loire sont de drôles de gars, et je doute fort qu'ils l'acceptent à leur bord ! Mais je suis sûr d'une chose, Josèpha : pour toi, François reviendra avec une belle cagnotte ! De quoi vous mettre tous deux à l'abri du besoin…

— Peut-être, Antoine… admit Josèpha. Peut-être…

Elle sécha ses larmes et esquissa un pauvre sourire.

— Mais j'ai tant de mal à vivre sans lui, seule dans ce pays où je n'ai ni famille, ni amis…

— Sauf moi ! rappela Antoine, avant d'embrasser la jeune femme et de retourner à sa carriole…

Josèpha regarda tristement s'éloigner son marchand de beau-frère et sentit crouler sur ses épaules lasses tout le poids de son isolement…

— Sauf toi, répéta-t-elle. Mais tu t'en vas aussi... Allez, les biquettes... Allez !

Il lui fallait faire vite, maintenant : ses origines protestantes lui valaient déjà assez de suspicion pour qu'elle évitât d'arriver en retard à l'office religieux ! Aussi se mit-elle à l'ouvrage avec obstination. Elle essaya de chasser le fiel de ses pensées et d'oublier le carcan de sa solitude dans une activité fébrile : il n'y a que le labeur sans cesse renouvelé pour creuser la tombe de la peine et de la douleur...

L'air vif lui fouettait le visage mais lui redonnait de l'énergie. Pataud, le chien, revenu d'une escapade de deux jours folâtrait entre ses jambes en un va-et-vient joyeux, heureux déjà de cette journée qui commençait, heureux de sa condition de chien. Dans ses moments de désespoir, Josèpha reportait volontiers son affection sur l'animal : un chien sur lequel on pouvait compter, un berger exemplaire qui semblait comprendre tout ce qu'on lui disait... Un gardien redoutable aussi, si par malheur quelqu'un s'avisait de vouloir du mal à sa maîtresse ! Pataud était avant tout un ami fidèle qui, peu à peu, avait grignoté une place de choix dans le cœur de la jeune femme... Une fort brave bête !

— Oh, là ! Pataud... s'exclama la paysanne en riant. Cesse donc un peu de tourner dans mes mollets ! Tu vas finir par me mettre en retard...

Le soleil était plus haut maintenant... Josèpha avait perdu son sourire, engoncée qu'elle était dans sa longue robe noire, son corsage étriqué seulement égayé au col d'un mince filet de dentelle, son fichu sombre et son pauvre manteau de montagne. Son éphémère gaieté s'était évaporée et elle avançait sur le mauvais chemin raviné à petits pas pressés, étrangère à elle-même, sans âme, sans pensées, vide… Automate décérébré…

Comme à son habitude, elle avait pris par le bas du pré pentu cette méchante sente qui avait l'avantage d'être le trajet le plus court pour rejoindre le village. Mais la raison était autre qui la poussait à user de ce raccourci : cet itinéraire était aussi le seul qui lui permettait de ne rencontrer personne ! Elle ne supportait plus de voir tomber un masque sur le visage des gens qu'elle croisait, pas plus qu'elle ne supportait d'entendre se tarir les conversations dès qu'elle apparaissait. Elle ne voulait plus sentir peser sur elle ces regards chargés de venin et de sournoise malveillance…

Très vite, la pente aidant, elle laissa derrière elle les maisons éparpillées du hameau de Montsupt et allongea le pas en direction du bourg de Chaumezet, dont les cloches de l'église égrenaient déjà leurs premiers sons grêles…

— Mes frères !… éructa le curé dans un élan qui tenait plus de l'aboiement que du prêche. Mes frères… Rendons grâces au Seigneur d'avoir vu le jour en nos montagnes chrétiennes et non dans ces contrées que gangrène l'hérésie ! Une hérésie qui est malédiction bien pire que la peste, car elle ronge les âmes et non les corps…

Son regard faussement paternel s'attarda sur la foule des fidèles, puis l'ecclésiastique reprit le fil de son discours :

— Oui, mes frères, rendons grâces ! Dieu et le Diable nous ont jusqu'ici préservés de ces détestables déviances... Mais méfions-nous : le Velay n'est pas si loin, où la religion dite réformée fait toujours bien des victimes, malgré la vigueur avec laquelle notre souverain Louis le Grand a entamé cette nouvelle croisade contre les fausses idées inspirées de Satan !

Le Curé Vignon laissa sa voix se répercuter sur les voûtes de la petite église, histoire de reprendre son souffle, puis il martela de nouveau ses phrases :

— Et défiez-vous surtout de ceux qui ont pu approcher les adeptes du mal. Méfiez-vous plus encore de ceux qui prétendent avoir renié leur foi erronée, car le Démon a coulé en leur cœur et peut-être y coule-t-il encore... Évitez ces soi-disant repentis, car lorsque le Malin a souillé une âme il y laisse pour toujours sa trace indélébile ! L'Éternel n'accueille en son Royaume que des consciences immaculées...

Josèpha baissa la tête et serra les poings : oui ! C'était bien elle que visait ce curé ventripotent dans son sermon rageur, et il avait attendu pour cela que François ne fût plus là ! Elle devinait posés sur elle les regards de tous ces « bons chrétiens » assemblés, elle ressentait trop leur mépris, leur haine... Oui ! Elle était le seul membre de la petite communauté à avoir été « entaché » par les idées « hérétiques »...

Le nez de la jeune femme pointa vers les dalles du sol. Elle eût voulu cacher les larmes qui lui montaient aux paupières, crier à tous qu'elle n'avait jamais choisi sa religion de naissance. N'eût été l'amour qu'elle vouait à François, Josèpha se fût insurgée en pleine célébration. Elle eût alors hurlé à tous ce qu'elle pensait de ce curé suffisant qui usait de son influence pour isoler une brebis de son troupeau ! Ah ! On eût alors pu craindre que sa verve, issue sans doute de l'éloquence cévenole, ne réveillât les échos endormis de la vénérable église : Josèpha était bien capable de l'emporter dans un affrontement verbal avec le curé !

Se mordant la langue jusqu'au sang, elle se força à ne point répliquer pour ne pas créer un incident nuisible à François comme à elle-même : tous deux ne désiraient rien tant que de vivre en bonne harmonie à Chaumezet. Mais surtout Josèpha savait bien que la religion n'était qu'un prétexte à l'hostilité dont elle était victime ! Comment eût-elle pu ignorer que les filles les plus en vue de Chaumezet avaient toutes longtemps mené une cour assidue à François ? L'argent gagné à la scie en faisait un bon parti et il n'était père d'une quelconque de ces donzelles qui n'eût considéré d'un bon œil une telle union !

Mais François était un jour revenu avec Josèpha à son bras, brisant ce bel échafaudage d'espérances… Et avec une étrangère, en plus ! Sûrement, la plus hargneuse envers elle serait à jamais Jeanne Chira, qui depuis toujours s'estimait promise au scieur et qui se jugeait grugée et lésée de ce mariage dont elle escomptait tant… Elle n'avait depuis épousé André Chira que par dépit, et sa haine implacable ne lâchait plus l'intruse, l'hérétique, cette moins que rien qui venait d'on ne sait où !

Le prêcheur continuait sa harangue acharnée et les échos vengeurs de sa diatribe haineuse roulaient sous la voûte de granite. Submergée par ce flot de paroles, écrasée par tant d'injustice, Josèpha courba un peu plus l'échine, meurtrie dans sa chair et dans son cœur par le mépris trop évident des regards ironiques ou dédaigneux des fidèles.

Le sang bouillonnant de la jeune femme ne pouvait que rapidement reprendre le dessus : si elle ne choisit pas le parti de rétorquer aux propos ignominieux de l'homme d'église, elle se redressa lentement de toute sa hauteur, releva la tête, puis fixa le prêtre droit dans les yeux.

Dans le feu noir de ses pupilles se lut aussitôt une froide détermination, et l'étincelle de défi farouche qu'elles allumèrent suffit à faire bredouiller et bafouiller l'officiant, qui s'arrangea brusquement pour abréger ses oraisons et ses péroraisons !

La messe dominicale à peine terminée, Josèpha trancha la foule des paroissiens d'un pas assuré avec une énergie telle que chacun s'écarta sur son passage : malheur à celui qui se fût interposé ! La jeune femme était à bout de nerfs et elle eût été capable du pire ! Chacun le sentit bien, et elle put sortir sans encombre de l'édifice religieux...

Insensible à tout et à tous, Josèpha courait plus qu'elle ne marchait, la rage aux tripes et des larmes de sang dans l'âme... Sans même un sanglot, elle laissait les gouttes d'eau salée sourdre de ses cils et tracer sur ses joues battues par l'air aiguisé des sillons humides qu'elle ne songeait même pas à sécher... Pantin dérisoire perdu dans l'ornière du sentier au pied des grands sapins, elle considéra d'un regard sans fond la cime des arbres et lança un long cri de rage et de souffrance en pâture aux échos des collines, désespérément seule au cœur de cette nature trop cruelle pour elle...

Comment ce ramassis de paysans attardés et de montagnards bornés eût-il pu imaginer la détresse des Cévennes ? Josèpha n'était née protestante que comme depuis toujours à Chaumezet on naissait catholique, par héritage paternel et maternel ! Un père et une mère qui s'étaient tout aussi bien conduits que des catholiques bon teint ! De braves gens...

Mais des gens persécutés, chassés, traqués... Qui n'avaient fini par abjurer leur foi du bout des lèvres que pour préserver leur vie et surtout celle de leurs enfants. Un père et une mère qui avaient dès lors été montrés du doigt par leurs anciens coreligionnaires... Il ne faisait pas bon naître Cévenol en ce triste siècle : dans un camp comme dans l'autre la tolérance n'était guère une vertu !

Depuis la révocation de l'Édit de Nantes, la liberté de culte n'était plus qu'un vieux souvenir : Louis le Quatorzième voulait l'unité religieuse et la construisait dans le feu, le sang et la répression. Que pouvait le peuple contre les dragons du Roi ?

Josèpha se souvenait des flammes et des larmes, des pillages, des meurtres et des viols... Comment eût-elle pu aimer ce roi sur l'ordre duquel on avait brûlé des dizaines de villages en Cévennes ? Et comment eût-elle pu aussi respecter ces rebelles qui résistaient aux soldats mais qui n'étaient pas en reste d'atrocités ? Les Camisards n'étaient pas des tendres ! Ils méprisaient ceux qui avaient renié la Bible et crachaient sur les conversions forcées...

Pourtant, entre la peine des galères et l'abjuration forcée, quel choix restait-il pour qui avait charge de famille ?

Josèpha se laissa tomber sur le talus en bordure du chemin, désemparée, le chagrin à fleur de cœur. Elle ferma les yeux pour se fondre au souvenir de ses parents, morts depuis longtemps dans la misère la plus noire... Quelle tristesse avait été la vie de la jeune femme, quelle enfance atroce ! Et que dire de ses deux frères qui l'avaient abandonnée dans la demeure familiale pour rejoindre les révoltés des montagnes ?

Le seul vrai rayon de soleil de cette existence terne demeurait sa rencontre avec François...

Que serait-elle devenue s'il ne l'eût arrachée à son enfer au hasard d'un de ses retours d'Italie ? Et s'il ne l'eût convaincue de quitter le peu qui lui restait en ces régions ingrates ? Elle ne se féliciterait jamais assez de l'avoir suivi, baluchon sur l'épaule, laissant pour toujours le pays qui l'avait vu naître et qui sombrait dans la tourmente des hommes...

Ah ! Pourquoi donc François n'était-il pas là, tout près d'elle, avec dans le regard sa tranquille assurance d'homme des montagnes ? Entre ses bras, elle se sentait tellement invincible ! Pourquoi les habitants de Chaumezet n'étaient-ils pas tous de la même trempe ? Pourquoi cette haine de leur part, ces reproches muets, ces regards fuyants ?

Elle ravala sa rancœur, essuya ses larmes, se releva en chancelant. Péniblement, avec toute l'amertume des jours noirs ficelée à sa désespérance, elle remonta le sentier raide qui conduisait à son logis. Isolé en bordure du pauvre hameau de Montsupt, on en devinait déjà le toit derrière le dos fatigué de la colline abrupte.

Il tardait maintenant à Josèpha de rentrer au plus vite pour s'abrutir de travail, pour oublier cette brûlure d'être seule, pour oublier cet affront du curé, ce désarroi qui la crochait de ses serres implacables... Elle n'avait pas faim : sans doute n'avalerait-elle rien ce dimanche-là ! La colère lui broyait l'appétit, et manger en solitaire lui devenait aussi éprouvant que de dormir sans François à ses côtés...

Josèpha jeta un œil las par-dessus le faîte de sa chaumière et constata que de gros nuages couleur de suie s'amoncelaient au-delà des crêtes. Elle se sentit alors presque en harmonie avec la tristesse qui émanait de cet horizon menaçant... Pataud se précipita à sa rencontre en jappant joyeusement mais se tut brusquement, sensible tout à coup à la détresse de sa maîtresse.

- 2 -

Lorsque Antoine avait quitté Josèpha au milieu de ses chèvres, il s'était éloigné d'un pas assuré sans se retourner, mais la gorge garrottée et avec à l'âme un dérangeant sentiment de culpabilité.

Il eût été bien incapable de jeter à sa belle-sœur un adieu faussement guilleret, tant il lui en coûtait de l'abandonner à sa solitude ! Mais il ne pouvait négliger l'opportunité de faire encore un marché et d'en ramener quelques écus, puisque la clémence du temps le permettait...

Baissant la tête pour fixer obstinément la pointe de ses bottes, il avait tiré nerveusement sur le licol de son cheval. La charrette bâchée, bien remplie, avait rechigné et grincé des essieux avant de partir à l'assaut du chemin caillouteux...

Antoine avait presque honte de ce départ précipité et pestait intérieurement contre sa sensiblerie. En l'absence de son frère, il se sentait vraiment responsable de la jeune femme ! Une femme qu'il admirait et qu'il respectait... Il avait mal de lui faire mal et s'en voulait de la laisser en pâture à cette détresse qu'elle avait si bravement tenté de lui masquer... Il fallait pourtant bien gagner sa vie, profiter du répit d'un hiver qui ne venait pas avant que les neiges n'isolassent totalement la montagne du reste du monde !

De Montbrison à Roanne en passant par Feurs, le fromage des Hautes Chaumes était le régal des gens de la plaine, tant les chevretons que les fameuses fourmes préparées avec art par les paysannes des hautes terres. Cette fourme longuement mûrie dans les caves humides où elle se devait d'être tournée d'un quart de tour chaque jour… Antoine en avait assez dans sa charrette pour en espérer un bon bénéfice à cette période de l'année où elles devenaient introuvables sur les étals : ce qui est rare est recherché et se vend cher ! Déjà, il se voyait assailli par les chalands friands de ce mets renommé à forme cylindrique…

Quand il n'en resterait rien, les fromages de Josèpha prendraient le relais : elle les préparait à la mode de chez elle, et ce qui sort de l'ordinaire a toujours grand succès sur les marchés pourvu que le palais y trouve son compte…

Par le Nom de Dieu : c'est qu'ils étaient plus que réputés, les chevretons de Josèpha !

Chaumezet était déjà loin derrière lui et il avait dépassé depuis longtemps le gros bourg de Chalmazel…

Antoine et son attelage parvenaient à l'orée d'un bosquet de pins quand, tout en bas, la plaine s'offrit à son regard. Interminablement vaste, morne, ennuyeuse par sa platitude, par son uniformité… À perte de vue, un immense damier de prairies, de terres labourées et de cultures livrées au repos de l'hiver s'étalait tristement.

Pourtant, sous cette terre si paisible, la vie animait les semences : les grains de blé endormis germaient déjà, et ils donneraient au printemps ces pousses vertes qui faisaient la richesse des gens d'en bas, ces « ventres jaunes », comme on se plaisait à les surnommer…

Antoine serra les poings : quelle injustice ! La plaine voyait bien trop facilement pousser ces bons épis dont les montagnes étaient privées ! Là-haut, on devait se contenter de récolter un pauvre seigle qui parvenait à croître juste assez pour mériter le terme de moissons…

Dans le soleil cru qui se déversait sur cette belle journée fraîche, des dizaines d'étangs miroitaient, distribués au hasard des parcelles, riches de ce poisson qui contribuait lui aussi à garnir d'écus le bas de laine des Foréziens de la plaine ! Enfin : ceux qui avaient du bien ! Et les valets, les domestiques, les journaliers, les aides et autres gagne-petit ou vagabonds pullulaient ! Ils s'arrachaient l'ouvrage auprès des maîtres pour gagner juste assez de quoi ne pas mourir de faim. Car la fortune des uns laisse toujours échapper quelques miettes dont se régale aussitôt la pauvreté des autres…

Les chemins, larges et droits, striaient de leurs cicatrices ce paysage si fade pour quiconque était né sur les Hautes Chaumes. Les villages étaient rares et éloignés les uns des autres car tous les espaces étaient voués à l'élevage et aux cultures.

De loin en loin, par-delà le quadrillage des haies, se découvraient des bâtisses bien carrées avec leurs dépendances, avec leurs murs le plus souvent construits en mauvais pisé : la pierre était rare en ce pays d'herbages ! Pourtant, signe d'aisance, à l'inverse des demeures de montagne, les toits de chaumes cédaient ici volontiers la place à de la belle et bonne tuile…

À une certaine distance, Antoine pouvait deviner le passage de la Loire que trahissait une ligne sombre d'arbres serrés. La Loire, imprévisible et capricieuse…

François devait être fou pour vouloir s'y lancer sur ces maudits bateaux ! Quelle démence : comment un vrai montagnard pouvait-il prétendre oser s'aventurer sur de telles embarcations, quand même les familiers du fleuve et les gens du métier y répugnaient ?

Antoine secoua la tête : sacré François ! Qui avait décidé de braver ces dangers ! Pour lui, la Loire devenait une route idéale pour se rapprocher des chantiers navals de l'Océan.

Le marchand jura : ces drôles de barques à fond plat ne l'inspiraient guère ! Bien sûr, le courage et l'audace des hommes étaient bien payés au regard du péril de l'entreprise, mais François n'était pas marinier ! Aussi Antoine espéra-t-il ardemment que son frère jamais n'ait pu trouver place sur une de ces coquilles de noix. Il fit pourtant la grimace : François était têtu et s'arrangeait généralement pour atteindre les buts qu'il se fixait !

— Alors, l'Antoine ? On rêve à sa prochaine conquête ?

Il sursauta et se retourna brusquement. Dans le cul-de-sac du labyrinthe de ses pensées, il n'avait pas entendu approcher l'homme qui venait de l'interpeller.

— Tiens donc, Benoît ! s'exclama-t-il. Que fais-tu sur les chemins de si bonne heure un dimanche ?

— Et toi, grand nigaud ? Tu n'y es pas sur les chemins, par hasard ?

— Pour sûr, l'ami... Et j'ai bien du trajet à faire ! Espérons que le beau temps dure encore un peu...

— Oh ! Personne n'est pressé de voir la neige tomber, affirma Benoît. Mais tôt ou tard il faudra bien que l'hiver se fasse ! Dis : nous ne sommes qu'à deux pas du bourg... Que dirais-tu d'avaler un pichet en ma compagnie ?

Antoine hésita : il était bien tôt pour s'adonner à la boisson.

— Allons, insista Benoît. Pour la route !

Les premières maisons de Saint-Sauvain étaient proches et le marchand se laissa fléchir : sans être porté au pichet, il aimait l'ambiance des tavernes et des cabarets. Le soir, on y bavardait entre hommes pour s'y reposer des fatigues de la journée. On y jouait aux cartes, aux dés, et on y fumait la pipe. Il y faisait chaud et, le vin aidant, on y reprenait l'espace d'un instant confiance en l'avenir...

Les clients étaient rares à cette heure matinale et les deux compères n'eurent aucun mal à se trouver une table libre. La pièce était sombre, mal aérée, lourde de relents de vin rance et de tabac froid... Le sol en terre battue, humide à souhait, ajoutait sa nuance personnelle à ce bouquet d'odeurs familières. Un endroit où l'habitué se sentait un peu chez lui...

— Oh, là ! Marinette ! s'écria Benoît. Il n'y a jamais personne, en cette auberge ? Serais-tu mal réveillée ou en train de te faire lutiner par quelque luron ?

— J'arrive, j'arrive, grand jaloux... répliqua la patronne en entrant dans la salle.

— Un pichet, la belle ! Et que ça saute !...

Sans s'affoler, la « belle », la soixantaine ventripotente et épanouie, s'affaira à satisfaire les deux hommes…

— Alors, marchand, reprit Benoît. Où vas-tu de ce pas ?

— Marchander, comme à l'habitude ! Vendre mes fromages, mes vanneries, sabots et autres denrées aux ventres jaunes… Essayer de faire de bonnes affaires aux marchés de Feurs ou de Montbrison…

— Un métier de voleur, que le tien ! plaisanta l'homme.

— Bon commerce n'est certes pas vol ! répliqua malicieusement Antoine. Car tout le monde y trouve son compte et il faut bien que chacun gagne sa vie… Mais toi, Benoît ? Que manigances-tu avec cette pioche sur l'épaule ? Ce n'est guère une époque pour jardiner !

— Détrompe-toi, l'Antoine ! Je m'en vais biner et casser la terre gercée par les premiers froids. La neige est tombée du Col du Biaud jusqu'au sommet de Peyraute, et elle ne saurait maintenant tarder à venir par ici. Ses bienfaits seront plus généreux sur un sol préparé que sur une terre dure comme caillou !

Antoine éclata de rire :

— Je ne suis qu'un marchand obtus qui n'entend rien aux affaires de la terre, mentit-il. Dame Marinette ! Resservez-nous donc un pichet avant que je m'en aille…

Antoine tenait surtout à ne point être redevable, non tant par fierté que pour préserver son image de commerçant convivial et avenant…

— Allons, Grison !

Le vieux cheval piaffa et releva d'un coup de tête amical le coude de son maître. Antoine se saisit du licol, salua une dernière fois Benoît, et l'animal mit en branle la lourde charrette : il ne fallait pas musarder plus ! Si les relations d'un marchand peuvent parfois s'entretenir en tavernes, la fréquentation assidue de ces dernières était souvent la ruine assurée des affaires !

Antoine Courreau avait toujours eu la réputation d'être un homme avisé…

Bien vite, l'attelage laissa derrière les contours du chemin l'église et le bourg de Saint-Sauvain. Le paysage changeait rapidement, les sapins et les pins laissaient plus de place aux feuillus squelettiques et dénudés. Les champs labourés et les hameaux se faisaient plus nombreux, le vallonnement des prés plus doux…

La pente était toujours forte mais Grison ne peinait pas trop à la descente car Antoine, sans cesse, usait du frein à manivelle pour que la charge ne le fatiguât point. De cahots en ornières, de virages en lacets, les lieues s'ajoutaient aux lieues… Bientôt apparurent les premières bâtisses du village de Couze, coincé entre plaine et coteaux tout au pied de la montagne.

Antoine soupira de soulagement : la marche, à la descente, était éprouvante pour les pieds ! Sur le plat, il allait désormais pouvoir prendre place à l'avant de la charrette.

Comme à son habitude il souffla un instant aux abords du village, le temps de lever les yeux vers les ruines de l'antique château médiéval qui surplombait Couze de tout le vertige de son piton rocheux : il n'eût su dire pourquoi, mais il éprouvait toujours une émotion particulière à contempler ces pierres chargées d'histoire par la sève des siècles... Il lui semblait entrer en communion avec ces lieux qu'il aimait à fréquenter : une simple question de bien-être mystérieux...

Antoine hésita devant la place du village. La lourde cloche de la petite église venait de se mettre en branle... Devait-il forcer l'allure jusqu'à la ville de Boën ou bien profiter de ce que midi approchait pour s'arrêter en auberge ici même ? Il y avait déjà quelques heures qu'il marchait et son estomac commençait à sérieusement le tirailler !

La cloche continuait à sonner et les paroissiens sortirent peu à peu de l'édifice religieux. Antoine repéra aussitôt quelques personnes de sa connaissance dont il appréciait la compagnie. C'en était décidé : il arrêta son brave Grison !

Avisant une femme d'âge mûr qui conservait quelques zestes de jeunesse sous la forme de charmes qu'il avait autrefois connus de plus près, Antoine s'approcha, sourire aux lèvres : il aimait à retrouver ses amours d'antan et frémissait toujours de plaisir à revoir les femmes pour lesquelles il avait eu jadis les plus douces attentions... Il lui lança un clin d'œil complice qu'elle fit mine d'ignorer, et s'avança alors à sa rencontre après avoir flatté gentiment le museau de Grison.

— Toinette ! s'écria-t-il d'une voix enjouée. Combien de lustres que nous ne nous étions vus ?

— Antoine ! minauda la villageoise en avançant la joue pour un baiser amical. Quelle surprise ! Que fais-tu là ? Toujours en commerce, en plein hiver ?

— Hiver peut-être, mais si clément !

— Il faut en profiter, alors ! Car les temps sont durs en ces années de cherté ! Mais rien ne sert de se lamenter, j'en ai les oreilles rebattues que d'entendre chacun se plaindre, gémir et pester, même si ce n'est que justice de se révolter contre le sort ! Alors, je t'en prie, essayons de parler d'autre chose. Par exemple : comment se fait-il que tu ne te sois toujours pas trouvé épouse à ton goût, mon « pôvre » Antoine ?

Antoine éclata de rire :

— Ne remue pas le couteau dans la plaie, Toinette ! Tu sais trop que mon cœur ne s'est jamais cicatrisé de te voir convoler en... injustes noces avec un autre que moi !

Ce fut à Toinette de pouffer :

— Fieffé menteur : tu as toujours été et tu seras toujours le plus acharné coureur de dentelles de tout le pays ! Il n'est pas donzelle qui ne te fasse pétiller le regard... et le reste ! Je gage même que tu as dû semer des petits bâtards d'un bout à l'autre de la plaine !

— Tu exagères, ma Toinette ! protesta sans conviction Antoine, flatté cependant par les propos amusés de son amie. Et ton homme, où est-il ?

— Je suis là, compagnon ! gronda une voix bourrue derrière lui.

— Bertrand ! tonna le marchand avec une joie non dissimulée. Quel plaisir de te revoir ! Bien sûr, je passe souvent par Couze, mais il y a une éternité que je ne t'y ai rencontré !

— Oh ! Tu sais… Un jour par ci, un jour par là, toujours une bricole à faire ! Il faut vraiment un hasard comme aujourd'hui pour qu'on ait la chance de pouvoir boire un verre ensemble… Enfin ! Quel bon vent t'amène ?

— Le vent plutôt doux d'un hiver qui s'obstine à ne pas pointer le bout de son vilain nez… Dieu veuille que ça dure, on s'en passe fort bien ! J'espère seulement que cette trêve me laissera le temps de réaliser une fois encore de bonnes affaires !

— Comme d'habitude ! ironisa Bertrand d'un ton badin.

L'homme était de haute stature, avec un gabarit imposant. Une masse de chair compacte et velue, bien proportionnée malgré un cou de bête de labour, des muscles saillants et pas une once de graisse : la force à l'état pur ! La tape amicale qu'il assena sur l'épaule d'Antoine avait de quoi renverser un bœuf, mais le marchand s'y attendait et soutint l'assaut avec le sourire :

— Tu traverseras bien cette place jusqu'au cabaret, Antoine ? C'est moi qui régale !

— C'est que le temps passe vite ! protesta le beau-frère de Josèpha. Et je m'apprêtais à casser une graine en vitesse à l'auberge du coin !

— Pas question ! s'insurgea Bertrand. Tu mangeras à notre table ! Toinette ? Tu mettras bien un couvert de plus ?

Antoine résista faiblement :

— Mais à quelle heure vais-je encore partir ? Jamais je n'arriverai à Feurs, à ce rythme-là !

— Comediante ! s'insurgea Toinette. Le marché de Feurs n'a lieu que mardi... Tu as donc plus que le temps ! Et tu ne me feras pas l'affront de dédaigner ma cuisine ?

— Que non pas, ma Toinette ! Tes petits plats ont toujours eu l'art de me mettre en appétit, tout autant que ta charmante tournure, ma belle !

— Oh, là ! Oh là ! gronda Bertrand. Ne saurais-tu pas combien je suis jaloux ? Tu as laissé passer ton tour, Antoine, et il ne te sied guère de conter fleurette à ma Toinette !

— Tant qu'on te l'envie, mon bon Bertrand, tu n'es pas à plaindre ! répliqua Antoine de son ton le plus malicieux. C'est lorsqu'on ne lui fera plus les yeux doux, à ta Toinette, qu'il faudra t'inquiéter !

— Espèce de vaut-néant ! s'emporta Bertrand dans un éclat de rire. Suis-moi donc en face au lieu de débiter des sornettes, et allons plutôt nous rincer le gosier...

— Puisque tu insistes, allons-y, céda Antoine. Après tout, mon vieux Grison a peut-être besoin de souffler !

— Oh, la marmaille ! hurla le villageois d'une voix tonitruante qui fit sursauter les paysans agglutinés sur la place.

Une demi-douzaine d'enfants des deux sexes et de tout âge accoururent à l'appel paternel :

— Soyez sages ! leur intima-t-il. Je vais vous confier une mission importante : ramener le cheval d'Antoine à la maison… Toi, Mathieu, qui es le plus grand, tu le déharnacheras et remiseras le chariot. Avec une bonne dose de picotin, et sans dégâts, compris ?

La salle sombre de l'auberge était comble, comme chaque dimanche après la sortie de la messe. Un bouquet de senteurs plus ou moins ragoûtantes assaillait les narines dès l'entrée, les oreilles bruissaient d'un brouhaha indescriptible de conversations mêlées auquel on s'accoutumait pourtant vite. L'ambiance du lieu se révélait même rapidement agréable, faite de rires, de plaisanteries plus ou moins grasses, de disputes plus ou moins animées…

Ici, chacun laissait libre cours à son exubérance, et le cabaret de village était l'endroit propice pour oublier les dures contingences de l'existence : un véritable exutoire !

Un miroir aux alouettes aussi quand les plus pauvres y laissaient leurs derniers deniers, comme pour échapper à leur triste sort… Ils se perdaient dans un paradis illusoire qui s'évanouissait de soir en soir dans des beuveries sans fin…

Avec difficulté, Antoine et Bertrand réussirent à se trouver un coin de table et à se faire servir un pichet du meilleur vin des médiocres vignobles du pays. Antoine eut en prime l'œillade appuyée de la soubrette, ce qui ne fut pas pour lui déplaire.

— Alors, corbeau des montagnes ? Tu dois en avoir des choses à me raconter depuis notre dernière rencontre ?

— Oh ! La routine, la routine...

— Tu ne donnes pas un coup de main à ton frère ?

— Si, bien sûr, répondit Antoine. Avant que François ne se mette dans l'idée de repartir une dernière fois à la scie...

— En laissant sa Josèpha ? s'étonna Bertrand.

— Oui ! À regret, bien entendu ! Car c'est une femme douce, fidèle et travailleuse. Bien qu'elle ait son... caractère !

— La scie est d'un bon rapport pour qui est économe, concéda Bertrand. Mais ce n'est pas vraiment une occupation pour un homme bien marié ! Partir en octobre ou novembre pour ne revenir qu'à l'été, ce n'est pas une vie pour ceux qui s'aiment. Et François est fou de sa Josèpha, ça se voit comme loup blanc dans la meute !

— François n'est pas parti en octobre, mais il y a seulement une semaine !

Bertrand afficha une mine ahurie...

— Que voilà une drôle d'idée ! Pour avoir une chance de gagner quelque argent, ce n'est guère l'époque de partir, mais celle d'arriver !

— François a ses idées, te dis-je... Il a décidé de se rendre jusqu'à l'Océan non seulement sans bourse délier, mais encore en amassant pécunes !

— Serait-il devenu sorcier ? s'exclama Bertrand en partant d'un bon rire.

— Que non pas ! rétorqua Antoine. Il veut partir avec les mariniers de Loire, et sur une sapine, encore !

C'est bien payé, et ça économise les jambes, qu'il a dit…

Le villageois écarquilla les yeux sous des sourcils en accent circonflexe.

— Il est devenu fou ? Il tourne vraiment bredin ! Même ceux qui sont nés sur les bords du fleuve ne se lancent pas dans cette aventure, à part quelques têtes brûlées et des célibataires inconscients…

Il secoua amèrement la tête :

— Sais-tu, Antoine, que seulement trois embarcations sur cinq atteignent leur but ? Que les mariniers expérimentés ajoutent un ruban à leur chapeau chaque fois qu'ils sortent indemnes des rapides du Saut du Perron, près de Roanne ? Que lorsque l'un d'entre eux se trouve femme, ses compagnons le portent dans un cercueil jusqu'à l'église de son mariage, car un homme marié est mort pour la marine ! Quelle épouse désirerait se retrouver veuve le lendemain de ses noces ?

— Je sais, je sais !… répondit le marchand. Mais quand mon frère a une idée en tête, bien malin qui la lui enlèvera… Heureusement, on n'entre pas comme cela dans la confrérie des mariniers !

— C'est vrai, approuva Bertrand. Les bateliers ont des traditions bien établies et François a toutes les chances de se voir repousser sous un flot de moqueries ! Il ne connaît rien à la navigation… À moins que… Tu sais, les volontaires sont tellement rares ! En deux mois, m'a-t-on dit, près de quinze gars se sont noyés…

— Arrête, Bertrand : tu vas finir par me mettre l'angoisse au ventre ! Mais n'oublie pas que François est né sous une bonne étoile…

Les deux hommes piquèrent du nez dans leur gobelet sans rien ajouter, sourds à la cohue qui les environnait. Antoine fut le premier à relancer la conversation. Après avoir fait claquer sa langue au fond du palais pour goûter un peu plus l'âpre saveur du vin du pays, il ficha ses yeux dans ceux de son ami :

— Et de ton côté, tu t'en sors ?

— Oui et non ! répondit le paysan. Le potager, les vaches, cochons et volailles suffisent pour vivre et commercer un peu aussi… Mon champ de froment est bien exposé et la terre assez fertile. Et puis, j'ai des vignes qui donnent un meilleur vin que celui que nous avalons en ce moment : tu en jugeras toi-même à la maison ! Tu vois, il y a plus à plaindre que moi, même si nous sommes comme tout un chacun pressurés d'impôts de toutes sortes ! Les gens de la terre sont les plus mal lotis…

— Pas sûr, remarqua Antoine. À la campagne, il y a les jardins, les vergers, les fruits sauvages et autres champignons… Mais as-tu pensé à tous les miséreux des villes ? Ils ne peuvent espérer semblable aubaine du pavé sur lequel ils traînent leurs semelles !

— N'oublie pas, Antoine, que c'est trop souvent le paysan endetté qui va grossir la foule des pauvres qui pullulent en ville !

— Oui, reconnut Antoine, songeur. C'est malheureusement trop souvent vrai…

L'heure avançait, et la taverne commençait à se vider car la faim se faisait sentir. Le jour du Seigneur, quand la disette n'était pas là, amenait une amélioration dans la marmite : le meilleur vin remplaçait l'habituelle piquette, le pain blanc se substituait au pain de seigle, et quelquefois un morceau de viande ou une volaille supplantait la tranche de lard. Aussi, le dimanche, les hommes s'attardaient généralement peu à la taverne dès que l'heure du repas arrivait !

Bertrand fit mine de se lever de table mais Antoine protesta énergiquement.

— Il n'en est pas question ! Je ne suis pas homme à me laisser rincer le gosier sans renvoyer la monnaie ! Eh, charmante enfant ! Un autre pichet, et sans languir !

La serveuse eut un sourire enjôleur et s'exécuta de bonne grâce. Elle se frotta ostensiblement contre Antoine et s'arrangea, en plaçant le pot de vin sur la table, pour offrir à sa vue un décolleté généreux. Mieux, la belle ne protesta nullement lorsque le marchand osa sous ses jupes une main aventureuse…

« *Encore une bonne adresse à retenir !* » pensa Antoine, tout émoustillé. Un seul regard lui suffit alors pour sceller une complicité pleine de promesses : la soubrette avait fort jolie tournure, ce qui n'était pas pour contrarier le séducteur-né qu'était Antoine, n'en déplaise aux confesseurs, qu'il ne fréquentait pas d'ailleurs !

— Oh ! Tu rêves, Antoine ?

La conversation roula longtemps sur les sujets les plus banals, les ragots, le temps et les impôts… Il était d'usage de se plaindre, mais les discussions d'après boire ne faisaient guère avancer les choses ! On vitupéra donc comme à l'habitude sur le vieux monarque et sa Cour, sur les guerres et la misère… Le vin aidant, Bertrand s'emporta avec véhémence sur les oisifs qui, selon lui, peuplaient Versailles :

— Ce ramassis d'inutiles qui ne pensent qu'aux fêtes, aux jeux, à la musique et aux catins ! Qui font les pieux chrétiens à l'église tout en passant la main aux fesses de princesses dévergondées !

— Oh, Bertrand ! sourit Antoine.

— Je suis sûr que c'est vrai !

— Et moi, je suis sûr que tu lutinerais bien ces belles en leur lieu et place, si tu le pouvais !

Bertrand se réfugia dans un grand éclat de rire :

— Si nous allions plutôt rejoindre ma Toinette et manger un peu au lieu de débiter des sornettes ?

— Pas avant d'avoir eu le plaisir de t'offrir un dernier pichet ! Ne serait-ce que pour voir d'un peu plus près notre jolie soubrette…

— Mon Dieu, Antoine ! Tu veux nous voir sortir d'ici à quatre pattes ?

- 3 -

Écœurant pour les narines sensibles, l'endroit sentait le rance, le vin froid, la fumée et la paille mouillée... Il faisait sombre... Le jour n'était pas levé mais les premiers bruits réveillaient peu à peu la vie, secouant la torpeur des lieux.

Dans l'espace qui leur était réservé, les chevaux piaffèrent en soufflant des naseaux. À l'autre bout du hangar, un homme se mit à tousser d'une toux de crécelle. Le ronflement d'un dormeur s'arrêta net, hésita, puis repartit de plus belle.

François se tourna sur le côté, grogna et cligna des paupières dans la pénombre. Tout était noir encore mais il devinait que l'aube était proche. Le foin crissa sous ses mouvements et il remonta sa couverture jusqu'aux épaules. Quelque part, un rat couina, une vieille planche grinça. Quelqu'un, déjà, était debout dans l'obscurité.

François bâilla longuement puis étira ses membres avec lassitude : il se sentait endolori et ses articulations avaient du mal à se déplier... Il n'avait pourtant pas fait d'efforts surhumains ces derniers temps et, à la réflexion, il jugea l'humidité responsable de ces douleurs inaccoutumées : il n'avait pas l'habitude de dormir ainsi, presque à même le sol, dans des endroits aussi détrempés... Sur des sacs de blé !

Il frissonna, devinant que les brouillards rampaient tout autant à l'intérieur du vaste abri que sur les rives du fleuve : la Loire était si proche qu'on l'entendait rouler ses flots tranquilles le long des quais. Tout ici s'imprégnait d'une odeur de bois moisi, et cette atmosphère malsaine l'ébranla soudain dans sa détermination…

Que faisait-il là ? Couché dans un coin d'entrepôt comme les vulgaires marchandises qui s'entassaient tout autour de lui ? Pourquoi s'était-il lancé dans cette aventure en laissant Josèpha seule au cœur d'un hiver qu'elle redoutait plus que tout ? Pourquoi avait-il abandonné ses terres et cette région où il était né, à laquelle il était si attaché ?

Il soupira : Josèpha ! Sa douce et remuante compagne lui manquait déjà cruellement… Lui qui pensait ne jamais reprendre cette vie d'errant, c'était pour elle qu'il entreprenait cet ultime voyage : en épargnant ses gains, une saison supplémentaire à la scie lui permettrait d'acquérir à son retour les terres qu'il convoitait, d'acheter aussi quelques têtes de bétail supplémentaires… Alors seulement sa ferme serait d'un revenu suffisant pour les faire vivre plus à l'aise, lui et Josèpha ainsi que les enfants qu'ils espéraient tous deux en vain depuis quatre ans…

Les yeux dans le noir, il renifla, nerveux. Il ne lui valait rien de trop penser à Josèpha, et il s'efforça de faire dévier le cours de ses songeries. Après tout, son périple n'avait pas trop mal commencé : il avait atteint le premier but qu'il s'était fixé en quelques jours seulement ! Il ferma les paupières, essayant de se remémorer tout ce qu'il avait vécu pour arriver ici, à Roanne, sur les bords de cette Loire menaçante dont il percevait les clapotis si proches…

Malgré ses efforts pour s'en souvenir, son départ restait flou dans sa mémoire, hormis la cruelle émotion de la séparation, les derniers baisers, les larmes de sa femme... Puis ce déchirement surhumain pour ne pas se retourner sur sa maison, ne pas se retourner sur le geste d'adieu de Josèpha effondrée sur le seuil de la porte...

Son grand sac en bandoulière, sa précieuse lame de scie roulée et enveloppée de cuir sur l'autre épaule, il était descendu de ses chères montagnes sans même avoir conscience de marcher, sans rien voir du paysage familier, de ces prés et ces forêts qui bientôt hanteraient son esprit lorsqu'il aurait le mal du pays...

Le plus simple pour lui eût été de se rendre d'emblée à Roanne, mais comment s'y faire accepter des mariniers ? Il avait donc poussé par la plaine jusqu'à Saint-Rambert, plus en amont sur le fleuve, presque aux portes de Saint-Étienne. Là, il connaissait du monde !

Depuis quelques années seulement, on avait fait sauter les rochers qui interdisaient la navigation sur la Loire et les bateaux pouvaient depuis lors prendre le fleuve dès Saint-Rambert. Cette nouvelle activité y avait attiré certains anciens compagnons de François pour la construction des sapines. Un sourire s'esquissa sur les lèvres du scieur : il n'avait eu aucun mal à dénicher ses compères !

La nuit tombait lorsqu'il avait abordé la vieille cité. Il s'était bien douté qu'à ces heures le chantier des Barques devait être désert, et il avait orienté ses pas vers les cabarets. À la troisième taverne, il était tombé juste :

— Mais… Je rêve ? François ! C'est bien toi ?

François s'était retourné le sourire déjà prêt sur les lèvres :

— Par Dieu ! Nicolas ! Je m'attendais à revoir des anciens du métier, mais je ne savais pas que tu étais là !

L'homme avait bousculé deux bancs sous les injures des buveurs pour se précipiter et l'accueillir :

— Diantre ! Dieu que je suis content de te voir ! Johannès ! Pierre ! Regardez qui nous arrive !

François avait vite été entouré de grands gaillards braillards, rigolards et sympathiques. Il s'était soudain senti transporté quelques années en arrière : des salles d'auberges comme celle-ci, il en avait connues au fil des routes et des chemins ! Avec les mêmes chants gaulois et avinés, les mêmes disputes et ces bagarres presque rituelles…

Il avait jeté un coup d'œil autour de lui, reconnaissant les mariniers, pantalons serrés, gilet et large chapeau, les charpentiers et leur casquette informe ramenée en arrière, les charretiers avec leur courte cape de mauvaise bure sur les épaules… On buvait, on fumait, on chantait, on jouait aux cartes et aux dés… On parlait femmes aussi, ou bien du pays… On se chamaillait et bien souvent les poings prenaient le relais des paroles !

— François ! Viens boire un gobelet à notre table ! Poussez-vous un peu, vous autres… C'est un ami !

Le palais tout empli de l'amère saveur de la piquette des lieux, François avait plongé son regard dans celui des trois hommes :

— Moi aussi, compagnons, je suis heureux de vous revoir ! C'est que nous en avons des souvenirs ensemble ! Tout comme nous devons en avoir des choses à nous conter !

— Alors, tu es venu nous rejoindre ? Ne t'en fais pas : il y a de l'ouvrage, ici... Avec tout le charbon de Saint-Étienne, il faut en construire, des « salembardes » !

— Des quoi ? !

— Des salembardes... Des saint-rambertes, si tu préfères. C'est ainsi que l'on appelle les sapines, ici...

— Et c'est tout un travail, tu sais, François ? Il y faut des bûcherons, des scieurs, des charpentiers. Il faut en faire des courbes de chêne, des bordés de sapin, en donner des coups de scie, des coups de tarière, des coups d'herminette !

— Et des chevilles par centaines, par milliers ! Des coins, de la sueur, et de la mousse pour calfater...

— Tu as bien fait de venir, grand bredin ! Dès demain, tu auras de l'embauche, je peux te le jurer... Et on fera une sacrée équipe, nous tous !

François n'avait pas répondu tout de suite et s'était laissé bercer par le brouhaha des lieux.

— Je ne viens pas pour travailler aux barques, avait-il seulement dit, mais pour m'embarquer...

Johannès et Pierre s'étaient regardés, incrédules, et Nicolas avait éclaté de rire :

— C'est bien ce que je disais : tu as viré bredin ! Un scieur ne fait pas un marinier ! Ça les ferait bien rire, d'ailleurs... Et puis, la batellerie est toute neuve à Saint-Rambert et il n'y a pas encore beaucoup de bateaux à descendre la Loire...

— On me trouvera bien une petite place ? C'est un bon moyen pour rejoindre Nantes en se faisant un petit pécule !

— Tu ne manques pas d'air ! s'était exclamé le dénommé Johannès. C'est gageure que de s'immiscer parmi les mariniers ! Ils ont leurs usages, leurs traditions, leur caractère aussi... Et eux-mêmes ont parfois peur de leur propre métier ! Crois-moi, François : il y a assez de planches à scier ici sans descendre jusqu'à Nantes !

— Une bonne saison là-bas rapporte plus que deux ans de labeur ici !

— À quoi bon discuter ? Tu es toujours aussi têtu ! Mais ne compte pas pour autant trouver place sur une salembarde en cette saison : le tirant d'eau est trop faible encore pour des descentes depuis Saint-Rambert ! La vie du fleuve ne commence qu'à Roanne : cela évite tout au moins les périls du Saut du Perron... Mais même à Roanne, ne te fais pas d'illusions : tu ne te feras jamais un trou parmi les bateliers !

— Je trouverai sûrement un moyen ! En attendant, vous boirez bien un pichet sur ma bourse ?

Sous ses paupières closes défilaient toujours les images de cette première soirée à Saint-Rambert et ses oreilles entendaient encore les efforts de persuasion de ses anciens compagnons pour le dissuader de son projet. En pure perte ! Bien vite il avait d'ailleurs délaissé cette taverne, pour en chercher une autre avec déjà une nouvelle idée en tête : s'il ne pouvait embarquer ici, il le ferait à Roanne, et il lui serait peut-être plus facile d'entrer en contact avec les mariniers par le biais des voituriers et des charretiers... C'était un premier pas en direction des marins du fleuve, et François espérait bien profiter du fait que les deux corporations ne s'estimaient guère !

Au troisième cabaret, il avait trouvé le fief des convoyeurs. Les regards suspicieux ou ironiques jetés sur sa lame de scie l'en avaient vite convaincu ! Ce monde-là aussi lui était inconnu, et s'il avait bien souvent côtoyé les gens du chemin, il n'eût jamais pensé se joindre un jour à leurs rangs ! Leur labeur ne l'inspirait pas : trop routinier et pas assez indépendant à son goût !

François avait vite su faire oublier sa lame de scie. Investissement n'étant pas gaspillage, quelques verres opportunément offerts lui avaient suffi pour se lier avec qui il fallait : son choix s'était vite porté sur un « vieux de la vieille », un de ces trimards qui semblaient avoir vu le jour dans ce métier ! Les convois, les chemins interminables, les cahots, les ornières et les fondrières avaient toujours été leur lot...

Benoît Bigot en savait quelque chose ! Depuis sa plus lointaine enfance, jamais il n'avait connu d'autre vie que celle des chariots... Tout de suite, le vieil homme s'était lié d'amitié avec François, lequel, ceci expliquant cela, lui avait généreusement payé force pichets.

— Tu sais, scieur ? avait dit l'ancien. J'ai pas toujours charrié du charbon sur Roanne... J'ai aussi brinquebalé dans tous les coins du Royaume et même au-delà !

— Et tu as dû en séduire des filles, sous tous les horizons !

L'œil du vieux s'était voilé, autant sous l'effet du vin que sous celui de tendres souvenirs... Puis il avait eu un petit rire cassé :

— Ne remue pas les fantômes du passé, gamin ! Maintenant, les raideurs se sont déplacées... Mais c'est vrai : j'en ai connu, des girondes et des moins girondes ! Et peut-être même que j'ai semé des petits bâtards un peu partout... Ça se voit peut-être plus, mais j'étais beau gosse ! Si, si !

François avait ri de bon cœur avant de se taire devant la nostalgie de Benoît. Le vieux l'avait fixé sans le voir :

— C'était avant... avait-il murmuré.

— Avant quoi ?

— Avant ma patte folle ! C'est même ainsi qu'on m'appelle, maintenant : « Patte Folle » !

En tendant la main vers le pichet pour lui en servir une large rasade, François avait compris que le vieux se sentait rejeté de la corporation qui lui avait pris toute une vie de travail, depuis la mauvaise chute qui l'avait rendu boiteux à jamais... Pourtant, les convoyeurs lui vouaient encore un respect inébranlable : les conseils des anciens étaient toujours écoutés !

— Eh bien... avait dit Benoît. Espèce de corbeau de montagnes ! Toujours décidé à te joindre à un convoi pour cette tâche de forçat ? À mon avis, les galères du Roi sont plus douces ! Y faut être né sur une charrette pour vouloir en vivre…

— Je le veux toujours ! avait assuré François avec force.

— Eh bien, si tu le veux toujours, sers-moi donc un pichet de plus et je te dirai qui aller voir de ma part, demain !

Deux jours durant, François avait chargé chariot sur chariot. Charbon, barres de fer, draps, dentelles, sel, goudrons, sucre, épices, vaisselles… Un travail épuisant ! Mais François était costaud et les travaux les plus durs ne l'effrayaient pas.

Il avait ensuite été assez facilement admis dans un convoi sur Roanne, et c'était là déjà une belle preuve de confiance : chaque homme était responsable de son chargement, de sa charrette et du cheval qui lui était alloués… François avait l'habitude des bêtes et des tombereaux, et ce n'était somme toute guère différent !

Il s'était donc acquitté de ce voyage avec conscience, omettant seulement de dire qu'il n'entendait pas faire avec ses nouveaux équipiers le trajet du retour !

Tout au moins jusqu'à cette fameuse soirée dans une taverne de Roanne…

Les bateliers de la Loire étaient des gens de mauvaise réputation, connus pour violents, querelleurs et bagarreurs. Toute une faune de mécréants disait-on, prompts au coup-de-poing comme à la boisson… Seule une altercation pouvait permettre à François de se faire remarquer d'eux, voire de s'en faire des amis : sa cause était toute trouvée !

— Je l'ai toujours dit ! avait hurlé le Guste, le meneur du convoi. Il ne faut pas miser sur ces charognes des montagnes ! Ce ne sont pas gens de parole !

François s'était insurgé :

— Comment, cela ? J'ai été payé pour conduire ce chariot jusqu'à Roanne et je l'ai fait ! Il n'a jamais été question pour moi de retourner à Saint-Rambert !

— Quand on se joint à nous, mon gars, c'est pour entrer dans le métier, pas pour une balade ! C'est là pratique qu'on ne peut excuser ! Une manière de faire hypocrite et sournoisement préparée !

Auguste Delois, un colosse bedonnant, s'était brusquement dressé au milieu de la taverne en renversant sa table, menaçant. François avait levé sur lui un sourcil paisible : il n'était pas belliqueux mais savait se défendre. Sa force et sa vivacité en faisaient un adversaire redoutable !

En deux horions et trois bousculades, l'altercation avait atteint un point critique, au grand amusement des buveurs pour qui une bataille en pleine auberge était une distraction des plus appréciées...

François avait paré le poing d'Auguste avec aisance : Dieu ! Il fallait voir les chopes et les pichets voler, voir les bancs se fracasser ! Dès qu'une rixe survenait, les mariniers se liguaient contre les voituriers et le tumulte devenait vite général ! Il avait suffi à François de quelques coups bien ajustés pour se faire des alliés de tout le clan des bateliers...

— Quelle déroute ! s'était exclamé un grand gaillard essoufflé qui paraissait avoir barre sur ses compagnons. Alors ? Tu ne veux plus trimer avec ces limaces ?

— Cela n'a jamais été dans mes intentions, avait avoué François. Autrefois, j'œuvrais à la scie... Maintenant, c'est mettre les pieds sur une sapine qui me démange... Je sais qu'il n'est guère facile de devenir l'un des vôtres, mais j'ai besoin de grands espaces, d'aventures !

L'homme s'était fait méfiant :

— Ce me semble pari bien peu catholique ! Je ne vois guère tes vraies raisons, l'ami !

Sous le large chapeau noir à ruban propre à sa confrérie, l'œil s'était fait perplexe. François avait aussitôt répondu :

— C'est là travail bien payé et ce m'est raison plus que suffisante. Et qui, dit-on, rapporte beaucoup plus que la scie et en bien moins de temps !

— Avec combien plus de risques ? Enfin, au moins, tu n'as pas froid aux yeux ! Mais un montagnard n'est pas né pour aller sur le fleuve, tu sais...

— Dis-moi, marinier, avait dit François en regardant l'homme droit dans les pupilles. Franchement, combien de ceux qui t'entourent étaient-ils nés pour aller sur le fleuve ?

Le batelier était parti d'un long éclat de rire.

— Décidément, tu me plais vraiment, bonhomme ! Mon nom est Pierre. Viens me trouver demain... Nous verrons si nous pouvons nous entendre ! Mais je te préviens, je ne promets rien… Et ne crois pas que c'est un métier de tout repos !

Et il avait besogné deux jours de plus dans les entrepôts à charger et décharger les chariots, à remplir à ras bord ces étranges barques à fond plat qui sentaient si fort le sapin frais, flambant neuves et pourtant si fragiles d'aspect… Comment pouvait-on affronter courants et rochers sur ces quelques planches ? François ne s'en était pas vraiment inquiété : rien n'eût pu désormais le faire changer d'avis, et tout s'était jusqu'ici déroulé comme il l'avait souhaité…

Des murmures commencèrent à s'élever à droite et à gauche. On s'étirait, on bâillait, on grognait… Bientôt, tout le monde serait debout car il fallait finir le chargement avant le soir : dès l'aube du lendemain, on embarquerait et le long voyage serait là ! Une descente sur le dos des flots, avec son lot d'imprévus, de joies et de souffrances, avec cette excitation fébrile de la veille des départs…

François se mit à tousser. L'âcre poussière des lieux le prenait à la gorge dans cette humidité latente ! Une bourrade le jeta à bas des sacs de grain sur lesquels il s'était fait un nid de paille :

— Alors, Sétaïre ? On rêve à ses montagnes ?

Sétaïre, le nom patois du scieur… François avait reconnu la voix de celui qui l'avait ainsi surnommé et il répondit sans même relever la tête :

— Pierre ? En voilà, des manières !

— Il va être l'heure ! Et il y a de l'ouvrage si tu veux te joindre à nous…

Le cœur de François bondit :

— Tu veux dire que tu m'acceptes sur une sapine ? Déjà ?

— Je te mets seulement le pied à l'étrier parce que tu me plais bien, Sétaïre ! Pour dire le vrai, les compagnons trouvent que ça ne se fait pas : tu n'as pas encore fait tes preuves, loin de là... Tu ne mettras les bottes sur le fleuve que parce que je t'ai pris en amitié, mais tu n'as pas subi les épreuves d'usage et cela ne plaît pas à tous !

— Des épreuves ?

— Les mariniers ne sont pas de pauvres scieurs à demi-errants ! Ils ont leurs traditions ! Par exemple, tu ne peux normalement te prétendre des nôtres sans une partie de dés.

Devant le regard ahuri de François, il expliqua :

— Nos traditions se rapportent à la passion du Christ, et les soldats jouaient aux dés au pied de la Croix... C'est un de nos signes. La Croix des mariniers est très particulière aussi... Le coq fait partie de nos attributs, mais c'est le coq de la trahison de Saint-Pierre, bien sûr ! Pourtant, notre Sainte Patronne est et sera toujours la Vierge ! Tu vois, tu as beaucoup à apprendre, encore : car pour ce voyage, tu ne seras même pas apprenti, à peine un aide... Après, on verra...

François hocha la tête, se releva, regarda Pierre droit dans les yeux et confirma :

— Oui... Après, on verra...

Pierre ne fut pas dupe :

— J'ai dans l'idée que comme avec les charretiers tu n'envisages pas de voyage retour... Tu penses seulement à économiser tes semelles... Mais quand tu connaîtras le métier, tu verras que tu ne seras pas gagnant au change !

— Alors, pourquoi me prendrais-tu à bord ? s'étonna François.

— Tu me plais, je te dis. Et je me suis fait le pari que tu te piqueras au jeu ! Je veux te voir jeter ta scie à la Loire et rester avec nous... Un jour, tu seras vraiment des nôtres !

— Tu le crois, vraiment Pierre ?

Pour toute réponse, le batelier lui lança une claque virile sur l'épaule :

— Lève-toi, et suis-moi !

La lampe à huile que tenait Pierre suffisait à peine, dans la pénombre, à éviter les corps allongés un peu partout dans ce capharnaüm indescriptible. François fronça le nez : malgré son expérience des rudes conditions d'existence, il supportait difficilement cette odeur forte de moisi, de sueur et de crasse !

Son guide l'interpella :

— Allons, viens ! Tu te restaureras bien à ma table ?

François eut une fugitive expression de surprise : être l'invité de cet homme qu'on nommait « Prince des bateliers » relevait d'un honneur peu commun !

- 4 -

Ce matin-là, au réveil, Josèpha eut du mal à définir l'inexplicable oppression qui l'étreignait : l'air lui semblait plus lourd, les sons plus étouffés... Ce ne fut que lorsqu'elle ouvrit la porte qu'elle put mettre un nom sur l'origine de cette curieuse sensation. La neige ! Tout était blanc et scintillait dans les premières lueurs du jour... La jeune femme en eut le souffle coupé ! Le spectacle qui s'offrait à ses yeux réveillait les attraits d'un paysage pourtant familier et tout enchantait son regard dans le calme matinal...

La couverture neigeuse adoucissait les reliefs et figeait la nature dans ses détails les plus fragiles, les plus secrets aussi... Comme si ce voile de blancheur conférait à toute chose une indécence troublante et presque virginale... Ses origines ne l'avaient pas accoutumée à une féerie si habituelle ici à cette altitude, et Josèpha ne pouvait s'arracher à la magie de cette vision ! C'était déjà le quatrième hiver qu'elle affrontait en ces montagnes, mais sa faculté d'émerveillement restait intacte.

Pourtant, elle savait que cette neige, prélude de l'hiver, était bien autre chose qu'un simple plaisir des yeux ! La mauvaise saison ralentissait toute vie dans la montagne, celle des gens comme celle des bêtes... Car d'un hiver trop rigoureux ou trop pourri pouvait naître une nouvelle disette ou une épidémie meurtrière...

Josèpha fit la moue, frissonna, et réintégra très vite la maison en remontant son châle sur les épaules. Le plus dur des froidures était maintenant à venir ! Sans François... Sans même Antoine pour cette première chute de neige ! Combien de temps serait-elle encore seule dans ce hameau perdu, à attendre les jours meilleurs du printemps ?

Durant des mois, l'ordre des choses allait changer... Et si pendant quelques jours les chèvres pourraient encore trouver nourriture à l'orée des bois, cela n'allait pas durer ! Il fallait déjà songer à remiser les vaches à l'étable et à entamer le foin en espérant que la neige ne s'éternisât pas.

Des occupations nouvelles allaient transformer la vie quotidienne : en attendant les premiers beaux jours, la jeune femme se verrait contrainte de tromper le temps en tressant des paniers, des hottes de vendangeur, des berceaux d'enfants... Une occupation qu'elle affectionnait : ses ouvrages en osier se vendaient bien en plaine, grâce à Antoine, et constituaient un revenu d'appoint non négligeable !

Toute la journée, Josèpha se consacra à peaufiner les ultimes préparatifs afin de faire front aux rigueurs hivernales toutes proches. La première année, elle avait été surprise de voir les gens s'activer ainsi à des tâches qu'elle jugeait bien inutiles ! Puis elle avait su ce qu'était un véritable hiver dans ces régions de montagnes : une bise à n'en plus finir qui vous cisaillait malgré l'épaisseur des vêtements, un vent qui repoussait inlassablement en congères infranchissables la neige virevoltante et rebouchait, l'espace d'une bourrasque, les passages si difficilement ouverts à coups de pelle...

Et puis cet isolement de moine, lorsque la tempête accumule la neige jusqu'à hauteur de porte et que les charpentes gémissent sous le poids des couches blanches...

La jeune femme réprima un frisson rétrospectif au souvenir des longues semaines qu'elle avait vécues ici, cloîtrée avec François sous des pieds et des pieds de couverture neigeuse. L'expérience l'avait profondément marquée : ah ! Ce mélange de chaude intimité et d'inquiétude, quand les sons se perdent dans un univers assourdi... Le sentiment de terreur irraisonnée engendré par une telle réclusion... Cette angoisse qui frôle l'épouvante, la nuit, lorsque les poutres craquent et que les bourrasques en furie hurlent dans les sapins, affolant le bétail jusque dans l'étable...

Sans François, sa douceur, son calme bienveillant, Josèpha fut devenue folle au cœur des éléments déchaînés... Un certain sentiment de plaisir l'envahit en y repensant, car si la neige faisait écran au froid environnant, elle emprisonnait aussi à l'intérieur la chaleur de l'âtre...

En évoquant une fois encore ces moments de doux isolements si propices à l'amour, Josèpha se surprit à gémir : elle se troubla, confuse, se sentit rougir de honte et d'émotion en se remémorant la candide impudeur de son mari ! Jamais François n'avait hésité à se dévêtir entièrement comme à la dévêtir aussi, avec tendresse et passion... Et dire que les gens d'ici, à ce qui se murmurait, gardaient leur chemise jusque dans leurs rapports conjugaux ! Pas étonnant, d'ailleurs : à les voir si intransigeants, si secs de cœur, si rigides en leurs principes !

À la pensée de ces instants partagés avec l'homme qu'elle aimait, le désir lui tordit les entrailles et Josèpha partit d'un rire sauvage : non, jamais ces gueux ne connaîtraient les plaisirs de l'amour tels qu'elle les avait découverts dans les bras de son homme ! Elle ne pouvait que remercier Dieu de lui avoir choisi François pour époux, son seul regret restant de ne pas lui avoir encore donné d'enfants…

Un bien-être chaud et humide lui roula le long des cuisses, remonta ses reins en une houle bienfaisante, douloureuse, et se bloqua dans sa gorge en un hoquet désespéré. Les larmes lui inondèrent une fois encore le visage, et elle reporta toute son énergie et son attention sur son ouvrage, maniant avec dextérité les longs brins d'osier…

La nuit tombait lorsque Pataud se mit à aboyer. On frappa à la porte… Josèpha sursauta, son cœur s'emballa. Souffle court, elle eut un instant de panique : qui pouvait bien demander l'entrée à cette heure avancée ? Un voisin ? C'était là chose rare et il se fut annoncé de plus bruyante façon dès le portail de la courette. Antoine alors, qui aurait fait demi-tour devant la neige ? Non : Pataud eût aboyé de plus joyeuse manière ! Ou bien encore un messager de mauvais augure ? Était-il arrivé quelque malheur à François ?

Tremblante, Josèpha se décida à ouvrir : sur le seuil, se tenait un homme déjà âgé, sac sur l'épaule, vêtu de pauvre façon, le cheveu blanc et hirsute…

« *Un miséreux, un mendiant…* » pensa la jeune femme. Il fallait s'en méfier ! Car si elle n'omettait pas de faire l'aumône quand elle le pouvait, les pauvres étaient légions sur les routes et on ne pouvait donner à tous ! Faisant violence à sa bonté naturelle, elle se raidit, prête à refuser toute demande du vieillard… Il en profita pour prendre la parole, d'une voix grave, calme et assurée qui fleurait bon les accents déjà occitans de certains coins d'Auvergne :

— Grand pardon, petite dame ! Mais n'ayez pas peur ! Je ne suis pas errant, mais honnête travailleur…

Josèpha faillit défaillir :

— François ? balbutia-t-elle… Vous venez pour François ? Il lui est arrivé quelque chose, n'est-ce pas ?

— Rassurez-vous ! la calma le vieil homme. Je ne connais pas de François. Tout au moins pas le vôtre car je ne sais même pas à quelle porte je viens de frapper ! Depuis que je n'ai plus la force d'aller à la scie, je carde la laine : il n'y a pas de petit métier, vous savez ! Je voulais passer le Col de Biaud pour rejoindre mon Auvergne, mais il est trop tard et je cherche une grange et un coin de paille pour y passer la nuit.

Voyant que la jeune femme hésitait encore, il insista :

— Je partirai dès l'aube… Je vous en prie : tous vos voisins m'ont déjà bouté à la porte et il fait trop nuit pour que je poursuive ma route…

Josèpha ouvrit aussitôt la porte en grand : si elle se faisait soudain un point d'honneur à héberger ce pauvre vieux, c'était simplement parce que ses « bons chrétiens » de voisins l'avaient chassé !

Elle pria son visiteur d'entrer, avant de lui proposer :

— Vous prendrez bien la soupe avec moi ?

— Je n'en demande pas tant ! s'exclama le cardeur, éberlué de se voir ainsi accueilli après les refus essuyés. J'ai un quignon de pain, quelques oignons, et un solide morceau de lard !

La maîtresse des lieux eut un bon sourire : après tout, cet imprévu ne pouvait lui faire que du bien, dans cette grande maison trop vide !

— Pas tant de manières, Bonhomme ! Tu partageras ma table sans façon ! Et puis tu tireras une paillasse de la soupente et tu t'installeras près du foyer : tu y auras plus chaud qu'à la grange et c'est moins puant qu'à l'étable… Allez, entre, te dis-je ! Avant que de faire refroidir toute la demeure !

Tout surpris encore, le vieil homme s'empressa d'obéir et franchit enfin le seuil. Ses yeux eurent un éclair de malice…

— À ton parler, je comprends mieux ton accueil, petite ! Tu n'es pas d'ici où l'Auvergnat n'est guère apprécié du Forigniat !

Il hocha la tête et poursuivit amèrement :

— Les Foréziens ne nous connaissent que lorsqu'ils ont besoin de bras car nous louons nos forces un prix de misère… La saison terminée, nous n'existons plus pour eux ! Peu leur importe alors si nous crevons sur le bord des chemins !

Josèpha ne répondit rien et tira seulement le banc pour permettre à son hôte de se reposer de sa marche : les routes montant de la plaine vers le Col du Biaud ne pouvaient qu'être épuisantes pour de vieilles jambes, fussent-elles auvergnates !

La jeune femme éprouvait même une certaine joie à ne plus être seule, car cette présence éloignait les tristes pensées qui trop souvent l'effleuraient.

Elle ne doutait pas non plus que la compagnie manquât au pauvre homme, perdu qu'il était dans cette contrée où l'indifférence des gens le reléguait au même rang que les mendiants et les gueux sans foi ni loi…

— Je m'appelle Sébastien, dit le presque vieillard en grattant sa tignasse blanche.

— Et moi Josèpha… répondit-elle avec son plus beau sourire. Josèpha…

L'homme semblait maintenant réchauffé et son regard brillait de contentement. Un fumet sympathique s'échappait de la marmite mijotant au-dessus de l'âtre… Josèpha se défendait de vouloir mettre les petits plats dans les grands, mais elle tenait à prouver qu'elle n'était pas taillée dans le même bois que son voisinage ! Elle courut à la remise et en revint avec un jambon fumé entier qu'elle posa joyeusement au beau milieu de la table.

À voir saliver Sébastien, elle n'eut plus aucun doute : le vieux n'avait pas été à telle fête depuis bien longtemps ! Peut-être même n'avait-il pas mangé à sa faim depuis des jours, car des larmes d'émotion roulèrent sur ses joues au travers de ses paupières fripées...

Un silence éloquent s'installa entre les deux êtres. Pataud s'était tranquillement allongé aux pieds du visiteur qu'il semblait avoir déjà adopté. Bizarrement, ce silence ne pesa pas à Josèpha comme celui de ses soirs de solitude, tant il était chargé de sentiments riches et secrets... Non ! La jeune femme comme le cardeur se contentaient de savourer intérieurement le bien-être d'une joie simple, de partager le plaisir de ce repas pris au chaud dans un bouquet de senteurs appétissantes...

Comme s'il avait été en présence de mets rares et précieux, Sébastien commença à avaler la traditionnelle soupe aux choux avec une lenteur calculée pour mieux en apprécier chaque brûlante gorgée.

Le jambon fumé lui fut un vrai régal, le fromage une gourmandise depuis longtemps devenue luxe ! Et quant au vin, il y avait une éternité qu'il n'avait dû en goûter d'aussi bon et Josèpha ne se priva pas de lui remplir son verre, heureuse de tout ce plaisir qu'elle donnait.

Tant et si bien que Sébastien termina le repas légèrement cramoisi, l'œil brillant et la parole hésitante ! Stimulée par le bonheur de son invité, Josèpha dévora elle aussi avec un appétit qu'elle ne se connaissait plus...

— Ben, ma p'tite dame, décréta Sébastien. Y a belle lurette que je n'avais eu droit à pareil festin !

— Dieu ! Je m'en doutais... répondit la jeune femme en riant. Mais tu peux m'appeler Josèpha ! Comme je te l'ai dit, c'est là mon nom...

— Et un bien joli nom, petite ! Que peu de femmes portent, par ici…

Le vieux laissa planer un nouveau silence. Josèpha le regardait avec une nuance de nostalgie au fond des pupilles : ce vieil homme doux et chaleureux, derrière le masque dur forgé par une vie de labeur, lui rappelait un peu son propre père…

Un dernier verre de vin aidant, Sébastien se laissa aller à des confidences et Josèpha le laissa s'épancher, sentant bien à quel point cela lui était nécessaire :

— Tu sais, p'tite dame, j'en ai vu, des choses, depuis ma naissance ! Eh bien ! Tout va de mal en pis : quand je suis né, notre roi était déjà roi. Il faut dire qu'il n'est plus tout jeune ! Mais nous, les gagne-petit, les manœuvriers, paysans ou autres gens de misère nous ne savons rien de la vie des grands de ce monde… Ce que nous en savons, c'est que d'année en année la vie nous est un peu plus dure, alors que les nantis montrent chaque jour un peu plus leur éclat !

Josèpha opina de la tête cependant que le vieux continuait son monologue :

— Nous, nous n'avons toujours connu que guerres, impôts, famines, épidémies, logements de soldats, taxations, calamités du temps et autres humiliations ! Tout ce qui fait les pauvres toujours plus pauvres et les riches toujours plus riches… Sans parler de ce clergé, qui mange sur notre misère tout autant que les nobles ou autres parvenus !

Josèpha acquiesça encore sans mot dire. Si Sébastien trouvait sa véhémence dans le pichet, la justesse de son raisonnement étonnait dans sa bouche de presque errant.

— Que voilà des propos qui écorcheraient les oreilles du Roi Louis ! se permit-elle pourtant d'insinuer, en éclatant de son rire franc de femme du soleil.

— Mais qui le connaît, ce roi ? s'emporta Sébastien. Sinon ces seigneurs enjuponnés et dentelés comme des damoiselles ? Moi, je ne l'ai jamais vu : je n'en connais que les charges, pour lui payer à lui et aux siens châteaux, donzelles et fêtes à tout va ! Je n'en connais que les impôts nouveaux dont celui, scandaleux entre tous, qui nous taxe tête par tête ! Comme si les impôts anciens ne suffisaient pas déjà à enfoncer le pauvre dans sa misère ? Je n'en connais, de ce roi, que les tirages au sort qui font du premier laboureur venu de la chair à canons pour des guerres dans des pays que nous ne connaissons même pas ! Je n'en connais que la cherté de la vie, la difficulté à vivre, à survivre ! Non, Josèpha... Il ne faut pas me parler de ce roi-là : il est une honte pour le petit peuple de France !

— Quel souffle ! Et quelle colère, mon pauvre Sébastien ! s'exclama la jeune femme. Rassure-toi, j'ai bien autant que toi de griefs envers ce règne : car je peux bien te le dire, je suis née protestante en mes Cévennes natales, et ma famille et mes proches ont trop été victimes des persécutions voulues par ce bon roi pour que je le porte en mon cœur !

Sébastien fit une moue triste, devinant malgré ses abus de boisson qu'il ne convenait pas de s'attarder sur le sujet... Il toussa, avant de reprendre :

— J'étais donc dans la plaine, à quelques lieues de Montbrison, à carder la laine ici, à rouir le chanvre là, à donner un coup de main ailleurs, histoire de gagner quelques sols encore, du temps que l'hiver se faisait attendre. Et puis, il y a trois jours, de méchants rhumatismes se sont réveillés d'un coup... Fait pas bon vieillir ! C'est pour moi un signe qui ne trompe pas : la mauvaise saison approche ! Et la neige toute fraîche sur vos montagnes prouve assez que j'avais raison...

Il hocha la tête mélancoliquement et ajouta :

— Je n'ai plus ni femme ni enfants qui m'attendent au logis, mais j'aime à passer l'hiver chez moi, en ma maison, toute masure qu'elle soit...

Le vieux baissa le nez sur la table et Josèpha le laissa rêver à son Auvergne originelle. En communion de pensée avec lui, elle se perdit dans le souvenir des garrigues, des grès et des calcaires au cœur desquels elle avait grandi... Seul le crépitement des bûches dans l'âtre empêcha un silence total de s'installer et de s'appesantir sur la maisonnée : une nostalgie partagée planait au-dessus de la pièce, et le temps arrêté prit une saveur toute particulière. La flamme de la bougie se fit vacillante et la clarté du foyer plus diffuse...

Josèpha rajouta un morceau de bois dans la cheminée. Puis, toujours aussi rêveuse, elle refendit habilement une longue tige d'osier avant de se mettre en œuvre d'achever le panier qu'elle avait commencé...

— C'est de la bien belle ouvrage ! apprécia le vieux en connaisseur. Et même si tu ne travailles pas comme on le fait ici... Mais il y a tant de manières de faire ! La tienne est belle, ma foi, et ta corbeille prend fort bonne tournure…

— Je tiens ma façon de faire de mon père et de ma mère, tout comme ils l'avaient eux-mêmes apprise de leurs parents. Il n'y a jamais grand-chose de nouveau sous le soleil !

— Pas grand-chose, en effet, sauf la misère sur le pauvre monde… rumina Sébastien.

— Ah, non ! Tu ne vas pas recommencer tes lamentations ? La misère n'est pas d'aujourd'hui, tout de même : les anciens parlaient des pestes, des épidémies, du froid et des disettes ! Je crois que la vie ne leur faisait pas trop de cadeaux, à eux non plus…

— Oui, bien sûr… admit le vieil homme. J'ai moi-même perdu femme et enfants lors de la triste famine de 1693 et des cruelles maladies qui l'accompagnaient…

Il renifla, puis murmura encore :

— C'est triste de vieillir seul, tu sais ?

— La solitude est triste à tout âge, répondit Josèpha la gorge serrée…

Malgré sa mélancolie, Sébastien se sentait délicieusement bien, pour la première fois depuis longtemps… Quant à Josèpha, elle goûtait pleinement le réconfort que lui procurait la présence du vieux cardeur sous son toit. Déjà, elle redoutait par anticipation de voir le sympathique vieillard repartir vers cette Auvergne où personne ne l'attendait.

Ce fut tout à fait songeur que cet hôte d'un soir s'allongea sur une paillasse de feuilles de hêtre, bien enveloppé dans la chaude couverture dont l'avait gratifié la jeune femme. Ce fut pensive également que cette dernière rejoignit son lit, la tête emplie d'émotions diverses, bouleversée de souvenirs, torturée par l'absence de François et rageuse contre ce curé stupide et ses paroissiens. Le cœur ému aussi au-delà des mots par la chaleur humaine et la bonté de son nouvel ami éphémère…

Longtemps, les yeux fixés au plafond dans la semi-pénombre adoucie par les braises rougeoyantes, elle écouta cette respiration étrangère qui s'élevait à l'autre bout de la pièce. Puis, peu à peu, sa hargne envers les gens du pays retomba. Elle resta pourtant une éternité à chercher un sommeil qui ne venait pas. Trop de choses l'oppressaient ! Trop de sentiments contradictoires, trop de peines, trop d'émotions aussi…

Josèpha laissa doucement la torpeur de la nuit s'emparer d'elle, et une immense sensation de repos l'envahit enfin sans pour cela l'endormir vraiment.

Elle eût aimé entendre le vieux Sébastien rompre le silence, lui conter ses périples à la scie lorsqu'il se rendait en Italie comme des milliers de ses semblables : connaître d'une autre bouche que celle de François les joies et les souffrances de cette vie d'aventures, de ce travail harassant, de ces longs voyages, de ces pays inconnus…

Elle imaginait ces va-et-vient incessants entre la demeure familiale et les forêts perdues de l'autre côté des Alpes. Se comprenait-on seulement avec ces gens d'autre langue ?

De longues heures, Josèpha rêva de cette existence périlleuse, des surprises du voyage, des rencontres et des amitiés liées au fil des chemins, de la joie des retours, des larmes des séparations. Elle ne sut vraiment quand elle sombra enfin dans le gouffre du repos nocturne, et fut surprise au réveil d'émerger du sommeil sans avoir eu conscience de s'être endormie…

Les yeux vifs de Sébastien étaient là, gentiment posés sur elle :

— Bien dormi, petite dame ?

— Euh ! Oui, enfin, je crois… bafouilla Josèpha, l'esprit encore embrumé.

— Pour ma part, j'ai ronflé comme un bébé, affirma le vieil homme avec un sourire satisfait. Je te souhaite bonne journée, Josèpha. Quant à moi, il me faudra vite partir ce matin car je m'attends au pire…

— Au pire ? s'étonna-t-elle.

— Oui, car je n'ai pas aujourd'hui une articulation qui ne me fasse souffrir : le temps tourne au mauvais, je le sens !

Rabattant sur les mollets sa longue chemise de nuit, Josèpha sauta de son lit et s'en fut ouvrir la porte comme à son habitude :

— Il n'en parait rien, Sébastien ! constata-t-elle avec un petit rire moqueur. La température est même plutôt douce pour le petit matin. Je ne serais pas étonnée si la neige se mettait à fondre…

— Que non pas, gamine ! Crois-en mes vieilles douleurs ! Elles ont plus d'expérience que toi…

Josèpha s'étira les membres et bâilla bruyamment.

— En attendant, vieil homme, il nous faut penser à nous caler l'estomac ! Alors, à table, si nous voulons être d'attaque pour cette journée…

Elle considéra Sébastien qui, péniblement, tentait de se mouvoir. Il eut un sourire d'excuse perdu entre deux grimaces de souffrance :

— Le temps de mettre les muscles en route et ça ira mieux ! affirma-t-il.

Josèpha eut une inspiration joyeuse et proposa :

— Tu sais, vieux Sébastien... La route est encore longue avant que tu ne sois chez toi ! Si l'hiver arrive vraiment comme te l'annoncent tes rhumatismes, il vaut mieux que tu ne te laisses pas surprendre par les tourmentes en pleine montagne ! Si tu le veux, tu peux rester quelques jours ici. Il y a encore du travail d'homme en cette maison, et tu ne seras pas une bouche inutile car il y a du bois à fendre et à rentrer : la cheminée sera gourmande dès que la froidure sera là ! Contre le gîte et le couvert, ce me semble honnête marché.

Sébastien ne répondit rien sur le moment : il ne s'attendait pas à cette aubaine ! Il déplia sa carcasse endolorie avec précautions, échangea avec la jeune femme un regard gêné :

— Bon ! décréta-t-il en se dirigeant vers la porte. Mais moi, je vais faire le tour des bâtiments pour me dérouiller les pattes !

Josèpha lui adressa un coup d'œil reconnaissant : le vieil homme la tirait d'embarras, car elle ne savait comment lui faire comprendre qu'elle avait besoin d'un instant d'intimité pour procéder à sa toilette tout en ménageant leur pudeur respective.

Le vieil homme l'avait bien senti et s'était aussitôt trouvé un prétexte pour s'éclipser. Josèpha fut émue par cette marque d'attention et éprouva pour l'Auvergnat un sentiment proche de l'amitié. Elle espérait de tout cœur que Sébastien acceptât sa proposition ! Pourtant, tout au fond d'elle, elle en doutait : les vieux sont souvent si têtus !

— Les ans ne me valent rien, petite ! affirma l'Auvergnat en réintégrant la maisonnette. Et les jambes ne suivent plus le bonhomme... Je crois bien que je vais rester quelques jours : c'était offert si gentiment ! Et puis comment refuser à si charmante personne ?

Josèpha cacha de son mieux sa jubilation mais son cœur bondit d'allégresse : cet accord les arrangeait tous deux ! Pour la première fois depuis le départ de François, les jours à venir ne s'annonçaient plus à elle comme un calvaire...

— Ne t'inquiète pas, Josèpha, promit Sébastien. Je ne serai pas une charge ! Je ne suis pas encore sénile, tu sais, et je suis rude à la tâche... Car je ne veux pas être redevable et je suis un honnête homme !

— Je n'en doute pas, reconnut la jeune femme.

Elle était bien consciente que cette halte était plus profitable au cœur du vieil homme seul qu'à son corps endolori, et elle aussi partageait ce besoin de compagnie et d'affection.

Sébastien jeta un dernier regard vers la porte restée grande ouverte. Il considéra, pensif, les longues bandes de nuages d'un rose-orangé qui zébraient l'horizon sur le fond encore sombre de la nuit finissante. Les couleurs étirées se mêlaient aux lueurs de l'aube et leurs nuances étranges suscitaient le malaise... Sans doute sensibles au phénomène, les oiseaux s'abstenaient de saluer le jour nouveau et leur chant n'égayait pas le calme environnant qui, dès lors, sembla menaçant. Le vieil homme s'ébroua comme un chien mouillé et marmonna :

— Me dit rien qui vaille, ce ciel-là !

Pataud, queue basse et oreilles rabattues, semblait partager cet avis…

- 5 -

— En voilà une heure, pour faire honneur à mon repas ! gronda la bonne Toinette avec des hurlements de fureur simulée, cependant que les deux hommes s'installaient à table au milieu d'une marmaille impatiente de voir les écuelles garnies… Bien à part, elle eut un petit sourire amusé : elle s'attendait à ce retard et avait même misé sur lui pour s'accorder le temps d'improviser une cuisine aux parfums de fête !

Elle adorait Antoine, qui avait toujours quelque chose à raconter, une bonne blague à dire. Elle aimait son regard mutin et ce ton charmeur qui faisait se presser les donzelles en sa compagnie…

Ah ! S'il n'eût été aussi coureur, Toinette lui eût bien mis naguère bague au doigt ! Mais Antoine tenait trop à sa liberté et avait le don de se dénicher des amourettes en chaque village, en chaque hameau. Combien de lieux ne devait-il pas maintenant éviter pour échapper à la jalousie de ses conquêtes… ou de leur mari !

En proie à un certain vague à l'âme, Toinette ajouta avec nostalgie une goutte d'huile de noix sur les lardons grillés puis s'en prit à Bertrand, plus par plaisanterie que par vindicte car elle tenait son époux pour le plus brave homme de la terre :

— C'est pas Dieu possible, Bertrand ! Qu'as-tu été dévergonder en taverne ce pauvre Antoine ?

— Lequel Antoine, comme chacun sait, est sans doute sobre comme le sable du désert, n'est-ce pas ? ironisa le paysan, entrant dans le jeu de sa femme.

— Lequel Antoine a surtout horreur qu'on se moque de lui et a bien l'honneur de vous saluer ! répliqua sèchement le marchand en faisant mine de se lever de table.

Sans un mot, ledit Bertrand tendit la main vers le pichet familial et servit une bonne rasade à son invité. Antoine reprit sa place, se composa un air faussement accablé et bougonna :

— Et voilà ! Voilà comment on vous forge une réputation d'ivrogne !

— Arrêtez donc un peu vos enfantillages et servez-vous plutôt une tranche de ce jambon, intervint Toinette.

Bien repu et… désaltéré, le ventre lourd autant que les paupières, Antoine de nouveau se retrouvait sur la route. Il sifflotait, chantonnait, et son euphorie n'était peut-être pas étrangère aux nombreux verres qu'il avait vidés depuis le matin ! Le chemin était plat désormais et le marchand s'était depuis quelques lieues juché à l'avant du chariot pour se reposer les jambes.

Seul le choc des sabots de Grison sur la terre et les pierres rythmait une avance paisible et régulière…

Bien qu'il se fût attardé plus que de raison à la table de Toinette et Bertrand, Antoine ne regrettait rien : il faut bien profiter des bons moments de l'existence ! Aussi ne fit-il même pas la grimace en s'apercevant que le soleil déclinait : il savait combien la nuit tombe tôt en cette saison…

Quoi qu'il en fût, il était maintenant hors de question d'atteindre Feurs avant le crépuscule ! Antoine sourit : oui, il avait bien fait de se ménager une large marge de manœuvre, le marché de Feurs n'ayant lieu que le surlendemain. Le plus sage pour lui était donc de se résoudre à passer la nuit à Boën. De plus, Antoine aimait cette bourgade construite à l'orée de la plaine et à deux pas du Lignon, cette belle rivière claire appréciée pour ses truites et autres poissons…

Il arrêta sa carriole près du pont de pierre et se laissa glisser jusqu'à la rive du cours d'eau. Il avait besoin de s'asperger d'eau fraîche, autant pour retrouver ses esprits que pour se mouiller les cheveux : avant d'aborder Boën, Antoine tenait à redonner à sa coiffure un semblant de prestance ! Prestance qui n'avait d'ailleurs nul besoin d'artifices, car il était plutôt bel homme et le savait !

Il ne se privait d'ailleurs pas de jouer de sa stature et de son aisance, sa gentillesse et son humour se chargeant du reste… Ses grands yeux rieurs en faisaient un séducteur-né et il en usait sans ménagement : pourquoi renier les avantages que la nature lui avait donnés ?

Une moue perplexe et malicieuse lui déforma les lèvres : où allait-il bien pouvoir passer la nuit ? Bien sûr, Boën était pour Antoine une étape familière et il y comptait plus d'un « pied-à-terre » ! Il avait vécu en ces murs bien des amourettes, les unes sans lendemain, les autres plus régulières. D'autres encore, celles dont il se méfiait le plus, avaient même failli devenir trop sérieuses, sans évoquer toutes les rencontres plus aléatoires qui s'étaient nouées dans l'adultère et la prudence. Prudence nécessaire : Antoine ne tenait pas à prendre un mauvais coup pour la gaudriole !... Il avait pourtant une prédilection certaine pour ces situations troubles et... excitantes !

Il se mit à réfléchir, hésitant...

Benoîte ? L'épouse du boucher ? Un peu trop en chair peut-être mais amoureuse hors pair qui savait mettre du cœur à l'ouvrage ! Non ! Il n'y avait pas là de quoi passer la nuit : le mari ne s'absentait que peu et, d'ordinaire, les étreintes de Benoîte étaient aussi discrètes que minutées !

Il secoua la tête : il préférait plutôt les jeunettes et eut une pensée pour Catherine... La petite Cathou : un bout de femme alerte au parler vif et rieur, aux yeux effrontés, et à la cuisse accueillante ! Son plus grand défaut était, pour elle aussi, d'être surveillée par un mari jaloux (et cocu) qui n'avait guère le sens de l'humour, mais celui de l'honneur !

La Jeanne, alors ? Ce n'était guère le moment : la pauvre était enceinte d'un petit bâtard et Antoine n'eût pu jurer ne pas y être pour quelque chose... Enfin : tant d'autres que lui pouvaient se vanter lui être passés entre les jambes !

Il y avait bien Antoinette, femme de rare beauté qui faisait tant d'envieux mais que peu pouvaient se targuer d'avoir tenue en leurs bras... Antoine avait pourtant eu cette faveur ! Aussi savait-il que la belle n'avait que peu à offrir dans les jeux de l'amour, froide qu'elle était de corps comme de cœur...

Non ! Après tout, le marchand se résolut à tirer jusqu'à « L'auberge de l'Écuelle » où il avait ses habitudes : le boire et le manger y avaient la réputation non usurpée d'y être des plus agréables, et surtout, la patronne, veuve au tempérament peu commun, avait toujours nourri pour Antoine les plus douces faiblesses !

Dommage qu'elle eût passé la trentaine car il avait un net penchant pour les chairs plus tendres... Pourtant, Antoine ne songeait pas à faire le difficile : l'expérience et la fougue de la tenancière des lieux avaient de quoi justifier le détour ! D'autant plus que bien souvent elle s'estimait quitte, et qu'il ne déboursait pas un liard, ni pour le lit ni pour le couvert...

En habitué, il remisa ses chariot et cheval en l'écurie attenante à l'auberge et entra dans la grande salle d'un pas assuré. L'œil de Marguerite s'alluma d'un reflet égrillard et Antoine sut tout de suite que la place était libre, qu'il ne passerait pas la nuit seul en sa couche...

— Alors, ma bonne Guite ! s'écria-t-il. Trouve-t-on toujours bonne chère, en ce lieu ?

— Bien le bonsoir, Toine... répondit l'aubergiste. Bonne chère et... bonne chair !

Le sourire qui accompagnait le propos était des plus équivoques...

— Arrête, Marguerite ! Tu vas me faire rougir ! protesta Antoine en l'embrassant sur les deux joues.

Il apprécia la façon dont elle se colla à lui, pressant sur son large torse ses formes épanouies, et il lui claqua une main familière sur le postérieur.

— Allez ! Cours vite à tes pichets, ma belle... intima-t-il. J'ai une soif de damné !

C'était loin d'être vrai, mais Antoine n'aimait guère se donner en spectacle et la salle d'auberge était pleine à craquer. Déjà, des yeux moqueurs ou amusés se posaient sur lui...

Antoine regarda avec regrets une nouvelle servante s'éclipser vers l'office. Non : il était hors de question pour lui d'espérer l'attirer en son lit... Dès qu'il avait le malheur de mettre les pieds à « L'auberge de l'Écuelle », la brave Dame Marguerite s'appropriait d'emblée ses attentions !

— Veux-tu donc bien cesser de lorgner ainsi ma soubrette ? fit-elle mine de s'insurger. Petite taille, petits seins et petites fesses ! Tu risquerais même de me la briser en miettes rien que d'y penser !

La remarque fit éclater de rire la moitié de la clientèle, à la grande confusion d'Antoine. Il se contenta de grommeler quelques mots avant de se trouver place en face d'un marchand de sa connaissance.

— T'as pas changé, l'Antoine ! Toujours l'œil au niveau de la braguette !

— C'est une vision des choses qui est loin d'être la plus... désagréable, je crois ! répliqua-t-il.

L'homme partit d'un long rire gras et, le regard toujours grivois, il changea de sujet :

— Mais dis-moi... Remontes-tu dans tes montagnes à corbeaux ou bien viens-tu encore pirater ceux de la plaine ?

— Je descends, l'ami, je descends... Les ventres jaunes ont de l'argent et j'entends bien leur en faire débourser un peu !

— En cette saison ? s'étonna le marchand.

— Mais qu'est-ce qu'elle a cette saison ? s'énerva Antoine. Ne se croirait-on pas au mois de septembre ?

L'homme eut une moue :

— Pour ma part, ce n'est pas mon époque. Et pourtant je n'habite pas les hauteurs ! Mais le mauvais temps peut venir sans du tout crier gare ! Alors l'hiver, je me repose des voyages de la bonne saison. Oh, je m'occupe : à faire quelques sabots et quelques tonneaux que je vendrai au printemps...

Antoine soupira de manière compatissante :

— Tout le monde fait comme toi, Mathieu... Aussi, en été, on trouve à foison des sabots et des tonneaux à vendre ! Mais mettez-vous dans la tête que c'est maintenant qu'il en manque sur les marchés ! Comme la vannerie... Et moi, c'est donc en ce moment que j'en propose aux chalands : comme l'offre est rare, j'en tire deux fois le prix de ce que j'en aurais eu à ta belle saison... D'autant que les paniers de Josèpha, c'est autre chose !

— Pour sûr ! admit Mathieu. Ils n'ont pas même façon que les nôtres. Pas qu'ils soient plus solides, non ! Mais comme ils ne sont pas comme les autres, ses paniers, ils se vendent d'autant mieux !

— Forcément ! Et je n'ai pas à en avoir honte, compère... Ce qui est peu courant rapporte pécunes plus que l'ordinaire et ce n'est que de droit !

— Tu aurais tort de t'en priver : bon commerce n'est pas vol ! Mais nous avons assez parlé métier comme cela ! Que dirais-tu si je te conviais à ma table ? Ma commère est au chevet de sa mère à Saint-Sauvain, car la vieille a une mauvaise grippe. Ce qui fait que je n'ai point soupe au logis !

— Ce serait bien volontiers, assura Antoine. Mais j'ai coutume de partager la table de la Guite…

— Ah ! Antoine… Si ce n'était que la table ! rigola malicieusement Mathieu.

Antoine partit d'un rire franc cependant que Marguerite, à portée d'oreille, s'approchait :

— Ce qui se passe en ma couche ne regarde personne !… décréta-t-elle. Mais je veux bien partager ma table avec vous deux : plus on est de drôles, moins on s'ennuie !

Antoine mit longtemps à émerger du sommeil : une chape épaisse et cotonneuse lui collait les paupières et il fut un long moment sans vraiment réaliser l'endroit où il se trouvait… Puis il prit conscience d'une chaude présence à ses côtés, et sa main se tendit vers les confortables rotondités de Marguerite qui se retourna en gémissant.

Dieu ! Qu'il était dur de s'éveiller après une telle nuit ! En y repensant, Antoine eut un sourire satisfait… Le choc des dents, le souffle haletant, la salive sur la peau et le feu des embrassades de leurs étreintes nocturnes lui remontèrent à la mémoire : Marguerite… Quelle amante insatiable et exigeante ! Quelle fougue et quel art dans les performances les plus inavouables !

Il lui fit face et osa une caresse sur la généreuse poitrine, si douce et si moelleuse aux doigts ! Puis ses lèvres prirent le relais et s'emparèrent du mamelon brun qui s'érigea sous sa langue. Enfin, il l'embrassa à pleine bouche et Marguerite, ressuscitant sous la tendresse du baiser, s'éveilla tout à fait.

Avec une énergie nouvelle, elle attira Antoine contre elle et l'emprisonna voluptueusement de ses bras en laissant échapper de petites plaintes lascives. Presque incrédule, il sentit remonter son désir et Marguerite eut un petit cri de victoire et de bonheur en percevant contre sa cuisse la fermeté renaissante de son partenaire...

De nouveau, elle se donna sans retenue, plus ardente que jamais, et Antoine fit de son mieux pour la satisfaire : elle était si sensuelle, si douce dans les jeux de l'amour ! Longtemps, ils laissèrent libre cours au galop de leurs corps. Puis, emporté par une houle qu'il ne contrôlait plus, Antoine se mordit les lèvres en sentant monter la jouissance. Marguerite incrusta ses ongles dans le dos de son amant en geignant de manière de plus en plus aiguë... Puis elle se perdit dans un cri qu'elle ne put réprimer cependant qu'Antoine se répandait en elle dans un ultime assaut. Enfin, elle se laissa aller contre lui dans un abandon de joie mêlée d'épuisement...

Ils furent une brindille d'éternité avant de pouvoir reprendre leur souffle, enlacés hors du temps à partager la même tendresse, chavirés jusqu'au fond du cœur et des yeux en une offrande réciproque... Quand ils se désunirent, la peau moite de plaisir, ils restèrent silencieux et cœur battant, renversés sur le dos, savourant à l'envi ces instants de communion…

Dame Marguerite secoua sa torpeur et se redressa. Comme chaque jour, il lui fallait se mettre à l'ouvrage de trop bonne heure ! Elle jeta un œil sur son amour d'une nuit et ses yeux s'embuèrent de passion :

— Antoine… murmura-t-elle sans pouvoir retenir des larmes d'émotion.

Si jamais elle devait un jour se remarier et rester fidèle à un homme, assurément ce serait Antoine qui ferait l'objet de son choix !

Marguerite colla sa joue sur la poitrine velue et grisonnante et écouta les battements du cœur. Sa langue joua machinalement avec les poils, puis, s'enhardissant, ses lèvres descendirent délicatement en un tracé sinueux vers le sexe mou sur lequel elles se refermèrent…

Son regard se fit moqueur et chercha celui d'Antoine cependant que sa tête amorçait un lent va-et-vient. Les yeux du marchand se brouillèrent et il émit un grognement fatigué de satisfaction. Bientôt, sa chair exacerbée reprit un semblant de vigueur, à la grande joie de sa compagne qui s'activa sur son désir hésitant avec une fougue renouvelée…

Antoine se leva tard, la tête folle et les jambes flageolantes. Non, il ne regrettait pas sa halte à « L'auberge de l'Écuelle » et se félicitait de faire partie des rares privilégiés à partager les ébats de Marguerite ! Il esquissa un sourire attendri en évoquant les talents amoureux de l'aubergiste : une femme tellement femme !… Plantureuse, peut-être, mais généreuse sûrement ! Une compagne d'exception au lit comme au fourneau…

Pourtant, malgré son penchant pour les joutes amoureuses, Antoine s'imaginait assez mal l'époux d'une telle femelle : il tenait trop à sa liberté ! Et quand bien même ? Un seul homme pouvait-il suffire aux appétits de Marguerite ?

— Le feu au cul ! prétendaient certains.

« *Bande de jaloux !* » pensa Antoine…

Le marché de Feurs n'était que le lendemain. À quoi lui servait-il de se presser ? L'après-midi lui suffirait largement pour rejoindre la capitale du Forez ! Il décida donc de rester à Boën jusqu'après le repas, à la grande joie de Marguerite qui regretta un peu de n'avoir pas le loisir de se consacrer corps et âme, et plutôt corps que âme à son bel amant… Antoine n'en fut pas fâché : jamais il n'eût pu soutenir un nouvel assaut !

Ce fut donc repu du ventre comme du bas-ventre qu'il reprit sa route pour Feurs au pas cadencé et mesuré de Grison, le cœur et le corps en fête… Ses pensées vagabondaient, bercées par les cahots du Grand Chemin Forézien. À sa grande surprise, la grande voie de circulation était presque déserte… En plein après-midi ! Les gens, et Dieu sait pourquoi, circulaient peu ce jour-là. Il éclata de rire : si les marchands préféraient rester terrés chez eux, la concurrence serait moindre et les affaires bien meilleures !

Les prés succédaient aux champs, les champs aux bosquets, les bosquets aux étangs… Les maisons, au fil des lieues, se trouvaient de plus en plus clairsemées entre les hameaux jalonnant le grand chemin… La nostalgie des heures passées en compagnie de Marguerite s'estompait peu à peu, laissant du vague à l'âme en son esprit. Mais le temps passait vite et Antoine se demanda s'il ne s'était pas mis en route trop tard : les journées sont si brèves en hiver !

De temps à autre, il jetait un œil de côté, guettant si la silhouette d'une amourette éphémère ne se profilait pas à la fenêtre de l'une ou l'autre des maisonnettes qu'il croisait, bien qu'il n'eût nulle intention de s'y arrêter ! Mais, au retour, peut-être ?

Tout au loin, très loin dans le soleil agonisant, se devinait la lignée d'arbres qui marquait le passage de la Loire. Antoine fit presser l'allure à son cheval. Plus on s'approchait du fleuve et moins les habitations étaient nombreuses, à cause de l'humidité et du risque des crues dévastatrices dont cette rivière imprévisible était coutumière.

Le grand chemin devenait de plus en plus désert à présent et le marchand se fit plus vigilant : il y avait toujours à redouter les mauvais coups de quelques errants !

« *Comment peut-on vivre en de si mornes lieux ?* » Tout n'était ici que platitude désolante pour un homme de la montagne, et l'on remarquait à peine le léger bombement, au loin, derrière lequel se nichait le village de Poncins.

— Allons, Grison, il n'est plus temps de traînasser, la nuit avance maintenant à grands pas ! Encore un effort, nous ne sommes plus très loin…

Grison répondit aux incitations de son maître par un hennissement nerveux et tira la charrette avec une force nouvelle. Antoine reporta son attention sur le long chemin qui traçait tout droit devant lui. Cette fois, il était vraiment seul ! Le chariot qui le précédait venait de tourner sur Poncins et personne ne semblait le suivre…

— Comme des poules, maugréa-t-il. Ces ventres jaunes sont comme des poules dès que le soir tombe !

Grison renâcla et se mit à hennir encore…

— Qu'y a-t-il, mon vieux Grison ? Deviendrais-tu capricieux ? Oh ! Tu sembles bien nerveux ! Ce n'est pourtant pas dans tes habitudes…

Le vieux cheval secoua la tête, inquiet, les oreilles pointées en avant. Un long souffle glacial cisailla la vaste plaine et Antoine frissonna. Il remonta le col de son lourd manteau, fit claquer son fouet devant le nez de l'animal :

— Allez, allez ! Si nous ne voulons pas passer la nuit sur ce chemin !

Il lui sembla que le son de sa voix se parait d'échos lugubres et il fronça les sourcils, subitement en proie à une indéfinissable angoisse…

- 6 -

Rares étaient ceux qui pouvaient s'offrir une collation matinale en auberge et la grande salle était presque déserte à cette heure... Quel contraste avec les soirs, où une foule avinée buvait jusqu'à plus soif ! Des relents de tabac et de vin flottaient depuis la veille et prenaient à la gorge, mais on oubliait vite cette gêne éphémère... Jambon, œufs, lait frais et une bonne tourte de pain : Pierre ne se privait de rien !

Il y avait là de quoi mettre en appétit François qui se cala sur son banc en caressant la table de bois usé. Son regard éloquent croisa celui du chef des mariniers :

— Que cache cette faveur, Pierre ? Tu te méfies de moi ?

— Chacun sait que ceux des Hautes Chaumes sont francs comme l'or ! plaisanta le batelier.

Il eut une moue avant de prendre une mine plus sérieuse :

— Tu sais, François, j'ai l'habitude des hommes et j'ai tout de suite deviné l'idée qui te trottait par la tête. Oh ! Tu n'es pas le premier à l'avoir eue, mais tu es le premier à avoir songé à nous rejoindre par le biais d'un convoi de charretiers : j'apprécie ! C'est là initiative d'homme avisé ! Mais rares sont les scieurs qui ont eu le cran de se lancer sur les flots : pour ma part, je n'en connais pas. Toi, tu me sembles d'une autre étoffe et cela m'amuse de voir jusqu'où tu oseras aller dans cette aventure !

François se fendit d'un sourire sincère : il se trouvait en étrange communion avec cet homme du fleuve et admirait la façon dont ce dernier l'avait mis à nu, comme s'il avait pu lire au plus profond de ses intentions.

— Tu ne veux donc pas me voir rester sur le quai, malgré tout ça ?

Le prince des bateliers poussa vers le montagnard la miche de pain et le jambon fumé.

— Non, au contraire ! Tu auras le droit de renoncer à tout moment. Tous les mariniers ont ce droit, d'ailleurs ! Un jour ou l'autre, chacun de nous a peur du fleuve. Et un homme qui a peur n'est plus rien sur une sapine sinon un danger pour tous ses compagnons ! Mais je gage qu'à la fin du compte, tu resteras avec nous...

François ne se faisait guère d'illusions sur cette hypothèse. Il y avait quelques années, peut-être... Mais maintenant, il y avait Josèpha ! Qu'il aimait si fort ! Pourtant, il laissa échapper les deux mots rassurants qu'attendait sans doute ce colosse sympathique qui le jaugeait du regard :

— Peut-être...

— Allons ! Mange... C'est moi qui régale !

François mordit de bon gré dans le pain serré et ses yeux reflétèrent l'amitié et la gratitude. Pierre et lui étaient faits pour s'entendre !

Le premier, Pierre repoussa son banc et se leva de table :

— J'ai pour habitude de visiter le chantier avant tout le monde, voir si tout est en ordre, ce qu'il y a à faire, ce qui est en retard. Sentir le fleuve, aussi... Si le cœur t'en dit, viens avec moi : je t'expliquerai un peu le métier !

François était maintenant d'attaque pour sa journée. Avec une énergie joyeuse, il se redressa :

— J'arrive !

Malgré son accoutumance au froid des Monts du Forez le scieur frissonna à l'abord des quais. Il considéra pensivement les sapines alignées :

— Désolé de te décevoir, Pierre, mais je crois que je ne ferai jamais un marinier à vie : j'aime trop le changement ! Descendre et remonter la Loire pour la redescendre encore et la remonter, ce doit vite devenir monotone !

Pierre éclata de rire :

— Que tu dis ! s'exclama-t-il. Mais tu oublies les aléas du voyage, les aventures, les bagarres, les filles... La liberté, quoi ! Notre vie est pleine d'imprévus et la Loire est si changeante ! C'est une existence pour les gars de ta trempe !

François ne prit pas la peine de protester et préféra reporter son attention sur les bateaux. Il remarqua :

— Une chose est sûre, au moins : nous autres gens du bois, et vous autres gens de l'eau sommes bien faits pour nous compléter ! Sans bûcherons et sans scieurs de long, qu'en serait-il de vos belles sapines ?

— C'est peut-être pourquoi nous nous entendons si bien, répondit le batelier. Je t'ai déjà en grande amitié, tu sais !

Les brumes montaient de la Loire dont le clapotis régulier battait les piles du quai sombre et chantait gaiement aux oreilles des deux hommes. François plissa les narines :

— Sans cette puanteur de l'eau et ce brouillard glacé, ce serait presque agréable, ironisa-t-il. Est-ce que c'est comme ça tout le long ?

— Non ! Rassure-toi : le fleuve ne pue que près des grandes villes ! Quant au brouillard, d'ordinaire, il se lève avec le soleil...

François sauta dans une barque neuve qui se mit à tanguer en grinçant et en cognant du bastingage. Le bois sentait bon la résine fraîche et le scieur éprouva un vif plaisir à renifler cette odeur qui lui était si familière...

— Pourquoi ne la charge-t-on pas, celle-ci ?

— Elle fera partie du prochain voyage, expliqua Pierre.

— Mais pourquoi est-il besoin de construire une sapine à chaque descente ? Ne pourrait-on les ramener par les chemins de halage ?

— Certains le font parfois lorsqu'ils remontent des marchandises rares à vendre en nos régions... Mais généralement les sapines sont cédées comme bois de charpente ou débitées en bois de chauffage ! Ces bateaux sont vite construits et ils ne résistent pas à plusieurs descentes...

— Ainsi, vous remontez à pied ! s'étonna François.

— Eh ! Oui... À pied ou en coche, selon l'humeur ou la fortune ! Et si j'avais à commercer au retour, je préférerais le faire en chariot...

François pouffa :

— Je viens de faire l'expérience que, vu l'état des chemins, mener un chariot n'est sans doute pas plus enviable que tirer les barques à force d'homme !

Pierre fit une moue complice :

— Et puis d'abord, nous ne nous mélangeons pas avec les voituriers ! Pas plus d'ailleurs qu'avec les charpentiers ou... les scieurs ! ajouta-t-il en riant.

François regarda son compagnon jouer du pied avec le bordage de la sapine :

— Pierre, je ne comprends toujours pas l'intérêt que tu me portes ! Ni ce tête-à-tête, ce repas au « Chapeau Rouge » qui, comme chacun sait, est avec « Le Loup » la meilleure auberge du quartier du port.

— Je te l'ai déjà dit, Sétaïre ! Tu me parais homme fort et déterminé et j'ai décidé de faire de toi un marin... Tu voulais avoir ta place sur un bateau, tu l'auras : je te prends même dans mon équipe ! Mais je t'explique : une équipe, c'est quatre couplages, et un couplage, c'est deux sapines assemblées bord à bord. C'est toujours ça que tu auras appris ce matin ! Ceci dit, je ne compterai pas sur toi plus que sur le plus petit apprenti ! Tout au moins pour l'instant...

François sourit :

— Sans toi, je devais renoncer à mon projet, n'est-ce pas ?

— Je le crois ! Je dois être un peu fou... Mais ce qui est dit est dit ! Tu auras le boire et le manger, et tu seras payé comme un apprenti. Ni plus, ni moins ! Sauf si ton travail me plaît, mais alors nous en rediscuterons, car tu seras près alors d'être un vrai marinier !

Le scieur regarda pensivement les planches du fond de la sapine puis se décida :

— Tope-la, Pierre ! Je n'ai pas fait tout cela pour abandonner maintenant ! Je dois être un peu fou moi aussi pour avoir eu une idée si saugrenue ! Car il va me falloir tout apprendre et je ne sais même pas nager !

— Il n'y a pas un marinier sur dix qui sache nager ! répondit Pierre. Quant à apprendre, tu es là pour ça ! Mais il est plus que l'heure : il faut que j'aille bousculer ce tas de vaut-néants. Ils devraient déjà être au travail !

Il fit deux pas, se retourna de nouveau sur François :

— Tu as eu de la chance de tomber sur moi, scieur ! Car tous les mariniers ne sont pas d'honnêtes gens : certains auraient pu te prendre à bord pour te voler avant de t'abandonner sur une berge déserte ou te jeter à la Loire ! Ces brebis galeuses, on les appelle des « gobeurs » ! Et il faut t'en méfier comme de la peste...

La journée passa vite pour François malgré son impatience de se voir sur le fleuve. Ainsi que ses compagnons, il avait trimé comme un beau diable au chargement des sapines. On avait déjà transbordé dans les embarcations des tonnes de charbon les jours précédents. Il avait aujourd'hui fallu finir d'entasser tonneaux de vin, balles de tissus, pots et tuiles, ainsi que des marchandises venant de Lyon, du Languedoc, et du Midi... Le soir était maintenant là et les huit sapines enfin pleines jusqu'au bordage !

C'était avec plaisir que François avait vu venir le crépuscule : il avait beau être costaud, il se sentait vidé par le labeur du jour ! Il déclina l'offre de Pierre qui l'invitait de nouveau à sa table à l'auberge du « Chapeau Rouge », car il ne voulait pas être plus redevable encore envers le marinier. Et surtout, il avait bien besoin de se changer les idées : quelques pas dans cette ville qu'il allait quitter dès le lendemain ne pouvaient que lui faire du bien !

En déambulant dans les rues sombres, François laissait divaguer ses pensées tout en restant sur le qui-vive : la nuit, l'agglomération n'était pas sûre mais le jeune homme faisait confiance à sa force et savait se défendre ! Car il ne fallait guère compter sur la maréchaussée : un lieutenant-criminel et une petite douzaine d'hommes d'armes en tout et pour tout, pour une telle cité !

Roanne, en fait, c'était deux villes : le port, et l'autre. Le port, avec ses immenses hangars et ses pauvres bâtiments en pisé, avec cette odeur si caractéristique des bords du fleuve, ces émanations nauséabondes et malsaines... Et une boue presque permanente car seule la principale chaussée menant du port au grand chemin était pavée !

François la foulait maintenant et ses talons ferrés claquaient sur les galets luisants. En remontant vers la cité haute, il eut l'impression de respirer plus librement et ne fut pas fâché de laisser derrière lui ce cloaque ! Il passa près des hôtels qui restaient dans cette partie de la ville les seuls immeubles décents. Ils étaient relativement nombreux, car en période de basses eaux il fallait parfois loger sur place des jours et des jours avant de pouvoir s'embarquer…

Le futur marinier releva son col. Il ne faisait pas très chaud. La lune, entre deux nuages, déversait une lumière crue et pâle sur le paysage urbain et les ombres s'étiraient entre les murs, ajoutant à l'angoissante ambiance qui se dégageait des lieux. Il changea de côté de la ruelle pour laisser le passage à un groupe de pauvres hères avinés… On devinait maintenant la masse du château sous lequel se développaient deux bourgs : le Bourg Basset et le Bourg Neuf.

François connaissait déjà la ville pour y être passé à maintes et maintes reprises : il aurait pu se rendre sans demander son chemin à l'Hôtel-Dieu, à l'église Saint-Julien ou celle de Saint-Étienne. La ville n'était pas une grande ville, quatre mille à quatre mille cinq cents âmes seulement, mais une ville vivante qui, outre les mariniers, abritait tous les corps de métiers et toutes les activités des gens de passage.

Il pesta : deux tombereaux encombraient la moitié de la rue et il fut obligé de marcher dans la fange. Rageur, il fit déguerpir d'un coup de botte une truie et ses petits et bifurqua au croisement pour éviter une rixe… Il pénétra alors dans un monde de petites ruelles mal entretenues, contourna un tas de fumier, s'écarta d'un mur délabré qui ne lui inspirait pas confiance.

Enfin, il aborda le Pré de la Foire où se tenait depuis toujours le marché des bourrasses et des filasses de chanvre. François y connaissait plusieurs tavernes où l'on mangeait bien et où le vin était des meilleurs. Avant de se lancer dès le lendemain sur les eaux du fleuve, il ressentait le besoin de se retrouver dans un milieu autre que celui des mariniers.

« Le Pot d'Argent » était une auberge fréquentée par les marchands, et François y avait ses entrées : il espérait ici rencontrer quelques personnes de connaissance et aurait même eu plaisir à parler avec un « corbeau des montagnes » !

L'auberge était plus calme et plus conviviale que celles du quartier du port. Malgré la fumée des pipes et des lampes, la salle était bien éclairée. L'atmosphère sentait le tabac, la soupe chaude et la bougie, les clients étaient peu bruyants, les patrons amicaux…

Un coup d'œil circulaire, mais François ne releva aucune tête connue des Hautes Chaumes. Il ne se remémorait de vue que ce vigneron de la région de Boën qu'il n'estimait guère. Aussi ne le salua-t-il que d'un discret mouvement de chapeau.

— Oh, là ! Mère Bolut ! On ne s'occupe donc plus des vieux clients ?

La grosse femme tourna une face rubiconde, puis écarquilla deux yeux surpris :

— Mais… c'est François ! Le sétaïre… Des années que tu n'as mis les pieds par ici, n'est-ce pas ? Que nous vaut le plaisir, grand niguedouille ?

Sans lui laisser le temps de répondre, elle ajouta :

— Je suppose que tu prendras bien un pichet du vin de nos coteaux ?

— Avant tout, je me laisserais bien tenter par un petit verre de boëte...

— À cette heure ? Quelle drôle d'idée ! Tu serais pas malade, au moins ?

François n'avait rien d'un buveur invétéré même s'il appréciait parfois un bon coup de rouge, mais il avait besoin tout à coup d'un alcool plus fort... Rêveur, il laissa longtemps ses papilles s'imprégner de la saveur de cette boisson à base de marc de raisin, de fruits sauvages, de sucre et d'eau.

— Fameuse, ta boëte, complimenta-t-il.

— C'est pas pour rien qu'elle fait la réputation du « Pot d'Argent » ! répliqua la Mère Bolut.

Le brouhaha s'était fait plus intense et le choc des écuelles montrait assez que le repas battait son plein. Une bonne odeur de lard salé s'ajoutait à celle du chou et François délaissa son verre pour se joindre à la grande table commune : il se découvrait soudain un appétit d'ogre.

Pour un peu, il se serait confié au père et à la mère Bolut pour leur avouer qu'il ferait partie d'un équipage dès le lendemain, qu'il allait prendre l'eau... Mais à quoi bon ? On était bien incapable de le comprendre, ici ! Il termina donc son repas, plutôt nostalgique malgré les prouesses de bonne humeur de la brave dame Bolut et de son Mathieu de mari.

Subitement, François se sentit pressé de quitter cette auberge, de retrouver le contact de l'air frais, de voir les étoiles scintiller, tout là-haut, comme des poignées de diamants jetées au velours noir de la nuit…

Bien vite pourtant, au fur et à mesure qu'il marchait sur les pavés luisants et dans la boue collante et malodorante, le ciel si limpide faisait place aux brouillards délétères des bords du fleuve… Il ralentit peu à peu l'allure en sentant l'eau toute proche.

Au loin, se devinaient l'île et le village du Coteau. Dans les remous du courant d'où montaient des volutes de brumes, le squelette sombre des pieux de l'antique pont de bois, emporté depuis des lustres par une crue, pointait ici ou là.

La rumeur du fleuve, son clapotis incessant et lancinant inquiétèrent soudain François : pour la première fois depuis la naissance de son projet, il prenait peur de l'eau, viscéralement peur…

Aussi, resta-t-il longtemps ce soir-là les yeux ouverts dans les ténèbres, et il eût été bien incapable au réveil de dire dans quels arcanes son esprit avait vagabondé…

Un coup de pied secoua sa paillasse :

— Allez ! Debout, là-dedans !

La voix de Pierre était impérative, autoritaire… Il ne convenait plus de traîner ! Déjà, le prince des bateliers ne semblait plus sur terre. Son corps comme son âme voguaient à l'avance sur les flots tumultueux de la rivière sauvage…

François avala vite un quignon de pain avant de rassembler son maigre bagage. Déjà, les ordres pleuvaient :

— Christophe, Claude et Jean, sur la sapine de tête ! Étienne, Lambert et André, sur le premier couplage !

Pierre nomma trois marins par sapine pour les quatre couplages, puis ajouta :

— Je prendrai place sur le couplage de tête, cela va sans dire ! Thomas, comme d'habitude, sur la toue... Sans commis cette fois, mais avec notre ami François pour son premier jour. Demain, on le mettra peut-être sur une sapine...

Les marins froncèrent le sourcil. Pourquoi une telle faveur ? Sur la toue, passe encore, mais sur une sapine ! Pourquoi intégrer d'emblée au sein de l'équipe ce scieur des montagnes qui n'avait jamais posé le pied sur un bateau ?

— Ce n'est pas l'usage, Patron ! Qu'avons-nous besoin de ce sétaïre ?

— Il ignore tout du fleuve ! Un scieur... Mais c'est un danger pour nous tous !

— Et en quoi peut-il bien être utile s'il ne sait pas ce qu'est l'outiau, la bourde ou la patouille ? S'il ne sait comment lâcher la piautre ou virer à mar ?

— C'est folie ! maugréa un autre.

Les mariniers de la Loire formaient un clan uni et n'y entrait pas qui voulait ! Mais Pierre n'avait nullement le cœur à discuter :

— Ici, c'est moi le patron ! Ces sapines sont mes sapines et ce chargement celui qui m'a été confié ! François est fort, et il apprendra... J'ai pris le pari d'en faire un marin, et il sera vite aussi valable que vous tous, tas de vauriens !

Thomas se rapprocha de François qui n'avait pipé mot sous l'orage. C'était un homme déjà âgé que plus rien n'étonnait et qui avait appris à obéir :

— Puisque nous devons faire équipe ensemble, autant commencer par nous bien entendre, dit-il d'une voix grave et calme.

— D'accord, l'ami... Mais tu vas devoir faire preuve de patience, avec moi... Tes compagnons ont raison : je ne suis qu'un scieur...

— Plus rien ne me surprend, avec le patron ! répondit le vieux avec un petit rire cassé. Il a toujours eu ses lubies ! Comme son père, d'ailleurs...

L'aube était proche et on commençait à discerner à travers les brumes l'île du Coteau et le câble du bac. François considéra les flots de la Loire et les grandes sapines de plus de quarante- cinq pas de long sur neuf de large qui tanguaient en heurtant le ponton. La plupart possédaient en leur milieu une cabane de planches qui serait bientôt le havre nocturne des mariniers. À l'heure de mettre le pied sur ces embarcations, dans la fièvre des dernières minutes à terre, le montagnard se sentait bien moins assuré.

— François ! cria Thomas. C'est pas le moment de rêver ! C'est avec moi que tu embarques...

— J'arrive ! répondit-il en rejoignant la toue.

Sautant sur la petite barque, il s'inquiéta aussitôt de l'eau dans laquelle clapotaient ses bottes :

— Oh ! C'est bien normal, ça ? Ou ce bateau n'est-il qu'une passoire ?

Le rire blasé du vieux marin le rassura :

— Le bateau est neuf, Sétaïre. Sous le charbon des sapines, c'est pareil… Il faut attendre que le calfatage de mousse et de goudron fasse son effet et que le bois gonfle un peu !

— J'en ai, des choses à apprendre ! confessa François.

— C'est bien pour cela que tu es à la place d'un commis, n'est-ce pas ? Ce n'est guère de ton âge, mais il faut un début à tout…

— Bon ! concéda François avec un petit sourire penaud. Commençons tout de suite, alors : je suis donc sur une toue ! Et si je ne sais pas grand-chose, je sais qu'elle ouvre la route au convoi en montrant le passage entre les balises…

— C'est à peu près cela, concéda Thomas. On l'appelle aussi le bachot. C'est à notre travail que l'on doit d'éviter de s'échouer ou de s'ensabler, derrière nous. Ce n'est pas si facile car les repères sont souvent manquants !

La toue n'était qu'une simple barque vide dans laquelle ils s'empressèrent d'entasser de longues gaules pour servir de balises de remplacement.

— Allez, François ! Tu es prêt ? Il nous faut partir pour avoir assez d'avance et marquer la voie. Il faut vérifier les bancs de sable et de graviers car les hauts-fonds se déplacent souvent, ce qui les rend d'autant plus dangereux !

Le vieil homme plaça comme le voulait la coutume une petite statuette de la Vierge en tête de son bateau et il cria :

— Salut ! Et à la grâce de Dieu et du fleuve !

D'un coup de gaule, il éloigna la toue de l'estacade. Enfin ! Ils étaient partis... L'embarcation tangua sur un bord puis sur l'autre, hésita, battue par les remous, puis dériva en travers du courant.

François s'agenouilla aussitôt pour garder son équilibre : il n'avait pas l'habitude de ce jeu et ne s'était jamais senti aussi peu sûr de ses jambes ! Son cœur se mit à cogner plus vite, une crampe inattendue lui vrilla douloureusement l'estomac. Sur le quai, les mariniers rigolards le considéraient d'un œil moqueur...

Thomas joua de la godille et la toue prit le fil du courant.

— Prends donc une perche, François... Ça t'aidera à tenir debout !

François riait maintenant. C'était vrai ! Avec les mains occupées il se trouvait déjà plus stable. Rapidement, son angoisse faisait place à l'excitation de naviguer.

Bientôt, la barque prit de la vitesse et le quai se perdit dans les brouillards. L'onde noire et glauque accrochait les reflets du jour naissant.

Fasciné par cette expérience nouvelle, le scieur en oubliait l'humidité glacée qui montait du fleuve :

— Thomas ! Il faudra aussi m'expliquer ces termes qu'on m'accuse de ne pas connaître, la bourde, l'oustiau, que sais-je encore ?

— On dit « l'outiau » ! C'est un grand bâton avec un crochet de fer pour s'écarter des piles des ponts. La bourde, c'est un peu la même chose mais c'est la pointe qui change ! On dit « à mar » pour dire à gauche, et « à galarne » pour dire à droite... Mais pour toi, je peux continuer à dire gauche et droite, si tu veux ! La galarne, c'est aussi ce foutu vent de Nord-Ouest qui fait chavirer les sapines... Mais je t'en ai déjà trop dit : tu apprendras cela au fur et à mesure !

Au travers des brumes fumeuses s'échappant du courant, dans la clarté balbutiante de l'aube tardive de ce jour d'hiver, on distinguait maintenant les lignes de piquets qui çà et là servaient de repères. François eut tôt fait d'imiter Thomas, plongeant et replongeant une immense gaule pour sonder la profondeur de l'eau.

— Même là où de vieilles balises sont encore en place, il faut percher, mon gars... La Loire est imprévisible ! Et il peut y avoir des épaves nouvelles au fond, ce qui est un grand danger pour les sapines !

La barque fut secouée par les remous et François, déséquilibré, sentit remonter son appréhension :

— On ne va pas un peu vite ? s'inquiéta-t-il.

Thomas eut un petit rire condescendant et largua une longueur de chaîne :

— Cette chaîne traîne sur le fond. En réglant sa longueur, on freine plus ou moins la toue… C'est pas plus sorcier que ça !

La descente se déroulait plutôt mieux que François ne l'avait craint. Soudain, Thomas posa sa perche, lâcha l'ancre et se démena sur sa godille pour diriger le nez de l'embarcation.

— On s'arrête ?

— Ouvre les mirettes, Sétaïre ! répondit le vieux en fichant ses yeux dans l'eau. Il manque des balises, ici !

— Oh ! Thomas ! Ne secoue pas ce bateau comme ça ! Tu vas nous foutre à l'eau !

— Si tu tiens pas debout, tu feras jamais un marin, rétorqua le vieux. Et si tu fais pas un marin, autant que tu tombes à l'eau tout de suite, ça fera un vaut-néant de moins !

Tout à l'excitation et à la découverte de ce travail si nouveau pour lui, François n'eut guère conscience du temps qui passait. Un soleil pâlot brillait maintenant et le scieur suait sous sa chemise trempée. Les villages défilaient à distance des rives, les enfants saluaient joyeusement le passage de la barque…

— François, lâche l'ancre ! ordonna Thomas.

L'apprenti s'exécuta aussitôt sans comprendre…

— Il ne manque pas de balise, dirait-on ?

— Regarde ces friselis blanchâtres, ces vaguelettes crénelées ! M'étonnerait pas, moi, qu'y ait du haut-fond par là-dessous… Ça a dû changer depuis la pose des repères : une nuit y suffit, tu sais ?

Les perches lui donnèrent tout aussitôt raison et Thomas manœuvra pour trouver un nouveau passage et le délimiter correctement. L'œil du vieux scrutait toujours, cherchant à deviner ce que l'eau cachait. Il décela bientôt une écume qui l'intrigua, plongea le bras dans le fleuve et il en retira un bâton de marine brisé. Il jura :

— Peste Dieu ! Y a quand même des Jean-foutre ! Sans doute des gobeurs ! Ils se sont laissés piéger par le sable et ont cassé un repoussoir ferré en se dégageant. Et ils n'ont même pas pris la peine de changer les balises !

François ne répliqua rien, devinant bien que son compagnon indigné allait continuer à s'épancher…

— C'est vrai, quoi ! Un bâton brisé, ça peut percer un plancher de salembarde, et la malchance aidant l'envoyer aux poissons ! Tant qu'on n'obligera pas les patrons à marquer leurs bâtons en haut comme en bas on ne pourra empêcher ces négligences ! Pas vu, pas pris ! C'est la devise des gobeurs !

Quelques méandres encore… avec les roseaux dépassant de l'eau près des berges, les arbres par bouquets, sans feuilles, et leurs troncs sombres, véritables squelettes habitués des crues… Le bruit du courant, les clapotis…

La toue croisa une sapine cabanée remontant le fil de l'eau à la voile :

— Au prochain lacet, vous allez perdre le vent ! prévint Thomas. Il vous faudra passer les bricoles et tirer à force d'homme !

— Merci, l'ami ! Mais la journée touche à sa fin et nous allons songer à la halte. On pensera à haler demain si le vent ne tourne pas favorable…

— Faites attention aux balises ! Mais vous pouvez vous y fier, elles sont toutes vérifiées !

Le vieux se retourna sur François :

— Nous aussi, nous allons faire halte. Nous ne sommes plus loin de Digoin !

— Pourquoi ne pas pousser jusqu'à la ville, alors ?

— Que non pas ! Un marinier en ville ne peut que partir en bordée, taquiner la donzelle et la bouteille ! C'est pas bon pour le travail ! Tout au long de la descente, y a pas de temps pour la gaudriole ni pour la beuverie ! C'est là notre règle.

Peu après la toue, les couplages parvinrent à l'ancrage choisi par Thomas. Pierre s'informa aussitôt du scieur :

— Alors, Thomas ! Tu n'as pas noyé ton élève ?

— Oh ! C'est pas un mauvais gars… Il tient déjà sur ses jambes comme un vrai marin ! Il ne lui manque que le langage et la pratique, et ce n'est pas en deux jours que ça s'apprendra !

— C'est en forgeant qu'on devient forgeron, dit-on… C'est en naviguant qu'il deviendra marin ! François, demain tu monteras sur ma sapine. Tu y connaîtras mieux le métier. Et tu verras, ça secoue moins que la toue ! Mais demain, c'est demain… Alors, on verra ça demain…

François allait connaître sa première nuit sous le toit d'une cabane de sapine. L'espace y était exigu pour les huit personnes qui s'y entassaient autour d'une aire de terre battue délimitée, où un petit poêle en fonte dispensait chaleur et fumées…

La soupe mijotait et sentait bon le bouillon de choux et de bœuf. Mais déjà on faisait honneur à la dame-jeanne de grès et les langues se déliaient… La veillée promettait d'être agréable, détendue, et François savait bien qu'il n'aurait guère de mal à se faire apprécier de ses nouveaux compagnons : il avait tant de choses à raconter et connaissait tant d'histoires drôles ! Mais, la fatigue de la journée aidant, chacun fut heureux de se coucher tôt et le scieur, pour la première fois depuis des jours, s'endormit sans trop penser à ses montagnes…

Une nouvelle aube se levait et toute l'équipe était déjà sur pied. François s'étira, debout dans le vent frais, et huma l'air vivifiant. Peu à peu, il s'habituait à l'humidité ambiante… La sapine craquait et gémissait sans cesse en se balançant doucement. Une chaîne claquait contre le bordage et l'eau continuait son inlassable clapotis…

La main du patron se posa amicalement sur l'épaule du montagnard…

— C'est toi, Pierre ? Belle journée, n'est-ce pas ?

Pierre fit la grimace, dubitatif :

— Le temps est clair, c'est vrai. Mais le vent tourne à galarne… C'est pas vraiment bon pour nous mais ce n'est pas vraiment ce qui m'inquiète…

— Quoi donc, alors ?

— Tu sais, François : quand on a comme moi passé toute sa vie sur le fleuve, on le devine… Son odeur, sa couleur, ses vagues, la force du courant, autant de signes que je connais bien ! Mais la Loire, aujourd'hui, je ne la sens pas... Je ne sais pourquoi, je la trouve un peu menaçante. Oui, il y a quelque chose dans l'air qui ne me plaît pas ! Je te le dis, François. Ce jour ne sera pas un bon jour !

— Espérons que tu te trompes, Pierre...

- 7 -

Avec des gémissements rageurs, le vieux Sébastien s'échinait à fendre bûche sur bûche. Le fil de la hache accrochait dans l'air les reflets du soleil en larges arabesques avant de s'abattre sur le billot dans un claquement sec. Ses muscles se faisaient douloureux sous l'effort, mais d'une bonne douleur qui effaçait celle de ses articulations rouillées…

Josèpha chantonnait et sa voix claire fleurait bon les intonations du Midi… Son visage rayonnait d'un bonheur tout neuf : comme il lui était agréable d'entendre enfin quelqu'un s'affairer à ses côtés, dans cette demeure trop grande pour elle seule ! Elle avait l'impression de revivre et les tâches quotidiennes lui semblaient plus légères…

— Eh ! Sébastien ! Prends le temps de souffler un peu ! Que tu vas fondre en sueur, et qu'encore un peu je ne retrouverai plus de toi qu'une pauvre flaque devant ce tas de bois !

Le vieil homme s'accorda le temps d'un rire pour cacher son essoufflement :

— Que non pas, Josèpha ! J'ai encore de la force, sais-tu ? Et ce ne sont pas ces quelques bouts de hêtre qui vont me faire peur !

Il s'essuya le front d'un revers de main. Le cœur lui battait à se rompre mais pour rien au monde il n'eût avoué son épuisement. Plus qu'à Josèpha, c'était à lui-même qu'il voulait prouver son endurance !

— Alors, ne va pas trop vite ! Sinon, quel ouvrage pourrais-je bien te trouver ensuite ?

Sébastien eut un sourire amusé.

— Il y a toujours à faire dans une ferme, Josèpha, et tu le sais bien…

Josèpha ne répondit pas et pénétra dans l'enclos des porcs pour leur donner pitance. Ses sabots pataugèrent dans la fange de boue et d'excréments, rendue plus collante encore par la neige qui fondait. La truie et ses petits se précipitèrent dans ses jambes et elle dut se dégager à coups de pied :

— Oh ! Doucement, là-dedans !

Deux énormes gorets placides s'extirpèrent paresseusement de la soue. Sans ménagement, ils écartèrent du groin leurs congénères pour s'approprier la meilleure part de pâtée.

— Mangez, mangez… Profitez-en avant d'être mangés à votre tour !

La jeune femme ne put s'empêcher de soupirer : la mise à mort du cochon, en hiver, était une fête, une réjouissance familiale où l'on conviait voisins et amis… Car tuer n'était rien ! Il fallait être nombreux pour couper, débiter, nettoyer, vider, préparer ! Pour confectionner boudins, saucisses et saucissons et tout ce qui peut se tirer d'un porc… Tuer le cochon ! Ah ! Une occasion de plus pour Josèpha de se sentir seule : François et Antoine partis, elle ne pouvait certes compter sur l'aide de ses voisins ! Sans doute en profiteraient-ils même pour lui montrer un peu plus leur mépris, leur indifférence ! Heureusement, peut-être d'ici là Antoine serait-il alors revenu ? Il n'avait parlé que d'une absence de trois à quatre jours, mais avec lui on ne savait jamais ! Enfin : sans doute les choses s'arrangeraient-elles peut-être mieux qu'elle ne le supposait…

À la pensée de sacrifier le cochon, de déguster boudin, lard, côtelettes et jambon, elle eut la salive à la bouche. Elle se tourna vers Sébastien qui s'épongeait le front en respirant péniblement :

— Eh ! L'ancien… Rien ne sert de trimer comme forçat ! Un casse-croûte s'impose si nous voulons avoir de la force pour le labeur !

— Je n'y suis pas opposé, admit Sébastien…

Le sourire éclata aux lèvres de Josèpha : rien ne lui plaisait plus que ces instants partagés au beau milieu de l'ouvrage, à oublier la sueur et la fatigue avec un bon morceau de lard ou de fromage ! C'était un vrai moment de détente que l'on savourait avec délice, sans un mot, uniquement concentré sur la mastication de chaque bouchée, les yeux perdus dans le vide, les muscles abandonnés à ce repos bienfaisant… Ces minutes de félicité complice, dans l'air revigorant de cette belle journée d'hiver, prenaient une saveur particulière pour la jeune femme.

Elle mordit dans son pain et ses yeux croisèrent le regard brillant de joie de Sébastien. Qu'il faisait bon vivre ces instants qui n'avaient l'air de rien, mais si riches de sentiments ! Avec cette impalpable communion devant un morceau de lard, un oignon, et cette tourte de pain même si elle n'était plus de première fraîcheur !

Mais le bonheur est si fragile qu'il faut bien peu de choses pour l'anéantir ! Une voix goguenarde se chargea de le rappeler à Josèpha :

— Ah, ah ! Ces filles d'en bas ! Faut jamais les laisser seules... François aurait dû le savoir !

La jeune femme se retourna vers la haie, tout au bout de la courette où, du chemin, un paysan narquois la contemplait.

— De quoi te mêles-tu, l'André ! cria-t-elle. Et quelles sournoiseries mijotes-tu encore ? Passe ton chemin, goujat : on n'a nul besoin de toi ici !

La voix paillarde se fit plus moqueuse encore :

— J'en doute pas : quand le chat n'est pas là, les souris dansent ! Le feu où je pense, hein ? Et avec un vieux, encore... Ah : un vagabond, même ! Il faut croire que...

Josèpha ne le laissa pas achever. D'un bond, elle fut sur ses pieds. Furieuse, elle se précipita sur l'homme avec un rugissement de rage :

— Fan de puta ! hurla-t-elle. Vaurien, malfaisant ! Sale porc, retourne dans ta soue t'occuper de ta truie !

Les cailloux qu'elle jeta sur l'intrus le firent déguerpir, et elle eut la satisfaction de faire mouche à plusieurs reprises ce qui n'empêcha pas l'individu, une fois hors d'atteinte, de continuer à ricaner méchamment...

Longtemps, ce rire abject résonna aux oreilles de la jeune femme essoufflée et furibonde. En elle, la colère se mêlait à la peine, la révolte à l'impuissance... Des larmes de hargne lui montèrent aux paupières et elle resta là, immobile, tendue et poings serrés, au beau milieu de la cour…

Elle n'entendit pas Sébastien s'approcher et sursauta quand il lui posa une main paternelle sur l'épaule. Elle baissa la tête et lui fut reconnaissante de rester silencieux : elle voulait rester seule avec son indignation, son humiliation et sa souffrance… Ce fut pourtant elle qui, au bout d'un moment, chercha des yeux ceux du vieil homme. Elle ne put qu'y lire une immense tristesse partagée et elle se laissa aller sur la poitrine du vieux cardeur, le nez dans la pauvre laine de sa veste élimée… Sébastien porta la main vers la chevelure noire et la caressa doucement, comme on réconforte un enfant :

— Allons, allons, ma belle… Ne te mets pas dans un tel état ! C'est donner trop d'importance à cette racaille ! Tu verras, avec les ans : bien des gens sont méchants pour le seul plaisir d'être méchants… Laisse-les à leur méchanceté ! Ignore-les et mène ta vie sans t'occuper d'eux !

Josèpha s'attacha à réprimer les sanglots qui l'étouffaient :

— Facile à dire… parvint-elle à articuler.

— Mais non ! insista Sébastien. D'accord, je ne suis guère instruit, mais je pense savoir reconnaître un abruti ! Comme celui qui vient de passer… À quoi lui peuvent servir ses moqueries sinon à te faire du mal gratuitement ? Non, ne lui donne pas cette satisfaction ! Ce n'est là que stupidité, ne te ronge pas les sangs pour si peu…

Josèpha eut un maigre sourire. La lassitude retombait d'un coup sur elle comme un trop lourd fardeau, et la joie qui l'habitait, il y avait si peu lui parut subitement très lointaine. Oubliée, même…

— C'était André Chira, du domaine d'à côté, mon voisin le plus proche… Mais ce goujat n'est rien, murmura-t-elle. Le pire, c'est cette rumeur infamante qu'il ne manquera pas de répandre dans tout le village dès demain !

Sébastien la serra un peu plus fort contre lui et répondit sur le même ton :

— Est-ce si important que cela ?

Josèpha redressa la tête brusquement, comme pour chasser ses mauvaises pensées :

— Tu as raison : n'y pensons plus ! Si personne ne m'aime ici, c'est que j'ai le tort d'être aimée, moi, par un homme que toutes les filles du coin voulaient marier ! Et c'est une moins que rien comme moi, avec son accent d'ailleurs, qui leur a soufflé sous le nez ce bon parti ! Il y a de quoi s'en faire de féroces ennemies, n'est-ce pas ?

Le vieux secoua la tête et remarqua :

— Admettons que les femelles de Chaumezet t'en veuillent autant que tu le dis ! Mais les hommes ? Ils devraient être heureux de voir leurs chances intactes envers leurs belles !

Josèpha éclata d'un rire qui sonnait faux :

— Mon pauvre Sébastien ! C'est comme si tu ne savais pas qu'une femme fait faire tout ce qu'elle veut à ses prétendants ! Qu'elle peut faire haïr ou médire et même pire, pour un baiser caché ou une promesse d'un soir. Ce sont là les chantages que nous permet notre humaine nature…

Pour toute réponse, Sébastien se racla la gorge : il avait été marié assez longtemps pour savoir que la jeune femme n'avait pas tout à fait tort ! Il se contenta donc de s'éloigner de Josèpha et de reprendre sa hache :

— C'est pas tout ça ! Mais y faut pas laisser refroidir l'ouvrage, bougonna-t-il. Ni le bonhomme, d'ailleurs…

Le bruit de la cognée envahit de nouveau la cour, se répercutant sur les murs des bâtisses pour mourir en échos sur les coteaux aux sapins dentelés… Josèpha s'empara d'un seau de bois et reprit son travail, mais le cœur n'y était plus. Même la présence de Sébastien ne la sortait plus de ce mal de l'âme qui la torturait insidieusement. Elle se retrouvait en cet instant aussi seule que si elle eût été vraiment seule !

Tout en s'éreintant sur son manche à un labeur qui n'était plus de son âge, Sébastien laissait son œil s'égarer sur sa charmante hôtesse. Il s'efforçait de ne pas dire un mot, de ne pas perturber davantage la jeune femme. En homme patient, il attendait que la blessure de Josèpha cicatrisât, tout en souhaitant que sa seule présence rangeât vite cet incident au rang des mauvais souvenirs…

Combien de temps s'écoula-t-il entre les deux êtres sans une parole prononcée ? Ils n'eussent pu le dire… Brouette après brouette, le bois s'entassait sous l'auvent, avec cette bonne odeur de résine et d'écorce qui chatouillait si agréablement les narines de l'ancien scieur. La robe maculée par la boue qui giclait sous les sabots, Josèpha allait de l'étable au hangar, de la remise au cellier, du bachat à la cuisine, traînant seaux et brouettes, les bras chargés, rouge, échevelée... Peu à peu, la fatigue estompait en elle la colère qui ne l'avait pas quittée depuis l'intrusion dans son bonheur des remarques malveillantes d'André Chira.

Enfin elle s'arrêta, reprit sa respiration, puis jeta un coup d'œil autour d'elle, intriguée :

— Mais ? Où est donc passé Pataud ? D'habitude, il est toujours dans mes jambes !

Le vieux Sébastien fit la grimace :

— Tu ne l'as pas vu : il est caché sous la table... Et il n'a même pas pointé le museau dehors quand ton idiot de voisin est venu t'insulter ! Ton chien, il n'a pas l'air d'être dans son assiette, depuis ce matin...

— Faudrait pas qu'il soit malade ! s'inquiéta Josèpha. C'est peut-être que François lui manque, à lui aussi ?

Elle se tut brusquement : parler de François, penser à lui, ne faisait que raviver sa peine ! Elle s'efforça de détourner le cours de ses réflexions :

— C'est comme les chèvres ! Elles s'obstinent à rester autour de la ferme. D'ordinaire, elles préfèrent les abords de la forêt, mais voilà qu'elles grignotent ces haies où il n'y a plus rien à manger !

Les yeux pâles de Sébastien disparurent sous le pli inquiet de ses rides :

— C'est pas bien normal tout ça, Josèpha ! Tu sais, les bêtes sentent des choses que nous ne pouvons déceler… N'empêche, j'aime pas ça !

Comme à regret, il reprit sa cognée en main et fendit une bûche sur le billot d'un seul coup rageur, comme pour se défaire de l'inexplicable angoisse qui couvait en lui depuis l'aube.

— Sébastien ! Le soir sera bientôt là… On ne va pas continuer à s'échiner à la lueur des bougies ! Il va falloir songer à remiser tes outils…

Le vieil homme redressa sa carcasse endolorie et admit :

— Tu as raison, petite… Je termine une dernière brouettée et ça suffira pour aujourd'hui !

— Pendant ce temps, je rentre le bétail…

— Tu n'auras pas trop de mal à le faire, Josèpha : les chèvres sont déjà à la barrière et les vaches meuglent au pré. Tout le monde a l'air bien pressé de rentrer, ce soir !

Josèpha se mit à rire :

— Ce n'en sera que plus facile ! constata-t-elle.

Pataud se décida à sortir pour surveiller la rentrée des bêtes mais il y montra peu d'entrain. Il filait à droite, puis à gauche, presque en rampant, nerveux, les oreilles rabattues en arrière…

Josèpha se tourna doucement, les yeux scrutant l'horizon : du fond de la vallée montait comme un nuage de poussière, et les peupliers bordant la rivière se mirent tout à coup à osciller… Le vent ! pensa-t-elle. C'est lui qui rendait les bêtes folles ! Comment diable avaient-elles bien pu le deviner si longtemps à l'avance ?

Les frênes effeuillés frémirent et un doux sifflement frisa le coteau…

— Hum… C'est la bise, Sébastien ! Rentrons…

Le sifflement se fit brusquement plus aigu et une bourrasque subite les bouscula tous deux, leur coupant le souffle. Un frisson irrépressible parcourut Josèpha de bas en haut :

— Ouah ! s'exclama-t-elle. C'est plus que glacé ! Sébastien ! Viens, filons à l'intérieur avant de geler !

Le vieux planta sa hache sur le billot. Il remonta sur ses épaules la veste qu'il avait depuis longtemps posée avant d'acquiescer :

— Pour sûr, rentrons ! Un vent pareil est trop froid pour venir de l'Enfer, par Dieu !

Une seconde rafale lui ôta la parole et le plia en deux. Transis en quelques instants, ses muscles tétanisés se refusaient à croire cette morsure de glace ! Ses mâchoires crispées se mirent à claquer d'un réflexe incontrôlable. Sébastien et Josèpha eurent l'impression qu'une gigantesque cisaille les découpait de l'intérieur. Poumons bloqués, la jeune femme réussit à tendre la main au vieux cardeur et ils se précipitèrent maladroitement vers la porte de l'habitation, jambes flageolantes, cœur cognant…

Le battant claqua derrière eux et ils restèrent un moment à reprendre leurs esprits, en frappant les dalles du sabot pour se réchauffer un peu… Josèpha se frictionna vigoureusement les épaules et s'essaya à rire, sans conviction :

— Eh, bien ! Cette fois, c'est bien l'hiver ! dit-elle. Sans crier gare ! Mordiou : jamais je n'ai vu bise plus froide et plus subite !

— C'est vrai ! renchérit Sébastien. J'ai connu des hivers glacials, mais qui s'installaient peu à peu... Alors que là, l'instant d'avant on était en bras de chemise, et celui d'après transformé en bloc de glace ! Non : jamais vu ça !

Josèpha se secoua, alla garnir le foyer et ranimer les braises...

— Une bonne flambée s'impose ! Brrr ! J'en tremble encore ! Et une bonne soupe bien chaude ne nous fera pas de mal !

Dehors, le sifflement infernal se transformait en hurlement incessant et lugubre, et le vent ébranla la maison de coups de boutoir furieux. La charpente craquait et gémissait, les bourrasques refoulaient la fumée dans la cheminée et Josèpha se mit à tousser. Pataud, recroquevillé sous la table, laissa échapper de petits jappements plaintifs, les vaches piétinèrent dans l'étable et la paysanne échangea un regard angoissé avec Sébastien...

L'atmosphère s'était faite pesante. Rien n'est plus oppressant que ce que l'on ne comprend pas, ce qui vous dépasse... Et rien n'était plus frustrant ce soir-là que ce sentiment d'impuissance devant les forces de la nature ! Ni Josèpha ni Sébastien ne se décidaient à dire un mot, et seuls quelques sourires forcés trahissaient leurs sentiments mitigés. Ils eussent même pu rire d'une telle facétie du climat si leur cœur n'eût été rongé par un trouble étrange... Le comportement des animaux était peut-être communicatif ?

Enfin ! Une seule chose était sûre : une telle froidure ne pouvait durer !

La neige soulevée et portée par le vent déchaîné battait porte et fenêtres de crépitements saccadés. Avec un frisson rétrospectif, Josèpha remonta son châle puis s'approcha un peu plus des flammes... Une plainte stridente s'échappait du jour sous la porte, et Sébastien se leva pour le calfeutrer d'une poignée de chiffons...

Josèpha se secoua, se força à se lever à son tour :

— Non, laisse faire, Sébastien. Il me faut d'abord mettre les volets. Ce serait folie de s'en passer par une telle nuit !

— Laisse-moi donc y aller ! proposa le vieil homme.

— Non, Sébastien ! Le volet coince mais j'en ai l'habitude... J'aurai bien plus vite fait que toi !

— Alors, couvre-toi bien surtout ! Le froid n'a pas faibli, dirait-on...

Josèpha s'approcha du coffre et en sortit une lourde cape de laine doublée d'une peau de mouton avant de la passer par-dessus ses épaules... À trois pas de l'âtre, la froidure semblait avoir déjà envahi la pièce !

Un instant, la jeune femme considéra la flamme tremblotante de la bougie sur la table et les lueurs torturées qui s'évadaient en crépitant des bûches embrasées. De longues ombres turbulentes couraient sur les murs noircis par la suie, l'atmosphère se faisait lourde, tendue, menaçante... Avec un soupir, elle prit son courage à deux mains, ouvrit la porte et sortit prestement, non sans oublier de la tirer derrière elle.

Aussitôt, elle tituba... Non que le vent fût très fort, mais le froid, comme un animal tapi aux aguets s'était jeté sur elle, sournois et cruel ! Pourtant, si Josèpha s'y attendait, cette attaque dépassa tout ce qu'elle pouvait imaginer : elle eut l'impression que mille pointes de glace l'embrochaient de toute part...

L'air était irrespirable et le gel de son haleine brûlait les poumons... Vite, la jeune femme attrapa le volet et le plaqua devant l'ouverture de la fenêtre. Vite, elle plaça les chevilles de métal pour les clore... Vite ! Il lui sembla que le fer lui arrachait la peau ! Vite, l'autre fenêtre...

Ses doigts ne sentaient plus les mille aiguilles du froid et déjà s'engourdissaient. Les yeux lui piquèrent et s'emplirent de larmes. Sans qu'elle en eût conscience, une plainte continue s'échappait de ses lèvres douloureuses...

Tout là-haut, la lune pâle, impassible, inondait de sa clarté de givre le paysage figé. Seul le vent réveillait encore le silence de mort de la nature. Josèpha cligna des paupières et eut toutes les peines à les rouvrir : ses cils gelaient ! Vite, elle se précipita vers la porte, qu'elle bouscula de l'épaule pour se propulser dans la cuisine, haletante, secouée de frissons, incapable de dire un mot, tremblante et affolée, éperdue...

Sébastien repoussa la porte du pied et s'empressa de serrer Josèpha contre lui, de lui frictionner les mains et les épaules. Doucement, il la fit asseoir au plus près du foyer. Il versa dans un bol une louche de bouillon chaud et le présenta à ses lèvres en lui soutenant la tête : la jeune femme était incapable de s'en emparer ! Le liquide brûlant éclata en elle et elle se sentit tout de suite mieux. Une lueur de gratitude illumina son regard :

— Merci… articula-t-elle simplement.

De nouveau, le sang circulait dans ses membres et l'extrémité de ses doigts devint douloureuse, traversée de myriades de piqûres atroces :

— Dieu ! s'écria-t-elle enfin. C'était cent fois pire que je ne le pensais ! Incroyable ! Je ne pouvais pourtant faire plus vite ! J'ai beau être du Midi, c'est un vrai froid de mort, ici… Je ne m'attendais pas à connaître un tel climat, même en ces montagnes !

— Ça ne tient pas à la région ! affirma Sébastien d'un ton grave. Jamais je n'ai vu ça ! Jamais non plus je n'ai entendu parler d'une telle diablerie !

— L'eau du bachat ne coulait déjà presque plus : prise dans la glace ! Alors qu'il y a à peine deux heures elle glougloutait tranquillement, pendant que nous étions dehors dans la douceur d'un hiver qui se faisait oublier !

Josèpha se redressa.

— Enfin moi, maintenant, ça va à peu près ! Passons donc à table et ça ira encore mieux !

Elle remarqua alors seulement que son vieil ami tremblait de froid malgré le foyer tout proche…

— Mais avant, il nous faut nous dégoter tous les vêtements chauds de la maison. Nous en avons bien besoin ! Pataud ! Sors-toi de devant le feu : le poil te sent déjà le roussi !

La soupe fumante leur avait fait le plus grand bien et leur avait mis du cœur au ventre. Peu à peu, une part de leur optimisme perdu leur était revenue, mais la soupe n'était déjà qu'un lointain souvenir… Plus la nuit avançait, plus l'emprise du froid se montrait impitoyable ! Les poutres craquaient sous sa morsure, et les flammes du foyer n'étaient que lueurs dansantes, dénuées de chaleur dès qu'on s'en éloignait d'un pas…

Josèpha se rapprocha du vieux Sébastien sous les couvertures et l'édredon de plumes. Elle eut un sourire nerveux : qui aurait pensé qu'elle partageât un jour son lit avec un autre homme que François ? Mais il n'y avait guère d'autres solutions pour se tenir chaud !

Son sourire se fit plus amusé encore en songeant à son médisant voisin : il aurait eu de quoi jaser s'il l'eût vue ainsi pelotonnée contre ce vieillard, dans ce lit-placard de montagne, avec la chaleur animale de Pataud admis à dormir, fait exceptionnel, aux pieds de sa maîtresse !

Dans le recoin confiné de ce lit aux portes closes, une bienfaisante tiédeur rendait la nuit moins hostile et Josèpha se sentit soulagée. Elle remonta les coussins dans son dos, puis ferma les yeux en se laissant bercer par les ronflements du vieil homme et les craquements des bûches se consumant dans l'âtre.

Quelle étrange sensation dans son sommeil que d'avoir des glaçons pour orteils, pour nez et pour oreilles ! Cette impression à chaque expiration de libérer des volutes de buée glacée, ce sentiment de frissonner à n'en plus finir… Josèpha s'éveilla brusquement, transie. Incrédule, hébétée, elle ne put qu'admettre que la température avait encore baissé ! Et pourtant, le feu crépitait encore dans la cheminée…

— Tu es réveillé, Sébastien ? chuchota-t-elle.

— Oui, Josèpha… Le froid nous traque jusque sous les couvertures ! C'est impensable… Qu'allons-nous faire ?

Sa voix vibrait d'une angoisse mal jugulée. Pour toute réponse, elle se serra un peu plus contre lui cependant qu'une peur panique s'emparait de tout son être. Le froid ! Car comment se défendre contre un tel ennemi invisible, là où vêtements, édredons et feu d'enfer s'y révélaient impuissants !

— Il nous faut traîner matelas et couvertures devant la cheminée, proposa-t-elle. Et la regarnir au mieux ! Nous devrions aussi faire chauffer des briques. Et puis, demain, j'essaierai de retrouver un vieux brasero dans la remise…

— On peut toujours essayer de s'approcher du feu, admit le vieillard. Si après ça, on a encore froid, je ne vois pas ce qu'on pourra faire de plus !

Heureusement, les flammes ronflèrent très vite, vaillantes, à portée de main… Josèpha et Sébastien, emmitouflés sous les chaudes enveloppes de leur lit improvisé, noyés sous les édredons, purent enfin se laisser aller à chercher plus confortablement le sommeil. Derrière la cloison, dans l'étable, les vaches trépignèrent et tentèrent de bousculer leurs stalles…

— Si la froidure continue, marmonna la jeune femme, il faudra abattre cette cloison pour que les bêtes ne meurent pas de cette froidure. De plus, elles nous tiendront chaud !

— Allons... Un tel froid ne saurait durer, Josèpha ! C'est déjà incroyable qu'il puisse se faire aussi vif et mordant l'espace d'une seule nuit, mais ça ne peut plus empirer maintenant ! Le temps ne peut que se maintenir ou se radoucir !

— Espérons-le, Sébastien. Espérons-le !

- 8 -

Les longues ombres étirées des peupliers s'estompaient dans la clarté évanescente du jour tombant... Antoine pesta. Il eût bien aimé atteindre Feurs avant le crépuscule mais il était trop tard maintenant pour y prétendre !

Tant pis : il y arriverait donc de nuit ! Après tout, il ne pouvait s'en prendre qu'à lui ! Qu'avait-il eu besoin de s'attarder aussi longtemps dans le giron de l'ardente Marguerite ? Repensant aux heures passées auprès de l'aubergiste, il se moqua de sa propre colère : par Dieu ! Il ne regrettait rien de ces moments volés à la grisaille de la vie !

Il se retourna : le grand chemin était désert. Personne, ni devant ni derrière...

— Ces ventres jaunes sont de vrais loirs ! Ils sont entrés en hibernation, ma parole !

À dire vrai, il eût préféré comme eux être déjà attablé devant une bonne et appétissante portion de lard ! Il n'était guère folichon de continuer à manger la poussière de la route dans les ornières et les cahots...

Un peu plus d'une demi-heure ! estima-t-il : c'était le temps nécessaire pour rejoindre les premiers faubourgs de la ville. La Loire n'était plus très loin, et dès qu'il l'aurait franchie il ne serait plus qu'à deux pas d'une bonne table, dans une chaude auberge où il passerait une nuit réparatrice... à moins qu'il ne trouvât le gîte auprès d'une de ses conquêtes... Mais, pour ça, il serait bien temps de voir sur place !

Une brise timide et humide montait à sa rencontre... Il jura contre le climat si déplaisant qu'engendrait le fleuve et baissa la tête pour faire front aux brouillards froids et mouillés. Grison piaffa, toujours aussi nerveux, et renâcla en hennissant, l'écume aux naseaux, l'œil exorbité...

— Oh, là ! Grison ! Du calme, voyons... L'écurie n'est plus loin... Encore un effort, que diable !

Comme s'il avait compris, l'animal courba l'échine et tira sur son harnais avec une énergie renaissante. Antoine avait de plus en plus hâte d'arriver à son but : les trajets en plaine l'ennuyaient par leur monotonie, surtout lorsqu'il cheminait sans compagnie.

— Quel désert, par ici ! râla-t-il une fois encore...

Il savait pour connaître la route qu'il avait depuis longtemps déjà laissé derrière lui le dernier hameau et que nulle maison ne se trouvait désormais sur son trajet avant le pont de Loire...

Il fit la grimace : les chemins étaient plus sûrs qu'au siècle dernier, mais les attaques de brigands n'étaient pas à exclure et Antoine se sentait pour l'heure bien isolé ! Non qu'il eût peur, ce n'était pas dans son tempérament ! Mais il éprouvait un certain malaise sans vraiment pouvoir définir à quoi il était dû.

Seuls les grincements et les cliquetis de sa charrette le distrayaient un peu de ses idées, ainsi que le souffle de son cheval, qu'il sollicita du bout du fouet :

— Allons, Grison ! Ce n'est pas le moment de t'endormir !

Tout autour, le paysage devenait flou et noyait ses formes dans l'incertitude d'un horizon chaque minute plus indistinct. La nuit n'était plus loin, et le marchand leva le nez : les corbeaux ne volaient plus en groupes serrés comme ils en avaient coutume... Le ciel restait vide et rien ne semblait vivant aux alentours...

En y réfléchissant, il comprit une des origines du trouble qui l'habitait : depuis Boën, la nature lui semblait étrange ! Pas un chant d'oiseau, pas même un oiseau dans le ciel, aucun de ces bruits furtifs dans le buisson des talus qui d'ordinaire témoignent de la faune intense qui anime champs et fourrés...

Il n'eut pas le loisir de pousser plus avant le cours de ses réflexions. La rafale cruelle et glacée d'un vent soudain l'enveloppa, lui ôta la respiration. Grison s'arrêta net, tête baissée, oreilles en arrière pour faire face à cet assaut imprévu. Antoine eut aussitôt l'impression d'être tombé dans une rivière prise par le gel. Il se recroquevilla sur lui-même, plongea le nez dans le creux de sa manche pour tenter de se protéger de l'attaque perfide de cette bise venue de nulle part...

— Ouf ! s'écria-t-il enfin cependant que la bourrasque s'essoufflait et mourait aussi vite qu'elle était apparue...

Il se claqua vigoureusement les épaules pour se réchauffer, sans pour autant réussir à maîtriser les frissons qui le secouaient. Grison poussait de petits hennissements plaintifs. Comme s'il voulait signifier à son maître toute l'appréhension qu'il avait à reprendre la route. Il piaffa nerveusement, levant et baissant la tête avec agacement...

Antoine souffla avec force dans le creux de ses mains, puis reprit ses esprits :

— Eh bien, Grison ! On ne s'attendait pas à ça, n'est-ce pas ? Ce vent était vraiment l'haleine de l'hiver ! Jamais je n'aurais pensé que tel froid puisse exister ! Heureusement que ça n'a pas duré… Si je n'avais le bout des doigts gelés, je pourrais croire avoir rêvé !

Un tremblement rétrospectif le parcourut et il pressa une fois encore son vieux compagnon :

— Eh ! Grison… Ce coup de semonce de la mauvaise saison ne peut que nous convaincre de faire vite ! Du nerf et en avant !

Grison repartit, la charrette s'ébranla et les roues cerclées se remirent en mouvement en grinçant, comme si elles rechignaient elles aussi à poursuivre leur avance. Le choc des sabots martela la terre damée et les ombres du paysage défilèrent de nouveau devant les yeux du marchand…

Il n'y avait pas cinq minutes qu'ils avaient repris leur route qu'un second souffle soulevait la poussière des champs et giflait le visage d'Antoine qui cligna des yeux pour éviter d'être aveuglé… Grison marqua le pas et son maître se raidit en refermant le col de son long manteau, s'attendant à une nouvelle attaque de froidure.

Bien que s'y étant préparé, dents serrées et muscles bandés, Antoine ne put résister aux crocs de l'air glacial qui balayait la plaine. Il se mit à grelotter d'un mouvement incontrôlable de tout le corps, prostré et recroquevillé sur son banc dans l'attente que les rasoirs du vent cessassent de lui cisailler la chair au travers de ses vêtements…

Si la première bourrasque glacée l'avait quelque peu fait rire, il était moins faraud tout à coup et une sourde inquiétude lui tenailla le ventre. Frigorifié au plus profond de son être, les mâchoires tétanisées au point de ne plus pouvoir s'entrechoquer, les yeux baignés de larmes, il n'en finissait pas d'essayer de reprendre sa respiration…

Son cœur se mit à battre en vrac, l'affolement le gagna : cette fois, la vigueur du tourbillon gelé ne fléchissait pas… Au contraire, la hargne du froid semblait se nourrir d'elle-même, s'enfler, se multiplier !

Grison poussa un hennissement fou et tenta de se cabrer dans les brancards. Sous les secousses infligées à la carriole, Antoine se força enfin à réagir, faisant fi de la paralysie qui s'emparait de lui. Avec peine, il descendit de son véhicule malmené et chercha vainement à se mettre à l'abri des rafales qui se succédaient maintenant sans interruption, le cinglant de leurs invisibles lanières.

Hagard, fou de souffrance, terrifié par une attaque aussi imprévisible, il essaya de déplier ses doigts déjà engourdis pour soulever la bâche du chariot. Tout d'abord il n'y parvint pas : ce fut poings crispés qu'il réussit enfin à en extirper les couvertures, les écharpes et les tissus qu'il destinait à la vente…

Maladroitement, il dénicha une paire de gants de laine et n'eut de cesse de les avoir enfilés. Mais comment oublier ces infernales piqûres qui le torturaient sous les ongles ?

Enveloppé de foulards, de carrés de laine et de couvertures, piétinant rageusement sur place pour empêcher ses jambes de s'engourdir, il se saisit du licol de son cheval et prit la tête de l'attelage, tirant sur la bride en titubant dans le froid.

Grison suivit son maître en renâclant et en secouant le nez en tous sens : lui aussi avait du mal à ne pas céder à la panique ! Antoine eût aimé lui parler, le rassurer, mais les mots restaient bloqués en sa gorge. Son haleine givrait instantanément sur ses moustaches, l'air gelé lui brûlait les poumons et ses gestes saccadés devenaient imprécis.

Il eut bientôt l'impression de ne plus sentir ses membres, l'étrange sentiment d'avoir été amputé. Il commandait maladroitement un corps qui ne lui appartenait plus. Comme détaché de lui-même… Il ne savait plus très bien si sa main serrait toujours la courroie du harnais et il avançait mécaniquement, en homme ivre…

Comme un ouragan gelé, une nouvelle bouffée de ce vent d'outre-tombe submergea les terres, un vent impossible et démoniaque, venu d'on ne sait où… Antoine trébucha, à bout de forces…

Grison, livré à lui-même, rua dans les brancards et donna du sabot dans la caisse du chariot. Rendu furieux par la température et par les éléments déchaînés, le vieux cheval puisa dans ses dernières réserves d'énergie et se cabra violemment, faisant craquer le cuir de son harnachement.

Dans un hennissement désespéré, il rua une nouvelle fois et la charrette versa soudain dans le fossé, branches cassées, roues déboîtées… Libre enfin,

Grison disparut dans un galop forcené, avalé par la pénombre qui s'installait…

Antoine gémit : tous ces événements le dépassaient ! Sans son cheval, il se sentait désormais perdu, impuissant qu'il était devant un phénomène climatique qui défiait l'entendement… Des volutes spasmodiques de buée givrée s'échappaient de ses lèvres insensibles et bleuies, son souffle se faisait court. Il avait du mal à admettre que la situation prenait des allures de catastrophe !

« *Dieu ! Mon Dieu ! Ce n'est pas possible ! Je rêve… Oui, c'est ça : je rêve ! Je suis en train de rêver et je vais m'éveiller… Il faut que je sorte de ce cauchemar !* »

Non ! Il ne fallait pas qu'il se laissât aller au découragement qui l'envahissait, il fallait qu'il bouge, qu'il fasse front ! Sa survie en dépendait ! La bise le fouettait toujours, impitoyable, et il devait à tout prix se trouver un abri… Toute sensation fuyait son corps : il n'avait plus conscience de posséder des mains ni des pieds, un nez ou des oreilles… Péniblement, il rampa sur les genoux jusqu'à la charrette retournée, en espérant follement qu'elle pût faire écran aux assauts du vent…

Antoine s'agrippa aux ridelles et se laissa aller contre les planches disjointes, ramenant sur lui tout ce qu'il pouvait trouver de tissus… Il s'enveloppa de la bâche de la carriole désarticulée et tenta de se glisser dans un recoin de la caisse, entre les paniers, les fromages, les sabots et tout le bric-à-brac de son chargement… Comme il était loin à cette heure de penser aux bénéfices qu'il espérait en tirer !

Un instant, il eut l'impression que ces quelques planches suffiraient mais, bien vite, il s'aperçut que le froid ignorait ce ridicule obstacle, qu'il s'infiltrait toujours et jusqu'à l'intérieur même de ses vêtements ! Transi jusqu'au cœur des os, de plus en plus paniqué, Antoine hurla à gorge déployée un cri qui ne voulait pas sortir. Pour se prouver qu'il était encore vivant…

Ses yeux affolés cherchèrent un autre refuge, mais l'horizon se perdait dans l'obscurité… Antoine savait bien pourtant qu'il n'y avait plus que champs et herbages jusqu'aux faubourgs de Feurs ! Pas une habitation, pas même une cabane… Un moment, il songea à se protéger au fond du fossé mais celui-ci était gorgé d'eau…

« *Il ne faut pas que je reste immobile ! Il ne faut pas…* »

Il commença à gigoter des pieds, à cogner des bottes sur la ridelle brisée. Il essaya de battre des mains, de se gifler… Ses gestes se faisaient de plus en plus imprécis, des larmes de rage se mêlaient à celles que l'air gelé faisait rouler de ses yeux épouvantés…

Allait-il enfin sortir de ce mauvais rêve ? Il jura mais aucun son ne sortit de sa bouche. Il eut alors envie de sangloter, comme un enfant, mais seuls quelques hoquets pitoyables réussirent à secouer sa carcasse recroquevillée avant de se terminer en une tentative de rire dissonant : c'était ridicule ! Il n'allait pas crever à quelques jets de cailloux de Poncins et presque aux portes de Feurs !

Insensiblement, l'horreur de la situation faisait son chemin en lui : la peur qu'il réprimait du mieux qu'il le pouvait se mettait à enfler doucement, sournoisement, pour se muer en véritable terreur…

Le vent gémissait et hurlait, soulevait la poussière, arrachait les branches mortes, rasait l'herbe rabougrie des talus et faisait courir ce froid coupant et dur comme un silex…

Non ! Antoine s'en convainquait de minute en minute : rester sur place signifiait une mort assurée, il ne fallait plus attendre ! Dans un effort surhumain, il se remit sur ses jambes et commença à avancer maladroitement dans la tourmente, d'une démarche saccadée. Courbé en deux, engoncé dans ses nippes, il marchait avec pour seul but celui de mettre un pied devant l'autre, un pied devant l'autre, un pied devant l'autre…

Il avait d'abord jugé qu'une telle froidure ne pouvait s'éterniser plus de quelques bourrasques, mais il lui fallait bien admettre que plus le temps passait, plus l'air qu'il respirait se révélait glacial, acharné, tenace !

Il n'eût pu définir combien de temps s'était écoulé depuis le début de ces événements tellement anormaux : tout se mélangeait en son jugement et les secondes prenaient un sel d'éternité… Chancelant, il essayait de faire face aux éléments, à petits pas hachés, tel un automate déréglé…

Par Dieu ! Pourquoi ce chemin restait-il désert ? Et si quelqu'un finissait par passer ? Tout au fond de lui, il en doutait : tout voyageur sensé s'était sans doute mis à l'abri pour peu qu'il y ait eu des maisons à proximité ! Quant aux autres, ils ne devaient pas être mieux lotis que lui ! Lui qui pensait connaître si bien la région... Fallait-il être bête pour se laisser ainsi piéger ! Mais après tout, ce qui arrivait était tellement imprévisible : avait-on jamais ouï dire que tel sortilège pût exister ? Une manœuvre du Démon, peut-être ?

Antoine s'arrêta, indifférent soudain aux rafales glacées qui le fouettaient sans relâche. Une lueur d'espoir s'allumait en lui : « La chapelle ! La chapelle de la Celle ne devait pas être loin ! »

La perspective de se trouver enfin à l'intérieur de solides murs le galvanisa. Il n'avait pas perdu son briquet à amadou et trouverait bien le moyen de faire brûler quelque chose !... Un petit rire silencieux siffla sur ses lèvres gercées quand il évoqua la chaleur de ces flammes tant espérées, et il réussit à presser un peu le pas...

Là ! Sur la gauche... Il en était sûr ! C'était bien le chemin de la chapelle ! Il enjamba le fossé, fut à peine étonné de constater que l'herbe déjà crissait sous les pieds, que la glace ne cédait pas sous les semelles... Antoine n'eût pu dire s'il marchait ou s'il courait : c'était comme s'il évoluait dans un au-delà incertain... Il ne sentait plus ni la bise ni les tourments du gel ni cet air qui lui déchirait la poitrine de l'intérieur...

« *Le froid, c'est comme tout,* pensa-t-il. *Il suffit de s'y habituer !* »

Tout à coup, il se sentait presque bien, étrangement bien...

Il lui sembla apercevoir l'ombre des murs de la petite chapelle, tout là-bas, et la joie l'envahit. Non qu'il eût maintenant vraiment envie de faire du feu, car il ne frissonnait plus, mais parce qu'il lui tardait de se reposer enfin, de se laisser aller à dormir pour oublier ce cauchemar…

Antoine n'avait plus conscience que ses mouvements se ralentissaient, que chaque pas devenait plus improbable, plus imprécis. Ses jambes ne le portaient plus et il vacilla comme un homme ivre, sans même s'en rendre compte : une seule chose comptait ! Cette chapelle, au bout du sentier, à quelques foulées, qui l'attendait. La chapelle…

Il essaya encore de lever le pied pour une ultime enjambée et s'écroula sur le sol gelé, dans une pose grotesque… Ni la douleur ni la surprise ne réussirent à s'infiltrer jusqu'à son cerveau : dans sa tête, il marchait encore, et la chapelle était proche, toute proche, toujours plus proche…

Le terrible vent rasa de nouveau le sol martyrisé, mais Antoine ne ressentait déjà plus les crocs glacés qui broyaient êtres et choses. Ses yeux vitreux regardaient sans le voir le ciel balayé par les bourrasques et où commençaient à palpiter de timides étoiles… Il respirait encore, mais son souffle se faisait à chaque inspiration plus faible… La chapelle, la chapelle…

Quand le vent se déchaîna encore en un lugubre gémissement, Antoine eut une ultime contraction et sa poitrine retomba pour ne plus se soulever…

Il n'y avait plus là qu'un cadavre pitoyable, affalé à deux pas d'une antique chapelle, les yeux fichés dans l'infini des cieux et le visage déformé par l'atroce grimace du givre…

- 9 -

Un concert de voix mâles entonna une chanson de marine aux accents paillards et son refrain courut le long des berges du fleuve… François s'était fait une joie de découvrir le paysage depuis la Loire, mais il fut quelque peu déçu : les levées édifiées de part et d'autre du cours d'eau pour faire obstacle aux trop fréquentes crues bouchaient souvent tout horizon !

Néanmoins, le voyage avait son charme et on pouvait deviner, au loin, les vallonnements et les forêts ainsi que les clochers trahissant les villages…

Les lavandières saluaient parfois le passage des marins de rires joyeux et de plaisanteries légères, mais ni François ni ses compagnons n'avaient vraiment le loisir d'y répondre : c'est long, une salembarde ! Il fallait avoir l'œil à tout, réagir dans l'instant aux ordres du chef de bord, se précipiter d'un côté à l'autre, user de longues gaffes pour repousser ou agripper l'embarcation au fil des imprévus…

Grâce à Pierre, François avait la chance d'être à pied d'œuvre sur le bateau de pointe, le « boutavant », l'embarcation du maître de convoi. C'était une des sapines destinées à poursuivre sa route jusqu'à Nantes avec celle qui lui était accouplée…

Chargée jusqu'à la gueule de tonneaux, d'aromates, de linges et de vaisselles, elle irait alimenter le ventre des navires en partance pour de lointains rivages… Les autres couplages se sépareraient d'ici deux à trois jours pour emprunter le canal de Briare, et ainsi rejoindre la Seine pour Paris, où elles iraient décharger le charbon dont la grande ville était si avide.

Les hommes œuvrant sur les sapines transportant ce noir minerai respiraient la poussière de houille jusqu'à tousser et cracher un jus sombre et malsain…

— Banc de sable à mar ! s'écria un marinier…

Pierre fut tout de suite sur le qui-vive :

— Tous sur le bateau de toue ! hurla-t-il. Tous aux bâtons de marine ! François, prends cette bourde ! ajouta-t-il en lui tendant une perche ferrée… Aux arronçoirs !

Les hommes se précipitèrent, et deux d'entre eux plongèrent aussitôt une longue gaffe jusqu'à la ficher dans la vase et le sable… Avec art, ils présentèrent l'extrémité de leur bâton dans une des encoches du bastingage prévues à cet effet, sur l'avant de l'embarcation. Les gaffes se courbèrent sous la force du convoi et le nez des deux bateaux s'immobilisa :

— Allez, derrière ! Donne de la patouille !

À l'ordre, le marin chargé du gouvernail se cabra sur son manche. Les deux sapines liées se positionnèrent alors sur le fleuve, pivotant autour des bâtons qui, libérés, se laissèrent aller au fil du courant. Attachés qu'ils étaient par une corde aux sapines, ils flottèrent un instant, puis suivirent le couplage qui reprenait le sillage du courant après avoir évité l'échouage d'extrême justesse…

— Ouf !

L'œil fataliste, Pierre se retourna sur le lieu de l'incident puis fit une moue :

— Ce n'est pas la faute à Thomas ! S'il a mal balisé, c'est que ce banc était presque indécelable : heureusement pour lui, car sinon, il m'aurait entendu, ce soir !

Sur un roulis plus violent, François faillit chuter et basculer à la furie des eaux.

Il fit mine de ne pas s'en affoler et demanda :

— Oh ! Dis-moi, Pierre... Et moi ? Qu'est-ce que j'en fais, de ta bourde ?

Le Prince des mariniers éclata d'un rire énorme :

— C'est bien le moment de le demander ! Je ne t'ai mis ce bâton entre les mains que pour que tu nous aides à éviter l'échouage ! C'est trop tard, maintenant, et tu peux reposer cet ustensile...

François se forgea une mine piteuse qui fit sourire le patron du convoi, lequel l'apaisa aussitôt :

— T'en fais pas, Sétaïre ! Tu sais bien que c'est de ma faute, aussi, que de donner de l'ouvrage à des gens des montagnes qui ne sont pas du métier ! Alors, quand tu ne sais que faire, observe, l'ami : c'est comme ça qu'on apprend ! Tu verras, avant Nantes tu sauras te débrouiller comme un vrai loup du fleuve !

Dès lors, François se fit plus attentif à la moindre manœuvre. S'il ne songeait nullement à se faire batelier, il avait envie de mieux connaître cette vie, envie d'essayer de se rendre utile. Il admirait le savoir-faire dont faisaient preuve ses compagnons et se demandait comment il avait pu avoir eu l'idée de vouloir se faire marin sans autre apprentissage ! Pourquoi Pierre l'avait-il admis à ses côtés avec de telles lacunes ? Sans doute pour lui donner, en toute amitié, une belle leçon d'humilité…

Car il fallait voir l'habileté de ces hommes ! Leur vivacité à courir d'un bord à l'autre ! Les voir user des gaffes, des crochets à pique et diriger les sapines à la patouille ! Et on pouvait avoir confiance en leur coup d'œil vif et sûr pour juger du fleuve et de ses pièges…

François en oubliait le regard narquois des mariniers, dans lequel il lisait maintenant autant d'amusement que de complicité. Il ne pouvait que saluer l'art avec lequel ils conduisaient leur entreprise… Comment reconnaître en eux les rustres bagarreurs, coureurs et intempérants qu'ils se plaisaient à être entre deux voyages ?

Un soleil timide luisait paresseusement dans le ciel où s'effilochaient de rares nuages. Les remous scintillaient à la surface du fleuve et éclaboussaient d'innombrables diamants éphémères le sillage des salembardes…

François se sentait maintenant sûr de ses jambes malgré les mouvements parfois intempestifs des bateaux, et il mesurait mieux la force de la rivière. Une force qu'il avait sous-estimée : on ne faisait pas ce qu'on voulait de la Loire ! Tout ici était instable, mouvant, presque aléatoire, et on ne pouvait s'arrêter sur un cri comme on le fait avec un char à bœufs ! Diriger la trajectoire du convoi comme le faisaient Pierre et ses hommes lui semblait relever d'une gageure... Il tenta de s'intéresser d'un peu plus près à l'élément liquide et constata :

— L'eau me paraît de plus en plus trouble ! C'est toujours ainsi, en cette saison ?

— Non, répondit un jeune marin. Mais regarde les rives : l'afflot est encore monté et nous allons plus vite. C'est signe que la neige a dû tomber sur les montagnes et qu'elle fond déjà... Et quand la neige fond, la Loire grossit : rien de plus normal !

— Alors, plus il y a de courant, plus la Loire est dangereuse sans doute ?

— Oui et non, répliqua l'homme avec une grimace fataliste. Bien entendu, c'est plus grave si l'on touche, mais il y a moins de risques de toucher, justement, car plus il y a d'eau et moins il y a danger de s'échouer sur un haut-fond ou de s'ensabler !

François hocha la tête et mordit dans son morceau de pain. Il était hors de question de s'arrêter à midi pour manger et chacun grignotait dès que le travail le permettait, tout en restant attentif et prêt à intervenir au moindre passage délicat... Ses yeux se posèrent sur les berges. Tout au long de la rive, les pontons succédaient aux pontons, les talus aux arbustes, les peupliers aux roseaux et aux rochers... Le fleuve était source de vie mais les maisons s'en tenaient à l'écart, hors de portée de crues aussi fréquentes que violentes...

Un choc brusque fit vaciller le scieur tandis qu'un craquement sinistre courait le long de la sapine ébranlée dans toute sa membrure. D'un seul mouvement, les hommes se précipitèrent sur leurs perches et guidèrent l'embarcation vers le milieu du fleuve…

— Un rocher ! pesta Pierre. Il ne se passe guère de descente sans qu'on le touche, celui-là, et ce n'est pas la première fois qu'il nous joue un mauvais tour ! Mais la rivière change tellement d'aspect, par ici… Il n'y a pas de repères !

Un marin jura :

— Mais Thomas, mordiou ! Que fait-il sur sa toue ?

— N'accuse pas Thomas, intervint Pierre. Je connais le bonhomme et j'ai fiance en son coup d'œil… Je suis sûr qu'il a essayé de poser des balises, mais il y a du fond ici et les courants sont tels qu'elles ont déjà dû être emportées !

— Le bateau n'a pas de dégâts ? s'inquiéta François.

Un autre marinier le rassura d'un ton presque condescendant, comme s'il s'adressait à un enfant…

— Un bateau se serait éventré sous le choc, mais pas une sapine ! Fond plat et planches fraîchement coupées donnent de la souplesse ! Heureusement !

François baissa la tête, pensif. Il avait tant et tant de choses à apprendre encore ! Il se mit à sourire : après tout, à quoi bon ? À quoi bon puisqu'il n'avait aucune envie d'en faire vraiment son métier !

— Qu'est-ce qui t'amuse, Sétaïre ?

La mimique de François n'avait pas échappé à Pierre…

— Rien, répondit-il. Sinon que je me sens bien inutile, parmi vous ! Tu le savais : un scieur ne devient pas marinier du jour au lendemain... Tu voulais te moquer de moi, n'est-ce pas ?

Pierre se mit à rire :

— Combien de fois me reposeras-tu les mêmes questions ? Je t'ai déjà dit que cela m'amusait, de rabattre le caquet d'un prétentieux qui se voulait marin sans rien savoir de la marine ! Mais je veux voir si on peut tout de même faire malgré tout de toi un bon batelier !

François découvrait peu à peu cette vie du fleuve qui lui était inconnue, les petits ponts de bois et les pontons qui émaillaient les rives, les pieux serrés des pêcheries, les bacs, les barques amarrées... Il ne s'était jamais aperçu à quel point l'activité pouvait être intense sur ces berges, avec tous ces moulins installés sur des radeaux flottants, ces chantiers de construction où l'on fabriquait des embarcations, ces passages à gué... Tout un monde grouillant tirait sa subsistance de la rivière !

Des cris joyeux l'arrachèrent à sa rêverie : on saluait des confrères circulant à pied le long des levées... Plus loin, des hommes arc-boutés sur leur bricole de cuir halaient une sapine remontant le courant voile rabattue. Ainsi les riverains gagnaient-ils leur vie quand se présentait un bateau en panne de vent !

On se connaissait entre bateliers, et d'une embarcation à l'autre on se hélait :

— Oh ! Jeanton ! Pas de brise, aujourd'hui ? Souffle donc sur tes voiles !

— Bonsoir, le Pierre ! J'ai déjà vu Thomas sur sa toue qui vient de me dire la même chose... Faudrait voir à renouveler vos plaisanteries !

— Râle pas, le Jeanton... Et attrape plutôt ce bon flacon de « Goutte à deux sous » ! Ça te rappellera le pays...

C'était là un usage entre patrons qui se croisaient : cependant que Pierre lançait sa bouteille, Jeanton lui en envoyait une autre en échange que le marinier bloqua avec habileté. Briser le flacon portait malheur !

— C'est du ratafia, précisa le marin. Qui me vient directement des mains d'un vieux loup de mer de Nantes !

Les deux embarcations déjà s'éloignaient en sens inverse, et ce fut en criant que les hommes continuèrent à se donner quelques informations sur le pays, la famille ou les amours...

Et le voyage reprit.

— Le Jeanton, il remonte bien en sapine, lui ! remarqua François. Il revient avec un chargement à négocier ?

— Il serait bien étonnant qu'il remonte à vide ! Mais surtout Jeanton n'a pas une sapine, mais une gabare... Elle peut faire plusieurs voyages, car elle est construite en chêne et non en sapin. Mais tu as vu le travail ? Pour ma part, je préfère de beaucoup entreprendre plus de descentes, mais ne pas m'échiner comme ils le font !

La navigation se déroulait sans incident majeur. Peu à peu, François s'accoutumait aux manœuvres et c'était presque avec plaisir qu'il allait maintenant d'un bout à l'autre des embarcations, sautant du boutavant au bateau de toue, usant de toutes perches et bâtons comme un vrai marinier du fleuve !

Un fleuve qu'il commençait à sentir... Il en devinait la force cachée comme les caprices, et comprenait mieux à quel point l'homme devait faire des prouesses pour les dompter ! Bien entendu, François se doutait bien qu'il y avait une limite dans cet affrontement entre les bateliers et la Loire, mais seule l'expérience des anciens de la rivière pouvait en permettre l'appréciation. D'ailleurs, seuls ceux qui ne dépassaient pas cette limite tacite pouvaient en parler : quant aux autres, ils dormaient sous terre une croix sur le ventre... Lorsque la Loire les rendait !

Une osmose bizarre s'établissait entre François et ces eaux tourmentées. C'était avec une joie inexplicable qu'il s'engageait maintenant dans ce combat contre l'élément liquide. Pierre le considérait parfois d'un œil ironique en le voyant se démener avec les bâtons de marine : peut-être gagnerait-il son pari ?

— Eh !... Sétaïre ! Le métier rentre, on dirait ? Tu vois, j'en étais sûr ! Tu ne vas pas tarder à lâcher la scie pour l'outiau ! Tu m'as l'air doué, ma foi !

François se contenta de sourire et se courba sur sa bourde. Pour la première fois, le doute s'insinuait en lui : et si Pierre avait raison ? Il se surprenait à n'avoir plus le temps de contempler les berges qui défilaient, les collines qui succédaient aux collines, les moulins qui faisaient suite aux pêcheries... La sapine vibrait au fil des flots, craquait et gémissait. Elle semblait maintenant vivante à ses oreilles...

Aux soubresauts de la membrure de sapin sous ses pieds, François devenait peu à peu sensible à la respiration de la rivière, à ses palpitations, à sa vigueur. Le courant se faisait plus fort et on avait désaccouplé les salembardes. Sur le milieu du fleuve, les bateaux filaient vite mais François s'était rapidement accoutumé à évoluer sur les mouvances du plancher…

Son œil s'était posé, loin devant, sur les remous de l'eau…

— Pierre ! s'écria-t-il, le doigt pointé…

Il y avait comme une ombre, au loin, qui écumait dans un secteur où le courant semblait en suspens. Sourcils froncés, Pierre observa et cria aussitôt :

— À mar, tous ! Et vite !

Le convoi se déporta sur la gauche, glissant sur l'onde comme une file de cygnes. Le patron se retourna sur l'obstacle puis eut un regard entendu pour François.

— Si je ne savais pas pourquoi je t'ai fait une place sur ma sapine, maintenant je le sais ! Tu as l'œil d'un marinier, scieur ! Pas un de mes hommes n'avait remarqué quoi que ce soit…

François fit une moue modeste :

— C'est sans doute parce que j'ai plus peur qu'eux, que je suis plus aux aguets de ce qui peut être anormal ?

— Ne te fais pas plus couard que tu n'es ! Le jour baisse et fait ressortir les luisances de l'eau. Ce que tu as remarqué ne se voyait peut-être pas quand Thomas est passé…

— Mais… Qu'est-ce que c'était ?

— L'épave d'une salembarde ou bien d'un chaland qui aura eu moins de chance que nous ! Tu sais, François : dans le métier, un coup d'œil comme le tien, ça vaut une prime !

Le ciel rougissait de nuances étranges et tourmentées…

— Le couchant saigne, dit Barnabé, un marin d'expérience. C'est pas bon signe !

— Signe de vent, dit-on…

— Alors c'est le Jeanton qui sera content !… Enfin, la halte approche… Il faut nous arrêter avant Nevers !

La fatigue et la tension nerveuse de la journée se faisaient sentir et chacun attendait le terme de l'étape avec impatience…

— Encore deux ou trois lacets et nous serons arrivés !

Barnabé cracha dans l'eau, puis s'essuya le visage en pestant :

— Le voilà, ton vent, Patron ! D'un seul coup d'un seul ! Par Dieu ! Quelle bourrasque ! Et elle est glaciale…

En effet, chacun s'était raidi pour ne pas claquer des dents sous le coup de cette offensive imprévue… François retint son souffle en frissonnant, attendant que la bouffée gelée qui balayait le fleuve cessât. Une gerbe d'embruns lui fouetta le visage, puis le vent retomba et on put enfin se secouer et trépigner pour se réchauffer…

— Brrr ! s'exclama Pierre... C'était un souffle avant-coureur de l'hiver ! Demain, il faudra sortir des vêtements chauds !

Barnabé s'écria :

— Voilà Thomas ! Le ponton plus loin que les moulins flottants est libre... C'est là qu'on fait étape !

Pierre l'interrompit :

— Cesse donc tes bavardages, Barnabé. Tu parles pour ne rien dire... Sonne plutôt un coup de corne pour ceux qui nous suivent !

Le convoi s'approcha doucement du quai sommaire où il convenait d'accoster et chacun pensait déjà à un repos bien mérité.

Ce fut d'abord comme un ululement venu des cieux... Un frémissement qui secoua les branches dénudées des arbres du rivage. Ce fut comme une brise... On tourna la tête et les cheveux volèrent dans le vent qui se déchaîna alors dans un hurlement terrifiant...

Ce fut comme une langue glacée qui vous eût léché partout, puis ces ciseaux de mort qui coupaient la respiration... Ce furent ces frissons qui montaient le long du dos, ces doigts tremblants, ce coin de conscience incompréhensif qui se refusait à admettre ce qui se passait...

Tétanisé, François n'arrivait pas à réagir, tous les muscles noués et douloureux, le souffle en suspens et la peur au ventre : la panique avait d'un seul coup jeté son filet sur les équipages et les emprisonnait de ses mailles de gel... Avec des yeux horrifiés, Pierre voulut crier mais ses mâchoires claquaient et les sons restaient captifs de sa gorge ! Les barques livrées à elles-mêmes se mirent à s'entrechoquer. Il ne fallait pas les laisser aller à la dérive !

Chez les mariniers, le métier est le plus fort ! Avec des mouvements maladroits, on eut le réflexe de pousser sur les gaffes avec une énergie désespérée, on eut la force de donner un dernier coup de gouvernail. Les sapines se heurtèrent rudement et donnèrent du bordage sur le ponton. Le bois craqua, grinça, les embarcations tanguèrent dans des gerbes d'éclaboussures mais il n'y eut pas de casse !

On eut encore la présence d'esprit de larguer l'ancre, de lancer quelques cordages, puis l'on se força les jambes pour se précipiter dans le semblant de cabane érigé sur chaque sapine. Sans un mot, sans un cri, sans même une idée en tête, vides et atterrés…

Le vent forcené secouait de toute sa vigueur les maigres planches de l'abri flottant. L'air acéré sifflait entre les jointures mal ajustées de ces croûtes de sapin qui faisaient office de murs, et cet écran fut suffisant dans un premier temps pour que chacun reprît un peu de vigueur…

Toujours agité d'un tremblement nerveux qu'il ne pouvait réprimer, François regarda ses compagnons, prostrés comme lui, bras serrés contre le torse, recroquevillés la tête dans les genoux. Avec effort, il banda toute sa volonté pour chasser un dernier frisson et remua. Le premier, il se releva puis s'approcha de la sole centrale pour allumer le brasero.

— Ouf ! articula-t-il péniblement. Il fait pas chaud, dans mes montagnes, mais de ma vie je n'ai connu tel coup de bise ! L'hiver nous vient sans crier gare !

— Pour un coup de semonce, c'était un coup de semonce ! admit Pierre en se relevant à son tour et en se battant les épaules. J'ai peur que la descente ne devienne bien pénible si ce damné froid s'installe !

Thomas sembla s'éveiller d'un mauvais rêve :

— On dirait que ça se calme, dit-il. Mais chauffons-nous ! C'est pas le charbon qui manque sur ces sapines !

Il semblait en effet que les bourrasques s'essoufflaient. Seule persistait une longue plainte... Comme si la nature gémissait sous la morsure insensée de cette attaque sauvage...

Le brasero ronflait maintenant et les mains avides de tiédeur se tendaient vers les braises cramoisies. On se serrait, on se bousculait, comme si le fait d'être agglutinés pouvait permettre au feu de dégager plus de chaleur. À l'extérieur, la bise avait repris de plus belle ses stridulations aiguës, et les vagues poussées par le vent balançaient les sapines sans répit, les cognaient durement contre le quai de bois...

La nuit tombait peu à peu et le regard des hommes brillait dans la pénombre naissante. Un regard anxieux... Les paroles étaient rares et les mots résonnaient bizarrement dans le souffle de la tempête. Parfois, il fallait tourner le dos à la source de chaleur pour se réchauffer partout.

Dans ce huis clos angoissant, chacun attendait que s'achevât cette mauvaise plaisanterie de l'hiver : un froid si soudain paraissait tellement démentiel qu'il ne pouvait durer ! Bien emmitouflé, François cherchait en sa mémoire mais n'avait aucune souvenance d'avoir eu un jour aussi froid, même durant le trop triste hiver de 1693 ! Et pourtant, les Hautes Chaumes n'avaient vraiment pas la réputation d'abriter un climat doux !

Les doigts gourds, on s'efforça de manger mais les aliments avaient du mal à délacer le nœud de la gorge... Pierre s'écria :

— Le mieux à faire, je crois, c'est d'avaler un coup de ratafia ! Et de se coucher en attendant que ça passe !

— T'as raison, Pierre... C'est pas le moment de jouer aux dés ou aux cartes ! Mille dieux ! Je suis transi...

Quelques grognements seulement, perdus dans la rumeur furieuse du vent et des flots... Les marins gardaient le silence, ratatinés sous les couvertures de mauvaise laine dans lesquelles ils s'étaient calfeutrés après avoir redoublé de vêtements. Dans l'étroite carrée, on essayait de dormir, pressés les uns contre les autres, et le brasero bien garni éparpillait dans la nuit le reflet de ses braises...

Mais le froid s'insinuait toujours, perfide et rendu plus cruel encore par l'humidité omniprésente...

François se racla la gorge. Il ne parvenait pas à trouver le sommeil et sans doute n'était-il pas le seul... Il cherchait à définir ce qui l'agaçait : quelque chose avait changé depuis qu'ils s'étaient couchés ! Tout paraissait pourtant figé et l'ambiance était toujours la même. Les hurlements fous du vent s'étaient seulement un peu calmés et le clapotis de l'eau continuait, lancinant, à bercer les oreilles...

Le clapotis ! C'était lui... Plus lent, plus visqueux, semblait-il... Et puis, ces chocs toujours plus fréquents sur la coque.

— Pierre ? chuchota-t-il.

— Oui ? Tu es inquiet, toi aussi ? Tu n'es pourtant pas de la marine !

— C'est le bruit de l'eau, qui m'intrigue...

— Moi aussi, mais je n'avais pas le courage de me lever !

— Allons voir tous les deux, alors...

Imité par Pierre, le montagnard extirpa avec un soupir son long corps de l'amas informe de toiles et de couvertures. Aussitôt, le froid les prit de ses griffes impitoyables, mais François avait l'habitude des rigueurs du climat... Sa main frôla la cloison et il eut un petit cri de surprise :

— Mordieu ! De la glace à l'intérieur et malgré le brasero ! C'est le Diable lui-même qui mène cette sinistre farce ! J'ai du mal à y croire !

Raclant ce qui leur restait de courage, les deux hommes se regardèrent puis sortirent sur le pont, lanterne à la main... Personne n'eut le cran de les suivre.

Pierre et François n'eurent que le loisir d'échanger un œil inquiet avant de se cabrer sous les coups de la bise. Instantanément, leur moustache givra et le feu du froid leur lacéra la gorge. Ils eurent la fugitive impression que l'air gelé leur arrachait lèvres et poumons, se mirent à trembler sans pouvoir réagir.

Puisant leur force dans le peu de volonté qui leur restait, ils se portèrent jusqu'au bastingage et se penchèrent sur le fleuve. À la lumière hésitante de leurs lampes, l'eau parut sirupeuse, épaisse, menaçante : des glaçons en formation y flottaient, laiteux et glauques à la fois…

Une rafale les secoua de ses aiguilles polaires et ils se hâtèrent de regagner leur abri. Ils en avaient assez vu : le gel prenait possession de la Loire comme s'il se fût agi d'une vulgaire rivière ! Ces eaux réputées indomptées et libres se laissaient emprisonner par la glace en quelques heures seulement !

— J'ai bien peur que demain il ne faille casser la croûte du fleuve avant de repartir, marmonna Pierre en essayant de se réchauffer.

Jamais quiconque n'avait entendu dire qu'une rivière aussi impétueuse pût geler comme le premier étang venu !

- 10 -

Josèpha regarda d'un air désespéré une poule lâcher une fiente sur la table et une vache bousculer le chaudron vide. Ses yeux cherchèrent tristement ceux de Sébastien qui haussa les épaules, fataliste… Que pouvait-on faire sinon espérer la fin du cauchemar ? Plus d'une semaine déjà que Sébastien avait abattu cette cloison pour que les bêtes ne crevassent pas de froid, pour que la chaleur animale se joignît à celle du foyer. Il y avait bien huit journées pleines que la froidure ne désarmait pas !

Les jours succédaient aux jours et on ne pouvait rien faire d'autre qu'attendre, inoccupé, l'œil égaré et l'angoisse au ventre… Attendre et alimenter sans cesse le feu gourmand pour entretenir cette maigre température à laquelle on se raccrochait pour survivre. Sortir hors les murs eût été suicidaire !

À quoi bon s'activer si on ne pouvait s'éloigner de l'âtre sans frissonner malgré les flammes qui y ronflaient ? Josèpha avait bien tenté de se replonger dans la vannerie, mais ses doigts trop gourds se refusaient à la tâche… Le mufle humide d'une vache la bouscula et elle répliqua d'un coup de coude nerveux :

— Oh ! Pousse-toi de là, la Blanche !

Les animaux aussi cherchaient la proximité du foyer !

— Comme à Bethléem ! soupira Sébastien. Nous vivons en étable…

Josèpha ne répondit pas. Elle songeait à Antoine : était-il rentré ? Était-il bloqué à Feurs, Roanne ou Montbrison ? Et faisait-il aussi froid en plaine ? Évoquer Antoine lui fit repenser à François et les larmes lui montèrent aux yeux…

Le jour était bas et les ombres commençaient à envahir la maisonnette, rendant plus funèbre encore la veillée qui s'annonçait. Josèpha se leva, l'air las, et prononça ses premiers mots depuis de longues heures…

— Allons… Il me faut aller chercher de l'eau !

— Laisse-moi y aller, petite… J'ai bien besoin de bouger, moi aussi !

— Non, Sébastien… J'en ai plus besoin encore ! Ajoute plutôt quelques bûches au feu !

L'eau… Une véritable expédition que cette quinzaine de pas jusqu'à l'abreuvoir ! Ce « bachat » dans lequel coulait d'ordinaire d'un chêneau de bois une eau claire et chantante… Il y fallait la volonté de s'exposer à l'emprise du froid, puis cette course, cette hargne à briser la glace à coups de marteau ou de pioche pour la ramener en morceaux et la faire fondre. Et ces éternels frissons qui n'en finissaient pas de la poursuivre jusqu'au devant des flammes retrouvées…

Ah ! La corvée d'eau ne s'éternisait jamais ! Il convenait de faire vite…

— Sébastien ! s'écria la jeune femme. Devine ce que j'ai trouvé pour améliorer notre menu ? Deux perdrix rouges… Tu te rends compte ? En plein hiver ! Mortes au pied de la maison et dures comme un bloc de glace ! Un vrai repas de fête !

Sébastien eut un sourire peu enthousiaste, un sourire que démentait son œil grave :

— C'est un drame si même les oiseaux meurent de froid ! Je ne savais pas que cela pouvait se produire… C'est la tiédeur de la cheminée qui a dû les attirer, mais elle n'a pas suffi à les sauver du gel. Enfin, le malheur des uns fait le bonheur des autres, dit-on ! Nous en aurons au moins le plaisir du ventre…

Josèpha se frictionna vigoureusement les mains au-dessus du brasier ronronnant…

— Le froid est toujours aussi terrible, sais-tu ? Quand cela s'arrêtera-t-il ? Je me sens si sale, si fatiguée… Il est impensable de se laver sans attraper la mort ! Dieu aurait-il abandonné notre pauvre terre ?

Sa voix tremblait de désarroi. Sébastien, sans un mot, s'approcha d'elle et l'enlaça, lui frottant les épaules pour essayer de la réchauffer…

— C'est l'enfer ! dit-il. Et les curés se trompent qui nous le décrivent comme une fournaise !

— Je n'ai pas vraiment envie de plaisanter, Sébastien ! Plume plutôt ces pauvres bêtes dès qu'elles seront dégelées…

La nuit était là, comme une menace de plus, et elle distillait son poison d'angoisse dans l'âme de Josèpha. Ses grands yeux noirs ourlés de cernes sombres, fixes et tristes, semblaient envahis par les fantômes d'un autre monde. Une chape de silence écrasait tout, et même les animaux se tenaient tranquilles…

Parfois, la charpente craquait sinistrement, comme si elle essayait de se dérober au froid, comme si elle aussi voulait se réconforter à la flamme du foyer.

Josèpha mâchait machinalement la viande de perdrix sans même se rendre compte combien elle était agréable au palais. Il n'y avait plus de pain depuis longtemps et il ne fallait pas songer à en cuire par ces frimas ! Heureusement, on avait l'habitude de s'en priver dans ces montagnes où l'on amassait en suffisance des provisions pour faire face à la mauvaise saison…

Qu'en était-il dans les villes ?

Josèpha et le vieil homme mangeaient à même la pierre de la grande cheminée noircie pour ne rien perdre de la chaleur de l'âtre ronflant…

— Encore heureux que tu aies eu précaution d'avoir du bois à revendre, petite, commenta Sébastien pour la centième fois.

La jeune femme avait du mal à retenir ses larmes : un immense sentiment de découragement faisait son chemin en elle. Elle plongea la tête dans ses mains pour masquer son trouble et des hoquets douloureux soulevèrent ses épaules de soubresauts : trop… C'était vraiment trop !

Le pauvre Auvergnat la considéra d'un œil compatissant mais ne bougea pas : la moindre consolation de sa part ne pouvait qu'aggraver le désarroi de la jeune femme… Indifférentes, les ombres jouaient à lécher les murs blanchis à la chaux, s'étiraient de niches en recoins et se tordaient pour atteindre la pénombre des poutres et des chevrons encroûtés de suie…

Pataud eut un bref aboiement. Il ne supportait pas de voir sa maîtresse pleurer et souffrait autant qu'elle du froid, de cette sordide ambiance faite d'angoisse et d'incompréhension…

Le caractère bouillonnant de Josèpha ne pouvait se satisfaire longtemps de sa faiblesse : nerveusement, elle se redressa, la hargne au visage et le regard brillant, un rictus mauvais au coin des lèvres.

— Mon âme au Diable ! hurla-t-elle comme une démente, faisant sursauter Sébastien. Allons-nous rester ici au coin du feu comme nonnes en couvent ? Si l'hiver veut se battre, battons-nous ! J'en ai plus qu'assez ! J'aimerais tant sortir !

Son accent chantait haut et fort dans la chaumière mais le vieil homme, pour une fois, ne fut guère sensible à ses intonations méridionales.

— Calme-toi, Josèpha ! Il est des choses à ne pas braver et la sagesse se nourrit souvent de la patience…

Comme une furie, la Cévenole excédée lança son écuelle sur le mur où elle se brisa avec fracas, provoquant la fuite caquetante des poules dérangées…

— La patience ? Mais as-tu vu comment nous vivons ! Comme des animaux ! Ce n'est plus une maison, c'est un poulailler, une étable, une vraie porcherie !

— Mieux vaut être un animal vivant qu'un humain mort, répliqua le vieux. Mais seul l'humain sait allumer ce feu qui nous sauve... Laisse passer cette épreuve, Josèpha... Il sera toujours temps de remettre les choses à leur juste place lorsque ce froid maléfique aura abdiqué ! L'hiver, tôt ou tard, finira bien par baisser les armes !

Gémissement lugubre et obsédant, la plainte du vent maintint en suspens les propos optimistes de Sébastien, mais il en fallait plus pour tempérer la révolte de la jeune femme :

— Je te dis que je n'en peux plus ! s'époumona-t-elle en se prenant les cheveux à pleins doigts...

Sébastien s'approcha mais elle le repoussa d'un geste brusque, presque méchant...

— Non, non ! Je veux sortir, et sortir encore ! Je veux vivre, enfin !

Le regard de reproche appuyé du vieil homme la calma, et elle retomba dans un état proche de la prostration. Les bûches continuèrent à crépiter dans le silence. Les animaux semblaient paisibles, le sommeil et la lassitude étaient là, mais ni Sébastien ni Josèpha ne songeaient encore à aller se coucher. L'écœurement étouffait toute volonté, tout mouvement...

Une déflagration les fit sursauter et la méridionale s'agrippa au bras de Sébastien.

— On aurait dit un coup de pistolet !

Le vieux grimaça :

— Oh ! C'est plus probablement le grand noyer qui vient d'éclater sous le gel ! Ça devait bien arriver...

Une longue seconde semaine encore à rester terrés dans cette pièce trop étroite... Compagne du froid, la tristesse s'installait, se faufilait partout, dans les murs comme dans les cœurs… Même la pâle lumière d'hiver semblait chargée de tout le chagrin de la nature. Ah ! Où était ce Midi où le moindre rai de lumière égaye toute chose ?

Josèpha secoua la tête, nostalgique…

Elle bougea et Sébastien grogna avant de se réveiller. Il ouvrit un œil et une étincelle de joie s'y ficha : jamais il n'aurait pensé à son âge partager la couche d'une jeune femme ! Cet hiver insensé avait au moins cela d'appréciable ! Oh, ce n'était pas une heure pour émerger du sommeil, mais pour eux il n'y avait plus d'heure depuis dix-sept jours qu'ils vivaient en cette glacière ! C'était encore sous les couvertures que la situation était le plus supportable…

Il fallait bien se lever, pourtant ! Remettre du bois au feu, préparer un bouillon brûlant, s'occuper un peu des bêtes… Sur la porte perlaient des larmes de glace et leur seule vue faisait frissonner…

Josèpha s'assit brusquement : quelque chose avait changé…

— Le vent, Sébastien ! Le vent est tombé !

Le vieux se redressa à son tour : c'était vrai ! Après des jours et des jours de sifflements et de gémissements ininterrompus, ce silence soudain faisait peur… Pataud jappa, frétillant de la queue devant la porte. Sans trop y croire, la jeune femme laissa glisser les couvertures de ses épaules mais le rasoir du gel n'en profita pas : il faisait froid encore, un froid rude, mais normal pour la saison… Ce brusque radoucissement vous donnait pourtant presque une sensation de bien-être !

— C'est fini, Sébastien ! hoqueta-t-elle en pleurant à belles larmes... C'est fini !

Comme pour lui répondre, un rayon de soleil s'infiltra dans la pièce, éveillant les lieux. Ce fut comme un raz-de-marée de joie qui inonda Josèpha de l'intérieur. Elle se cambra et respira à pleins poumons... L'odeur d'étable et de fumée lui parut aussitôt plus agréable, moins pesante...

Sans plus hésiter, elle se leva, fit quelques pas entre les bouses éparses. Avec un sentiment de liberté, elle évolua bientôt en dansant dans le bâtiment, n'arrivant pas à croire qu'elle pouvait s'éloigner des flammes sans grelotter ! Comme si le lien invisible qui depuis deux semaines la rivait à la cheminée avec Sébastien venait de se briser...

Un rire incontrôlé monta en elle et elle courut à la porte, l'ouvrit : l'air frais lui gifla les joues et elle crut suffoquer... Mais qu'elle était douce, cette brise d'hiver, en comparaison de la bise inouïe qui s'était acharnée sur eux !

— Sébastien ! cria-t-elle. On va enfin pouvoir vivre !

— Revivre, petite... corrigea le vieil homme en s'approchant à son tour du seuil.

Se retournant sur lui, Josèpha prit à pleines mains le visage du brave homme, et elle fit claquer deux baisers sonores sur les joues piquantes et ridées :

— Sébastien ! Que je suis heureuse !

Pour un peu, elle l'eût embrassé sur la bouche !

— Eh ! Ce n'est pas une raison pour attraper mal : ce n'est pas encore l'été, loin de là ! Rentre donc te couvrir un peu !

— Pas avant de m'être récurée comme un sou neuf ! s'exclama-t-elle. Je vais faire chauffer de l'eau…

Toute au bonheur du renouveau apporté par cette journée qu'elle n'espérait plus, Josèpha avait chassé dans leur coin vaches, poules, cochons, chèvres et moutons. Oubliant toute pudeur, elle s'était longuement lavée et rincée à l'eau chaude. Sébastien s'était détourné et avait traîné ses sabots à l'autre bout de l'étable, non sans loucher discrètement sur les rondeurs de son hôtesse : la spontanéité joyeuse de la jeune femme le troublait autant que sa nudité !

Enjouée et l'œil brillant, Josèpha s'était ensuite précipitée dehors en s'esclaffant comme une fillette, et le vieux cardeur en avait profité pour faire à son tour une toilette bienfaisante, nécessaire et appréciée…

Le soleil jouait avec les nuages retrouvés, éclaboussant les pentes neigeuses d'incalculables étincelles. La jeune femme cligna des yeux, contemplant avec ravissement ce paysage comme si elle le découvrait pour la première fois… Quel plaisir de ressortir enfin, libre et en plein air !

Le souffle qui courait de la montagne lui gerçait les lèvres, lui mettait le rouge aux pommettes et lui piquait les oreilles. Le gel lui pinçait les doigts et les orteils, mais ces ultimes attaques du froid lui semblaient désormais bien anodines et plutôt de saison…

Elle se mit à crier sa joie, comme une enfant, et les échos turbulents jouèrent de son accent du soleil. Partout, dans les prés et les bois scintillait la fleur du givre. Plus haut, la couche de neige durcie brillait d'un éclat insoutenable… L'eau de nouveau chantait timidement au bachat et s'écoulait gaiement du cœur de la glace… Il était encore tôt, et si le soleil se maintenait, la température pouvait même se révéler douce avant la fin du jour !

Josèpha battit du sabot la terre dure et se frotta les mains avec énergie. Après cette longue période d'inactivité l'ouvrage ne manquait pas, et c'était avec plaisir qu'elle envisageait tout ce qu'il y avait à faire dans la chaumière et ses dépendances…

Sébastien sortit à son tour, cligna des yeux dans la lumière crue réverbérée par la neige et le givre.

Après un large coup d'œil, il remarqua :

— Tu as vu ? Le noyer !

Sans répondre, Josèpha considéra le tronc éclaté et reporta son attention sur le verger, derrière la maison. Quel arbre fruitier avait bien pu résister aux rigueurs du climat ?

— Je crains que nous ne soyons pas près de manger poires ou pommes, dit-elle.

Ils restèrent un moment songeurs, conscients tout à coup que la température de saison retrouvée ne signifiait pas la solution de tous les problèmes, que ce froid aurait longtemps encore des conséquences et qu'il laisserait des cicatrices profondes et durables… Mais Josèpha ne voulait pas y penser : elle ne pouvait résister plus longtemps à sa soif d'activité !

— Nous nous occuperons des abords plus tard. Je m'en vais au plus tôt remettre la maison en état. Ensuite, il faudra reconstruire la cloison de l'étable... et la nettoyer ! Il y a du labeur pour plusieurs jours !

Sébastien ne voulait pas être en reste : pour rien au monde il n'aurait souhaité que son âge fût un prétexte pour se mettre à l'abri des tâches à effectuer :

— Josèpha, proposa-t-il. Récurer la maison, s'occuper des bêtes, ce serait plutôt mon travail... Car à mon avis, il me semble que tu aurais mieux à faire !

— Je ne vois pas chose plus urgente... Que veux-tu dire ?

— Je veux dire que tu devrais déjà être en train de préparer le four à pain, pétrir la pâte et nous faire de belles et bonnes miches bien dorées ! J'en ai déjà l'eau à la bouche...

La jeune femme éclata de rire : c'était vrai ! Le pain lui manquait tant, à elle aussi...

— Nous devrons patienter quand même, Sébastien ! Il faudra bien que la pâte lève, avant que d'enfourner...

— Mais alors, dépêche-toi, que diable ! Moi, je m'attaque aux gros travaux...

On ne savait plus très bien quel jour on était et on ne cherchait même plus la signification du son des cloches de l'église quand elles sonnaient au loin : il y avait mieux à faire pour le moment que d'aller à messe ! D'autant plus que Josèpha nourrissait toujours une rancœur profonde envers les habitants de

Chaumezet et leur curé : personne ne s'était encore inquiété d'elle depuis que le temps s'était radouci !

— Bande de renards ! bougonna-t-elle.

— Que dis-tu ?

— Rien... Je pensais à mes « bons » voisins de Montsupt...

Sébastien égrena un petit rire :

— Ce n'est certes pas à eux que je dois la vie, mais à toi et à ton hospitalité !

— N'exagère pas ! C'est à toi que tu dois la vie : car après tout, tu aurais très bien pu t'entêter à vouloir passer le col !

L'Auvergnat se gratta le cuir chevelu :

— À ce propos, il va bien falloir que je la passe, cette fichue montagne !

Josèpha fronça le sourcil :

— Ah ! Non, Sébastien ! Tu ne vas quand même pas me laisser seule avec ce chantier, j'espère ? Tiens ! Le gîte, le couvert, et cinq sols par jour ?

— Garde tes cinq sols, petite... J'aurai grand plaisir à rester ici, au moins jusqu'à la belle saison !

— Oui, car on ne sait pas si le temps va se maintenir ! On dirait que les nuages sont à la pluie...

— Oh ! Il peut pleuvoir, le vent est au sud... Cela ne peut que réchauffer encore un peu la terre !

Pataud avait retrouvé une seconde jeunesse et il se mit à aboyer. Josèpha se retourna et vit une fillette enjouée apparaître à l'autre bout de la cour :

— Marion ! s'écria-t-elle en se précipitant vers l'enfant. Il y a si longtemps que je ne t'avais vue !

La gamine lui sauta au cou et perdit un de ses sabots dans l'élan…

— J'avais si peur pour toi, confessa-t-elle. Avec ces grands froids ! Même que chez nous, deux vaches sont mortes dans l'étable ! Et que même les lièvres rentraient dans la maison pour se réchauffer ! On en a mangé plus d'un, tu sais !

Marion adorait Josèpha, son accent et ses histoires venues d'ailleurs. Du haut de ses sept ans, elle était l'enfant des Chira… L'André et la Jeanne Chira, ses plus proches voisins qui haïssaient tant la méridionale ! La petite aimait d'autant plus les visites à sa Jèfa qu'elles se faisaient en cachette de ses parents : l'interdit ajoute tant de charme à la moindre des choses !

Elle regarda soupçonneusement Sébastien :

— C'est qui, lui, Jèfa ?

— Un brave homme, Marion… Et qui est aussi mon ami !

— Alors, si c'est ton ami, ce sera le mien aussi !

Sur ce cri du fond du cœur, Marion embrassa également le vieil homme, qui lui sourit :

— Toi, tu m'as l'air bien gentille, ma bichette… Mon nom est Sébastien.

À quoi la gamine répondit, l'air mutin :

— Eh bien ! Je suis bien contente que tu sois l'ami de Jèfa… Parce que personne ne l'aime ici ! Sauf moi…

Elle ajouta, plus bas :

— Je crois qu'ils sont tous jaloux d'elle ! Pas vrai, Jèfa ?

— Marion ! Tu es pire qu'Antoine ! Ne m'appelle plus Jèfa, mon nom est Josèpha... Et il n'est pas si long que je le veuille raccourcir ! Viens plutôt manger le bout de galette qui me reste... Mais fais vite : à ta place, je ne traînerais pas trop... Les premières gouttes arrivent !

Après ces trois jours de beau temps, deux jours de pluie ininterrompue... Une pluie drue, tenace, malsaine, mais que l'on supportait plutôt bien car elle n'était pas trop froide ! L'humidité cherchait à entrer dans la maison, et on ne lésinait pas sur les bûches dans la cheminée. On restait ainsi au chaud et au sec.

Josèpha et Sébastien prenaient les choses du bon côté. La grande pièce d'habitation était propre maintenant, la cloison reconstruite et le bétail avait retrouvé sa place en l'étable. La jeune femme chantonnait en tressant ses brins d'osier et sa corbeille prenait forme sous ses doigts agiles. Une vieille comptine de sa grand-mère lui remontait aux lèvres.

Sébastien eut un sourire amusé :

— J'aime t'entendre chanter, tu sais... Ta voix sent si bon le soleil !

Il ponctua sa phrase d'un large coup de paroir, cette grande lame courbe montée sur pivot, et un long copeau s'enroula sous le tranchant avant de tomber sur le tas qui se formait sous l'instrument : le vieil homme avait déniché dans un coin de remise tout ce qu'il fallait à un sabotier pour faire de bons sabots !

— Plutôt que de me tourner les pouces, avait-il dit, je vais voir si je n'ai pas perdu la main !

En fait, il était un véritable artiste !

— Sébastien, je crois que tu es en train de te constituer un beau pécule en perspective ! remarqua Josèpha.

— Tu sais, la première paire de sabots que j'ai faite hier ? Elle sera pour toi !

— Sébastien ! plaisanta-t-elle. Serais-tu en train de me faire du charme ?

Elle s'interrompit brusquement et prêta l'oreille :

— Tiens ? On n'entend plus le bruit de la pluie mais je connais trop bien ce silence lourd : je parie que…

Elle ouvrit la porte en grand sur le crépuscule naissant :

— C'est bien cela… La neige ! Et elle ne fait pas semblant de tomber ! Viens voir, Sébastien !

Josèpha hésitait entre la joie et la crainte : la beauté du spectacle la ravissait, mais cette neige signifiait aussi la poursuite d'un hiver qui avait si mal commencé… Et ce n'était pas parce que les grands froids s'étaient achevés que la mauvaise période était terminée ! « *Il faut bien que saison se fasse !* » comme disent les vieux…

Les flocons lourds et gras virevoltaient dans la clarté laiteuse que gagnaient rapidement les ombres de la nuit tombante, une vision envoûtante par la majesté et le silence qui s'en dégageaient, un spectacle dont l'œil ne se lassait pas...

— Il ne fait même pas froid, murmura Josèpha.

— On a eu assez froid ces jours derniers pour le reste de notre vie ! affirma le vieillard.

— Si ça continue ainsi, il y en aura une belle couche demain matin !

— C'est la saison, Jèfa... C'est la saison !

— Tu ne vas pas t'y mettre, toi aussi ! Je m'appelle Josèpha ! Qu'on se le dise une fois pour toutes !

— Allons, petite ! Il est bien permis à un vieil homme de plaisanter !

L'atmosphère était de nouveau douillette. Un calme sans pareil baignait la grande pièce où chaque son ressortait assourdi. La neige transformait les murs en cocon et un bien-être reposant émanait des flammes du foyer. Josèpha et Sébastien échangeaient peu de mots, occupés l'un et l'autre à leur tâche. Le vieil homme sculptait amoureusement les sabots qu'il destinait à son hôtesse, et cette dernière alignait point sur point, s'usant les yeux sur cette dentelle qu'elle s'était mise en tête d'achever avant le printemps...

Un sourire ou un clin d'œil les unissait parfois dans une même complicité, et Josèpha appréciait de plus en plus le bonheur de ne pas être seule dans l'hiver : elle n'osait penser à la façon dont elle eût vécu cette terrible épreuve du froid sans la présence discrète et amicale de ce vieillard qu'elle avait hébergé sur un coup de tête !

Elle dressa l'oreille. Un son étrange venait de troubler la quiétude nocturne…

— Sébastien… Tu n'as rien entendu ?

— Rien, Josèpha ! Mais à mon âge l'ouïe n'est plus ce qu'elle était… Et s'il n'y avait que l'ouïe ! ajouta-t-il avec une moue.

— Je suis sûre que j'ai entend… Tiens ! Écoute… On dirait un cheval ! Qui peut bien venir par là à ces heures ?

Certaine de n'avoir pas rêvé, elle se saisit de la lanterne et sortit sur le seuil. La neige s'était arrêtée, laissant une couche blanche de la hauteur des sabots. Une ombre fut soudain sur la jeune femme et un souffle chaud dans son cou la fit sursauter. Puis ce hennissement tout près d'elle…

— Oh ! Tu m'as fait peur… J'ai failli en briser ma lanterne !

Elle approcha la lumière de l'animal et s'exclama :

— Mon Dieu ! Mais c'est Grison ! Antoine ? C'est encore une de tes plaisanteries ? Ce n'est pas drôle… Antoine ?

Nulle voix ne lui répondit dans la pénombre et l'angoisse l'envahit…

— Tu t'es peut-être échappé, Grison ? Antoine est revenu ? Pourquoi ne m'a-t-il rendu visite aussitôt ? Mais tu dois avoir faim : Sébastien va s'occuper de toi ! Moi, je vais m'assurer que ton maître est bien rentré…

— En pleine nuit ? s'étonna le vieil homme.

— Il ne neige plus ! Et la nuit est plutôt douce…

La marche dans cette neige fraîche pénétrant dans les sabots, le pied qui glissait, la flamme vacillant sous le verre de la lanterne... Josèpha, obstinée, soufflait en traçant sa voie jusqu'à la maison d'Antoine, à l'autre bout du hameau. À son grand désarroi, arrivée devant la massive bâtisse elle trouva porte close.

Désemparée, elle resta là, inquiète. Où était son beau-frère ? Le seul ami qu'elle comptait à Chaumezet ! Que lui était-il arrivé ? Que faisait-il ? Et pourquoi Grison s'était-il enfui ? Si c'était à cause du froid, comment avait-il pu survivre tout ce temps sans écurie ? Préoccupée, elle regagna sa demeure sans même entendre le concert d'aboiements que déclenchait son passage devant les maisons de Montsupt.

Sans un mot pour Sébastien, elle se coucha, murée dans une anxiété qui, au-delà d'Antoine s'étendait à François. Puis l'insomnie s'installa et Josèpha se tourna et se retourna longtemps dans son lit. Les braises léchées de flammèches crépitaient dans le silence, lançant parfois des brandons rougeoyants sur le sol damé...

La jeune femme écoutait... Elle écoutait les bruits familiers de l'étable, le ronflement sonore de Sébastien, la fuite menue d'une souris sur le plancher de la remise, le glouglou de l'eau se déversant dans le bachat, le vent qui recommençait à gémir.

Le vent ? Josèpha sursauta : on ne l'avait plus entendu depuis le redoux et il rappelait tant de mauvais souvenirs ! Ce vent avait trop signifié des jours durant froidures et frissons ! Heureusement, il faisait toujours doux, et ce fut presque rassurée qu'elle s'endormit enfin, un peu plus confiante dans l'avenir...

Ah ! Quel sommeil agité ! Ces mauvais rêves qui n'en finissaient pas, ces frissons qui finirent par la réveiller. Non : elle ne rêvait pas ! Le froid de nouveau était là, tapi dans la pièce ! Josèpha se replia sur elle-même tout en s'assurant de l'œil que le feu n'était pas mort...

La bise avait repris sa litanie et la peur s'empara de la jeune femme. Ce froid était bien réel, tout aussi subit qu'au début de l'hiver, et sa langue de glace venait la lécher jusqu'en son lit... Le ronflement du vieil homme s'arrêta : Sébastien se démenait dans son sommeil...

— Sébastien ! Sébastien ?

— Hmm ?

— Le froid, Sébastien ! Je crois qu'il revient !

— Oui ! Je suis gelé, avoua-t-il. Il va nous falloir serrer de plus près la cheminée !

— Dis... Ça va pas recommencer ?

— Brrr ! Il faut dire que c'est glacial ! Mais rassure-toi, on ne peut imaginer revivre ce qu'on a vécu ! La foudre ne tombe jamais deux fois au même endroit !

Il n'en était pas très sûr...

- 11 -

On avait étendu une voile sur la cabane érigée au centre de la sapine dans l'espoir de la calfeutrer de cette bise irréelle. Les bourrasques incessantes redoublaient de violence et prenaient l'embarcation d'assaut dans un sifflement infernal, lancinant, obsédant… Le poêle rougeoyait en fumant et les yeux irrités larmoyaient. Le froid étranglait la chaleur du brasero et les marins muets n'avaient de cesse de se trouver une position plus confortable. Entassés les uns contre les autres sous le magma informe des couvertures emmêlées, ils continuaient à frissonner, cherchant en vain un sommeil qui ne venait pas…

Brusquement, l'hiver était là, plus terrible encore qu'il n'avait jamais été, telle une sangsue avide de calories… Sur le fleuve, l'humidité implacable et pénétrante se faisait sa pire complice !

On ne dormait pas, mais on pensait avec appréhension à la dure journée du lendemain. Bien sûr, naviguer en hiver n'était jamais très agréable, mais cette bise folle qui soufflait semblait n'avoir jamais eu de précédent : une telle froidure était pire que le pire des supplices !

Enfin… On verrait bien demain ! Les corps continuèrent à se tourner et à se retourner sans venir à bout de la fatigue du jour. Quelle que fût la position choisie, pouvait-on lutter contre ces irrépressibles frissons qui se nichaient jusqu'au creux des couches ?

Transis, les hommes se raidissaient, leur regard fixe cherchant à lire dans la pénombre un avenir meilleur... Quel métier ! Que ne devait-on subir pour gagner quelques sols, vite repris d'ailleurs par les taxes et les impôts de toutes sortes !

Endurci aux rigueurs des hivers de montagne, rompu aux caprices du climat, François serrait les dents mais avait du mal à résister à la morsure des aiguilles de glace qui se fichaient sans relâche le long de son dos ! Avec le froid, une angoisse perfide s'infiltrait dans les consciences que l'insomnie aiguisait du claquement des dents...

D'un seul mouvement tous les hommes se redressèrent, cœur battant : un sinistre craquement venait de parcourir toute l'embarcation ! On se regarda dans l'obscurité sans oser comprendre...

— C'est pas Dieu possible ! s'écria Pierre. La Loire n'a pas pu geler en quelques heures au point de « serrer » la sapine !

Un nouveau gémissement des membrures de la vaste salembarde le persuada du contraire : courbes et bordés se plaignaient de l'emprise du fleuve et elles geignaient en une suite de grincements sinistres...

— C'est la glace ! s'exclama François. Nous ne pouvons laisser le convoi s'immobiliser ainsi, bon Dieu ! Il nous faut la briser à tout prix !

Personne ne lui répondit. On n'avait vraiment aucune envie de sortir !

— François a raison, approuva le patron. De toute façon, je ne crois pas que nous pourrons avoir plus froid dehors qu'en restant ici à ne rien faire ! Et quelques efforts ne peuvent que nous réchauffer !

La bise allait vite le détromper...

À contrecœur, on se leva et on fit tout pour se protéger au mieux. Chapeau jusqu'aux yeux, écharpe sur le nez, houppelande et couvertures sur les épaules, on s'arma pour affronter les serres du gel... Il le fallait !

Lanterne à la main, on s'avança sur le pont verglacé en serrant les dents et en courbant l'échine pour faire face à la bise impitoyable... Avec l'énergie du désespoir, on s'acharna sur toutes les sapines à casser la glace à coups de barres de fer et de crocs pour essayer de dégager les coques de cette gangue de froidure...

François se mordit la langue pour ne pas crier sous la dent du vent cruel...

— Han ! Han !

Avec une seule idée en tête : briser la glace et oublier cette morsure du froid...

— Han ! Han !

Briser la glace, oublier le froid... Briser la glace...

Mais les hommes n'avaient pas dégagé une longueur de bateau que déjà le gel obstiné figeait l'eau à l'autre bout, anéantissant leurs efforts au fur et à mesure ! La glace prenait les mariniers de vitesse et le combat s'avérait de minute en minute un peu plus inégal.

Refusant l'évidence, Pierre, François et leurs compagnons s'entêtaient encore. En vain... Ils ne sentaient plus leur corps engourdi...

— Han ! Han !…

La barre à mine échappa des doigts morts de Pierre mais ne disparut pas aussitôt dans le fleuve. La glace était partout et épaisse déjà ! Elle prenait d'assaut la Loire et tout ce qui y flottait avec une vigueur insoupçonnée ! Dans un élan surhumain, le marinier força ses mâchoires contractées et secoua ses membres tremblants pour réussir à ordonner, la mort dans l'âme :

— Mieux vaut rentrer, tous… Tout ce que nous faisons est inutile !

Personne ne se fit prier pour accepter l'invitation et on eut vite fait de réintégrer les casemates flottantes ! Sans un mot, chacun tenta alors de se réchauffer auprès du brasero, mais les membres furent longs à retrouver un semblant de mobilité…

On se regarda, la détresse au fond des yeux rouges et larmoyants. Pierre n'arrivait pas à se défaire des aiguilles de givre qui lui torturaient le visage et son œil croisa celui de François. Se pouvait-il qu'il eût comme lui cette glace aux moustaches et aux sourcils, ce visage violacé, ce souffle court ?

Non ! Dans ce désarroi, nul n'était besoin du moindre mot : l'impuissance des hommes était presque palpable, mêlée à une angoisse proche de l'horreur. Un nouveau craquement parcourut les nervures de la salembarde et Pierre sentit les larmes lui monter aux yeux…

— Par la Mort-Dieu ! parvint-il à jurer. Ce foutu froid va bien finir par disloquer les sapines !

Il jeta son chapeau avec rage :

— Et dire que nous ne pouvons rien faire !

Sa voix se brisa sur un sanglot muet : si les sapines de son convoi se brisaient, si surtout leur chargement s'en allait par le fond, c'était la ruine et la misère ! Pour lui, la mendicité était peut-être au bout du cauchemar…

Du tas informe de tissus et de couvertures montait le bruit des respirations, des raclements de gorge, quelques toux réprimées, mais pas un ronflement car aucun des marins ne parvenait à trouver le sommeil… Et pour cause ! D'abord, il faisait trop froid ! Comment se réchauffer le corps dans ces vêtements humides que l'on sentait se raidir sous le gel ? Le petit poêle cramoisi et fumant se révélait incapable de diffuser une chaleur suffisante pour faire reculer l'emprise de l'air glacé…

Que la nuit peut être longue par un froid d'outre-enfer quand on est la proie de l'angoisse et de l'insomnie ! François eut l'envie irrépressible de se cogner la tête contre les parois de bois, de boxer la coque à grands coups de poings ! Dieu ! Qu'avait-il délaissé Josèpha à l'orée de l'hiver pour ce voyage insensé ? Quelle folie ! Mais il n'était plus temps d'y réfléchir, plus temps de regretter…

Ce froid soudain n'était après tout qu'un accident imprévisible ! Cette situation aussi anormale qu'exceptionnelle ne pouvait de toute façon s'éterniser ! Il essaya de s'en persuader : tout ne pouvait désormais que rentrer rapidement dans l'ordre des choses !

Pierre se redressa :

— Personne n'arrivera à fermer l'œil, je crois ! Qu'on mette donc du bouillon sur le feu, et qu'on sorte les bouteilles d'eau-de-vie ! Il n'y a rien de tel pour se réchauffer : la nuit sera longue encore...

— Longue et froide, précisa Barnabé. Et j'ai bien peur que la gnole ne nous réchauffe pas les tripes jusqu'au matin !

Un drôle de matin qui mit une éternité à venir...

Ce fut une aube de froidure et de givre avec des branches d'arbres gercées de blanc et d'éclats scintillants... Avec un peu partout des prairies gelées, constellées de fleurs de glace. Avec ce miroir glissant qui recouvrait tout. Avec cette Loire réputée indomptable, mais dont les eaux s'étaient en une nuit solidifiées le long des deux rives sur plus de la moitié de la largeur du fleuve, une Loire qui charriait des glaçons dans le maigre chenal laissé libre encore par les berges figées...

Le paysage gelé fumait de froid. Les volutes de brumes glaciales s'élevaient de la rivière avant d'être avalées par la bise qui continuait à hurler de tout son souffle polaire...

Dès qu'il devina les premières lueurs du jour, François s'agita et, le premier, se décida à sortir : il lui fallait savoir... Il ne supportait plus d'être enfermé dans la promiscuité de cet espace exigu ! Il voulait prendre le pouls de l'hiver et se mesurer à ce climat du Diable... Il n'avait pas claqué la porte derrière son dos que la bise s'emparait de lui.

François cria sa souffrance sous le fil aiguisé du vent qui lui lacéra instantanément les chairs. Il suffoqua mais, après avoir remonté son écharpe sur le nez d'un geste décidé, il se força à avancer, emmitouflé jusqu'aux oreilles, capuche jusqu'aux yeux.

Au premier pas, il dérapa sur le pont et s'affala de tout son long. Obstiné et jurant, il se releva, sauta sur le ponton et se retrouva de nouveau pattes en l'air, comme un scarabée renversé.

— Ce verglas est vraiment partout ! pesta-t-il en se redressant péniblement avant de se remettre courageusement en route.

Fermant les yeux, en grimaçant sous ses laines, il gravit peu à peu la levée en s'accrochant aux arbustes, puis il tenta laborieusement de reprendre son souffle.

Enfin, il jeta un large coup d'œil sur le paysage qu'il dominait et resta sur place à piétiner sous les bourrasques : à perte de vue, le givre recouvrait les environs figés et le squelette des arbres s'irisait du diamant des premiers feux de l'aurore… Tout semblait mort et le chant tourmenté de la bise n'arrivait pas à estomper ce silence qui engluait tout… Quelques rares maisons pourtant laissaient transpirer une vie cachée, repérable aux panaches de fumée accrochés aux cheminées. Ici un hameau… Et plus loin un village…

François remonta la frange de son écharpe : déjà, ses pieds et ses mains s'engourdissaient ! Il lui fallait rejoindre la salembarde avant d'être à bout de résistance !

Sourcils givrés, pommettes violacées, des fourmillements douloureux au bout des doigts, des pieds et des oreilles, il déboula en trombe dans la cabane de la sapine… Tremblant et bredouillant, il tenta de retrouver un peu d'énergie près du brasero. Enfin il murmura, entre deux frissons convulsifs :

— Épouvantable ! Impensable ! Une catin de froidure de mort ! Mais je crois pourtant qu'on peut tenir quelque temps dehors sous la bise. En se couvrant bien, on devrait pouvoir atteindre un village assez proche : il y a quelques fermes peu éloignées. Mais il ne faut pas rêver, elles ne pourront nous accueillir tous !

Pierre s'insurgea :

— Parce que tu penses que je vais abandonner mes bateaux avec toute la marchandise ?

François eut un petit ricanement triste :

— Tes sapines sont prises par les glaces… Qui veux-tu qui te les vole ?

— Je sais bien qu'on ne me volera pas les sapines, grand nigaud ! Mais qui donc empêchera les errants de piller leur chargement ?

Le Forézien éclata d'un rire amer :

— Si nous ne pouvons supporter ce froid, les errants non plus ! Le plus audacieux des voleurs ne peut avoir pour l'instant d'autre idée que de se chercher un abri, comme nous, pour y trouver un peu de chaleur ! Quiconque resterait sur les chemins est assuré d'y dégoter la mort !

Barnabé approuva :

— François a raison : le froid est un rude ennemi, mais si nous lui laissons pour alliée l'humidité du fleuve nous y laisserons tous notre peau… Ce serait folie de rester ici !

On se regarda : les mariniers prenaient à cœur leur métier et savaient faire des sacrifices, mais jamais ils n'avaient renoncé à une descente en son milieu ! Jamais ils n'avaient abandonné une sapine, sauf quand la Loire l'engloutissait...

— Il faut bien le reconnaître, admit Thomas. Nous ne pouvons rien faire pour le moment sinon essayer de trouver un endroit sec, avec de bons murs et un toit à chauffer, ne serait-ce qu'une grange ou une étable !

— D'accord, concéda Pierre. Nous pourrons toujours ensuite transférer jusqu'à nos gîtes les marchandises les plus précieuses... Trouvons donc un refuge... Qui veut bien venir avec moi pour tenter de faire mentir la réputation des gens d'ici ? On les dit fort inhospitaliers !

Ou François inspirait confiance avec sa bonhomie tranquille d'homme des montagnes, ou la réputation des paysans du cru était injustifiée : la porte de la première maison qu'ils rencontrèrent ne tarda pas à s'ouvrir sous leurs coups répétés... Peut-être aussi cette calamité d'exception poussait-elle à l'entraide ? Tout le monde se sentait si petit face au déferlement de la bise !

L'homme les jaugea d'un bref coup d'œil et une esquisse de sourire lui mangea la broussaille de la barbe. En bord de Loire, il fallait se monter solidaire des gens du fleuve !

— Entrez, mais entrez vite ! Et tirez la porte derrière vous, que diantre ! Je m'appelle Denis...

Aussitôt Denis, un paysan costaud engoncé dans un lourd manteau, se serra de nouveau près de sa famille à proximité des flammes ronflantes de l'âtre :

— Mariniers, n'est-ce pas ?

Pierre inclina la tête, claqua encore des dents et réussit à répondre :

— Et de vrais bateliers ! Pas des gobeurs !

— Je vois, je vois... Mais approchez-vous de la cheminée... On n'a jamais entendu parler d'un tel temps, n'est-ce pas ?

Le colosse laissa son regard courir sur ses visiteurs imprévus puis chercha des yeux l'avis de son épouse, grasse et mamelue à souhait. Elle resta immobile, silencieuse, figée, comme atterrée par la rigueur hivernale. Les enfants, âgés de dix à quinze ans, ouvraient sur les mariniers de grands yeux où se lisait une intense curiosité. L'aînée surtout, fille d'âge à marier, attira l'attention de François tant son sourire était provocateur, tant ses yeux d'un bleu intense brillaient d'éclairs de défi...

— Je présume que vous êtes bloqués sur le fleuve... Oh, je comprends bien votre problème, car on ne peut guère bivouaquer sur la berge, n'est-ce pas ? Vous venez quémander un abri plus sûr ?

Il n'eut qu'un mouvement de tête général pour toute réponse et poursuivit :

— Mais il n'y a pas là l'équipage d'une sapine ! Combien êtes-vous en tout ?

Tout en continuant à se frotter les mains au-dessus des flammes, Pierre répondit :

— Un convoi de quatre couplages, ça fait huit sapines... Et huit sapines, ça fait vingt-quatre gars ! Plus l'homme de toue et notre ami François que voilà, cela donne vingt-six...

— Voilà qui est bien compté, l'homme ! Mon toit ne pourrait vous abriter tous, mais ne vous inquiétez pas : nous trouverons bien une solution ! Catherine ! Prépare-nous un bon vin chaud à la cannelle... Cela nous réchauffera tous !

François eut une exclamation de surprise :

— De la cannelle ? C'est là épice de nobles !

Son bon sens de montagnard ne pouvait comprendre un tel luxe chez des gens aussi simples... Leur hôte eut un sourire indulgent :

— Ces épices rares sont remontées par des bateliers depuis Nantes. Et parfois, un service en valant un autre, nous pouvons avoir choses précieuses à bon compte !

Le scieur baissa la tête et croisa le regard de la fille du couple, accoutrée sous des châles de laine. Sa blondeur éclatante, son visage fin, son attitude à la fois douce et décidée attiraient l'intérêt. Comment eût-il pu ignorer les œillades qu'elle lui lançait ? Des invites muettes propres à faire fondre le plus indifférent des hommes, la seule vraie source de chaleur de cette pauvre pièce...

Pierre se désintéressait autant de la donzelle que de la cannelle et son visage bleui ne reflétait qu'interrogation quand il se tourna vers le maître des lieux...

— Alors ?

— Alors, marin, répondit le dénommé Denis, nous pouvons nous rendre mutuellement service, car nos étables et nos granges sont rarement attenantes au logis par chez nous… Et si le froid perdure, nous ne pourrons empêcher ces pauvres bêtes de crever ! En revanche, si vous êtes avec elles vous aurez un toit, de quoi vous chauffer, et elles auront ainsi comme vous une chance de s'en sortir…

Thomas était là aussi. Il était jusque-là resté silencieux, mais il s'enthousiasma aussitôt :

— À l'étable ? Avec un bon feu et la chaleur du bétail, nous n'en demandons pas plus ! Mais tu dois avoir une bien grande étable pour nous tous !

Le paysan plissa les yeux avec malice tout en lampant une bonne gorgée de vin chaud aromatisé et fumant…

— Il n'y a aucune raison pour que je sois le seul à vouloir sauver mes bêtes, si cette température dure ! J'ai cinq proches voisins alentour, qui ne demanderaient sans doute pas mieux qu'avoir eux aussi, en leur étable, quelques hommes pour entretenir du feu et pour y nourrir les vaches…

Pierre se confondit en remerciements : il ne s'attendait pas à telle aubaine !

— On dirait que cela vous rend service autant qu'à nous ! Cet arrangement ne peut que nous aller à ravir !

Denis eut une grimace satisfaite :

— Quand vous serez réchauffés, vous irez prévenir vos compagnons. Quant à moi, je rendrai visite à mes voisins : je suis bien certain qu'aucun ne refusera !

Mariette vous montrera déjà mon étable et la grange…

La jeune fille se leva de devant la cheminée et son fichu glissa en arrière, laissant rouler sur ses épaules les longues mèches claires d'une chevelure couleur de blé. Un sourire de lumière la transfigura, le temps que son regard d'azur se fasse plus insistant sur François qui se sentait de plus en plus gêné… Dieu ! S'il n'y avait eu les circonstances et ce climat fou, Josèpha ou pas, il n'eût pas été long à succomber au charme de cette jeune délurée qui ne le lâchait plus des yeux !

« *Cette donzelle,* songea-t-il, *la froidure ne lui a pas éteint les flammes là où je pense !* »

Un frisson s'empara de lui et le ramena à la réalité, tempérant ses ardeurs… Le temps n'était pas à la gaudriole !

Les tractations furent vite menées à bien grâce à la serviabilité du paysan, et les mariniers furent répartis dans les granges et les étables du lieu… Était-ce le hasard ou bien l'influence de la jeune Mariette, mais toujours est-il que François se retrouva hébergé avec Pierre au domicile même de Denis et Catherine, où l'on s'arrangea au mieux pour leur ménager une place.

Le gigantesque paysan assura, la mine toujours paisible :

— Ma famille comme moi, nous ferons tout ce que nous pourrons pour vous faciliter les choses !

François n'en doutait pas, surtout de la part de Mariette, qui semblait plus qu'heureuse de se savoir sous le même toit que celui sur lequel elle avait, de toute évidence, jeté son dévolu !

Les jours s'écoulèrent, interminables et l'un à l'autre pareils... En ces temps de mort, le seul souci de tout être vivant sur cette terre n'était que de survivre au froid, toujours plus tenace et mordant. Les tourbillons glacés de l'haleine de la bise traversaient les vêtements et les poignards gelés du vent fouaillaient les chairs au plus profond du nid des couvertures...

Pourtant, malgré la froidure extrême, on alla chaque jour aux sapines pour en ramener charbon et nourriture, et l'on en profita pour mettre en abri sûr les marchandises que Pierre jugeait les plus précieuses.

En dépit de l'effort inhumain que demandait le simple fait de s'exposer à la froidure, ces sorties quotidiennes brisaient un peu la monotonie des jours...

À l'instar de ses compagnons et malgré son habitude du climat des montagnes, jamais François n'avait autant souffert du froid ! Un feu d'enfer ronflait pourtant en tout lieu mais le vin gelait à proximité des cheminées, les charpentes de chêne craquaient au-dessus des têtes... Qu'y pouvait-on ?

On se demandait un peu plus chaque jour si le cataclysme allait enfin cesser, et on avait la désespérante impression de s'engluer dans une situation qui semblait installée pour l'éternité ! Rien n'était pire que d'attendre un lendemain que l'on savait d'avance aussi polaire que la veille !

Les oreilles ne prêtaient même plus attention aux concerts de gémissements aigus du vent qui tournoyait sans trêve. Sa musique infernale s'imposait comme un supplice aux tympans des mariniers, car cette sinistre symphonie de la bise était trop synonyme de torture glaciale !... Enfin : il fallait bien faire contre mauvaise fortune bon cœur et François, plus endurci que ses camarades, essayait de montrer l'exemple. Il se trouvait même plutôt bien, au sein de la famille de Denis...

Le regard ironique de Pierre suivait les attentions et les prévenances de Mariette pour le grand gaillard des montagnes, lequel sentait monter à ses joues le rouge de la gêne... Aussi, quand Mariette, ses frères et ses sœurs se liguèrent pour lui demander une fois encore de leur conter les mille et une aventures de ses expéditions à la scie, il n'eut pas le cœur à refuser : ses histoires d'Italie ne laissaient personne indifférent !

Le scieur ne se faisait d'ailleurs guère prier pour se lancer dans d'interminables narrations. Car que pouvait-on bien faire d'autre ?

Cette nuit encore, toute la maisonnée se trouvait agglutinée au plus près de la cheminée et la fumée piquait les yeux. On avait pourtant comme d'habitude fini par s'endormir sous le monceau de couvertures au cœur duquel on se terrait chaque soir.

François grogna puis se redressa, sourcils froncés dans la semi-pénombre... En vieux briscard des routes habitué des voyages, il percevait aussitôt le moindre changement d'atmosphère : le vent...

C'était bien ça, le vent ne sifflait plus !

Doucement, le souffle un peu court, il repoussa les laines qui l'étouffaient mais ne ressentit pas ce couperet glacé qui le cisaillait d'ordinaire à chaque réveil : son cœur ne fit alors qu'un bond et il rejeta brusquement couvertures et édredons…

— La bise ! s'écria-t-il. La bise est tombée ! Eh ! Pierre, Denis, Catherine, Mariette, réveillez-vous ! Le froid s'en est allé !

Les yeux rougis et piquants émergèrent du sommeil et chacun se précipita jusqu'à la porte, un peu anxieux tout de même : comment croire à une accalmie après tant de jours de martyre ?

Mais François avait raison : les poignards de froidure ne tailladaient plus les chairs et la joie put enfin s'emparer des hommes et des femmes incrédules. On se mit à rire, à chanter, à danser même… Le cauchemar était terminé ! Denis, l'œil brillant et la mine extasiée, déploya lentement son immense carcasse et cria à son tour :

— L'hiver a plié ! Enfin !

Il se défit de son épaisse pelisse cependant que sa femme Catherine se laissait aller dans ses bras en pleurant de bonheur :

— Dieu soit loué, sanglotait-elle. Dieu soit loué !

Mariette profita de la liesse pour se couler aux côtés de François, avec une tendresse sans équivoque au fond du regard. Par surprise et sans vergogne, elle s'empara soudain de ses lèvres et l'entraîna dans un baiser fougueux qu'il ne songea même pas à repousser tant le moment était à la folie, à la joie, à la douceur de revivre enfin…

Il fut seulement intrigué que les parents de la jeune fille ne s'offusquassent point de cette attitude éhontée !

La journée de liesse passée, et lorsqu'on fut bien certain du redoux, Pierre se montra plus terre à terre devant son équipage :

— Regardez : les langues de glace qui pendent des toits ruissellent déjà à gouttes fondantes ! À ce rythme-là, la Loire va dégeler plus vite qu'on ne pense… Demain, il nous faudra retourner aux sapines !

Mariette se serra un peu plus contre François, comme si elle voulait le retenir, et protesta :

— Pourquoi demain, pourquoi partir si vite ? Attendez que le beau temps se rétablisse en plein !

Pierre se mit à rire du désarroi de la jeune fille et répliqua :

— Il n'est pas question de partir : nous ne voulons pas nous noyer ! Mais les sapines ont dû se disloquer sous la pression des glaces et elles vont prendre l'eau à gros bouillons dès que la Loire sera libre ! Il ne leur faudra alors guère de temps pour rejoindre le fond !

— Mais alors, pourquoi ?

— Il nous faut vider le charbon et toutes les marchandises avant que les bateaux ne coulent… Ce sera toujours ça de sauvé ! Nous verrons après si nous pouvons réparer les barques… Sinon, nous reprendrons ce chargement au cours de la prochaine descente… Il nous faut faire vite et prendre le dégel de vitesse !

L'énorme Denis contempla les marins assemblés et se frotta les moustaches :

— Malgré le redoux, on n'est pas près de pouvoir retravailler les terres ! dit-il. C'est grâce à vous que nos bêtes sont aujourd'hui vivantes. Pour ma part, j'ai plus de temps qu'il n'en faut pour vous en remercier en vous donnant un coup de main, et je pense que mes voisins feront de même...

François profita de l'intervention de Denis pour échapper à la pression insistante de sa fille. Il s'approcha de Pierre et l'approuva :

— Quoi qu'en dise Denis, c'est nous qui lui serons redevables de tout ! Mais nous pouvons déjà le remercier de son aide : nous ne serons jamais trop pour sauver des sapines ce qui peut l'être !

Son ton était si grave que le batelier s'esclaffa :

— Eh bien, François ! Pour un scieur, tu prends bien la chose à cœur ! J'en étais sûr : nous ferons vite de toi un marin... Et des meilleurs !

François haussa les épaules, embarrassé : bien sûr, il faisait de son mieux, mais quel que fût le travail qu'il entreprenait il entendait toujours le mener à terme ! Il agissait toujours ainsi, car l'ouvrage bien fait est avant tout une question d'honneur !

Enfin ! Chacun s'activa dès lors avec une joie non dissimulée. Il faisait si bon s'éloigner des flammes et des murs de la chaumière après ce supplice hivernal ! Ah ! Bouger, se sentir utile, être sur les chemins sans crainte de geler sur place ! Ce plaisir à dérouiller des muscles endormis...

Oh ! Bien sûr, le vêtement de laine restait nécessaire car l'hiver était loin d'être terminé ! La température était juste redevenue normale pour la saison... Le beau temps restait vif, et ce fut avec un bel entrain que l'on s'échina des jours durant à vider les embarcations de leur contenu.

Avec amitié et spontanéité, les habitants du lieu s'étaient mis au service de Pierre pour aider les bateliers dans leur œuvre et le travail avançait vite ! Sans eux, il eût été difficile de mener la tâche à bien… Les gens de la terre ne lésinèrent sur aucun moyen pour aider ceux du fleuve et leur sueur fut appréciée à sa juste valeur par Pierre et ses compagnons.

Les chemins entre les granges et la Loire ne furent bientôt que files de chariots, convois de brouettes et colonnes humaines se livrant à un incessant va-et-vient…

L'air vibrait du cri des hommes, de leurs exclamations, de leurs rires, leurs chants ou leurs jurons. Les granges se transformaient en entrepôts et il apparut vite qu'il ne faudrait guère plus de temps pour décharger ces tonnes et ces tonnes de charbon qu'il n'en avait fallu pour les charger…

Au milieu de cette cohue, la vie reprenait ses droits et on croisait des marchands qui déjà remontaient les berges du fleuve, tous porteurs de témoignages plus incroyables les uns que les autres : tout portait à penser que le froid avait été universel !

— Mais si, mon brave ! À Roanne comme à Orléans, dès la seconde nuit, on pouvait passer la Loire en chariot sans risque ! À part celui de mourir de froid, mais certainement pas celui d'être noyé !

— Tout comme le Rhône et la Saône à Lyon !

— Et j'ai même entendu dire que la Seine avait gelé de Paris à son embouchure !

— Même l'eau salée ! On prétend qu'on pouvait marcher sur plus de trente pas sur la mer de Marseille… Que même tous les oliviers de Provence sont morts du gel et qu'il ne faut plus parler dans le royaume de noyers, de vignes ou de fruitiers… »

Stupéfait autant que sceptique, on commençait tout de même à saisir peu à peu l'étendue de la catastrophe. Le dégel ne faisait pas tout et la vie allait encore être plus chère…

Mais, pour l'heure, on ne pensait guère à l'avenir et on s'activait à vider la dernière sapine de sa houille : on arrivait au terme de l'ouvrage ! Le moment approchait où l'on allait pouvoir se congratuler devant quelques bonnes bouteilles, et Thomas essuya d'un revers de main la sueur de son front, se maculant ainsi un peu plus le visage… La poussière noire et grasse imprégnait tous les pores de la peau et François n'eut rien de plus pressé que de se défaire de cette crasse épaisse…

Le regard de Barnabé brillait d'une étrange lueur sous le cerne sombre qui lui soulignait les yeux…

— Pour de la belle ouvrage, commenta-t-il, c'était de la belle ouvrage !

— Et tu avais raison, Pierre, remarqua Thomas. Les sapines sont de vraies passoires ! Nous l'avons échappé belle, et si nous n'avions rien fait, bateaux et chargement seraient pour l'heure par le fond.

Avec un petit rire satisfait, Pierre lampa une goulée de vin du pays et approuva :

— C'est vrai ! Les hommes ont plus besoin de ce charbon que les poissons ! Pas vrai, François ?

Il se retourna :

— François ? Mais où est-il passé, celui-là ?

Thomas fit une grimace ironique, pleine de sous-entendus :

— Il avait hâte de se décrasser ! Il est parti se laver…

L'œil vif de Pierre remarqua vite l'absence de Mariette et pétilla de malice…

Ignorant l'air mordant, le montagnard se récurait au puits de la cour de la ferme, s'ébrouant bruyamment pour ignorer les frissons qui lui couraient le long du dos… Torse nu, il s'aspergea et se savonna avant de se rincer à grande eau sans claquer des dents, comme tout habitant des Hautes Chaumes qui se respecte ! Il se séchait énergiquement quand une main douce et chaude se posa sur son bras, le faisant sursauter.

— Que tu es fort !

— Mariette ! Tu m'as fait peur !

Les yeux de la fille se firent moqueurs :

— Qui pourrait bien te faire peur ? demanda-t-elle d'un ton faussement innocent en accentuant sa caresse.

Ses lèvres se rapprochèrent de celles du scieur interloqué par tant d'audace…

— Mariette ! reprocha François. Je… Voyons ! Je pourrais être ton père !

Pour toute réponse, Mariette se colla de tout son corps contre la poitrine puissante, et son souffle se mêla à celui de l'homme hésitant…

— Mariette ! Non… protesta-t-il encore faiblement avant que sa bouche ne se soudât avec impatience aux lèvres offertes, comme malgré lui, dans une passion proche de la rage…

Leurs dents s'entrechoquèrent et leur langue se noua dans un baiser interminable. Le vertige de l'instant s'empara de François : dans une étreinte fougueuse, il serra contre lui ce jeune corps avec une ardeur décuplée par une abstinence prolongée… Un éclair de conscience le rejeta pourtant en arrière :

— Non ! Mariette ! répéta-t-il. Tu pourrais être ma fille !

Les yeux brillants de la jeune paysanne se firent plus malicieux encore :

— Oui ! Tu radotes, on dirait !

— Mais c'est vrai ! Y as-tu bien réfléchi ?

— Mon père ? Tu pourrais être mon père, dis-tu ? Eh bien oui, peut-être… Mais c'est peut-être aussi cela qui me plaît… susurra-t-elle de sa voix la plus enjôleuse…

Un nouvel élan de cette peau tiède contre la sienne ôta à François tout scrupule : il faisait si bon renouer avec la vie ! Sur un second baiser, il attira Mariette vers la remise à foin et presque instantanément elle fut nue dans ses bras, étonnamment belle et fraîche dans sa tranquille impudeur… Ses petits seins fermes dardés contre son torse, avec leurs tétons durs et doux à la fois firent basculer François dans une sorte d'ivresse.

Sous la lumière tamisée du fenil, le visage de Mariette rayonnait d'une joie sauvage et ses cheveux fous s'emmêlaient dans la paille. Voyant François tétanisé, ce fut elle qui le dévêtit, avec un naturel et une indécence proches de la pureté. Chassant toute autre considération de ses pensées, le scieur ferma les yeux et laissa faire la nature, s'abandonnant enfin aux attouchements de cette fille ardente à la chaleur si accueillante…

Quand il entra en elle, le baiser de Mariette se transforma en morsure et ses ongles griffèrent rageusement le dos musclé. Il eut l'impression de déchirer en deux ce corps offert et se laissa entraîner par le galop silencieux de la course au plaisir. Dans le foin qui crissait à leur rythme, ne s'entendit bientôt plus que le souffle court des deux amants accrochés l'un à l'autre, le cœur battant et les caresses à fleur de leur peau luisante de sueur…

Doucement, ils se désunirent, le regard chaviré de tendresse… La bouche de François papillonna puis s'empara délicatement d'un mamelon d'abord, de l'autre ensuite… Puis sa langue descendit insensiblement vers la toison claire et drue.

— Mon Dieu ! s'exclama-t-il en découvrant le sang fluide qui maculait les cuisses pâles. Mariette ! C'était la première fois, n'est-ce pas ? Que ne me l'as-tu dit !

— Tu n'aurais pas osé si je te l'avais dit… Tu vois, tu ne t'en es même pas rendu compte !

— Dieu ! J'aurais été plus prévenant !

Le remords l'étouffait tout à coup... Le sourire de Mariette se fit plus resplendissant encore...

— C'était peut-être ainsi que je le voulais ! C'était très bien, tu sais... Et pourtant : j'avais si peur d'avoir mal...

Le bonheur manifeste de la jeune femme n'avait d'égal que le sentiment de culpabilité qui s'emparait de François...

— Et si tu avais un enfant, maintenant ? s'inquiéta-t-il tout en ayant conscience que ses scrupules étaient un peu tardifs !

Les boucles blondes voltigèrent :

— Un enfant ? Mais je l'espère plus que tout ! lui cria-t-elle farouchement en plein visage, une expression de défi dans les yeux. Un enfant de toi !

Désarçonné, François ne comprenait plus. Une vague de panique monta en lui et la honte s'empara de son âme...

— Que veux-tu dire, Mariette ? Mais nous ne nous reverrons sans doute jamais ?

— Mais c'est peut-être aussi là ce qui me plaît ! assura-t-elle mystérieusement.

Elle se pelotonna tout contre lui et, paradoxalement, tenta de le rassurer...

— Je n'ai jamais voulu et je ne veux surtout pas t'enlever à ta femme, François. Elle a bien de la chance, tu sais... Je ne veux même plus te revoir une fois que tu seras parti ! Mais d'ici là, je ne souhaite qu'une chose : que tu m'aimes, que tu m'aimes encore et que tu me fasses un enfant ! C'est toi que j'ai choisi pour ça. Toi et nul autre...

— Quelle idée ! s'indigna François. Chercher à tout prix un petit bâtard ! Alors, je ne suis pour toi qu'un étalon ? Mais imagine un peu le regard des tiens, Mariette ! Et tout le mépris qui attend une fille-mère...

La chevelure pâle traça dans l'ombre une arabesque dorée :

— Oui, je veux un bébé toute seule ! clama-t-elle haut et fort. Envers et contre tous ! Même si j'ai plus que de l'affection pour toi, François, je ne te veux pas pour époux... Je veux que tu sois le père de mon enfant et je le veux beau comme toi. Je le veux doux et bon comme toi. Je veux qu'il ait tes yeux, ta force et ton sourire !

François soupira et eut une moue éloquente :

— Tu dois être un peu folle !

Mariette éclata d'un rire de perle et se jeta de nouveau sur lui, les lèvres avides :

— Oui ! Folle de toi !

Épuisé, François rejoignit ses compagnons tard dans la soirée. Leurs regards ironiques l'assuraient de leur complicité. La fougue de l'étreinte passée, il était maintenant tenaillé par la gêne et le remords : comment avait-il pu trahir la confiance et l'amour de Josèpha ? Mais pouvait-il vraiment se juger coupable, tant il se sentait mieux dans sa peau après ces jours d'enfer vécus au coin de l'âtre ?

Une bourrade amicale l'arracha à ses pensées :

— Alors, Sétaïre ! La donzelle a fini par avoir ce qu'elle voulait ? Depuis le temps qu'elle te tournait autour ! Ah ! Dieu : j'aurais bien changé ma place pour la tienne : qu'est-ce qu'elle peut bien te trouver de plus qu'à moi ? Non, je ne comprendrai jamais vraiment les femmes !

— N'en parlons plus, mon Pierre, si tu veux bien ! s'énerva François.

— Pourquoi ? Ça ne t'a pas plu, peut-être ?

— Pierre ! Je ne veux pas lui faire du mal ! J'ai peur que ça ne devienne sérieux, pour elle…

Le marinier éclata de rire :

— Les amours du fleuve sont sans lendemain ! Mets-toi bien ça dans la tête. C'est là aussi un des avantages du métier.

François ne répondit rien. Il ne pouvait répéter les étranges confidences de Mariette !

Le Forézien avait du mal à s'endormir. Après cette folle journée, trop de sentiments et de sensations contradictoires se bousculaient en son âme et en son corps… Le chargement de toutes les sapines était désormais en lieu sûr et François hésitait sur la conduite à adopter. Devait-il rester avec ses nouveaux amis mariniers malgré le retard pris ? Ou bien les laisser là et rejoindre au plus vite les chantiers navals, là où la scie lui vaudrait vite un confortable revenu ?

Le ululement du vent berçait ses pensées… Le vent ! Un sourire secret lui monta aux lèvres : qu'il faisait bon l'entendre maintenant sans frissonner ! Les premières et si exceptionnelles attaques de l'hiver étaient bien loin déjà et la bise n'inquiétait plus... Le redoux avait vite fait oublier cette terrible épreuve !

Pourtant, François se sentait peu à peu envahi de tremblements et avait l'impression qu'un air gelé s'insinuait partout... Il grimaça dans le noir, se fit plus attentif aux bourrasques qui ébranlaient la toiture : et si tout cela allait recommencer ?

- 12 -

Le lugubre hurlement de la bise glaciale courait toujours sur les toits de Chaumezet et des hameaux des Monts du Forez... Pour la deuxième fois depuis le début de l'hiver, toute vie avait abandonné la région paralysée par le givre, et le froid était aussi rude sinon plus que celui de la première vague ! Josèpha se secoua et se retourna sur son tabouret de pin pour présenter aux flammes son flanc que les épines du gel ankylosaient. Puis elle retomba dans une prostration dont les frissons incessants ne la tiraient même plus... Sébastien, replié frileusement sous un édredon, leva sur elle un regard accablé et bougonna :

— J'en ai assez, de rester ici ! J'ai comme l'impression que ça ne s'arrêtera jamais... J'ai parfois envie de sortir pour mourir sur les chemins... On meurt déjà à petit feu, ici : autant en finir une fois pour toutes !

— Allons, Sébastien ! Il ne faut pas baisser les bras maintenant ! Nous avons supporté la première attaque, nous supporterons bien celle-ci ! Et même une autre encore si cela devait se produire ! Le printemps finira bien par arriver...

— Le printemps ? J'en doute même : d'ailleurs, nous n'en sommes encore qu'au début de l'hiver ! Franchement, Josèpha... Sans l'accent ensoleillé de ta voix, je me laisserais aller à dépérir ! Je suis tellement las, tu sais… Sans toi, je serais mort entre Forez et Auvergne, quelque part sur les sentiers du Col du Biaud ! Peut-être que ça n'aurait pas été plus mal…

Josèpha ne se donna même pas la peine de répondre au désespoir du vieil homme : depuis combien de temps la terrible bise avait-elle repris ? Ni elle ni Sébastien ne comptaient plus les jours, se contentant d'attendre et d'attendre encore la fin de cette épreuve…

Josèpha tendit l'oreille et sembla s'éveiller d'un long rêve. Un claquement sur la fenêtre avait fini par l'intriguer. Oui ! Le chant sinistre du vent s'était adouci et le crépitement sur la vitre presque opaque reprenait, multiplié… Elle hésita à y croire : la pluie ?

— La pluie ! cria-t-elle. La pluie ! Tu entends, Sébastien… Il pleut !

Le vieillard se força à lever un œil fatigué et lâcha, fataliste :

— Ça ne fera qu'une calamité de plus…

— Mais non ! Tu n'as pas compris ! Le froid vient de tomber, sinon cette pluie serait neige !

Le raisonnement de la jeune femme mit longtemps à faire son chemin en son esprit et ils restèrent là un long moment, tous deux sans réagir… C'était vrai. Le froid avait enfin cédé !

Josèpha se débarrassa de son châle et sortit sous l'ondée battante presque avec délectation… Elle qui détestait pourtant la pluie ! Mais en la circonstance c'était un moindre mal, un bonheur inespéré même ! Une faveur des cieux…

— Tu avais raison, Josèpha... C'est le redoux ! Aussi brusque que la première fois !

— Oui ! Et comme la première fois, la vie va pouvoir reprendre ses droits !

Pour un peu, ils se fussent laissés aller à danser, à entamer la plus folle des farandoles ! Mais il y avait plus urgent et il fallait d'abord reprendre une existence digne de ce nom...

Une douceur humide s'installa en quelques jours, avec son lot de bruines, de brouillards et d'averses. Un état de choses qu'on acceptait plutôt bien en comparaison des rigueurs passées ! Insensiblement, une vie normale reprenait cours. Le travail ne manquait pas : tout était à réorganiser de l'étable au fenil, de la grange au grenier ! Il fallait remettre les bêtes à leur place, récurer encore chaque pièce et chaque recoin...

Pour la millième fois, Josèpha soupira. La tâche lui paraissait titanesque ! Sébastien reposa sa brouette, déplia sa carcasse en grimaçant, puis toisa la paysanne d'un œil ironique :

— Déjà découragée Josèpha ? Avant même que d'avoir commencé ? Ah ! La jeunesse n'est plus ce qu'elle était !

Il n'en fallut pas plus pour que la jeune femme sente sa bonne humeur revenir et elle afficha aussitôt une mine plus réjouie. Secouant ses longs cheveux noirs, elle retroussa ses manches et frappa énergiquement dans ses mains.

— Allez ! Au travail !

Le temps était gris et sale mais personne ne s'en plaignait. De lourds nuages poussés par des vents fantasques inondaient d'averses la campagne environnante sans pour autant réussir à faire fondre la neige sur les sommets de Peyraute. Il y avait toujours cette joie à sortir enfin malgré la grisaille, malgré cette pluie qui s'infiltrait jusqu'à la moelle des os ! De nouveau, on pouvait faire des projets...

Parfois, la nostalgie reprenait le dessus, comme lorsque Josèpha regardait d'un œil triste le grand noyer fendu par le gel... Ce vieil arbre familier n'était malheureusement pas la seule victime ! À part les grands sapins, bien peu de végétaux avaient survécu à ce grand hiver et le verger semblait mort. Qu'en serait-il des récoltes, du grain et des vignes, plus bas dans la plaine ?

Elle haussa les épaules : il était trop tôt pour le savoir, trop tôt pour se mettre fiel en tête ! Il y avait bien assez de choses à penser et à résoudre, tels ces travaux d'homme qu'elle ne pouvait décemment demander d'assumer à un vieillard comme Sébastien ...

Dieu ! Comme elle eût voulu que François fût près d'elle en ces moments difficiles ! Josèpha détourna la tête pour que le vieil homme ne vît pas les larmes qui lui embuaient les yeux. François ! Où était-il, à cette heure ? Comment avait-il vécu ces épouvantables assauts de l'hiver ? Était-il seulement encore vivant ? Tout comme Antoine : depuis le retour de Grison sans son maître la jeune femme ne cachait plus son inquiétude et craignait tant qu'il lui fût arrivé malheur ! Josèpha ne vivait plus que l'angoisse au ventre...

Après un gémissement compatissant, Pataud lui lécha les mollets pour la tirer de sa rêverie. Un sourire forcé réapparut sur les lèvres de la jeune femme et elle caressa gentiment l'animal. Puis elle rassembla racloirs, balais et seaux pour ôter des dalles usées les traces de deux semaines de cohabitation avec le bétail.

Un dernier regard sur les murs mangés par la suie noire d'une cheminée qui avait trop longtemps ronflé toutes portes fermées, un autre sur la croûte de bouses séchées, sur les fientes et débris de toutes sortes qui jonchaient le sol, et elle s'attela à la tâche avec une hargne féroce. Comme pour oublier ces coups répétés que le sort lui assenait dans ce Haut-Forez qui lui semblait si souvent trop hostile !

Au loin, les cloches se mirent à tinter avec insistance. Josèpha leva la tête et chercha des yeux Sébastien. Le timbre du battant de bronze disait assez qu'il était dimanche et cet appel la rendit aussitôt morose : il n'était pas question d'ignorer la messe maintenant que le climat permettait que l'on se rendît à l'église, et elle appréhendait ce rendez-vous dominical. Le dernier lui avait laissé de si mauvais souvenirs ! Elle avait peur de se retrouver face à ce curé qui la ménageait si peu, mais elle brûlait aussi de l'envie d'en savoir plus sur les dégâts de la froidure dans la région...

Ce fut est néanmoins avec lassitude qu'elle laissa retomber sa fourche sur le sol pour regagner le logis d'un petit pas mécanique. Elle détestait la tenue stricte qu'imposait cette visite à Chaumezet.

Sébastien la regarda s'éloigner avec un mouvement de tête fataliste. Il savait à quel point elle détestait ce rendez-vous hebdomadaire auquel elle avait échappé depuis plus d'un mois... Souvent, elle s'était confiée à lui, près du feu, ces soirs de grande froidure, et le vieil homme n'ignorait plus grand-chose de la vie et des sentiments de son hôtesse. Avec une moue, il se décida à se passer le visage sous l'eau et à sortir son grand rasoir afin de se redonner un semblant de dignité. Il ressemblait trop à un mendiant à son goût et serait bien resté à Montsupt, mais il ne pouvait laisser Josèpha se rendre seule à cette église qu'elle abhorrait !

La jeune femme marchait d'une allure vive sur le chemin de Chaumezet, la tête baissée sous le vilain fichu noir qui lui serrait tempes et cheveux. Sébastien la suivait de sa démarche plus traînante. Depuis le temps qu'il courait routes et sentiers, il faisait volontiers l'impasse sur le prêche du dimanche : il n'y avait que chez lui, à Molières, qu'il s'y rendait de bon cœur car c'était là le prétexte à rencontrer parents et amis... et à prendre plaisir à déguster un pichet à la taverne du village !

Le ciel lui-même semblait partager leur morosité et la pluie avait cédé la place à une bruine insidieuse qui pénétrait le moindre pore de la peau, qui oppressait les poumons... Des nappes de brumes lourdes et blanchâtres se déchiraient aux cimes des sapins pour s'élever ensuite en longs filaments jusqu'aux nuages bas et opaques. Des larmes d'humidité suintaient des branches et des troncs et brillaient de mille éclats à la crête de chaque brin d'herbe.

Au-dessus des brouillards emmêlés, pointa bientôt le sommet du clocher qui parut à Josèpha plus morne encore qu'à l'ordinaire. En se mordant la langue, elle s'avança dans la rue principale, suivie comme une ombre par son vieil ami.

Ce fut avec une certaine surprise qu'elle constata que les villageois l'accueillaient plutôt avec bonhomie. La fraîcheur qu'ils affectaient d'ordinaire en sa présence n'était pas de mise aujourd'hui : après les rigueurs dramatiques de l'hiver il était agréable de retrouver ses voisins, les bons comme les mauvais ! Oubliés, les querelles et les griefs ! Au terme de ces semaines de réclusion forcée, chacun goûtait avec satisfaction la joie de se retrouver en communauté.

Presque affolée par l'attroupement sur le parvis de l'église, Josèpha jetait sur les gens qui la bousculaient des regards de bête traquée. Dieu ! Qu'elle eût aimé que quelqu'un lui parlât de François ! Malheureusement, elle savait que François était loin et que personne à Chaumezet n'était en mesure de lui donner des nouvelles de son époux...

Elle faillit s'enfuir en apercevant Jeanne Chira, mais cette dernière la salua le plus civilement du monde, un immense sourire sur les lèvres... Cette attitude amicale ne puait-elle pas l'hypocrisie ? Car Josèpha savait bien que la Jeanne ne lui pardonnait pas et ne lui pardonnerait jamais de lui avoir volé « son » François !

La jeune femme frissonna. Se trompait-elle en devinant la hargne et la méchanceté de sa rivale malgré les efforts de cette dernière pour être aimable ? Ne sachant que penser, elle se rapprocha de Sébastien pour qui elle éprouvait maintenant des sentiments presque filiaux...

Sur toutes les bouches couraient les mêmes mots, les mêmes cris, les mêmes exclamations. Chacun évoquait à sa façon la bise, le gel et les souffrances qu'avait amenés ce froid inouï : de mémoire d'ancêtres, nul n'avait entendu parler d'une telle calamité !

— Je n'ai plus un noyer ! gémissait un vieil homme édenté au cheveu rare et blanc. Plus un fruitier... Et deux vaches me sont mortes en étable ! Quant aux chèvres, il ne m'en reste pas une moitié de troupeau ! Cette année sera année de malheur... Parole d'ancien !

— Cesse donc de pleurer, l'Ambroise ! Nous en sommes tous au même point et tu n'es pas le plus à plaindre...

— Tu peux même t'estimer heureux, renchérit une mégère. Ce froid a aussi tué bien des vieux qu'on n'a même pas pu enterrer tant la terre était dure !

Un marchand éclata de rire :

— Mais l'Ambroise est toujours là : la mauvaise herbe, ça crève pas comme ça !

— Rigole, jeunot ! Rigole... N'empêche que t'es pas sûr d'arriver comme moi à presque quatre-vingts ans...

Insensiblement, toute la foule s'était regroupée au sein de l'église et les voix se répercutaient en échos sur les voûtes de granite... Peu à peu, les conversations se fondirent en murmures. Le brouhaha sourd se transforma en un bourdonnement continu qui ne cessa vraiment que lorsqu'apparut le Curé Vignon. Il commença son office avec un large sourire : il avait lui aussi grande satisfaction à retrouver ses « brebis » !

Comme elle avait coutume de le faire depuis le départ de François, Josèpha s'était mise en retrait bien au fond de l'église, près d'un pilier et essayant de se faire la plus discrète possible. Combien de temps lui faudrait-il pour se sentir un jour autre chose qu'une étrangère à Chaumezet ?

La voix du prêtre roula en sonorités chaudes d'un mur à l'autre, emplissant les oreilles des fidèles, et l'on mit plus de ferveur et de conviction qu'à l'ordinaire pour entonner les cantiques à la gloire de Dieu. Le Curé Vignon expédia rapidement sa messe : il lui tardait de monter en chaire, de parler à ses ouailles…

— Mes très chers frères ! Il y a bien longtemps que je ne vous avais vu si nombreux dans la Maison du Seigneur et je m'en réjouis…

Les mots ronronnaient sur ses lèvres et chacun sentait le bonheur qu'il avait à parler face à ses paroissiens… Malgré l'humidité, on éprouvait une joie profonde au contact de cette ambiance chaleureuse. Le bonheur de la vie en communauté après cette longue période d'hibernation engendrait une convivialité contagieuse et bon enfant : pour un temps s'effaçaient les litiges et les problèmes qui trop souvent empoisonnent la vie des uns et des autres. Pour un peu, Josèpha se fût sentie heureuse parmi les fidèles assemblés.

Le Curé Vignon continuait à déclamer, très fier sans doute d'avoir à divulguer des informations qu'il se faisait fort d'être seul à connaître.

— Satan seul a pu envoyer des gelées si funestes ! Savez-vous que toutes les rivières du royaume ont été prises par les glaces en moins de deux jours ? Que l'on ne pouvait passer les plus grands fleuves en charrette sans que cette glace cède, même sous les convois les plus lourdement chargés ? Que les bords de mer aussi ont gelé ? Il se dit même qu'à Versailles, les bouteilles de vin éclataient sur le manteau de cheminées où ronflait un grand feu ! Que les glaçons tombaient dans les verres... Et que la mort fauchait comme à la moisson les voyageurs assez hardis pour mettre le pied dehors...

Il poursuivit ses descriptions, entrant dans les détails, évoquant la bise, l'inutilité de tout effort pour s'en protéger, l'hécatombe des fruitiers, des noyers, des oliviers de Provence, des vignes... Il parla de la mort des animaux sauvages, des oiseaux, du gibier et du bétail, du vin de messe qui se figeait aussitôt versé dans les calices, des poissons asphyxiés sous la glace des étangs...

Puis, sa voix devint plus grave quand il fit allusion aux décès survenus dans la paroisse :

— À ces malheurs, mes frères, il nous faut ajouter le deuil de ceux qui nous ont quittés durant ces tristes semaines... Et encore ! Notre village a l'habitude des rigueurs du climat et nous savons nous protéger du froid... Imaginez ce qu'il en fut dans les villes et dans ces régions du sud si accoutumées à des temps plus doux ! À Chaumezet, nous avons tout de même vu mourir ce dernier mois cinq de nos anciens et trois enfants... Que Dieu prenne en sa pitié l'âme de Louis Chamillard, de Philippe Torcy, Benoît Grange,

Antoinette Chorsin et Pierrette Dusuc. Quant aux enfants, étant en bas âge, leur innocence leur vaut déjà le Paradis... Partageons la peine de leurs parents !

Un lourd silence plana, riche de douleur et d'émotion... Le Curé Vignon reprit sa respiration et le ton de sa voix se fit plus lugubre encore :

— Il ne faut pas oublier ceux qui sont loin de chez nous... Qu'est-il advenu d'eux ? Ont-ils pu se sauvegarder de ce froid universel ? Dans notre angoisse, nous l'espérons tous ! Malheureusement, on m'a déjà apporté de tristes nouvelles...

Sa voix chevrota et Sébastien ne put vraiment juger si le prêtre était véritablement bouleversé ou s'il se laissait emporter à jouer au mieux son rôle dramatique. Chacun avait pâli, car rare était celui qui n'avait pas un ou plusieurs membres de sa famille en un quelconque coin de France, pour y scier du bois ou y exercer un petit métier...

— On m'a donc rapporté, par marchands interposés, la triste fin de Bertrand Delorme, mort de froid avec son cheval sur le chemin du Puy sans avoir pu trouver un refuge. À Issoire, une bonne âme a ouvert sa grange à Denis Chalier, mais le foin n'a pas suffi à arrêter la mort gelée...

Des hoquets et des pleurs se firent entendre çà et là, et l'on fut obligé d'aller quérir un siège pour asseoir la veuve Delorme effondrée dans ses larmes. Mais les gens des montagnes sont rudes et fiers : il n'y eut pas de cris hystériques et la douleur resta à l'intérieur des cœurs... On se contenta de quelques raclements de gorge sonores pour masquer la détresse...

Un instant paniquée, Josèpha commençait à respirer quand le curé la fixa droit dans les yeux et ajouta laconiquement :

— Et j'ai appris ce matin la mort de ce pauvre Antoine Courreau…

Comme un coup-de-poing en pleine poitrine ! Josèpha chancela et les larmes lui inondèrent les joues. Dans le brouillard de ses yeux, elle s'efforça de garder sa fierté. Raide et silencieuse, elle se mordit la langue au sang pour ne pas crier sa révolte contre l'injustice du sort. Dignement, elle se dégagea de l'emprise amicale de Sébastien qui venait de la saisir gentiment par le bras. Sans voir les regards posés sur elle, elle devina plus qu'elle n'entendit le curé préciser :

— Nous aimions tous l'Antoine et nous le regretterons. Jamais il n'est arrivé à Feurs où il se rendait, car la froidure l'a saisi vers Poncins et ne l'a lâché qu'au pied d'une chapelle perdue après qu'il eût rendu le dernier soupir. Dieu ait son âme ! Rassure-toi, Josèpha, il a été enterré chrétiennement pendant le redoux, entre les deux périodes de froid…

La jeune femme ne répondit pas, murée dans sa douleur. Ses yeux vissés sur le néant avaient pris une expression farouche, comme si elle voulait défier ce gros prêtre et son Dieu. Ah ! Comme elle eût aimé crier sa souffrance et son impuissance !

Le curé graillonna et reprit :

— Pensons et prions pour ceux qui sont loin de nous et dont nous n'avons pas de nouvelles. Gardons l'espoir. Nous sommes tous dans la main du Seigneur, remettons-nous en à Sa volonté…

Josèpha ferma les yeux. Le prêtre avait raison ! Il lui fallait garder espoir, ne pas penser un instant qu'il pouvait être arrivé à François semblable drame qu'à son frère. Non ! Pas François !

— Et n'oublions pas que tel malheur ne nous a été envoyé par le Tout-Puissant que pour que nous nous repentions de nos péchés !

La jeune femme tomba à genoux sur les dalles froides. Non pas pour prier, mais pour se boucher les oreilles à deux mains, pitoyable et désemparée... Elle ne voulait plus entendre ce curé bedonnant, plus voir ces villageois qui reflétaient trop sa propre angoisse ! En ce jour où chacun se faisait un devoir de communier, elle resta là, prostrée près du pilier sombre. Peu lui importait pour l'instant ce que l'on pensait d'elle : elle était trop sûre que cette hostie lui eût brûlé la bouche, qu'elle l'eût crachée, même... Dieu l'avait-il abandonnée ?

Un ultime chant, puis ce tumulte des fidèles sortant de l'église sur un dernier amen... Josèpha ne bougea pas, recroquevillée sur elle-même et sur son désespoir. Sébastien, malgré sa douceur et son obstination n'arrivait pas à la raisonner : comment lutter contre cet immense découragement, contre ce désarroi sans nom ? La jeune femme restait murée dans sa détresse silencieuse...

Avec une moue qui trahissait son agacement, le curé s'approcha de Sébastien et lui lança un regard autant chargé d'interrogation que de dédain. La morgue de l'homme reprenait le dessus sur la compassion... L'Auvergnat écarta les bras en signe d'impuissance et le prêtre eut un soupir las :

— Josèpha ! Il ne sert à rien de t'user les genoux sur ces dalles saintes ! Puisse le Seigneur t'aider à réagir en bonne chrétienne ! Cesse donc cette attitude grotesque indigne d'une femme de chez nous…

Josèpha releva son menton volontaire et ses yeux furibonds affrontèrent le regard du curé qui baissa la tête. Elle se fit violence pour ne pas insulter cet ecclésiastique borné qui violait sa peine au cœur même du sanctuaire de Dieu :

— Je ne suis pas une femme de chez vous, rétorqua-t-elle. Car vous ne m'avez jamais acceptée parmi vous !

— Dans la Maison du Seigneur, ma fille, nous sommes tous ses enfants. Comment peux-tu croire ne pas en faire partie ?

La voix du prêtre était enjôleuse, l'homme susurrait plus qu'il ne parlait, mais Josèpha ne fut pas dupe, sensible qu'elle était à toute la fausseté et toute l'hypocrisie du personnage…

— Non, curé ! Dans la Maison du Seigneur, je m'attendais à ce qu'un homme de Dieu montre plus de compréhension et me soutienne dans mon deuil !

Le Curé Vignon se fendit d'un sourire mielleux :

— Ton deuil ? Quel deuil ? Tu n'es pourtant pas l'épouse de notre regretté Antoine, que je sache ! À moins que…

Ce qui devait arriver finit par arriver et Josèpha explosa :

— Vos allusions sont déplacées, curé ! hurla-t-elle. Vous parlez comme ivrogne en cabaret ! Je n'ai que faire de méchancetés indignes de votre soutane ! Si vous êtes l'exemple d'un bon chrétien, mieux vaut être païen ! Pourquoi n'aurais-je pas de peine de la mort d'Antoine alors que son frère François est absent de la région ? Antoine était bon, lui... Charitable et attentionné ! Poli et serviable ! Toutes qualités chrétiennes qui font autant défaut à vous-mêmes qu'à vos ouailles !

Entraînée par sa colère, elle rejeta la main de Sébastien qui la tirait en arrière pour mettre fin à l'esclandre et son accent chanta d'un pilier à l'autre, renvoyé à l'envi par le granite béni des murs de la nef...

— Je sais que personne ne m'aime, à Chaumezet ! Ce n'est pourtant pas ma faute si je ne suis pas née dans vos satanées montagnes ! En vérité vous êtes tous jaloux ! François était trop beau et trop bien pour moi, n'est-ce pas ? Et toi, curé ? Pourquoi es-tu le plus acharné à me vouloir du mal, pourquoi me poursuis-tu sans cesse de ta bave ? Pourquoi ne pas souhaiter aussi que François ne revienne plus, comme son frère, pour pouvoir m'achever comme on achève une bête ? Mais je ne me laisserai pas faire, curé ! Je ne me laisserai pas faire !

Le Curé Vignon n'était pas homme à faire front. Il haussa les épaules et se détourna dédaigneusement de la jeune femme en remarquant :

— Tu dis n'importe quoi, pauvre folle ! Dieu ait pitié de toi...

Il s'éclipsa vivement, ventre en avant, suivi des yeux étincelants de Josèpha qui ne décolérait pas... Le regard de Sébastien se fit suppliant :

— Allons, Josèpha... Il vaut mieux partir, nous n'avons plus rien à faire ici...

La jeune femme ravala les sanglots qui lui remontaient à la gorge et elle accepta enfin sur son cou la main consolatrice de Sébastien qu'elle se résigna à suivre, presque à regret. Son esprit n'arrivait pas à se défaire du visage d'Antoine, qu'elle imaginait ravagé par cette mort lente distillée par la bise...

Tassée comme si le poids du malheur faisait fléchir ses larges épaules de paysanne, elle marcha machinalement dans les pas du vieil homme silencieux. Son angoisse se reportait sur François, car rien ne lui prouvait qu'il fût sorti sain et sauf du cataclysme : ne disait-on pas que c'était par centaines que se comptaient les voyageurs fauchés par cette mort froide faute d'avoir eu le temps de s'abriter ?

Toute à ses noires pensées, elle secoua énergiquement la tête. Il ne fallait pas qu'elle imaginât son époux en cadavre ! Non, pas lui ! Il était trop fort, trop endurci à tous les climats, trop avisé pour se laisser surprendre ! Un soupir et elle retomba dans son tourment : hier encore, elle eût dit la même chose d'Antoine ! Le désespoir affirmait sa prise sur le moral de cette belle brune d'ordinaire si vive et si insouciante : rien ne ronge plus les cœurs que l'incertitude !

Les yeux brouillés de larmes, elle ne voyait même plus le chemin et suivait tête baissée les sabots éculés de Sébastien. L'Auvergnat marchait devant, secouant parfois son visage buriné sous la bruine humide qui dévalait des monts... Elle sursauta quand le vieil homme lui parla, d'une voix douce et calme qui ronronna comme un baume à ses oreilles :

— Jèfa... Je sais que tu n'aimes pas qu'on t'appelle ainsi, mais c'est une façon de te dire que je t'aime plus que tu ne le crois. Ces épreuves sous un même toit nous ont tant rapprochés ! Comment pourrions-nous nous voir comme des étrangers, maintenant ? Tu es devenue pour moi cette fille que je n'ai pas... Que je n'ai plus...

Il s'interrompit, un nœud cruel au niveau de la glotte.

— Alors écoute-moi. Rien ne sert de te faire bouillir ainsi le sang ! Te faire du tracas ? La belle affaire ! Cela ne changera en rien la réalité des choses ! Tu vois, si malheur il y a eu pour François, tu le sauras toujours assez tôt pour lâcher la bonde à ton chagrin. Mais jusqu'à preuve du contraire, pense donc que tout va pour le mieux ! Pas de nouvelles, bonnes nouvelles, dit-on.

Au fur et à mesure du monologue de son ami, Josèpha, les yeux toujours plantés sur le sol, semblait avoir encore rapetissé. Elle s'était laissée choir sur le bord du fossé sans souci de la terre grasse et boueuse qui maculait de brun sa longue robe noire des dimanches... Un filet de lumière brillante filtra à travers les nuages et la neige des sommets étincela au-dessus des brouillards. Un timide sourire ressuscita sur les lèvres de la jeune femme qui leva des yeux emplis de gratitude sur le vieil homme :

— Merci, Sébastien ! C'est Dieu qui t'a envoyé à moi : que ferais-je sans toi, en ces temps si durs ?

— Le merci est réciproque, Jèfa… Qu'aurais-je fait, sans ton accueil, sinon crever en pleins bois dans la neige et le gel ?

Le soleil livide vint soudain à bout des voiles de brume enrubannés sur le dôme des monts et la nature tout entière éclata de poignées de brillants éblouissants. Dans le même instant, Josèpha se laissa enfin aller dans les bras du vieux cardeur et ses larmes lui parurent aussitôt moins amères…

La gorge nouée par l'émotion, Sébastien se contenta de flatter d'une main consolatrice ce cou tiède et si doux… Une onde de chaleur monta doucement en lui et il réussit à balbutier :

— Ma petite fille ! Ne pleure pas, ma petite fille…

- 13 -

Une bûche claqua dans la cheminée mais personne ne sursauta… Depuis des jours et des jours que l'on restait agglutinés près des flammes, on s'ennuyait ferme ! Vingt fois, on avait raconté les mêmes histoires, les mêmes souvenirs… Maintenant, on préférait se taire en attendant la fin de l'horreur froide.

Pelotonnés sous les couvertures, les enfants de Denis dormaient à même le sol. Mariette, à la grande gêne de François ne cherchait chaleur qu'auprès de lui, sans cesse nichée contre son épaule, suivie par l'œil pétillant de son père et celui plus égrillard de Pierre…

Le scieur ne s'expliquait toujours pas la passivité de Denis devant la conduite de sa fille, lequel Denis grogna et remarqua :

— Si c'est pour vous miracle d'avoir trouvé abri chez nous, c'est pour nous aussi une aubaine ! Malgré nos provisions nous n'aurions jamais eu assez de bois pour satisfaire la gourmandise du feu ! Sans votre charbon, je ne sais comment nous aurions pu tenir !

— Peut-être, répondit Pierre. Mais sans votre aide ce charbon serait aujourd'hui au fond de la Loire !

François claqua ses cuisses de ses larges mains d'homme des bois et décida :

— À propos de charbon ! J'ai tellement l'envie de bouger que je m'en vais en chercher un sac…

— Mais il en reste encore ! protesta le paysan.

— Bah ! Nous le brûlerons bien ! Mais je n'en peux plus de rester ici à croupetons : j'ai vraiment besoin de me dérouiller !

Un bon sourire illumina la barbe de Denis :

— Tu n'as pas tort… Je vais avec toi !

— Moi aussi… supplia Mariette.

Le fermier se retourna sur elle et décréta d'un ton sans réplique :

— Non ! Mariette ! Tu tousses déjà assez… Et tu ne serais guère utile pour cette corvée !

Presque boudeuse, la jeune fille soupira et reprit sa place près des flammes, des éclairs furibonds au fond des yeux. Feignant de ne pas la remarquer, Denis et François s'équipèrent de pied en cap pour affronter la bise.

Ah ! Il fallait avoir le cœur bien accroché pour oser sortir et s'offrir volontairement aux griffes du vent glacial ! Mais pour François et Denis tout valait mieux que cette perpétuelle inactivité, que ce mortel ennui…

L'air gelé fusa aux oreilles des deux hommes et ils remontèrent le col de leur houppelande sur leur écharpe de chaude laine… Les frissons leur grimpèrent aussitôt le long du dos mais ils s'y attendaient : chaque jour ou presque ils avaient coutume d'affronter ce climat cruel et implacable pour s'accorder un peu de mouvement.

— Il me semble même que le vent est encore plus mordant qu'hier ! hurla Denis dans la tourmente.

— Tu dis ça chaque fois que nous mettons le pied dehors, ironisa François en réprimant le claquement de ses dents avant de poursuivre, songeur :

— Tu as bien fait de laisser Mariette près du feu ! Elle ne me lâche plus d'une semelle…

Il ne savait pas comment aborder le sujet de cette situation embarrassante… Denis le comprit bien, qui toussa et cracha malencontreusement contre le vent. La grisaille de sa barbe givrait sous son cache-col.

— J'ai des yeux, François ! Et ne crois pas que je sois aveugle à vos histoires… Les attentions que te porte Mariette ne passent pas inaperçues ! Sache donc que j'en suis fort heureux : jusqu'à ta venue, cette petite ne supportait pas la présence d'un homme et se laissait presque périr… Tu sais, dans l'enfance, on l'a forcée… à… des choses contre nature si tu vois ce que je veux dire… Mais je ne vois qu'une réalité : tu lui redonnes la joie de vivre !

François baissa la tête, confus, et cacha son regard derrière le rabat du lourd manteau qui le protégeait si mal de l'attaque du froid…

— Je ne comprends pas pour autant pourquoi tu fermes les yeux, avoua-t-il, gêné. Tu sais bien que je dois repartir !

— Ne crains rien de l'attention d'un père pour sa fille aînée, car Mariette n'est pas ma fille bien que je l'aime comme telle ! Mais elle n'est pour moi qu'une enfant recueillie et n'engage point mon honneur.

Il cria pour surmonter le chant glacé de la bise :

— Mon plus grand bonheur est de la voir enfin radieuse… Depuis ta venue et au premier regard, elle t'a eu dans la peau, mon gars…

— Je sais, admit le Forézien. Et je ne suis pas de bois, mais j'ai femme au pays, et femme que j'aime ! Je ne peux rien offrir à Mariette !

— Crois bien qu'elle ne l'ignore pas ! Mais Mariette est une fille de tête : elle sait ce qu'elle fait et ne veut certainement pas te passer le licol… L'essentiel pour moi est qu'elle puisse renouer avec le bonheur et se sentir heureuse. Il y a trop d'années qu'elle vit repliée sur sa solitude…

François toussa à son tour pour masquer son embarras :

— Mais, Denis… N'as-tu pas peur d'avoir un jour bâtard en ta demeure ?

— Il n'y a pas de bâtard ! affirma le brave homme. S'il doit y avoir un bébé, ce ne sera qu'un petit être braillard comme les autres, qu'il nous faudra aimer comme les autres !

— C'est ta façon de voir les choses, mais qu'en penseront tes voisins, le curé ?

Le rire aigre et amer de Denis se mêla aux hurlements des bourrasques :

— Le curé ! Mariette aurait sans doute eu une vie bien différente s'il ne l'avait pliée aux turpitudes de sa lubricité !

Le paysan cracha une fois encore pour bien marquer son dédain et hâta le pas.

— Je comprends mieux son étrange attitude, murmura François en calquant son allure sur celle du fermier.

L'atmosphère était plus que jamais âcre de fumée tenace et les yeux rougis larmoyaient en reflétant les lueurs du foyer. Chacun s'efforçait de rester muré dans son silence. La claustration prolongée finissait par mettre les nerfs à vif et chaque parole pouvait engendrer une dispute propre à s'envenimer très vite. On s'imposait donc de ne parler que pour l'essentiel. Une tension lourde planait sur une coexistence déjà difficile...

Seule, Mariette semblait étrangère à cette ambiance pesante, comblée qu'elle était par le simple contact de l'épaule de François. Avec un soupir, elle changea de position face aux flammes, posa sa joue contre la poitrine du scieur, et glissa sa main sous les épaisseurs de vêtements pour y chercher la chaleur de sa peau... Pour y distiller aussi les plus douces caresses...

François eut du mal à retenir un grognement d'agacement : la tendresse de la jeune fille l'irritait d'autant plus qu'elle réveillait en lui des désirs qu'il ne pouvait assouvir dans cette promiscuité... Malgré sa patience de montagnard, il en avait assez de se racornir au coin de l'âtre, d'y perdre tous les jours un peu plus d'énergie, avec cette impression de mourir un peu plus chaque matin...

Quelle heure pouvait-il bien être ? Depuis longtemps on ne remontait plus la grande horloge, seul luxe de la vaste pièce. Le tic-tac impassible finissait par énerver les plus calmes ! Avec ensemble, tout le monde sursauta et on se regarda, cœur battant : quelqu'un venait de cogner à la porte. De nouveau, le tambourinement reprit :

— Pierre, Denis... Ouvrez vite !

Denis se redressa :

— Mais entrez donc au lieu de vous acharner sur cette pauvre porte comme des fous ! Vous voulez me la démolir ?

Aussitôt, Thomas et Barnabé, mal rasés et hirsutes s'engouffrèrent dans la pièce commune.

— La porte ! hurla Denis.

— Mais non ! Vous ne comprenez pas... Le froid s'en est allé ! Comme ça, d'un coup, comme par enchantement !

La réalité mit un temps à s'infiltrer en chaque âme : c'était vrai ! On ne s'en était pas rendu compte, mais la température était supportable, maintenant. Aucun souffle glacé n'envahissait la demeure malgré la porte ouverte...

Sans trop y croire encore, on se débarrassa des couvertures et on s'approcha du seuil. Puis, le rire aux lèvres, on se précipita dehors dans l'air du petit matin... Oh ! Bien entendu, ce n'était guère le moment de se mettre torse nu, mais la bise enfin s'était enfuie et la fraîcheur cinglante paraissait soudain caressante, presque douce...

La bruine était là, toujours omniprésente, les brouillards montaient du fleuve tout en bas des terres, mais partout le givre et les stalactites de glace perlaient des gouttes pressées. Le dégel était bien là !

Mariette s'abandonna dans les bras de François cependant que Thomas et Barnabé entraînaient Pierre dans une sauvage sarabande ponctuée de hurlements de bonheur. Avec un sourire bonhomme, Denis chercha les lèvres de son épouse Catherine et bizarrement se sentit aussi amoureux qu'au premier jour de leur mariage...

Les chiens aboyèrent, participant à la liesse générale, et les enfants crièrent pour faire comme tout le monde... Catherine n'arrivait pas à noyer ses larmes dans la barbe de son homme :

— C'est fini ! répétait-elle à l'envi. C'est fini, c'est fini...

— Il nous faut fêter cela ! décréta Denis. Que l'on taille dans le meilleur jambon ! Que l'on tire en cave le vin : les tonneaux, par bonheur, n'ont pas gelé chez nous...

— C'est vrai que les fûts éclatés sont légion, paraît-il... dit Pierre. Le prix du pichet va grimper, cette année !

— Cette année... et les autres ! Car les vignes ont dû geler aussi... Les prochaines vendanges seront sans doute bien maigres !

Catherine se frictionna les bras :

— Rentrons vite ! Ce n'est pas parce que la bise est tombée qu'il fait un temps d'été... Et c'est guère le moment d'attraper froid ! Allez ! Rentrez tous... Rentrez !

Ce fut presque avec regret que l'on réintégra cette pièce où l'on s'était terré de trop longues semaines. Il y avait tant de bonheur à remettre le nez dehors !

Avec une joie bruyante, on s'attaqua de bon cœur au casse-croûte improvisé : qu'il faisait bon partager ces moments privilégiés dans le bruit des mastications, sans parler, en savourant chaque bouchée !

— Il ne nous manque plus que du pain bien frais ! s'excusa Denis. Tant pis : il reste quelques galettes de seigle qui feront bien l'affaire !

Le jambon dégageait une odeur alléchante et le vin des pichets chantait clair dans les gobelets.

— Il ne serait pas séant de faire les fines bouches ! dit François en riant. Mais quelle joie ce sera de se remettre au fournil !

— Nous ne faisons pas notre pain, avoua le paysan. Nous laissons ce soin au boulanger du village…

Pierre eut un clin d'œil appuyé pour François et fit une moue expressive :

— Comme les ventres jaunes de la plaine d'où nous venons ! Les écus ne leur manquent guère !

Denis fit mine de ne pas entendre et garda son sourire : il était agréable aussi de se chamailler, après cette dure période d'épreuves…

Les regards brillaient d'une joie paisible et seul celui de Mariette s'accompagnait d'une ombre de nostalgie : elle devinait que le retour du beau temps signifiait le proche départ de François et de ses amis mais elle n'en parlait pas, sachant que ce moment viendrait bien assez tôt…

Personne d'ailleurs n'avait vraiment envie d'aborder le sujet tant les séparations sont toujours cruelles, surtout entre gens ayant partagé peines et souffrances…

Mais dans la tête des mariniers commençait à germer le souci de la famille et des personnes restées en terre roannaise, et il tardait à chacun de savoir comment on avait vécu là-bas le terrible dérèglement de l'hiver. On racontait tant d'horreurs, tant de choses…

Il fallut attendre le lendemain pour que Pierre entamât la conversation :

— Pour un voyage peu ordinaire, c'était un voyage peu ordinaire ! Je m'en souviendrai longtemps, foi de batelier !

Les équipages des sapines s'étaient rassemblés dehors malgré la petite pluie fine et désagréable qui picotait les visages.

— Vous vous en doutez bien : les salembardes n'iront pas plus loin, pas plus que nous ne les remonterons à Roanne : elles sont disloquées et irréparables… Heureusement, nous avons pu sauver la marchandise ! Nous allons donc rentrer chez nous et entreprendre une nouvelle descente sur sapines neuves. Ainsi, nous nous arrêterons chez notre ami Denis pour y recharger tout ce que nous avons mis à l'abri… Bien sûr, c'est là un coup dur, une perte sèche ! Mais ne nous plaignons pas, cela aurait pu être bien pire !

Les mariniers regardaient la pointe de leurs bottes éculées. C'était vrai, il y avait un manque à gagner, mais Pierre avait raison : on pouvait s'estimer heureux de se tirer aussi bien d'un tel mauvais pas !

Le marinier fit retomber d'un geste les commentaires :

— D'habitude, nous vendons les sapines démontées à Nantes ou à Paris comme bois à brûler. Mais soyons honnêtes, on n'en tire pas fortune ! Comme ces sapines resteront ici, j'ai décidé de les laisser à Denis et à tous ses voisins. Ce n'est pas un bien beau cadeau en regard du service qu'ils nous ont rendu, mais ils pourront toujours utiliser quelques chevrons ou brûler ce bois dans leur cheminée !

Les hommes approuvèrent avec chaleur : Denis et les siens étaient devenus plus que des amis et ils avaient conscience de ne jamais pouvoir assez les remercier de leur hospitalité... Mais l'impatience était là, tout à coup : il fallait préparer son baluchon puis bientôt se mettre en route...

Barnabé intervint :

— Je suppose que comme d'habitude nous voyagerons ensemble ?

— Bien sûr, c'est le plus sage, confirma Pierre. Mais si quelques-uns veulent partir seuls et faire plus vite, nul ne les en empêche ! Pour notre part, nous lèverons le camp demain matin !

François restait songeur : que se devait-il de faire, maintenant ? L'envie le démangeait de retourner auprès de sa femme pour s'assurer qu'elle avait bien surmonté cet hiver, car Josèpha était une fille du soleil guère accoutumée à affronter un tel froid ! Mais il y avait Antoine, montagnard aguerri, et François savait qu'il pouvait lui faire confiance pour épauler sa méditerranéenne d'épouse...

Après réflexion, le scieur se sentit peu enclin à regagner son logis sans un sou vaillant : il était parti pour se constituer un solide pécule et n'entendait pas s'avouer vaincu ! Il releva la tête, le menton volontaire :

— Je suis désolé, mes bons amis, mais vous repartirez sans moi... Vous avez failli me convertir à la marine du fleuve, mais ce contretemps remet tout en cause ! Pour la scie, j'aurai perdu un peu de temps, mais comme personne n'a pu travailler ces dernières semaines je peux encore reprendre ma lame et rejoindre les chantiers... Merci à vous, car j'aurais en tout cas eu le plaisir de vous connaître et d'apprécier votre métier, ses joies et ses aléas... Nous nous reverrons un jour, j'en suis certain !

Pierre baissa le front. Il semblait sincèrement affecté par cette décision : ce cruel hiver sous un même toit l'avait rapproché de ce grand gaillard si sympathique qu'il avait d'emblée pris en amitié.

— Je suppose qu'on ne peut rien dire pour te faire changer d'avis ?

Le sourire forcé de François passa pour un aveu et les mariniers se pressèrent autour de lui :

— Tu veux donc rester toute ta vie un pauvre sétaïre !

Barnabé lui claqua fraternellement l'épaule :

— Tu sais, nous ne t'avons pas vu arriver d'un bon œil parmi nous. C'était contre tous les usages, mais Pierre est le patron ! Mais maintenant, c'est différent : tu vas nous manquer...

— Pour sûr ! approuva le vieux Thomas. Je n'ai jamais vu quelqu'un prendre plus vite le sens du fleuve ! Tu aurais vite fait un bon marinier !

Tous les bateliers se sentaient émus au-delà des mots : ils s'étaient si vite attachés au montagnard ! Et François, plus d'une fois, avait montré qu'il avait l'œil plus affûté qu'eux sur les pièges et dangers de la Loire…

— Nous espérons tous vite te voir revenir un jour au fleuve… Pour une autre descente, peut-être !

— Peut-être…

François se força à reprendre bonne mine face aux visages désolés qui le fixaient :

— Allons, assez de têtes d'enterrement ! Nous ne partons que demain et nous avons la journée devant nous… Pourquoi ne pas aller voir à quoi le village ressemble ? Il doit bien y avoir taverne ou cabaret, dans ce patelin !

La proposition fut saluée avec entrain et la bonne humeur reprit le dessus : après tout, il n'y avait pas drame à se séparer ! Tout aurait pu se terminer de bien pire façon ! Mais avant que d'aller boire, les marins s'en furent préparer leur baluchon pour le lendemain et François resta seul avec Pierre qui toussota de manière embarrassée :

— Quand je pense que j'étais certain de te convertir au fleuve ! J'y étais presque parvenu, à mon avis, en deux jours de descente seulement ! Mais ce froid s'est mis en travers… Je m'attendais à ta décision, François, depuis que nous avons su que les sapines n'iraient pas plus loin ! Mais enfin : il m'étonne seulement que tu n'aies pas décidé de partir dès après le premier radoucissement…

François soupira :

— Il y avait du travail ! Comment aurais-je pu vous laisser sauver le chargement sans moi ? Je n'ai guère l'habitude de fuir dans les moments difficiles ! Et bien m'en a pris, car l'hiver m'aurait rattrapé quelques jours plus tard, Dieu sait où !

— Espérons qu'il ne frappe pas de nouveau…

— La démence du temps ne peut pas être éternelle ! répliqua François, avant d'ajouter, lui aussi : espérons-le !

Le silence s'était une fois encore établi entre les deux hommes. Pierre le rompit le premier :

— Tiens, François, prends cette petite bourse que j'avais préparée pour toi à tout hasard, pour le cas où tu ne remonterais pas avec nous… Ce n'est que ton dû !

Le scieur s'insurgea : l'argent ne pouvait qu'arranger ses affaires mais il avait son honneur ! Il lui répugnait de gagner ne fusse qu'un sou pour ce voyage avorté. Il apprécia néanmoins la proposition de Pierre : cette descente manquée devait représenter un manque à gagner énorme pour le batelier, ce qui donnait à son geste encore plus de noblesse…

— Non, Pierre ! Ce ne serait pas juste ! Je me dois d'assumer avec vous cette catastrophe qui n'est pas le fait des hommes, mais de Dieu, du Diable, du climat ou de la malchance…

— Peu importe ! Tu as travaillé et sué avec nous et tout travail mérite salaire… Prends, te dis-je !

François repoussa d'une main brusque la bourse offerte :

— N'en parlons plus !

Puis il s'éloigna d'un pas vif, ne tenant pas à discuter plus avant. Il n'avait agi que selon son idée et était sûr que Josèpha l'eût approuvé...

Quand il réintégra le logis de Denis, François se brûla aussitôt au regard de Mariette, un regard triste qui avait deviné que l'heure de la séparation était là... Un regard résigné aussi car elle n'était pas sans ignorer que cela devait arriver...

Elle se souvenait avoir dit ne pas vouloir retenir François, ne pas vouloir partager la vie d'un homme, mais la prévenance et la gentillesse du montagnard s'étaient fichées en son cœur comme une écharde. Elle savait déjà que la blessure serait longue à cicatriser... L'éclair de désespoir qui traversa les pupilles de la jeune fille bouleversa François qui ne sut que dire. Mariette réussit pourtant à faire naître un sourire sur ses lèvres crispées et elle posa son index sur celles du Forézien :

— Chut ! Ne dis rien... Je sais. Je sais que tu t'en vas...

Il resta là, sans nier, gauche et bras ballants au milieu de la pièce, décontenancé... Denis le tira d'embarras :

— Alors, mon gars... On laisse la batellerie aux bateliers, m'a-t-on dit ? Alors, pourquoi devrais-tu partir dès demain ?

— À quoi bon attendre ? J'ai assez perdu de temps ainsi !

Le paysan prit un air matois :

— J'ai certain voisin qui descend à charrette sur Nantes et qui ne verrait sans doute pas d'inconvénient à ce que je lui propose un passager…

— Que ne le disais-tu plus tôt ! s'exclama François.

Denis eut un sourire et ajouta :

— Il ne part que dans trois ou quatre jours, et j'en connais une qui ne s'en plaindra pas, conclut-il en lançant une œillade appuyée à Mariette.

François ignora l'allusion et proposa :

— Tu dois avoir de l'ouvrage, après tous ces jours ? Je serais heureux de t'y aider, d'ici mon départ…

Le paysan hocha la tête en rigolant :

— Oh ! Tu sais, l'hiver, l'activité est ralentie, par chez nous ! Bien sûr, il faudra tout nettoyer, mais nous avons le temps pour ça : c'est un boulot qui ne te concerne pas !

Il eut un clin d'œil :

— Occupe-toi plutôt de notre Mariette ! C'est bien là que tu seras le plus utile, je crois : tu es le seul à savoir lui donner un peu de joie de vivre…

La grimace de François pouvait difficilement passer pour un sourire mais tant pis : il se sentait gêné. La « tâche » lui était bien sûr agréable, mais cette autorisation à peine masquée d'un chef de famille pour qu'il partageât le lit de la fille avait de quoi surprendre !

Mariette était là, déjà, à l'enlacer… Elle se coula contre lui, sensuelle, animale, femelle…

— Père a raison, dit-elle simplement.

Il faisait frais, même dans la grange, mais ni François ni Mariette ne le remarquaient. Le désir au fond des yeux, au bout des doigts, à fleur de peau, ils enchaînaient étreinte sur étreinte dans l'inconfort piquant du foin accueillant...

Nul remords cette fois : le montagnard se donnait sans retenue au bon vouloir de cette ardente jeune fille qui aurait pu être sa propre enfant ! Comme Denis, il avait fini par comprendre la planche de salut qu'il représentait pour Mariette, cette belle et jeune paysanne qui s'enfermait depuis trop d'années dans la nostalgie et le mutisme.

Son coup de foudre pour François venait de réveiller sa gaieté, son sourire et sa tendresse, à la grande satisfaction de Denis et de sa famille : mieux valait à la maison la mère d'un petit bâtard enjouée et bien vivante, plutôt qu'une pucelle exemplaire racornie sur une nuit intérieure sans fin...

La jeune fille, insatiable, découvrait les plaisirs charnels avec appétit, mordant toutes les facettes de l'amour à pleine bouche et pleines cuisses, collant son corps souple et doux à la puissante musculature du scieur. Elle laissa ses lèvres courir sur les poils grisonnants du torse masculin :

— Jamais je n'aurais cru qu'un tel bonheur puisse exister ! murmura-t-elle. Surtout venant d'un homme ! La plupart ne sont que brutes salaces et égoïstes, mais pas toi !

François se déroba à un nouveau baiser pour remarquer :

— Quelques arbres ne font pas toute une forêt : les braves gens sont légion, aussi ! Il n'y a pas uniquement sur terre des vicieux qui tourmentent les petites filles ! Oui, Mariette, je le sais : Denis m'a tout conté…

— Qu'importe ? La seule chose qui compte ce sont les moments que nous vivons ensemble, rétorqua-t-elle en baissant la tête vers le bas-ventre de François qui protesta :

— Non, Mariette… Je n'en peux plus ! Tu m'épuises ! Ne pouvons-nous rester un instant allongés l'un contre l'autre ? Bien sagement…

— Pas le temps !

La tête blonde se mit à aller et venir, arrachant un gémissement à François. L'œil bleu de Mariette se fit ironique :

— Épuisé, hein ?

La table était mise, odorante et appétissante… Un fumet alléchant s'échappait des écuelles chaudes. François baissait le nez, légèrement honteux de sa place incongrue au sein de cette famille. Paradoxalement, Denis et son épouse semblaient heureux du déroulement des choses et un petit éclat malicieux au coin de l'œil témoignait de leur complicité…

— François, tu devrais te coucher tôt et dormir plus ! plaisanta Denis. Tu as des cernes à faire peur ! Et la mine tirée…

— Et moi, j'ai une faim de loup ! avoua Mariette en s'installant en bout de la longue table.

Denis et Catherine échangèrent un regard éloquent : cela leur rappelait le « bon temps » et ne pouvait que leur donner des idées... Les gosses couchés, de tendres passions depuis longtemps endormies semblaient sur le point de se réveiller !

Cette nuit-là fut douce et François émergea de la torpeur où il sombrait en sentant Mariette venir se couler contre lui. Il eut un grognement partagé entre la satisfaction et la contrariété :

— Oh ! Mariette... Nous forniquons déjà dans le péché de l'aube au coucher ! À ce rythme-là c'est de la luxure et même pire !

— Ne parle pas comme un curé ! Je les hais !

François ne répondit pas et laissa les mains tièdes et délicates s'égarer sur son corps.

— Je sais que je ne te garderai pas... murmura la jeune fille. Et d'ailleurs, je ne le veux pas : tu n'es pas plus fait pour vivre ici que moi pour vivre en tes montagnes ! Dans deux jours, tu seras déjà loin... Laisse-moi donc profiter de chaque heure et chaque minute de ta présence !

Pour toute réponse, François la bâillonna de sa bouche et l'entraîna dans un baiser passionné, presque désespéré : cette gamine lui entrait comme un clou dans l'âme et le cœur, et il n'arrivait pas à faire le ménage en ses sentiments.

Trois jours, cela passe vite, trop vite ! François se retrouva là, sur le seuil, à l'aube, avec une grosse boule fichée en travers du larynx. Les enfants dormaient encore. Mariette, Catherine et Denis le regardaient en silence. Une éternité plana sur ces quatre êtres que seul le hasard avait réunis.

Mariette se décida la première à briser cette belle immobilité. Elle se jeta au cou de François, l'embrassa avec voracité, puis se recula en le fixant comme si elle voulait le retenir à jamais au fond de ses pupilles... Puis elle affirma :

— Je ne suis pas triste, François. Je te dois les meilleurs moments de toute ma vie. Ne les gâche surtout pas en parlant...

Sitôt dit, elle tourna les talons et s'enfuit pour que les larmes ne contredissent pas ses paroles. Denis s'approcha à son tour du Forézien et posa amicalement la main sur son épaule :

— Nous avons à te remercier... Pour elle, surtout ! Et ne t'inquiète pas : si certaine petite graine devait germer, je crois même que Mariette serait alors sauvée : tu lui as enlevé la peur et le dégoût des hommes. Mais il est plus d'un godelureau qui lui tourne autour et plus d'un brave gars qui serait heureux de lui mettre bague au doigt... même en acceptant le « gros lot » !

Catherine l'embrassa sur les deux joues :

— Oui, tu nous l'as sauvée, François... C'est grâce à toi que nous ne nous réveillerons plus chaque matin avec la hantise de la retrouver au fond du puits !

Le scieur rendit embrassade sur embrassade, se dandinant gauchement sur une jambe puis sur l'autre, incapable de s'arracher à l'émotion du moment.

— Allons, François... Notre ami Benoît t'attend !

François traîna ses semelles vers la charrette, jeta son sac derrière la ridelle, puis prit place auprès d'un gros homme engoncé dans une cape, le chapeau enfoncé sur les yeux. Un large sourire éclata sous la barbe rude du marchand :

— Allez, en route ! lança Benoît en faisant claquer son fouet.

François se retourna sur la fermette qui s'amenuisait derrière eux, et où deux silhouettes agitaient frénétiquement les bras.

— Adieu ! cria-t-il. Adieu… Et qui sait : peut-être à bientôt !

- 14 -

Un ciel trop bas déversait sans cesse ses nuages par-dessus les monts et la pluie froide agaçait impitoyablement les pommettes rougies. L'air gorgé d'humidité, pesant, ne se respirait qu'avec effort…

— Quel temps pourri ! Ça ne s'arrêtera donc jamais, larmoya Josèpha.

Son accent chantant amusa une fois de plus Sébastien qui sortait de l'étable, arc-bouté sur les poignées d'une brouette débordant de fumier :

— Tu as une façon de dire ça que je m'attends à voir dans l'instant poindre un rayon de soleil !

— Sébastien… Je n'ai pas le cœur à plaisanter !

La jeune femme se courba sur sa raclette et continua son ouvrage, s'échinant à rassembler paille souillée et bouses de vache. Le lieu avait bien besoin d'être récuré ! Et puis la terre du potager devait être avide de fumure…

L'odeur forte et dérangeante prenait à la gorge mais on s'y habituait vite au point de finir par l'oublier. Les sabots pataugeaient dans cette fange épaisse mais ni Sébastien ni Josèpha n'y attachaient la moindre importance, attentifs seulement qu'ils étaient à ne pas glisser dans le bourbier nauséabond…

Sur le pas de l'étable, la jeune femme se redressa péniblement puis porta les mains à ses reins douloureux.

La bruine lui fouettait le visage. Elle fulmina de nouveau :

— C'est cela qu'on appelle le printemps, ici ? Eh bien ! Les Forignats ne sont guère difficiles !

Sébastien en avait vu d'autres et afficha une moue condescendante :

— Mieux vaut ne pas avoir de printemps plutôt qu'un hiver qui pourrait durer longtemps encore ! Estimons-nous heureux que la froidure n'ait pas frappé une nouvelle fois !

Josèpha s'irrita vraiment :

— Mais cesse donc de parler du froid ! Nous vivons au présent, et pour le présent nous avons un temps pourri, que tu le veuilles ou non !

— Dieu ! Que tu deviens soupe au lait ! Tu es bien une femme, tiens !

Josèpha poussa des hauts cris à l'allusion, au grand ravissement du vieux cardeur tout heureux de sa petite pique…

Il jeta un coup d'œil vers la cour et poursuivit :

— Mais arrête de hurler ainsi ! Tu vas faire fuir la petite…

Passant d'un coup de la colère au rire, la jeune femme se précipita pour prendre en ses bras sa jeune voisine :

— Marion ! Il y a si longtemps qu'on ne t'a vue par chez nous !

L'enfant secoua vivement ses cheveux châtains et pour toute réponse embrassa Josèpha sur les deux joues... Après un instant, elle avoua :

— Père et mère ne veulent pas trop me voir traîner ici... Surtout depuis que tu ne mets plus les pieds à l'église !

La gamine fit une grimace et ajouta :

— Dis ! Pourquoi tu n'y vas plus, à la messe ?

Josèpha reposa doucement l'enfant à terre, gênée par une question si directe :

— Je n'ai rien contre l'église... Ni contre Dieu, d'ailleurs ! Tu vois, Marion, ce n'est qu'une histoire entre le curé et moi : on ne s'aime pas trop, tous les deux ! Tu comprends ?

La petite se mit à rire :

— Moi non plus je ne l'aime pas, Jèfa ! Mais je ne le dis pas : il est gros, il pue, et il est pas gentil avec les enfants...

Sébastien eut un sourire :

— Par Dieu ! Qui dira que la vérité ne sort pas de la bouche des petits ?

Au fil des jours, le soleil finissait par faire quelques timides apparitions. Dans le même temps la bonne humeur renaissait sur les lèvres de Josèpha. Elle et Sébastien avaient eu quelques inquiétudes pour le jardin, mais finalement il semblait promettre de beaux légumes : le froid n'avait pas tué toute la fertilité de la terre !

Paradoxalement, Sébastien se faisait de moins en moins causant. La jeune femme le trouvait plus distant, plus froid... Même l'accent du Midi ne le déridait plus ! Josèpha avait peur de deviner la cause de ce changement mais, n'osant évoquer le pire, elle le harcelait sans cesse :

— Que t'arrive-t-il, Sébastien ? Pourquoi ne pipes-tu plus mot ? Si tu as quelque chose à me reprocher, dis-le !

Le vieux se contentait de grogner avant de marmonner de vagues excuses :

— Mes rhumatismes... Ils me travaillent le corps !

— Et tu penses peut-être que je vais gober ça ? Ma parole, tu me prends vraiment pour une bécasse !

Mais Sébastien continuait à maugréer, tournait le dos et s'éloignait pour couper court à toute conversation...

Les vieux sont souvent têtus et il fallut deux jours à Sébastien pour se décider à parler ! Josèpha préparait avec art une soupe au lard comme il les aimait, se forçant à ignorer l'attitude peu amène de son vieux compagnon. Le couteau crissa sur le trognon de chou, duquel se détachèrent les feuilles vertes et craquantes. Le lard sentait bon sur la table, et dans la marmite pendue au milieu de la cheminée l'eau chantait à gros bouillons.

— Josèpha ?

— Hum ? Tu ouvres enfin la bouche ?

— Voilà, Josèpha : il fait beau, maintenant... Plus rien ne me retient donc ici. Il y a d'ailleurs trop longtemps que je traîne mes sabots chez les Forignats ! Il faut que je retourne en mon Auvergne…

C'était bien ce à quoi la jeune femme s'attendait ! Elle savait que cet instant fatidique était inéluctable mais les larmes lui embuèrent d'un coup les yeux : pour elle, la solitude à venir se profilait comme la pire des menaces. Non ! Elle ne souhaitait vraiment pas voir partir le vieux bonhomme… Mais comment le retenir ?

Sébastien se racla la gorge :

— Cela me fait mal, à moi aussi. Tu as pris si grande place dans mon cœur ! C'est une décision dure à prendre. Tu as toujours été si bonne pour moi ! J'aurai de la peine à te laisser…

Elle baissa la tête, la lame du couteau en suspens… Le vieux attendait une réponse qui ne venait pas. Comment Josèpha eût-elle pu prononcer le moindre mot ? Elle avait trop de mal à empêcher les sanglots de remonter à sa gorge étranglée pour refouler ce désespoir qui l'envahissait sans crier gare.

— Josèpha ! Ma petite Jèfa… Bien sûr, seul le hasard m'a fait frapper à ta porte. Je ne te serai jamais assez reconnaissant de ton accueil : tu m'as sauvé la vie, tu sais… Mais cette vie n'est pas auprès de toi ! Jamais je ne serai Forézien…

La jeune femme leva péniblement un tragique regard sur le vieil homme :

— Moi non plus, je ne serai jamais Forézienne, réussit-elle à articuler. Je me demande souvent si ma vie se doit d'être ici… Ah ! S'il n'y avait pas François !

Sa voix se brisa brusquement. Celle du brave Sébastien se fit alors murmure grave : lui aussi semblait ému aux larmes…

— Tu es devenue ma seule famille, Jèfa ! Je ne suis pas des tiens, je sais, et personne ne m'attend dans ma masure de Molières ! Mais je suis né en Auvergne et c'est en Auvergne que je voudrais mourir…

Accablée, Josèpha essaya vainement de cacher la détresse qui se nichait au fond de ses yeux sombres, et elle se laissa aller sur la table, la tête entre ses bras croisés.

— Ce que tu dis, je le savais, et il y a bien des jours que je redoute ces paroles… Mais pourquoi es-tu si pressé de m'abandonner ? Ne peux-tu attendre le retour de François ?

— Je le voudrais, Josèpha… Mais ton homme n'est pas parti pour débiter deux ou trois planches ! Il ne sera pas de retour avant la fin de l'été ou le début de l'automne dans le meilleur des cas… Et que me diras-tu, alors ? Que la mauvaise saison est trop proche pour que je fasse le voyage ? Et j'en serai quitte pour un autre hiver ici ! Je ne le veux pas, malgré toute l'affection que je te porte !

La Méridionale n'avait pas la tête à répondre. À quoi bon lutter contre le destin ? Il fallait pourtant qu'elle se montrât forte ! Dans un effort qui la surpassait, tous les muscles douloureusement bandés, en proie à une tension énorme, elle se redressa lentement… Son expression se fit dure, impersonnelle, et plantant la lame du couteau dans le plateau de bois ciré par les ans, elle éructa d'un ton sec :

— Quand ?

— Que veux-tu dire ?

— Quand comptes-tu partir ?

Sébastien hésita, décontenancé par cette intonation hargneuse… Il eût aimé répondre « le plus tôt possible », mais la souffrance de Josèpha l'en empêchait : jamais il n'eût été capable d'enchaîner plus de deux pas sans faire demi-tour devant un tel désarroi !

Il eut un long soupir, le soupir de ceux qui ne savent que décider… Josèpha le devina ébranlé dans sa détermination et s'infiltra aussitôt dans la brèche. Se retournant, elle le regarda de ses grands yeux noirs si profonds, lui entoura le cou de ses bras avant de poser sa joue sur le veston rêche et sale…

— Je me sens si bien, quand tu es là !

Le vieux ne put qu'émettre un grognement indistinct : il ne voulait surtout pas se laisser prendre aux sentiments !

Josèpha insista :

— Et puis, il doit encore y avoir de la neige, au col. Reste encore un peu… L'herbe pousse et j'aurai bien du mal à faire un peu de foin à moi seule… Comment veux-tu que j'y arrive ?

Sébastien fut à deux doigts de rétorquer que François eût dû y penser avant que de courir à la scie, mais il s'abstint : il était des sujets qu'il valait mieux ne pas aborder ! Aussi se contenta-t-il d'un silence… Interminable… Puis d'une grimace forcée :

— Comment peut-on te refuser quelque chose ? grommela-t-il. Tu as gagné ! Je reste encore un peu…

Mais je ne sais pas si j'aurais la patience d'attendre les foins ! C'est loin, encore…

Son ton avait sonné rude, avec des accents de contrariété, mais tout au fond de lui s'élevait pourtant une petite voix satisfaite : la solitude ne lui plaisait pas plus qu'à Josèpha !

Pataud aboya. On frappait au volet… À la lueur tremblotante de la lampe à huile, le visage de la jeune femme pâlit : de nouveau, l'angoisse était là… Dans la crainte d'une mauvaise nouvelle, elle se leva, cœur cognant, et eut l'impression que ses jambes allaient se dérober sous elle. D'un coup d'œil anxieux elle invita Sébastien à aller ouvrir. La charnière grinça et un homme gigantesque et hirsute se découpa sur fond de lune…

— Le bonsoir à tous ! Pardonnez le dérangement, à cette heure !

La voix de l'homme vibrait, grave et sourde comme le gros bourdon du clocher de l'église de Chaumezet… L'air terrorisé, Josèpha demanda d'un ton chevrotant :

— Que voulez-vous ?

Un gros rire franc et sonore secoua l'énorme personnage :

— On jurerait que je vous fais peur, jolie dame ! Mais ne craignez rien, je ne mords pas !

L'inconnu était vêtu sobrement, la mise correcte, un foulard rouge rehaussant le col noir de sa veste, avec de hautes bottes lacées, une cape ample et un large chapeau : tout ce qui trahit l'habitué des voyages !

Il arborait une barbe fournie et une superbe moustache d'un roux flamboyant. Sous le sourcil broussailleux, deux yeux vifs surmontaient un nez long et fort et scrutaient l'intérieur de la pauvre pièce. Les mèches indomptées d'un cheveu rebelle et couleur carotte débordaient sous le couvre-chef, que le visiteur ôta promptement…

Les yeux de Josèpha s'écarquillèrent : jamais il ne lui avait été donné de voir aussi étrange personnage et cette chevelure rouge orangée aux reflets paille la fascinait !

— Oh ! reprit l'homme, faisant sursauter la jeune femme. Ne vous usez pas ainsi les yeux sur ma tignasse ! Je ne suis certes pas le Diable !

La mine angoissée de la paysanne lui rappela qu'il n'avait toujours pas répondu à la question :

— Ah ! Grand pardon, petite dame ! Je m'appelle Bertrand Dupertuis, et je suis marchand colporteur de mon état ! Mais cachez-moi donc la pauvre tête que vous me faites, je ne suis pas porteur de malheur, je vous assure !

Subitement soulagée, Josèpha soupira d'aise…

— Alors, entrez donc tout en plein, Bertrand ! Et dites-nous ce qui vous amène…

— La plus banale des choses, m'dame… À Chaumezet, l'auberge était complète ! C'est du moins ce qu'on a voulu me faire croire ! Ma carrure inquiète, vous comprenez ? Comme je n'ai guère envie de passer la nuit dans ma charrette en pleins bois, je frappe aux portes de ce hameau. Mais celles qui ne sont pas restées closes ne se sont entrouvertes que sur un refus !

Voilà : je cherche seulement un peu de paille et un toit pour la nuit…

Avec un petit rire amer, Sébastien remarqua :

— Tiens donc… Les braves gens de Montsupt ne vous ont pas accueilli ? M'étonne pas ! Je suis moi-même passé par là…

Josèpha se fendit enfin d'un large sourire :

— La pièce est grande et j'ai paillasse bien propre en la remise. Ce sera plus confortable que la grange ! Et vous partagerez bien notre soupe, Bertrand ? Sébastien et moi, nous serons heureux d'avoir nouvelle tête à notre table !

— Je ne veux point vous déranger, protesta le marchand de sa voix caverneuse, mais ses yeux montraient combien il appréciait l'invitation…

De plus, l'odeur était alléchante !

— Allez, Bertrand ! Ne refusez pas et rentrez donc votre cheval auprès de notre Grison… Pour la carriole, il y a de la place sous le hangar !

— Grand merci, ma p'tite dame ! Grand merci ! s'exclama l'homme, reconnaissant. Ah ! Qu'elle est bonne, l'hospitalité de ceux qui ont la voix qui chante ! Il y a trop de lieux par ici où l'on s'estime heureux qu'on vous fasse l'aumône d'un coin d'écurie puante !

Ah ! Cette soupe brûlante qu'il fallait refroidir à petits souffles précautionneux… Cette soupe qui enchantait les papilles et qu'on lapait religieusement, cuillerée après cuillerée, dans un silence seulement troublé par des bruits de succion gourmande ! Les yeux brillaient de satisfaction et les estomacs gargouillaient de bien-être…

L'ultime choc d'une cuillère reposée sur le rebord de l'écuelle et Bertrand s'essuya la moustache du dos de la main :

— Dieu ! Y avait longtemps que je n'avais connu tel régal du palais !

Sébastien sourit. L'homme avait raison : cette simple soupe réchauffait le cœur autant que le ventre…

— Le chou, dit-il, a supporté les froidures. Dieu sait pourquoi… La nature est bizarre : les arbres, tant fruitiers que sauvages ne sont maintenant pour la plupart bons que pour le feu ! Mais les choux, eux, ont bien résisté à la glace…

Josèpha se pencha sur le chaudron fumant :

— Vous en reprendrez bien une louche ou deux ?

Le géant roux partit d'un rire énorme :

— Bien volontiers ! Et profitons-en… avant que la disette ne s'abatte sur nous…

La jeune femme fit la grimace car la remarque de Bertrand avait jeté un froid. La soirée s'annonçait pourtant si bien !

— Tous les blés du royaume ont gelé sous terre, expliqua le marchand. Mais les gens des villes ont encore voulu se mêler des affaires du paysan et ils n'ont fait qu'empirer les choses !

Un triste sourire de Sébastien :

— Ce n'est guère nouveau ! Que veux-tu dire par là ?

— Eh bien, contrairement à ces nobles aux ongles récurés, les laboureurs ont tout de suite compris que le grain était mort et que le blé ne lèverait pas ! Dès que le froid s'en est allé, ils ont voulu semer au plus vite leurs réserves d'orge et de seigle. Mais les seigneurs de tout poil se sont obstinés : ils prétendaient que le blé finirait bien par sortir et ils ont même menacé de la corde quiconque labourerait son champ !

— Les pauvres sots ! s'insurgea Sébastien. Quels imbéciles prétentieux !

— Il y a seulement quelques jours qu'ils ont fini par se rendre à l'évidence : en plaine, le grain est mort et bien mort !

Un long silence, presque palpable…

— Alors ?

— Alors ils ont enfin permis labour et réensemencement. Trop tard, malheureusement… Enfin, cela évitera tout de même la famine en fin d'année, mais d'ici là, les temps seront durs. Par la faute des pédants enjuponnés du « beau monde » !

— Mais se trouvera-t-il enfin quelqu'un pour leur faire avaler leurs dentelles ? s'emporta Sébastien. Ces gens de rien ne nous valent que misère et pauvreté ! Ils ne sont que poux sur la tête des gagne-petit !

Comme pour illustrer son propos, le vieil homme fourragea frénétiquement dans sa crinière clairsemée et blanchie par des décennies d'indigence…

— Estimons-nous heureux qu'en nos montagnes le blé a survécu et pousse normalement : il était tombé un peu de neige, ce qui a dû protéger le grain du froid… Mais les hommes sont pour la plupart loin d'ici à gagner quelques sols pour leur famille ! Qui mènera à bien la récolte, maintenant ?

Bertrand opina lentement de la tête :

— Vous avez de la chance d'avoir du blé qui lève ! Mais l'homme est ainsi fait que, l'appât du gain aidant, le grain ne profitera pas forcément à celui qui le cultive : le prix de la bichette peut augmenter de cinq à dix fois, peut-être plus ! Combien de paysans se priveront-ils et leur famille avec pour garnir leur bourse sur le dos de plus malheureux qu'eux ?

Josèpha tapa furieusement du poing sur la table et protesta énergiquement :

— Non, non, et non ! Je ne veux plus vous entendre ! N'y a-t-il pas d'autres sujets de discussion plus agréables ? Si la misère nous guette, profitons de la vie au jour le jour ! Il sera assez tôt de nous désoler le moment venu !

Le rire de Bertrand envahit une nouvelle fois la pièce et Pataud dressa les oreilles dans son sommeil, dérangé par l'exubérance tonitruante du nouveau venu...

— Voilà qui est bien parlé ! Et qui prouve encore que les gens d'en bas savent mieux que nous prendre la vie du bon côté !

Ce qui n'était qu'un compliment fit soupirer la jeune femme : Dieu ! Qu'elle aurait aimé qu'on ne la distinguât point des habitantes d'ici ! Elle se fût sentie moins isolée, moins vulnérable.

Bertrand fit une moue cocasse, la moustache hérissée et la barbe en bataille :

— Une fois encore tu as bien raison : après un tel repas, mieux vaut parler de choses plus gaies ! Cette soupe aux choux était succulente !

Josèpha rougit de confusion cependant que Sébastien prenait un air malicieux :

— Et ce n'est pas fini ! Que diras-tu, quand tu auras goûté les fromages de chèvre qui sont la spécialité de notre belle Josèpha ?

Malheureusement, malgré ces bonnes résolutions, la conversation à la veillée revint vite sur le malheur des temps... La jeune femme y pensait encore le lendemain matin alors que le colporteur s'en était allé de bonne heure, laissant comme un vide en la maison... Songeuse, elle tournait et retournait en son esprit les sinistres images évoquées par le marchand. À en croire le géant roux, les pires misères étaient à l'affût : après avoir survécu au froid, fallait-il mourir de faim ? Oh ! Bien sûr, ici, il y aurait toujours de quoi manger... Mais dans les villes où rien ne poussait sur le pavé ?

Comme s'il n'y avait pas assez de mendiants sur les routes ! Bertrand n'avait-il pas dit qu'à Lyon certains se nourrissaient d'herbes, de chats, d'orties... Que l'on se jetait sur les chevaux écorchés et abandonnés à la voirie ? Que l'on mangeait tripes, boyaux et autres déchets que les rôtisseurs laissent en pâture au milieu du ruisseau ? Que l'on s'arrachait cette triste pitance à coups de poing ? N'avait-il pas dit que les paysans montaient la garde de leurs champs pour empêcher les pauvres affamés de déterrer les fèves et les grains à peine semés ?

La jeune femme se surprit à gémir : la vie n'étaitelle qu'une longue litanie de souffrances ? Pourquoi ne pouvait-elle simplement vivre tranquille et paisible auprès de l'homme qu'elle aimait ? Elle était pourtant certaine que tout s'arrangerait dès que François serait de retour… Quand reviendrait-il enfin ?

Le souvenir de Bertrand était loin maintenant : aube après aube le temps continuait à se montrer plus doux, plus agréable… Un soleil craintif prenait de plus en plus souvent possession d'un ciel toujours plus bleu, l'herbe reverdissait le flanc des collines et les vaches savouraient leur retour au pré. Avec avidité, elles se gavaient des jeunes pousses tendres… Elles en avaient assez du foin sec et poussiéreux qui constituait depuis trop longtemps leur unique régime !

Puis, presque sans qu'on s'en aperçût, l'été fut là, mais Sébastien n'avait pas l'air de se réjouir vraiment de ce retour du beau temps : il marchait devant Josèpha, la mine renfrognée, l'accompagnant semblait-il à contrecœur pour mener les chèvres à l'orée des bois communaux. Le vieil homme avait de plus en plus l'impression d'étouffer au domaine : l'ouvrage n'y manquait pas mais il avait maintenant besoin de changer d'horizon, de retrouver son pays, son village…

D'un coup de pied nerveux, il frappa du sabot une pierre du sentier… Non ! Malgré toute l'affection qu'il portait à Josèpha, il ne pouvait se résoudre à rester à Chaumezet plus longtemps ! Mais comment annoncer à la jeune femme ce désir de rejoindre l'Auvergne sans lui déchirer l'âme ? Il nourrissait maintenant pour elle des sentiments plus que paternels.

Les chèvres toujours alertes s'étiraient le cou à mâchonner les feuilles les plus tendres. La liberté d'un été, même humide, semblait leur redonner toute leur vigueur. Josèpha s'amusait beaucoup à les voir faire. Elle eut un petit rire en contemplant la maladresse d'un chevreau de l'année mais sa joie sonnait faux : elle n'avait pas été sans remarquer le malaise qui s'installait entre elle et le vieux cardeur ! Et, si elle devinait bien la cause de cette gêne, elle n'en redoutait pas moins l'instant où il lui annoncerait qu'il reprenait son baluchon !

Qu'il lui serait dur de renouer avec la solitude…

Pourtant, Sébastien ne se décidait toujours pas à franchir le pas… Il se contentait seulement d'être chaque jour un peu plus distant, un peu plus grognon, un peu plus replié sur ses pensées… Mais Josèpha s'en doutait bien, il ne serait plus long à prendre une résolution qu'elle savait inéluctable…

— Josèpha ?

On y était enfin… Le cœur de la jeune femme se serra : au ton du vieux elle était certaine que le moment fatidique était là ! Elle tenta de rester sourde :

— Josèpha ?

Elle baissa la tête, le désespoir à fleur de larmes, évitant le regard de ce vieillard auquel elle s'était tant attachée…

— Je sais ce que tu as à me dire, Sébastien, et je ne veux pas me mettre en travers de ta vie. Je n'en ai pas le droit… Alors, dis-le moi, je suis prête !

— Comprends-moi, Josèpha… Je dois retourner à Molières. J'ai bien du mal à te quitter, mais c'est là mon chez-moi !

Le ton était grave et les mots passaient douloureusement la barrière de sa glotte.

— Pars, Sébastien… Pars ! rétorqua-t-elle sèchement. Dis-moi seulement quand ?

La question était sèche, directe, dérangeante, et Sébastien bafouilla.

— Oh ! Ça ne presse pas à la journée… Dans une semaine, ou deux, peut-être… Mais je tenais à te prévenir avant !

Non ! Sa fierté de femme solide se refusait à l'aumône de ces quelques jours… Elle s'interdit de laisser les larmes lui remonter aux cils et se força à se montrer dure, coupante…

— Le plus tôt sera donc le mieux !

Toute la rancœur du monde rendait sa voix cassée rauque et monocorde.

— Que ce soit au plus vite ! ajouta-t-elle. Pourquoi prolonger ce supplice inutile ? N'aie aucun scrupule, je suis assez forte pour m'en sortir seule ! Ne te crois pas indispensable, surtout !

Sébastien piqua du nez et contempla d'un air gêné le bout de ses sabots… Il comprenait que la brusquerie de la jeune femme n'était qu'un masque à son désarroi, aussi ne répliqua-t-il rien, ému lui aussi par l'imminence de la séparation. Il leva ses yeux pâles vers la cime des grands sapins pour cacher des larmes qu'il n'arrivait plus à contenir…

Comme il se reprochait maintenant amèrement toute l'affection qu'il portait à Josèpha ! Jamais il n'aurait dû se laisser manger une telle part du cœur :

cela rendait son inévitable départ tellement plus cruel !

Une odeur insolite flottait dans l'air calme qui ne fut pas longue à intriguer le vieil homme. Il regarda Josèpha qui elle aussi humait le vent doux, subitement inquiète… Comment réaliser que le nuage s'élevant derrière les sapins n'était pas véritablement un nuage ?

Ils n'eurent pas le loisir d'y réfléchir : au bas du pré s'agitait la frêle silhouette de Marion qui courait dans leur direction en s'époumonant, à grand renfort de gestes désespérés… Jusqu'à ce qu'on pût enfin percevoir ses cris :

— Josèpha ! Sébastien !

La gamine s'arrêta, hors d'haleine, avant de hurler encore :

— Josèpha ! Ta maison ! Le feu !

Le feu ?

Non ! Ce n'était pas possible ! Dans la poitrine de Josèpha le cœur fit des bonds désordonnés. Il s'en fallut de peu que ses jambes ne se dérobassent et l'univers bascula autour d'elle. L'espace d'un instant, les images se brouillèrent au fond de ses yeux fous…

Dieu ! Cette boule d'angoisse qui la broyait du bas-ventre à l'estomac ! Ce visage incrédule, ces lèvres mordues jusqu'au sang par des dents qu'elle ne contrôlait plus, ces poumons en suspens qui se refusaient à respirer, ce cri bloqué…

L'étau de sa gorge se desserra :

— Non ! hurla-t-elle, le temps de réaliser l'inconcevable…

La vigueur reflua en son corps et elle se lança sans réfléchir dans une course folle et éperdue. Se séparant au vol de ses sabots, elle dévala la sente sans souci des pierres coupantes et des épines mordantes. Tout son être en révolte refusait l'épouvantable réalité !

Sébastien, comme foudroyé, restait sur place, accablé. Il regardait sans la voir la jeune femme dégringoler du coteau comme une pitoyable poupée de chiffon jetée à la pente par une enfant capricieuse…

— Non ! Non ! Non !

Déjà, les volutes épaisses lui parvenaient en pleine face. Josèpha toussait et pleurait sans pour autant ralentir sa course. Le trajet lui paraissait sans fin… Le chemin aux ornières, le bosquet, et puis la cour si familière…

Elle repoussa badauds et voisins qui assistaient au drame, agglutinés dans la fumée rabattue par la brise. Sans réfléchir au danger elle se précipita vers les flammes ronflantes et crépitantes, insensible aux braises incandescentes que projetait par vagues le brasier furieux… Sa maison ! Non ! La fournaise montait à l'assaut des murs et dévorait déjà la charpente…

— NON !

Denis Chira se lança sur ses pas et l'attrapa par la taille pour l'empêcher de se jeter dans l'incendie. Elle se débattit un instant pour échapper à sa poigne puis, toutes forces l'abandonnant, se laissa tomber à genoux dans les flaques de la courette.

— Non ! François… Oh ! François…

Les yeux vrillés sur cette vision d'horreur, Josèpha s'effondrait, impuissante… Elle était impuissante ! Ah, ce sentiment d'être ridicule face au sinistre ! La chaleur, la fumée âcre et les étincelles tourbillonnantes qui interdisaient toute intervention !

— Josèpha…

À peine entendit-elle la voix de son voisin :

— Josèpha ! Je t'assure : nous avons fait la chaîne des seaux mais il était trop tard, déjà ! Nous n'avons rien pu faire, crois-moi.

Ses dents cherchèrent douloureusement le sang dans la chair de sa langue. N'était-elle pas la proie d'un cauchemar ? Sans honte aucune elle cria son désespoir à gorge dénouée, à toutes larmes, dans des sanglots rendus inhumains par la douleur… Au moins pouvait-elle se targuer, pour une fois, de voir se poser sur elle le regard compatissant de ses voisins de Chaumezet : aucun ne semblait se réjouir de son malheur. Même la Jeanne Chira, sa plus implacable ennemie, ne pouvait retenir ses pleurs…

Josèpha hurla de nouveau :

— François ! Où que tu sois, crois-moi ! Ce n'est pas de ma faute !

La main d'un homme se posa sur son épaule, la main d'un homme qui l'avait jusqu'à ce jour ignorée de toute son indifférence, un homme « d'ici » pour qui elle n'avait toujours été qu'une « étrangère »…

— Non, petite : il n'y a rien à faire… Mais tu peux compter sur nous pour t'aider à reconstruire : il n'y a pas un homme ni une femme de Montsupt qui ne fera son possible pour te tirer de là ! Il faut se serrer les coudes dans la détresse !

Un autre approuva :

— Il n'y a pas meilleur homme que ton François. C'est le moins que l'on puisse faire pour sa femme !

Les sanglots de la jeune femme redoublèrent : elle s'attendait si peu à cette solidarité ! Ces gens l'avaient toujours tenue à l'écart… De braves gens, peut-être, après tout ?

Elle releva la tête. Dans un fracas assourdissant la toiture s'écroulait, arrachant au souffle du brasier des myriades d'escarbilles fantasques… De craquements en crépitements, la maison n'en finissait pas de mourir et de gémir aux oreilles de Josèpha. Elle cracha et toussa dans la fumée, couverte de suie, maculée par les cendres…

Prostrée à même le sol, les cheveux collés sur le visage, en larmes, elle semblait se tasser chaque minute davantage. Peu lui importait le spectacle qu'elle offrait !

Josèpha se souciait bien peu du jugement de ses voisins malgré leur toute récente sollicitude : elle se sentait seulement vidée… Vidée de toute émotion, de tout sentiment, indifférente à tout ce qui l'entourait, noyée dans un puits de souffrance, effondrée…

— François… Non ! François…

Combien de temps ? Combien de temps devant cette vision d'enfer face à la fournaise des flammes torturées ? Combien de temps à entendre les claquements, les grincements et les pleurs d'agonie de ce qui avait été son foyer ?

Un tas de ruines fumantes et noircies... Avec ces pans de murs fendus, ces pierres éboulées, ces gravats amoncelés, ces lamentables décombres... Face à ces lieux où elle avait vécu, qu'était-elle d'autre qu'une pauvre silhouette recroquevillée, seule avec un vieillard à ses côtés dans les lueurs du soir qui tombait ? Deux êtres effondrés qui contemplaient les cieux avec le gouffre immense de l'incompréhension au fond du regard...

Chacun avait proposé le gîte pour la nuit à la jeune femme et au vieil homme mais Josèpha n'avait pas daigné répondre : avait-elle seulement entendu ? L'un après l'autre, les témoins du sinistre avaient regagné leur logis en commentant le triste événement.

Jamais elle ne s'était sentie aussi seule au monde ! Anéantie par ce coup du sort, incrédule encore à concevoir le désastre, elle se retrouvait comme assommée devant ces ruines, révoltée au-delà des mots contre l'injustice qui s'acharnait sur elle...

Qu'allait-elle faire, désormais ?

- 15 -

La charrette brimbalait sur le chemin raviné par les ornières, le paysage se faisait peu à peu doux à l'œil et l'horizon faiblement vallonné ondulait entre ciel et terre à perte de vue.

François se laissait ballotter par les cahots, se félicitant de ce que le voyage avançât si vite. Son guide connaissait parfaitement les étapes, les routes et les raccourcis. L'océan se rapprochait... Un vent d'ouest incessant était là pour le prouver et portait déjà jusqu'aux narines des senteurs d'iode...

Benoît remarqua :

— Il a dû bien pleuvoir par ici pour que la route soit aussi défoncée ! D'habitude, le Grand Chemin de Nantes est vite réparé car le trafic y est considérable en temps normal. Le port échange avec le monde entier !

François eut un sourire :

— On ne le dirait pas car on ne se bouscule guère, ni en auberge ni sur la route !

— Ce foutu grand hiver a changé bien des choses, mon gars : on craint la famine et cela tue le commerce ! Et puis il y a tant d'ouvrage aux champs afin de réparer les coups portés par le froid ! Couper les vignes pour espérer conserver vie aux racines jusqu'à l'an prochain, arracher les arbres morts, replanter...

François opina gravement. Il savait combien la vie de tous était dure et ce cruel hiver n'avait fait qu'empirer les choses ! Son gros compagnon taquina d'un claquement de fouet les oreilles du cheval et poursuivit :

— Un malheur reste toujours un malheur ! Mais les malheurs ont trop souvent la manie de se regrouper ! Après le froid, la disette menace. Mais à cela s'ajoute encore cette guerre d'Espagne qui ruine le pays. Et ces impôts toujours en hausse et toujours plus nombreux… Ces épidémies de fièvres pourpres ou bien de dysenteries qui couchent des villages entiers sous terre…

— C'est pourquoi les convois se font rares ?

— Y a plus de mendiants, de pauvres et de miséreux sur les routes que de chariots bien garnis ! T'as pu t'en rendre compte !

François ne pouvait le nier : des années durant il avait voyagé, sillonné le pays en tous sens, mais jamais il ne lui avait été donné d'y croiser tant de détresse et tant de misère ! Ces hommes, toutes ces femmes et ces enfants sans toit, ces crève-la-faim errant par les chemins, sales, maigres et en haillons, avec le regard de ceux qui n'ont plus d'espoir, ces véritables cohortes de gueux qui essaimaient de ville en ville, de village en village…

— Et puis, ajouta Benoît comme s'il devinait les pensées du scieur. Et puis du mendiant au brigand il n'y a qu'un pas : jamais les routes n'ont été si peu sûres et mon métier est devenu dangereux, tu sais ! C'est pourquoi j'évite les raccourcis hasardeux ! Si l'on ajoute les taxes de chaque province, les péages et les dépenses de toutes sortes qui dilapident aussitôt le peu que nous gagnons, tu comprendras pourquoi nous sommes si peu sur les routes !

Dans le brouhaha de la carriole malmenée par les méchantes pierres du chemin, les paroles du marchand sonnaient d'étrange façon et François ne put réprimer un frisson de malaise. Son air n'échappa pas à Benoît qui précisa :

— Pour les bandes de pillards, j'ai toujours plus qu'il n'en faut de pistoles chargées dans mes fontes ! Quant aux péages, je connais assez gués et moindres sentiers pour faire en sorte de pouvoir en éviter beaucoup : mon métier est de plus en plus proche de celui de contrebandier !

— Il faut bien se débrouiller ! admit François.

Il rabattit la tête pour faire front à une bourrasque subite :

— Le vent ne s'arrête guère par ici en cette saison, confirma le marchand.

François évoqua son savoir tout neuf :

— C'est ce que les mariniers appellent le vent de galarne ! Ils le craignent car il a fait chavirer bien des bateaux...

Un coche de voyage à quatre chevaux mordit le talus pour les dépasser dans un fracas d'enfer et disparut dans un panache de poussière... Plus loin, on croisa un laboureur qui menait à la longe deux bœufs tirant un lourd tombereau. Quelques ânes, bâtés et pesamment chargés, guidés par un muletier calme avançaient en sens inverse d'un pas régulier...

— Tout de même, s'intrigua le scieur. À l'approche de Nantes je m'attendais à plus d'affluence sur les routes ! Il faut bien que les épices, la mélasse, le rhum et autres marchandises déchargées des navires puissent circuler ?

Benoît secoua sa « ventripotence » d'un rire bon enfant et montra sur la droite le long bourrelet de peupliers qui courait à l'horizon comme une cicatrice de verdure...

— La Loire ? devina François.

— Oui... On peut presque la sentir, d'ici. Mais tu ne la reconnaîtrais pas car elle a bien changé depuis Nevers ! Ici, on peut la naviguer toute l'année dans les deux sens pratiquement jusqu'à Tours... Le plus gros des marchandises du port remonte ainsi jusqu'à Saumur, ou Angers, parfois jusqu'à Orléans quand l'étiage le permet. Et oui, la Loire fourmille de bateaux en cette région proche de l'estuaire ! D'ailleurs, si tu veux, nous allons faire le détour...

Le chemin s'incurva contre le léger vallonnement et François put entendre avant de la voir la vie du fleuve, le choc du bois contre le bois, les cris, les claquements d'écume... Puis il vit les mats et le haut des voiles tendues glisser derrière le rideau des peupliers. Enfin, la Loire s'offrit à sa vue et il en eut le souffle coupé : se pouvait-il que ce fût là la même rivière que celle qui traverse Roanne ou Saint-Rambert ? Un lac ! Une mer ! De l'eau jusqu'à une autre rive incertaine qui se devinait à peine au loin... Le large fleuve se partageait çà et là en plusieurs bras enserrant des îles paraissant habitées.

François regarda le sable et les longs roseaux de la berge. L'étrange squelette d'un chaland échoué depuis bien des saisons y dressait son ossature au milieu des galets... Sur toute la largeur de la rivière s'entrecroisaient sous la force du courant une multitude d'embarcations. Des barques, des bateaux, des chalands, descendaient le fil du fleuve au gouvernail ou le remontaient à la force du vent, la voilure carrée gonflée par le vent.

Du haut de la levée où se tenait le scieur, il découvrait cette vie du fleuve qui lui était inconnue et qu'il ne soupçonnait pas aussi intense. Jamais il n'aurait pensé que tant de bateaux pussent se bousculer ainsi sur un fleuve aussi large ! Il reporta son regard en aval et devina plus qu'il ne distingua la tache grisâtre d'une agglomération...

— Nantes ! précisa Benoît en remettant son chariot en route. Nous y arriverons sur le soir...

François jeta un dernier coup d'œil sur la Loire et s'exclama :

— Quelle animation, là-dessus ! Jamais je n'ai vu telle activité sur de l'eau !

Benoît se remit à rire :

— Et pourtant ce que tu as vu n'est rien ! D'habitude, c'est bien pire, mais beaucoup de bateaux n'ont pas mieux résisté au gel de la Loire que vos sapines !

— Tu ne veux pas dire que la Loire a été prise par les glaces ici aussi ?

— Mais si, François ! C'est ce que je veux dire : prise par les glaces sur toute sa largeur et ce jusqu'à l'océan !

François avait pris congé de Benoît avec émotion : le marchand lui avait témoigné tant de sympathie, avec cette amitié et cette simplicité bonhomme de ceux qui ont vu bien des horizons ! Il cala sur son épaule sa lame de scie roulée et enveloppée de cuir souple, remonta la bride de son lourd sac de toile forte et avança sur le pavé humide et glissant...

Il leva la tête vers le ciel qui se détachait, tout là-haut, entre les hautes maisons, et poussa un long soupir : il n'aimait pas les villes et il lui était étrange de se retrouver dans cette cité inconnue, surtout après avoir vécu avec Pierre et les bateliers cette fraternité de la vie en groupe. Au croisement d'une ruelle, il remarqua la forêt de mats, de perches et de cordes qui dépassait le toit des maisons du port, et il hâta le pas vers les quais et la cohue bruyante qui y régnait...

François fit la grimace, agressé par les effluves nauséabonds qui montaient du ruisseau serpentant entre les dalles disjointes. L'odeur de mer et de poisson s'ajoutait à la puanteur habituelle qui empestait d'ordinaire toute ville du royaume... Emporté par la foule, pressé, bousculé, ballotté, il se retrouva vite sur le quai et se recula dans une encoignure de porche pour y admirer le spectacle... Il avait déjà vu des ports, sur la Méditerranée, mais jamais telle démesure ! Ici partaient et arrivaient des bateaux de toutes les contrées du monde !

Des navires gigantesques dont les matures vertigineuses s'enchevêtraient les unes aux autres, des navires qui battaient contre la pierre du quai. Partout, une fourmilière humaine roulait des barriques, charriait des caisses et des colis, tirait des sacs ou poussait de lourds ballots. On pliait sous les charges, on ahanait, on jurait et on s'insultait…

Des hordes de chariots grinçants tentaient de se frayer un passage dans cette marée d'hommes et de femmes, accentuant l'impression d'indescriptible désordre que ressentait François à cette scène. Quel grouillement !

Presque effrayé par l'agitation dantesque, il hésitait à se jeter dans le tumulte quand une rude accolade le fit se retourner sur un petit homme fluet à l'œil malicieux :

— Alors, compère ? Tu ne connais pas cette bonne ville, dirait-on ?

Surpris d'être ainsi abordé, François dévisagea l'importun. Un homme noiraud, toujours en mouvement et le sourire aux lèvres qui désigna du menton sa lame de scie enroulée…

— Chitaire, n'est-ce pas ?

François avait reconnu l'accent et le terme auvergnat et il sourit à son tour :

— Non ! répliqua-t-il… Sétaïre !

— Ah ! Forézien ? s'exclama l'homme. Mais sétaïre ou chitaire c'est du pareil au même, y a que le parler qui change ! Moi aussi, je suis scieur…

Conquis par la gaieté et la spontanéité de l'Auvergnat, François lui posa la main sur l'épaule :

— Je m'appelle François… François Courreau !

— Et moi, Saturnin ! Mais tout le monde m'appelle Tounet !

— Alors, Tounet, je suis heureux de rencontrer un confrère ! Y a-t-il de l'ouvrage, par ici ?

— Oh ! Ce n'est pas le labeur qui manque, du bûcheron au scieur ou de l'aide au charpentier ! Mais ne restons pas là, François. Nous trouverons bien une petite place en taverne…

Attablés devant leurs verres, François et Tounet continuèrent leur conversation. Le Forézien avait refusé de boire du rhum comme son compagnon, se contentant d'un pichet de vin.

— Je n'ai guère vu de forêts, par ici ? D'où vient le bois pour la construction de tous ces bateaux ?

Avec une moue comique, Saturnin répondit :

— De plus en plus loin ! Car il en faut, du bois pour les bateaux ! Et il en faut des bateaux, pour la marine marchande comme pour la flotte de guerre de notre « bon roi » ! Celui-là, il ne s'en sera pas privé, des guerres, tout au long de son règne !

François approuva d'un mot, laissant son volubile compagnon poursuivre :

— À force de déboiser, il n'y aura bientôt plus de forêts en ce royaume ! Les bois viennent de plusieurs dizaines de lieues, parfois ! Alors, les troncs sont confiés aux rivières comme l'Erdre ou la Sèvre, et les chantiers de sciages sont installés sur les bords de Loire, à proximité de l'embouchure de ces rivières…

— Et… Ça rapporte ?

Le sourire du petit Auvergnat se fit plus éclatant encore :

— Tu as beau arriver un peu tard, cette saison est une bonne saison ! La main-d'œuvre manque : après le froid, bien des scieurs sont rentrés chez eux, alors même qu'il faut encore plus de planches pour réparer les bateaux ayant souffert des glaces ! Beaucoup de miséreux ont envahi les chantiers, mais scier les planches c'est une affaire de scieur ! Et comme les bons scieurs sont peu nombreux, on se les arrache à prix d'or !

— On ne dirait pas, plaisanta François. Que fais-tu à traîner par les quais ?

Il en fallait plus pour assombrir l'humeur de Tounet :

— Un mauvais tour de reins m'empêche le travail ! Mais je ne perds pas mon temps, car on me donne quelqu'argent pour chaque homme que je peux dénicher pour la scie, et le double si l'homme est de métier ! Voilà pourquoi je hante les quais !

François se mit à rire de bon cœur :

— Le hasard de notre rencontre était donc un peu… forcé ! Mais dis-moi : quel chantier paiera le mieux mes services ?

— Quel que soit le chantier, c'est à peu près la même chose : près de quatre fois plus qu'avant le Grand Hiver !

— Oh ! Tant que ça !

— Oui, mon gars : comme je te le dis ! Pour un bon scieur, cette saison est une saison à faire fortune s'il débite de l'aube au couchant !

— Alors, s'impatienta François. Allons-y !

— Doucement ! C'est pas tout près et la nuit tombe ! Les chemins sont de vrais coupe-gorge la nuit, avec ce peuple de tout acabit qui hante le port ! Demain matin sera bien suffisant !

— Je t'écouterai donc, l'ami ! D'accord pour demain, s'il y a lieu où manger et dormir qui ne soit pas coupe-gorge ! insinua François…

— Pour sûr ! Les brigands sont au détour des routes, pas dans les bonnes auberges, et les bonnes auberges ne manquent pas à Nantes !

Saturnin n'avait pas menti. Il ne lui avait pas été difficile de se trouver de l'emploi ! Une véritable frénésie du bois semblait s'être emparée de tout ce monde-là qui ne parlait que de coupes, d'abattages, de grumes, d'ébranchages, de copeaux, de planches et de madriers : la construction navale était boulimique de forêts…

Comme tous ses compagnons, François avait dû se contenter pour tout logement d'un abri sommairement bâti en bordure même du chantier. C'était loin d'être confortable, mais le scieur avait depuis belle lurette l'habitude d'un luxe réduit à sa plus simple expression !

L'aube pointait à peine que déjà il était réveillé. Il se tourna sur sa paillasse crissante, rejeta sa couverture sur le côté et se redressa pour se frotter les yeux en bâillant. La terre battue sentait l'humidité et la sciure, la résine et l'humus. Il donna du coude à la forme allongée près de lui…

— Martin !

Un grognement indistinct lui répondit... Martin et lui avaient tout de suite sympathisé et ils avaient topé devant une chopine pour faire équipe : les scieurs de long œuvraient toujours par deux.

— Martin ! Il va faire jour... Il est bientôt temps de se mettre à l'ouvrage.

Martin étira en soupirant ses membres douloureux. Tout le monde autour d'eux commençait à s'agiter... François leva un œil sur le ciel, comme tous les matins, et s'estima satisfait : les nuages couraient mais le temps n'était pas à la pluie...

Il mordit dans un quignon de pain et décida de remettre sa toilette à un jour ultérieur : on ne faisait guère d'effort de coquetterie sur ce chantier sale et boueux ! Déjà, des manœuvriers tiraient des billes de la rivière pour les hisser péniblement et les empiler en bordure du chantier. Pensif, François considéra la forêt d'énormes trépieds s'étalant devant ses yeux. Ces chevalets, avec la scie, constituaient les seuls outils du scieur de long.

À l'autre bout du chantier, le crissement caractéristique des dents du métal attaquant le bois avec rythme brisa la quiétude matinale. Avec des ahans acharnés, on entamait une nouvelle journée...

— Allez, François ! C'est toi qui rêves, maintenant ?

Les scieurs étaient payés à la planche, et qui voulait gagner son magot commençait avec le soleil et ne s'arrêtait qu'au crépuscule !

Tous les muscles noués, le dos brisé de souffrance, le souffle court et le cœur emballé... La sueur qui dégouline du front, irrite les yeux et baigne chaque portion de peau d'un corps fatigué. Et ce geste métronome, toujours et encore répété, inlassablement… Le labeur exigeait des hommes costauds et tenaces, des hommes qui méritaient leur salaire ! François se redressa en gémissant, porta les mains à ses reins et s'adressa à son coéquipier d'une voix cassée par la fatigue :

— On a peut-être le temps de s'attaquer à une autre bille, si tu t'en sens le courage, Martin !

Martin soupira et François espéra un peu qu'il allait refuser : il lui tardait de s'allonger, de reposer enfin ses muscles martyrisés par l'effort… Mais Martin, l'œil fataliste, se contenta de répondre d'une voix lasse :

— Nous sommes là pour trimer jusqu'à ce que le soleil se couche, n'est-il pas ? Alors, trimons ! Quelques écus de plus, c'est quelques arpents de plus à acheter à notre retour… Un peu plus d'aisance ne sera qu'à la mesure de notre sueur !

— Tu parles comme un sage, compagnon ! rétorqua François. Alors, aide-moi à hisser cette bille sur « l'âne » !

L'âne était, dans le jargon des scieurs, ce trépied - gigantesque armature de poutres - destiné à supporter la bille à découper à peu près à hauteur d'homme. François œuvrait sur cet échafaudage, debout sur le fût horizontal. Son rôle était de hisser la scie vers le haut, en marchant à reculons, et de la guider pour obtenir des planches bien régulières. On l'appelait le « chevrier ». Martin jouait le rôle du « renard » : les pieds bien ancrés au sol, il tirait la scie vers le bas, la tête coiffée d'un large chapeau de feutre pour se protéger des jets de sciure que crachaient à chaque va-et-vient les dents acérées de la lame…

Ainsi, l'un avançant et l'autre reculant, la scie progressait d'un bout à l'autre de la bille, en sens inverse de la pousse de l'arbre. Au milieu, les hommes s'arrêtaient et entamaient la coupe par l'autre bout. Quand les deux traits de sciage se rejoignaient presque, ils détachaient la planche à l'aide d'un coin… Il ne leur restait plus ensuite qu'à recommencer, et à recommencer encore jusqu'à épuisement de la bille, avant d'en entamer une autre, puis une autre. Puis une autre…

Malgré sa fatigue, François admirait Martin, son courage, sa ténacité, son âpreté au gain. Un véritable Auvergnat sur qui il pouvait compter !

Sérieux et économe, sauf les rares fois où il s'offrait une virée jusqu'à Nantes : il y vidait alors pichet sur pichet jusqu'à l'ivresse… Petit, râblé, avec un cou de taureau, il semblait incarner la puissance même ! Un homme un peu austère peut-être, peu loquace, mais cela ne déplaisait pas à François qui se lassait vite de l'exubérance. Il appréciait la solidité de cet être attachant et prévenant, loyal jusqu'à l'extrême envers son équipier…

Les yeux perdus dans la nuit et vissés sur le plafond aux planches disjointes du campement rudimentaire, François regardait sans les voir les étoiles jouer à cache-cache avec les nuages éclairés par la lune…

Trop fatigué pour dormir. Chaque muscle de son corps lui était comme une boule de souffrance. Il ressentait pourtant cette bienfaisante sensation que donne le repos après l'effort : demain serait si vite là !

Il changea de position sur la paille qui lui servait de couche et soupira. Il comprenait maintenant pourquoi la main-d'œuvre manquait et pourquoi les scieurs étaient si bien payés ! Le salaire attirait de nombreux prétendants dont peu supportaient longtemps un tel rythme, épuisés qu'ils étaient en moins d'une semaine.

François lui-même était rompu depuis des années au travail de la scie, mais aussi bien en France qu'en Italie il avait toujours exercé son art en montagne… Il s'apercevait qu'ici, le chêne et le châtaignier demandaient bien plus d'acharnement que le tendre sapin !

Il se retourna : il devait à tout prix trouver le sommeil avant le lever du soleil, et en été le soleil se lève chaque jour plus tôt et se couche chaque jour plus tard ! Les journées de travail se faisaient donc toujours plus longues et harassantes, mais aussi toujours plus lucratives ! C'était bien pourquoi il était là !

Le temps passait vite et chaque aube bousculait le souvenir de la précédente. Un chien aboya et renversa quelques gamelles. François ouvrit les yeux et s'étira. Il repensa avec amusement à ses premiers jours de travail sur le chantier : son corps ne s'était alors pas encore adapté à ces durs efforts ! Maintenant, il se sentait frais et dispos au réveil de chaque matin…

Les semaines s'écoulaient, sans dimanche, sans repos, dans la monotone litanie de jours toujours semblables aux autres, avec seulement quelques sorties jusqu'au port. Mais François évitait soigneusement ces beuveries ruineuses qui se ressentaient encore sur le chantier, les lendemains de virées…

Aussi ne se rendait-il à Nantes que pour se dépayser du chantier, pour renouer avec la vie. Pour promener ses bottes sur les pavés du port et rêver devant les immenses voilures de navires en partance pour le bout du monde. Pour écouter aussi, en tavernes, les souvenirs des marins, leurs aventures, leurs fanfaronnades. Et il imaginait alors ces lointains pays qu'il ne verrait jamais…

Parfois, il lui prenait envie de passer quelques heures avec une de ces filles du bas port qui louaient leur corps pour quelques sols, mais ces étreintes sans âme lui répugnaient…

Bien sûr il eût pu tenter de séduire, ici ou là, des femmes plus ardentes et agréables, mais il n'en avait pas le cœur : son inquiétude pour Josèpha l'en empêchait !

Comment vivait-elle la séparation en ces temps si durs ? Et puis, pouvait-il vraiment oublier sa trahison avec la fougueuse Mariette ? Attendait-elle un enfant de lui ? Denis lui avait-il trouvé un promis pour endosser une éventuelle paternité ?

Non ! Il ne fallait plus qu'il se torturât ainsi l'esprit et ne devait plus penser à tout cela… Il valait mieux pour lui s'abrutir de travail, mais la saison lui paraissait si longue !

Comme il eût aimé retrouver déjà ses montagnes foréziennes !

Il faisait chaud, ce jour. Terriblement chaud même et la brise poussée par l'océan n'arrivait pas à tempérer la sensation de moiteur. Martin et François s'étaient accordé une pause pour croquer un morceau de lard et de pain. Le soleil était haut, accablant, mais la joie brillait dans le regard des deux hommes.

François mordit dans une pomme ferme et craquante :

— Quelle chance j'ai eu de te rencontrer, mon Martin ! Nous formons une fameuse équipe, tous les deux...

— J'ai eu cette même chance : avec toi nous abattons l'ouvrage de deux équipes... Pardieu ! Jamais je n'aurais autant gagné à la scie ! Nous allons bien finir par être riches !

Le Forézien se mit à rire et replia son couteau :

— Deux équipiers qui se complètent font miracle ! Tout comme d'ailleurs deux équipiers qui se contrarient font piètre campagne...

Martin se releva en s'essuyant la moustache :

— Alors, disons que nous avons eu de la chance tous les deux ! Mais ne rêvassons pas si nous ne voulons manger le gain de la journée... Notre âne doit s'ennuyer, sans nous !

Les deux hommes avançaient dans le bruit lancinant des scies mordant le bois en cadence. Les scieurs peinaient avec des « han ! » forcenés, d'autres chantaient des rengaines rythmées... Certains encore se motivaient en jurant ou en se disputant. Les pas crissaient dans l'épaisseur de sciure et de copeaux amoncelés, les bottes s'y enfonçaient comme en un tapis moelleux et odorant…

L'assemblage d'un âne grinça sinistrement : on chargeait une bille sur le trépied. Les deux hommes se retournèrent. Le madrier vertical sembla vibrer et son calage de pierres ripa…

— Attention ! François ! ATTENTION !

Trop tard ! Malgré les cris de Martin et des compagnons alarmés, l'échafaudage céda et s'abattit avant que le jeune homme eût pu se rendre compte de ce qui se passait. Il ne vit que l'ensemble désarticulé basculer, venir à sa rencontre dans un craquement énorme, et il se sentit projeté violemment en arrière.

Son crâne heurta durement une branche et sa vue se brouilla de mille étoiles en furie…

— François ! Ça va mieux ? François ! Réveille-toi. Oui, c'est cela… François ?

L'accent de Martin trahissait l'angoisse mais se teinta d'une nuance de soulagement quand il vit son ami papilloter des paupières en gémissant… François referma les yeux. Tout tourbillonnait autour de lui et sa vision restait floue ! Que lui était-il arrivé ? Et pourquoi cette douleur fulgurante qui lui martelait la tête ?

La voix de Martin lui parvenait, étrangement lointaine :

— François ! Ne t'inquiète pas ! On s'occupe de toi…

Il bougea et la souffrance explosa dans sa jambe droite, lui arrachant une plainte qu'il ne put étouffer…

Il se souvint alors de cet âne qui s'effondrait sur lui, de cette bille instable qui basculait, du cri de Martin…

— Mon Dieu, ma jambe ? Et tous ces hommes autour de moi, le chantier arrêté ? Oui, je suis blessé… Ma jambe, ma jambe !

Martin le prit doucement par les épaules, le soutenant affectueusement :

— Rassure-toi : ta jambe est brisée, certes, mais ça guérira. La fracture a l'air propre et nette ! Tu ne seras pas infirme et dans deux mois, il n'y paraîtra plus ! Ne bouge pas, surtout… Nous avons fait appeler un chirurgien !

François se laissa tomber sur la poitrine de son équipier, découragé… Quelle idée avait-il eu de décider cette saison à la scie ? Depuis le début, il jouait de malchance ! D'abord cet hiver démoniaque, puis cet accident stupide ! Il en eût pleuré de rage… Mais la douleur renaissait, insidieuse, envahissante, et il se mordit les lèvres pour ne pas crier…

- 16 -

Une odeur de cendres froides flottant dans l'air calme d'une aube claire... Ils étaient là dans la pénombre avec ces yeux de perdition, ces yeux grands ouverts rougis par le sommeil, la fatigue et la détresse. La nuit avait été longue dans la grange épargnée par l'incendie, et ni Josèpha ni Sébastien n'avaient pu fermer l'œil. Pas plus qu'ils n'avaient prononcé un mot, murés dans un abattement sans nom...

Le soleil filtra, blafard par-dessus la crête des sapins, mais sa lueur sembla triste ce matin-là... Depuis la vague de froid les oiseaux avaient disparu du ciel, mais jamais Josèpha n'avait à ce point mesuré combien leur chant pouvait lui manquer ! D'ordinaire, l'aurore sortait la jeune femme de son lit... Aujourd'hui, elle ne s'en sentait pas la force ! À quoi bon ? À quoi bon, alors qu'elle avait tout perdu ? Elle s'assit sur sa paillasse de foin, se plongea la tête dans les bras et se laissa envahir par des sanglots silencieux, désespérée, brisée...

Le vieux, sans la voir, devina ces pleurs déchirants et soupira, impuissant qu'il se savait à réconforter la malheureuse : il ne pouvait que partager l'immense désespoir qui les liait encore un peu plus... Comme il aurait voulu la serrer dans ses bras, la bercer comme une enfant, lui insuffler un peu d'espoir ! Il crispa les poings sur sa rage muette, trop bouleversé pour lui apporter un quelconque soutien. Puis il se mordit les lèvres pour fixer d'un regard aveugle le rai de soleil sécrété par le chaume noirci…

Comment Josèpha et Sébastien eussent-ils eu le courage de sortir, de retrouver l'image de désolation qu'offrait ce qui avait été un foyer où il faisait si bon vivre ? Ces murs déformés par la chaleur et l'œil aveugle des ouvertures sans fenêtres qui semblaient vides d'avoir trop pleuré, ces langues de suie déposées par le baiser dévorant des flammes acharnées, tous ces gravats amoncelés que vomissaient les sombres ruines martyrisées… Et les longs doigts calcinés des poutres amputées qui désignaient les cieux de leurs sinistres moignons, comme un reproche muet lancé à la face d'un destin impitoyable…

Des éboulis encombraient de pierres souillées ce qui avait été le seuil d'une porte, le lambeau épargné d'un volet pendait, lamentable vestige d'un passé souriant. Nul spectacle n'est plus triste qu'une habitation réduite à néant du jour au lendemain… Rien à voir avec ces ruines plus sympathiques qui se délitent au fil des ans, insensiblement… Non ! Ces pierres n'avaient rien qui puisse éveiller une douce nostalgie : l'incendie brutal pue le drame ! Il vous surprend en traître comme un coup de poignard en pleine âme…

— Oh ! Il y a quelqu'un ?

Dehors, le gravier crissa sous des pas. Partageant le malaise de sa maîtresse, Pataud leva un œil indifférent et ne daigna pas aboyer… La voix mâle répéta :

— Y a quelqu'un, là-dedans ?

Une voix plus féminine se superposa à celle de l'homme :

— Josèpha ?

La jeune femme sortit de sa léthargie, s'ébouriffa les cheveux piqués de brins de paille et gémit : elle avait reconnu les voix de ses voisins, les Chira, qui s'étaient toujours montrés tant ignobles avec elle ! Ne pouvaient-ils la laisser tranquille ?

Le portail grinça en s'entrouvrant et le soleil fit cligner des yeux Josèpha…

— Jèfa !

Marion se précipita vers la jeune femme avec toute la spontanéité joyeuse de son âge… Mais la petite n'avait pas envie de rire : sensible à la détresse de son amie, elle l'enlaça tendrement. Joue contre joue, elle essayait de partager l'immense peine qu'elle devinait. Ce simple geste fit rejaillir les larmes de Josèpha qui ne put que murmurer le prénom de la petite :

— Marion… Marion…

Berçant la fillette, elle se mit enfin sur ses jambes et se dirigea vers la porte à petits pas cassés. En pleine lumière, elle passa la main dans ses cheveux collés par la crasse et les cendres. Dieu ! Quelle tête elle devait avoir ! En se retrouvant face aux parents de Marion, elle eut soudain honte de l'image qu'elle offrait…

Il y eut un moment de gêne partagée… André Chira se balançait sur une jambe et sur l'autre, gauche et les bras ballants, les yeux fixés sur le bout de ses sabots. Comme en ennemie jurée de Josèpha, son épouse Jeanne évitait le regard de la jeune femme…

Ce fut pourtant elle qui fit le premier pas et avança la main vers l'épaule de la Cévenole qui eut du mal à refréner un mouvement de recul.

— Josèpha…

André Chira émit une petite toux forcée. Maladroitement, il entama la conversation :

— Pourquoi avez-vous donc dormi dans cette grange, toi et le vieux ? Nous avions de quoi vous installer mieux chez nous !

— Il faut bien s'entraider, dans le malheur, intervint sa femme, toujours sans croiser le regard de Josèpha.

Avec des mots hésitants, André avoua :

— C'est vrai ! On n'y a guère mis du nôtre pour qu'on ait bon voisinage… Mais faut comprendre, Josèpha : t'es pas d'ici ! Tu prenais la place d'une autre ! C'est que le François, il en avait, des prétendantes ! Je t'assure, on regrette… On peut pas te laisser dans la peine, tu sais : on veut t'aider ! Voilà. Il fallait que je te le dise : tu peux compter sur nous !

Abasourdie, Josèpha écoutait ces mots sans vraiment réaliser le discours d'André. Elle s'attendait si peu à de tels propos ! À son tour, Jeanne Chira l'attira contre elle :

— Tu sais, Josèpha…

Les mots avaient du mal à sortir de sa gorge. Il est si dur de reconnaître ses fautes ! Aussi dut-elle s'y reprendre à deux fois pour confesser :

— Tu sais, Josèpha... C'est vrai qu'on a mal pris ta venue à Chaumezet... Et si on s'est vite aperçu combien tu étais bonne, et gaie, et serviable, il nous était difficile de revenir sur notre attitude ! Et on s'est forcé à ne pas voir tes tentatives pour te lier avec nous... Tu sais, Josèpha, on voulait pas le montrer ni même peut-être l'admettre, mais je crois qu'au fond de nous on t'aime bien ! Peut-être même qu'on t'a toujours aimée !

Un silence... Elle, la femme du sud, restait statufiée. Jeanne, rouge de honte, n'osait plus un geste ni une parole. Josèpha sentit la main timide chercher la sienne et eut l'air de s'éveiller : depuis quatre ans elle attendait de tels mots !

Gorge bloquée, émue au plus secret de son cœur, elle se laissa aller à pleurer sans bruit. De ces pleurs où la joie se mêle au chagrin, de ces pleurs qui nettoient les rancœurs du passé... S'il n'y avait eu ce drame la veille, elle se fût laissé aller à danser. Malgré son malheur, ces mots lui étaient allés droit au cœur et elle se sentait renaître d'un coup. Alors, doucement, elle s'abandonna à l'embrassade de sa voisine, l'inondant des larmes d'un bonheur amer... Jeanne en fut remuée jusqu'au fond de l'âme et ne se fit pas prier pour mêler ses larmes aux siennes. André Chira, gauchement, enserra les deux femmes de ses bras trop courts, comme pour exprimer tout ce que les mots ne pouvaient dire...

Sébastien avait préféré rester le témoin discret et muet de cette émouvante réconciliation. Il se permit pourtant d'interrompre ces poignantes effusions d'un petit ricanement qui sonnait volontairement faux :

— Allons, on ne s'embrasse pas ainsi devant tout le monde !

Josèpha et son couple de voisins se séparèrent lentement : en bordure de la cour se massait l'attroupement des gens de Montsupt et du bourg de Chaumezet... S'ils n'osaient rire de la scène, ils n'en avaient pas moins au coin des lèvres un petit sourire attendri. Ils ne semblaient pourtant guère farauds, conscients qu'ils étaient de leur injustice envers la jeune femme...

Ils étaient là, tous ! Le Jean Salnière et son air dégingandé, Jacques Grangeon, le meunier du Hameau du Pontet, Eugène Gontier et sa femme qui tenaient l'auberge du bourg, et toute la famille Ferrand du hameau même de Montsupt ! Et bien d'autres encore, serrés les uns contre les autres, presque ridicules dans leur mutisme béat... Même Thomas Roubion, le plus riche tenancier de toute la paroisse s'affichait là ! Tous là, pour aider Josèpha, pour lui permettre de faire face à l'adversité, pour conjurer le sort et faire la nique à cette infortune trop souvent à l'affût du pauvre !

Le vieux Jérémie, tout arqué sur sa canne polie par l'usage, chevrota de sa voix fêlée :

— L'André a bien dit, petite... Tu peux compter sur nous ! Sur nous tous !

Josèpha sentit ses jambes flageoler. Tout se bousculait en sa tête ! Faible tout à coup, elle se laissa tomber à genoux au beau milieu de la cour avec pour toute réponse son beau visage dégoulinant de la rosée salée d'une gratitude sans bornes...

Et dire qu'il avait fallu ce malheur pour que ces Foréziens têtus se montrassent enfin sous leur vrai jour ! De braves gens, en fait... Ce fut à elle de se sentir coupable : pourquoi n'avait-elle pas vu en eux les amis potentiels qu'elle cherchait si désespérément ? Peut-être n'avait-elle pas su s'y prendre ? Après tout, qu'importait : il était si doux de se sentir soudain ainsi entourée, soutenue, estimée, et même... aimée ? Tout à coup, elle avait envie de rire, de crier sa joie d'avoir enfin de vrais voisins, de vrais amis ! Mais la réalité restait là, cruelle : elle se retrouvait sans toit, sans homme... Sans avenir !

Le sol était boueux de toute sa fange, avec des rigoles nauséabondes de purin et de fumier... Josèpha n'avait plus la force de se relever et elle s'affala de tout son long dans ce cloaque, la tête entre les bras, secouée de sanglots nerveux...

Sans tenir compte de l'état de saleté et de puanteur de la jeune femme, ils furent tous là aussitôt pour la relever, l'embrasser, la réconforter... Jeanne Chira la première, qui regarda enfin Josèpha droit dans les yeux : jamais cette dernière n'eût pensé y lire un jour tant de compassion, de ferveur, de solidarité ! Le regard d'une véritable amie...

— Viens, Josèpha... J'ai de l'eau au chaudron dans la cheminée. Viens te laver ! Tu en as bien besoin... Et puis, j'aurai bien robe à te donner...

Étiennette Roubion, qui d'ordinaire s'évertuait à afficher une morgue digne de la fortune de son mari, laissa tomber toute manière pour affirmer simplement :

— J'en aurais bien proposé tout autant, mais la maison de Jeanne est la plus proche… Pourtant, si tu as besoin de quoi que ce soit, nous serons là, Josèpha !

Titubante et vidée de toute énergie, Josèpha se laissa conduire dans la demeure du couple Chira comme un pantin sans vie, sans volonté, sans émotion…

Dans le grand baquet d'eau fumante, Josèpha se laissait envahir par la douce sensation de bien-être dans laquelle elle baignait. Peu à peu elle renaissait, sentant monter de l'eau l'énergie qui l'avait abandonnée depuis la veille : non ! Elle devait se battre ! Elle ne pouvait s'apitoyer plus longtemps sur son sort ! Cela ne lui ressemblait pas ! Elle se devait de prouver à tous et à toutes qu'elle était d'une autre trempe, une battante comme François ! La Méridionale se réveillait en elle, prête à lutter contre le destin…

Étrangement, Jeanne était là, à ses côtés, comme une amie de toujours, serviable et prévenante… Mais Josèpha ne pouvait s'alanguir éternellement dans l'eau tiède : brusquement elle se décida à sortir du baquet, éclaboussant le parterre de flaques mousseuses sous les rires de Jeanne et de Marion…

— Merci pour tout, Jeanne. J'avais tant besoin de soutien autour de moi ! Je m'y attendais si peu…

Devant la bâtisse des Chira, la foule n'avait pas diminué : tout le monde était là encore et on se précipita sur la jeune femme dès sa sortie dans la cour avec mille marques d'affection bruyante et désordonnée…

— Josèpha ! Mes meilleurs bœufs sont à ta disposition, avec mon char le plus solide ! Sans compter mes deux bras qui ont de la force plus qu'il n'en faut...

— Et moi, j'ai de belles poutres bien sèches qui ne me sont pas encore d'utilité. Tu peux en disposer en échange de quelques sapins des bois de François que je mettrai à sécher en remplacement...

— Quant à moi, ce n'est pas l'ouvrage qui me manque, dit le maçon. Mais je trouverai bien quelques jours pour remettre ces murs en état dès que tout sera déblayé !

— Et pour ce qui est des planchers, Josèpha, ne t'inquiète pas... Moi, je m'en charge ! Et si quelques-uns d'entre nous me donnent un coup de main, ce sera vite fait !

Josèpha allait de l'un à l'autre, la tête tournante face à ce flot de propositions.

— La bonne tuile est chère, remarqua Mathieu Ferrand... Mais il n'y a pas meilleur que moi sur tous les monts pour faire un toit de chaume à rien n'en coûte ! Tu peux me croire : pas une seule goutte ne passera au travers !

— Arrêtez ! supplia Josèpha avec un sourire inattendu aux lèvres... Vous me flanquez le tournis ! Je veux réfléchir, avoir un peu de temps avant de décider quoi que ce soit !

Le cœur lui cognait d'émotion dans la poitrine :

— Soyez tous bénits pour votre aide et pour votre amitié, dit-elle. J'ai perdu ma maison, mais j'ai trouvé en vous les plus fidèles voisins qui se puissent imaginer ! C'est pour moi plus grande richesse qu'une maison vide...

Sa voix se bloqua :

— Laissez-moi, maintenant... Je promets de faire appel à vous quand j'en aurai le besoin ! En attendant, merci à tous : il faut que je me repose...

Son accent chantait de nouveau, haut et clair, et on pouvait presque y deviner un soupçon de gaieté. Qui eût pu croire qu'elle venait de tout perdre en si peu de temps ?

— Josèpha ?

Elle se retourna :

— Oui, André...

Jamais elle ne l'avait appelé par son prénom, mais cette familiarité lui était venue tout naturellement après les récents événements...

— Tu ne peux pas retourner à tes ruines ! Viens chez nous, il y a place pour y dormir et il y a place à notre table... Il y a place aussi pour ce vieil Auvergnat que tu héberges.

— J'ai surtout besoin de dormir après toutes ces émotions. Je n'ai pas fermé l'œil de la nuit ! Mais pas avant d'avoir trait chèvres, vaches et brebis...

— Va donc dormir, Josèpha ! Le vieux et moi soignerons tes bêtes, avec Jeanne. Mais avant tout, vous prendrez avec nous un solide casse-croûte, car vous n'avez rien mangé depuis hier...

On avait tiré pour elle une confortable paillasse de laine dans un coin de la pièce. Pour respecter son repos on l'avait laissée seule et Josèpha apprécia cette dernière délicatesse. Un rayon de soleil balayait la pièce depuis la minuscule fenêtre, les braises pétillaient paisiblement. L'air fleurait bon cette odeur de terre battue, de cendres, de foin et de bouillons qui caractérise les lieux où l'on vit...

Doucement, la torpeur s'emparait d'elle. Ses yeux ne tardèrent pas à se fermer, lourds et las. D'un coup, elle bascula dans un sommeil sans rêve...

Au réveil, elle mit longtemps à réaliser où elle se trouvait. N'avait-elle pas rêvé ? Non... Son malheur était toujours là, bien réel. Sans toit ! Elle se retrouvait sans toit mais elle découvrait ses voisins sous un autre jour et ce simple fait lui redonna courage... Quelle heure pouvait-il bien être ? Elle ne pouvait rester allongée indéfiniment, cela n'arrangeait rien ! Pourtant, dormir lui avait fait du bien et elle avait maintenant l'esprit plus clair : elle s'assit sur sa couche, porta les mains à son dos douloureux. Un dernier bâillement et elle se frotta les yeux...

Qu'allait-elle faire, maintenant ? Comment surmonter ce coup du sort ? Aurait-elle la force d'affronter les difficultés qui l'attendaient ? Bien sûr, pour la première fois depuis sa venue en terre forézienne elle se trouvait entourée, épaulée, soutenue : une entraide qu'elle n'espérait plus depuis longtemps semblait se tisser tout autour d'elle...

La tâche à accomplir lui paraissait néanmoins immense, même avec l'amitié de tous ces braves gens : tous ces gravats à remuer, cette toiture et ces planchers calcinés à finir d'effondrer, ces murs à consolider ! Puis tout reconstruire ! Sans un sou vaillant ! Même avec toute la bonté du monde, il fallait bien mettre main à la bourse pour tous ces travaux... Et la bourse était plutôt plate ! Il lui manquait François pour décider, pour prendre les choses en main... Mais François n'était pas là. Plus que jamais son absence lui poignarda le cœur. Combien de temps encore à attendre son retour ?

Josèpha hésitait... Trop d'émotions se bousculaient en elle, trop de sentiments mêlés, trop d'espoirs anéantis... Trop de souffrances aussi qui seraient longues à cicatriser ! Dieu ! Que lui réservait un avenir si sombre désormais ? D'un coup de pied nerveux, elle rejeta la couverture qui lui recouvrait les jambes. Pourquoi d'ailleurs s'en était-elle encombrée ? Il ne faisait plus froid depuis longtemps et la cheminée crépitait encore. C'en était assez ! D'un pas décidé, elle ouvrit la porte et resta sur le palier de pierre face à cette cour qui n'était pas sienne.

Les habitants du bourg et des hameaux voisins étaient retournés à leurs occupations, mais Jeanne et Marion étaient là, attendant manifestement qu'elle donnât signe de vie...

— Josèpha !

Déjà, l'enfant se jetait dans ses bras, toujours aussi tendre et souriante. Sa mère posa à terre la « seille » de bois qu'elle tenait en main et s'approcha de la jeune femme :

— Ce somme t'aura-t-il fait du bien, au moins ?

— Le plus grand bien, assura Josèpha, un pauvre rictus en guise de sourire.

Jeanne la prit par les épaules et l'attira contre sa poitrine, sans un mot, comme pour rattraper le temps perdu dans l'inimitié.

— Alors, quand c'est qu'on la reconstruit, ta maison ? s'inquiéta Marion.

Josèpha se recula et répondit, s'adressant plus à Jeanne qu'à la petite :

— J'ai bien réfléchi et je remercie tout Chaumezet, et toi en particulier de l'aide que vous m'offrez…

Elle prit tout son souffle et déclara :

— Les gros travaux des champs arrivent et ce n'est certainement pas le moment le plus propice pour entamer le labeur que nécessite ma maison ! Aussi, je préfère attendre que François revienne pour prendre les choses en main. Il saura mieux que moi ce qu'il conviendra de faire… En attendant, j'accepte ton hospitalité si tu veux toujours de moi !

— Bien sûr, que je le veux !

— Avant deux à trois mois tous les hommes, dont le mien, seront de retour et ce sera plus aisé. D'ici là, Sébastien et moi aurons le temps de sortir tous ces gravats… D'ailleurs, plus d'un homme s'est proposé de nous épauler !

Jeanne resta silencieuse quelques instants et admit :

— Je ne sais ce qu'en pensera André, mais je pense pour ma part que c'est une sage décision. On ne fait jamais rien de bon dans la précipitation ! Et il y aura bien assez d'ouvrage d'ici là, ne serait-ce que pour évacuer les décombres… Nous t'y aiderons, tu sais…

Josèpha soupira :

— Ce sera volontiers ! Car je sais que Sébastien doit repartir chez lui, bientôt… Je l'ai déjà trop retenu contre son gré ! J'ai abusé de sa gentillesse, tu sais…

Jeanne éclata de rire :

— Après ton malheur, je suis certaine que Sébastien restera encore ! Il te regarde comme si tu étais sa fille et on ne laisse pas sa fille seule dans le besoin après un pareil drame !

Josèpha laissa fleurir sur ses lèvres un pâle sourire :

— Tu crois ?

- 17 -

Les yeux clairs et fixes fichés dans le plafond de la pauvre cabane s'écarquillaient d'angoisse. Cette saison à la scie se terminait prématurément en fiasco ! Une véritable débâcle... Avec un rictus de douleur, François laissa retomber sa tête en arrière, une tête où dansaient toutes les détresses... L'incompréhension l'emplissait, l'affolait. Était-il pensable que sa chance légendaire l'abandonnât ? Il aurait voulu crier, hurler sa rage et marteler le sol de ses poings à s'en faire mal, mais chaque mouvement lui arrachait un gémissement de souffrance...

Lui, le sétaïre d'ordinaire si calme, si maître de lui, si débonnaire et philosophe face aux coups du sort se sentait désemparé... Ce départ tardif, ce voyage avorté en salembarde, cet hiver impitoyable, ces efforts de damné au manche de la scie, et maintenant cet accident absurde qui le réduisait à l'impuissance !

Josèpha ! Que n'était-il resté auprès d'elle, là où était vraiment sa place ? À trimer sur ses terres et dans ses bois, chez lui ! Que n'était-il resté pour chérir sa femme et vivre paisiblement comme chacun aime à le faire ? Pourquoi ce désir d'évasion, de voyages, d'aventure, comme lorsqu'il était jeune et célibataire ? Avait-il peur de se sentir vieillir ?

Il remua soudain en jurant cependant que ses compagnons tentaient de l'immobiliser :

— Sang-Dieu ! Ce barbier n'arrivera donc jamais ?

— Calme-toi, François… Il va arriver. Nous avons fait quérir aussi médecin à Nantes, c'est plus sûr !

— C'est folie ! rugit le blessé en essayant de se démener. Pour une simple jambe brisée, le premier barbier venu suffit ! Tout le monde sait remettre des os en place et faire une attelle !

Martin le prit par la main :

— Ne t'alarme donc pas ainsi, mais deux précautions valent mieux qu'une ! Et ici, quand il y a un blessé sur le chantier, tous les compagnons mettent la main à la bourse pour payer les frais. C'est l'usage, même s'il faut pour cela scier une planche de plus à nuit tombante ! Tais-toi, on ne discute pas les coutumes !

Il faisait chaud dans l'abri, la sueur perlait au front de François qui haletait. La lave d'un jet de métal en fusion inondait peu à peu sa jambe.

— Ne restez pas tous là, murmura-t-il. Vous m'empêchez de respirer… Retournez à l'ouvrage ! Rien ne vous sert de perdre du temps à cause de moi ! Merci à vous… Passez plutôt me voir ce soir lorsqu'on m'aura soigné !

Petit à petit, les scieurs le laissèrent aux mains de Martin et le croc des lames de scie hacha de nouveau l'air calme du crissement régulier de leur va-et-vient lancinant.

François se calma un peu et resta silencieux, serrant nerveusement la main de son ami auvergnat. Puis ses yeux se brouillèrent, sa vue chavira, cependant qu'un éclair de souffrance vrillait ses chairs meurtries. Pour oublier la douleur, il se surprit à renifler.

Les odeurs si familières que le nez oubliait se rappelèrent à ses narines. Le parfum de la terre battue et de la sciure moisie. Tous les effluves du bois, de l'écorce et des mousses humides se rassemblaient ici, un peu enivrants... L'épais tapis de copeaux et de débris ligneux bruissait aux oreilles du blessé d'une vie grouillante de fourmis et d'insectes...

François devina l'entrée des nouveaux venus et leva un œil fiévreux sur les silhouettes floues qui le dominaient. Le barbier était un géant sympathique à la trogne rougeaude et à l'embonpoint proéminent. Il considérait de façon méprisante le médecin tout de noir vêtu qui lui faisait face, un petit homme gauche, fluet et étriqué.

Le regard des deux hommes fulminait. Visiblement, ils ne s'appréciaient guère !

— Pourquoi me déranger de Nantes, aboya le praticien d'une voix de fausset, si on juge qu'un vulgaire barbier peut faire l'affaire ?

Le ton grave et traînant du gros homme répliqua :

— Parce que vous n'êtes qu'un pédant incapable qui bêle les principes d'Esculape à tout moment ! Plutôt que de soigner vraiment, non avec des mots, mais avec des onguents, bandages, et bonnes pharmacopées... Tout ce que, contrairement à vous, je fais, moi !

Le petit Auvergnat se dressa entre les deux hommes d'art si différent et prit par le collet l'énorme individu :

— Cela suffit, hurla-t-il. Vous vous disputerez après ! Pour l'heure, vous allez vous occuper de mon compagnon, et vivement !

Le barbier bougonna puis se pencha sur la jambe de François. D'un couteau bien aiguisé, il trancha le tissu épais du pantalon. Le médecin, toujours vexé, s'inclina à son tour sur le patient pendant que le barbier palpait doucement le membre cassé, arrachant des cris de douleur à François.

Le petit homme en noir repoussa sans ménagement la main du barbier :

— Aucune délicatesse… Vous vous y prenez comme avec du bétail ! Laissez-moi d'abord lui préparer mixture propre à soulager la souffrance. Ce n'est qu'après, que nous pourrons remettre l'os en place. Et ce d'autant plus qu'il est brisé en deux endroits.

Le barbier grogna, laissant le médecin ouvrir sa mallette pour en extraire quelques fioles… François sentit que l'on desserrait ses mâchoires crispées. Une petite gorgée amère et bientôt tout son environnement tourbillonna en gerbes de lumière. Il se perdit dans les ténèbres…

Martin se retourna en entendant tressaillir son coéquipier. François avait ouvert les yeux et essayait d'arrêter le cyclone effréné où sombrait sa conscience… La bouche pâteuse, il eut du mal à déglutir…

— Tiens, bois !

François sentit la main de son ami lui soutenir la tête, un gobelet s'appuya sur ses lèvres. Il avala puis recracha le vin en toussant, et repoussa la boisson d'un geste brusque :

— Non ! De l'eau, de l'eau !

Il fut presque surpris de pouvoir parler sans autre difficulté. Le liquide frais lui fit aussitôt du bien et il se désaltéra à longues goulées...

Alors seulement il pensa à sa jambe, se redressa sans trop de mal sur sa paillasse. Il ne souffrait plus et ne ressentait qu'un engourdissement dérangeant. Le barbier, ou le médecin, ou les deux de concert avaient fait sans doute du beau travail. Le blessé jugea des attelles bien propres, d'une gouttière en écorce de bouleau et d'un bandage bien serré sur le tout...

— Je... Je pourrai remarcher quand ?

L'Auvergnat éclata de rire :

— Tu n'es estropié que d'aujourd'hui et tu voudrais déjà courir comme un lapin ! Tu dois rester allongé une quinzaine de jours. Après, tu pourras user des béquilles que je te fabriquerai !

François maugréa. Il avait repris tous ses esprits et la mauvaise humeur le gagnait... Il ne pouvait se résoudre à l'idée être ainsi immobilisé des semaines durant...

— Par la Mort-Dieu ! Comment rester ici sans rien faire d'autre que de vous écouter vous échiner à la scie !

— Tu ne devrais pas te plaindre, mais plutôt me remercier ! remarqua Martin.

— Ne l'ai-je pas déjà fait ? s'étonna François. J'en serais impardonnable, car je n'ai jamais eu équipier plus dévoué !

Le rire de Martin précéda sa réponse :

— Non, François... Je voulais dire me remercier d'avoir tranché entre tes soigneurs : Môssieur le Médecin tenait à une saignée par jour, et Môssieur le Barbier n'en voyait la nécessité qu'une fois par semaine... Ou le contraire ! Mais ils étaient tous deux d'accord sur une bonne diète pour faire tomber la fièvre.

— Les monstres !... rétorqua le blessé dans un soupçon de sourire...

— Je leur ai aussitôt payé leurs services en leur disant : « ni diète, ni saignée ! Avec moi, il mangera pour retrouver vite toutes ses forces ! »

— Alors, merci à toi, compagnon ! N'empêche, tu vas devoir te trouver un nouvel équipier pour terminer la saison...

Il y avait de l'amertume dans sa voix.

Martin répliqua :

— La saison se termine déjà, tu sais, et je n'ai jamais eu tant d'écus en poche ! Je n'en suis pas à deux ou trois semaines près et mon Auvergne me manque... Je crois que ton accident m'incitera à rentrer un tantinet plus tôt que prévu. J'attendrai seulement pour cela d'être sûr que ta jambe se répare normalement...

Des vagues de nuages d'un blanc grisâtre couraient follement, poussées par les vents iodés de l'océan, le soleil de l'été finissant laissait de plus en plus fréquemment place à des pluies torrentielles et à des crachins pénétrants, la belle saison pliait devant l'automne naissant…

François sentait son moral affecté par la morosité du climat du littoral, humide et capricieux, et il pestait sans cesse contre cette jambe qui se refusait encore à le porter ! Il avait depuis longtemps ôté les attelles, et ses chairs bleuies ou violacées, ses muscles atrophiés par l'inaction avaient pourtant laissé place à une jambe solide et bien cicatrisée… La docte médecine, par la bouche du petit homme noir, lui avait assuré que l'os était bien consolidé et il avait accepté onguents et cataplasmes les plus divers ! Mais, malgré ces soins, il ne pouvait toujours pas poser le pied par terre… Allait-il rester infirme à jamais ?

Martin, depuis quelques semaines déjà avait roulé sa scie et repris son baluchon, non sans d'émouvantes embrassades. François eût donné cher pour être à ses côtés sur les routes le rapprochant de son Forez natal, mais il restait là à claudiquer sur ses maudites béquilles !

La plupart des scieurs saisonniers avaient peu à peu délaissé le chantier qui, de jour en jour, devenait plus désert, plus silencieux… Les premiers temps, François s'était occupé à de menues tâches pour tromper l'ennui, mais il avait vite eu assez de sculpter des battoirs à linge, des tabatières ou des boîtes à épice… Il était fait pour les gros travaux !

Il avait alors passé des jours et des jours sur le chantier à regarder inlassablement ses amis scieurs œuvrer… Il n'en avait retiré que cet horrible sentiment de honte à rester inactif ! Voir le va-et-vient de la scie traçant son passage dans la bille de bois lui faisait plus de mal que de bien... C'était à cette époque qu'il avait pris l'habitude de s'octroyer des balades de plus en plus longues en forêt, arc-bouté sur ses béquilles, maladroit comme un insecte dans une toile d'araignée : son acharnement sur ces bâtons qui lui servaient de jambes le défoulait de ses rancœurs !

Parfois, il rencontrait une aire d'abattage et admirait le savoir-faire des bûcherons. À la hache et au passe-partout, ils couchaient les arbres dans un vacarme de bois blessé et de fibres brisées. Ah ! Il fallait les voir ensuite étêter les troncs, détacher les branches du fût, étancher les nœuds !

Un temps, il avait envisagé de rentrer avec ses camarades, mais il n'eût pu que se traîner à leurs côtés. Quant à prendre place dans un chariot ou voyager en coche, les cahots du chemin eussent fait de son voyage un supplice : il souffrait trop au moindre choc ! Que pouvait-il faire ? Le médecin lui-même y perdait son latin et avait depuis longtemps abdiqué, se trouvant tout de même une excuse : « *Ah ! Si on m'avait écouté ! Peut-être bien que la saignée, en moment utile...* »

François taquina du bout de sa béquille une pierre du sentier qu'il envoya rouler dans les feuilles mortes. Il soupira : allait-il être contraint de passer l'hiver ici, un deuxième hiver loin de Josèpha ? Non ! C'était impossible, impensable !

La rage au ventre, la mort dans l'âme, François rejoignit une fois encore sur ses bâtons la pauvre cabane qui l'abritait depuis trop longtemps, une cabane qui comme les autres ne logeait plus que de rares hommes : la saison était bel et bien terminée et seuls restaient les scieurs de la région… Le désespoir montait chaque jour un peu plus en lui. Il ne se voyait aucune échappatoire et restait cloué ici, toujours plus triste, toujours plus amer…

Du plus loin du chantier, il remarqua quelqu'un qui allait et venait devant son refuge de fortune et ne fut pas long à reconnaître cette masse imposante : le barbier ! Que pouvait-il bien lui vouloir ? Cet homme ne l'avait pas approché depuis son sinistre accident !

— Eh bien… bougonna le géant. Pour un quidam qui ne peut marcher, tu te sauves bien loin !

— Pas sans mal ! rétorqua François en montrant ses béquilles… Mais que me veux-tu ? N'aurais-tu pas été payé de tes soins ?

Le gros homme éclata d'un rire énorme qui envahit le chantier déserté :

— Que si, que si ! J'ai bien reçu pécunes pour avoir remis en place ta pauvre jambe avec ce charlatan de médiqueux de Nantes ! Mais les scieurs sont solidaires et les derniers qui restent ici m'ont fait savoir que tu restais infirme comme cloporte… Alors, j'ai voulu voir ça de plus près, car j'ai réputation de bien faire mon métier !

Un peu surpris, François ne sut que dire :

— Je te remercie de l'intérêt que tu me portes, l'homme !

— On m'appelle Jacques Callard ! Et je n'aime guère qu'on me dise que quelqu'un que j'ai soigné se déplace tel un cafard, alors que j'aurais juré que tu courais depuis longtemps comme un lièvre !

Il accompagna le Forézien jusqu'à sa paillasse de foin et l'invita à s'y allonger :

— Laisse-moi voir cela avant que nuit ne tombe, car les jours se font courts, maintenant !

Retroussant le pantalon, il observa le membre :

— Tout a pourtant l'air bien réparé. Tu ne marcheras pas tordu !

— Si tant est que je puisse marcher ! précisa François d'un ton amer…

Sans répondre, le gros homme laissa papillonner ses doigts boudinés sur la jambe du scieur, avec une infinie douceur qu'on eût pas soupçonnée de lui sous ses allures de brute épaisse… Avec délicatesse, il palpa, massa l'emplacement de l'os, puis pétrit les muscles sans que François ne laissât échapper la moindre grimace.

Le sourire satisfait, le barbier se redressa.

— C'est bien ce que je pensais ! affirma-t-il. Mais tout va pour le mieux !

François désigna ses béquilles et trouva la force de plaisanter de son infortune :

— Eh, bien ! Tu n'es pas difficile, barbier !

— Mais non, l'ami… Je parle de la fracture ! En revanche, si je parle de la cheville et que j'appuie là, je te fais mal, n'est-ce pas ? Comme ici, au genou, ou ici, à la hanche ?

À chaque pression, le scieur réagissait par un gémissement éloquent...

— Mais cela n'entre pas dans mes compétences, confessa Jacques Callard. En tout cas, l'os est désormais solide ! Ce qui te rend infirme ce n'est que muscles froissés, articulations démises et nerfs sautés !

— Je suis bien aise de l'apprendre, ironisa François, mais je n'en marche pas mieux pour autant !

Jacques Callard afficha un air malicieux :

— Je connais femme qui vous remettrait sur pattes un lapin en civet ! Une vraie sorcière, te dis-je ! Qui aura vite fait de réparer ce que ce méchant arbre a démonté...

L'espoir renaissait. François chercha le regard du géant et y lut l'éclat de la sincérité.

— Merci, Jacques... Que Dieu te bénisse !

Sans répondre, le barbier considéra l'état des lieux. Avec une petite moue, il aida son patient à se relever :

— L'endroit n'est pas très sain avec l'automne qui est là ! Mais tu m'es sympathique ! De plus, j'ai quelque vergogne à ne pas avoir pris plus tôt de tes nouvelles...

Devant la mine étonnée de François il ajouta, en montrant les béquilles :

— J'ai vu qu'avec ces ustensiles tu te déplaces assez bien ! Alors, tu vas me suivre en mon logis. Ce n'est guère à plus d'une lieue et je pense qu'en allant doucement tu peux y arriver. Ce me fera le plus grand plaisir et à ma bourgeoise aussi ! Je viendrai prendre ton bagage dès demain…

Devant les velléités de protestation du scieur, il conclut d'une voix de tonnerre :

— Et pas question de refuser !

C'était une maison simple et austère, d'aspect robuste, comme on sait en construire dans les villages proches de l'océan… Une maison tranquille et confortable un peu à l'écart du bourg, un havre de paix pour François qui appréciait depuis quelques jours déjà la grande bonté et la sollicitude du barbier et de son épouse…

Pour l'heure, allongé sur un lit - un vrai lit aux draps de lin ! - dans une chambrette qui lui était réservée, il brûlait d'impatience de poser le pied par terre… Mais il ne fallait pas : pas encore !

La rebouteuse avait fait son œuvre avec conscience et compétence. Un art de soigner et une connaissance peu commune du corps humain semblaient émaner de toute sa personne.

Après l'avoir oint d'une huile calmante qui sentait fort les herbes les plus diverses, elle avait entrepris de le masser longuement. Puis, son pouce dur comme du bois s'était incrusté dans la peau et avait suivi le long des muscles un parcours sinueux et mystérieux. Ici ou là, elle avait forcé avec une vigueur étonnante pour sa carrure fragile, arrachant des hurlements de bête au malheureux scieur…

L'apaisement avait vite succédé à la douleur et il n'avait pas tardé à s'endormir sur les conseils de la vieille femme :

— Et surtout, il faut garder le lit une semaine pleine ! Sans effort aucun ! Sinon, tout serait à refaire !

Jacques Callard passa sa bonne bouille de barbier dans l'entrebâillement de la porte :

— Plus que deux jours, dit-il. Et tu pourras te retrouver solide sur tes jambes de gaillard ! Tu vois, ce ne sera bientôt plus qu'un mauvais souvenir !

— Je l'espère ! répondit François. Et ce sera grâce à toi !

- 18 -

Le village tout entier ne désarmait pas de gentillesse et de prévenance pour elle, et Josèpha aurait pu s'estimer comblée... Elle retournait les dimanches à la messe entourée de tous et ce n'était plus une corvée : le curé, constatant le nouvel état des choses, n'osait plus faire d'allusions déplacées à son sujet !

Pourtant, plus les jours s'écoulaient plus elle perdait de son entrain. Foins et moissons étaient engrangés depuis longtemps et un vent de plus en plus frais rasait les Hautes Chaumes... Les arbres épargnés par le grand hiver avaient perdu leurs feuilles, et les branches décharnées semblaient égratigner de leurs ongles noirs des nuages chaque jour plus lourds et bas... À l'approche de la mauvaise saison, la montagne se faisait inhospitalière, et même les meutes de mendiants poussées par la faim qui avaient sillonné la région tout l'été évitaient désormais cette dure contrée...

Assise devant la table de Jeanne et d'André, la jeune femme se murait peu à peu dans un silence obstiné. Dans le soir qui tombait on entendit une nouvelle fois des hurlements lugubres. Le petit gibier anéanti par les grands froids s'était fait rare et réduisait les loups aussi à la famine... Ils sortaient maintenant des bois pour chercher nourriture, et on disait même qu'ils avaient attaqué des voyageurs, des troupeaux, dévoré des enfants...

Josèpha cacha ses yeux pour ne pas montrer les larmes qui envahissaient ses paupières : tous les hommes du village étaient revenus... Tous, sauf François ! Depuis, elle se désespérait et ne doutait plus qu'un nouveau malheur la frappât : François ne reviendrait jamais et personne jamais ne viendrait lui dire ce qu'il était advenu de l'homme qu'elle aimait ! Cette incertitude cruelle lui était la pire des tortures...

Sébastien se faisait chaque jour plus distant et Josèpha comprenait qu'il n'eût d'autre désir que de retrouver enfin son Auvergne avant l'hiver. Les ruines avaient été déblayées et n'attendaient plus qu'à être relevées, et le vieux cardeur savait maintenant Josèpha entre de bonnes mains chez les Chira : il pouvait partir l'esprit tranquille...

Jeanne Chira chercha des yeux son époux qui eut un haussement d'épaules accablé. Ni l'un ni l'autre ne voulaient remuer le couteau dans la plaie et ils partageaient la souffrance muette de leur malheureuse voisine... Ils devinaient trop combien cette avalanche de drames pouvait ravager le moral le mieux forgé, et ne doutaient pas non plus qu'il fût arrivé malheur à François ! Aussi évitaient-ils soigneusement d'aborder le sujet...

La jeune femme pleurait silencieusement, ivre de chagrin. François avait-il succombé au froid comme son frère ? Avait-il été avalé par ce fleuve auquel il voulait se mesurer ? Avait-il été victime des routes infestées de pillards ou bien d'un accident à la scie ? D'une maladie ou d'une épidémie ? La dernière étincelle d'un espoir insensé s'éteignait au secret de son cœur...

La main d'André sur son épaule, le regard amical de Jeanne, le silence complice de Sébastien, le sourire timide de Marion, et Josèpha se redressa en s'essuyant les yeux. Raide et déterminée, elle tenta de s'éclaircir la voix et décida :

— Je n'ai plus d'illusions à me faire au sujet de mon pauvre François... Sans lui, à quoi bon reconstruire ce qui doit rester les ruines de mon mariage ? Je ne veux pas user plus longtemps de votre hospitalité, et je ne me vois à Chaumezet aucun autre avenir que celui de vous quitter pour retourner en mes Cévennes... Là-bas, peut-être me reste-t-il encore un lambeau de famille ?

Tout de suite, Marion fut là, dans ses jambes :

— Tu vas pas partir, dis ?

Triste, très triste, Josèpha passa une main douce dans les cheveux de la petite.

— Si, Marion. Il le faut... Je dois passer le Col du Biaud avant les neiges... Avec Sébastien, s'il le veut bien...

La fillette s'agrippa à sa robe :

— Non ! Josèpha... Tu ne déranges pas chez nous et on t'aime beaucoup ! Reste ! Tout le monde est ami avec toi à Chaumezet, maintenant...

Josèpha prit Marion dans ses bras, la mine plus accablée que jamais :

— Essaye de comprendre, Marion : moi aussi, je vous aime tous ! Mais je suis une femme du soleil.

Seul François me permettait de supporter cette région où l'été ne dure que deux mois de l'année. Maintenant qu'il n'est plus là, je crois que je me laisserais mourir dans vos froidures... Mon pays me manque beaucoup, tu sais. Sa chaleur, le calcaire, les cigales... Et la garrigue !

André secoua la tête, peu convaincu : il ne savait pas ce qu'était la garrigue, ce qu'étaient les cigales...

Sébastien prit son ton le plus grave :

— Je veux bien que nous voyagions ensemble, petite, car il ne serait pas sage pour une femme seule d'entreprendre un tel voyage ! Et tu pourras même passer l'hiver en mes murs, pour être à pied d'œuvre au printemps et repartir vers ta région et les tiens ! Mais je ne vois pas d'un bon œil un tel périple, tu sais !

André s'emporta et Pataud se mit à aboyer : il n'aimait pas que l'on criât après sa maîtresse...

— C'est folie, Josèpha ! Passer l'hiver dans cette Auvergne misérable alors que la disette y fait rage ! En nos montagnes, au moins on ne crève pas encore de faim ! Tu devrais rester encore avec nous...

— Pour quoi faire ? répliqua-t-elle sur le même ton. Pour avoir toujours sous les yeux les restes d'un bonheur mort à jamais ? Si je ne pars pas maintenant, je n'aurai jamais le courage de partir ! Et ici, je suis certaine de mourir à petit feu... Bien sûr, il y a danger sur les routes, mais mourir pour mourir je préfère que ce soit en bougeant ! Crois-tu d'ailleurs que je tienne tant à la vie, maintenant ? Qu'il en soit fait selon la volonté de Dieu !

Sa voix se brisa et le silence ému de ses hôtes la réconforta un peu...

La lueur des braises ne réveillait les ténèbres que de faibles reflets rougeâtres. Il faisait chaud dans la pièce où flottaient cette odeur de fumée et ces relents un peu écœurants de bouillon froid qui font le charme des maisons où il fait bon vivre... Une bûche incandescente claqua, laissant fuser des escarbilles sur le dallage de pierre. Josèpha sursauta.

L'atmosphère était lourde, oppressante et la jeune femme ne dormait pas... Pas plus que ses hôtes d'ailleurs, dont elle entendait le souffle provenant du lit placard, à l'autre angle de la pièce commune. Cette respiration saccadée trahissait la nervosité de Jeanne et de son époux, mais le couple ne voulait pas briser ce silence et harceler encore Josèpha ! Le regard perdu dans l'obscurité, ils savaient déjà que rien ne la ferait changer d'avis.

La jeune femme se retourna sur sa couche garnie de laine. Comment pouvait-elle consoler Marion dont elle devinait le petit corps secoué de sanglots silencieux ? Elle-même était si proche des larmes ! Elle se mordit la langue à en crier et tenta de faire refluer cette étoupe sèche qui lui obstruait la gorge, essaya d'enlever ce poids sur l'estomac. L'avenir l'épouvantait : veuve, elle était veuve, désormais ! Mais peut-être bien que là-bas, sur la terre de ses ancêtres, trouverait-elle une nouvelle raison de vivre ?

Elle eut du mal à avaler sa salive. Jamais elle ne pourrait oublier François ! François, qui avait disparu avec une partie d'elle-même... Oui : Josèpha se sentait amputée comme d'un morceau de cœur, atrophiée dans l'âme par une plaie qui jamais ne se refermerait…

Sébastien toussa… Plus pour éveiller quelques sons entre ces murs soudainement lugubres que par véritable besoin de s'éclaircir la gorge. Le vieil homme s'était souvent plaint de sa malchance dans la vie, mais jamais il n'avait vu une telle ribambelle de catastrophes s'abattre sur un seul être en si peu de temps ! Le sort accablait son amie…

Dans le noir, il eut un petit sourire admiratif : pour ainsi tenir le coup face à une telle hargne du destin, de quelle trempe était donc faite cette femme du Midi ? Un autre sourire, plus ambigu, car il ne pouvait se dire mécontent à l'idée de ne pas passer seul l'hiver en sa masure auvergnate ! Et Josèpha était si attachante, si prompte à donner le meilleur d'elle-même !

Ce fut une nuit sans sommeil… Ce fut une nuit de respirations fortes, de soupirs… Ce fut une nuit interminable… Puis, ce fut l'aube, une aube comme toutes les autres, seulement un peu plus grisâtre, peut-être. On fut vite debout, avec des regards gênés, avec ces non-dits qu'on laissait planer…

Josèpha se forgea une mine plus enjouée et s'efforça de paraître plus énergique : elle ne voulait pas être cause de mélancolie dans cette maison où on l'accueillait à bras ouverts. Et puis, il y avait tant à faire avant de quitter la région, avant d'abandonner ce Forez qui l'avait si cruellement blessée… Il lui fallait se séparer de la charrue, de la herse, des faux et des fourches, de l'enclume et des outils. Se débarrasser de tout ce dont elle ne pouvait s'encombrer pour un aussi long voyage…

Il y avait aussi chèvres et moutons à vendre, ainsi que les trois pauvres vaches… Côté vêtements, le tri serait vite fait : l'incendie s'en était chargé ! Une bonne charrette et ce brave vieux Grison, voilà avec quoi elle partirait !

Un moment, elle fut tentée d'écouter les conseils d'André et de rencontrer le notaire de Chalmazel, le gros bourg en aval de Chaumezet. François avait forcément réglé sa succession avant de partir à la scie, « au cas où ! » Mais il n'y avait aucune preuve encore de son décès, malgré la triste évidence… Peut-être n'y en aurait-il jamais ? Les choses notariales pouvaient s'avérer longues, trop longues…

Quant à l'héritage du malheureux Antoine, il était naturellement au profit de son frère ce qui ne faisait qu'accroître le problème ! Enfin ! Cela valait peut-être mieux, car tout compte fait Josèpha préférait repartir comme elle était venue, pauvre et désabusée… Elle voulait s'en aller sans souvenirs, sans biens, avec seulement une écharde de plus dans le cœur !

Pourtant, il ne suffisait pas d'être décidée : on ne se sépare pas comme cela d'une tranche de son passé et Josèpha tergiversa de longs jours encore…

Il n'avait pas été utile de descendre jusqu'à Boën ou Montbrison pour vendre le troupeau, car chaque maison de Chaumezet ou presque avait accepté qui une chèvre, qui un mouton, un porc ou des volailles. Josèpha en avait même tiré un prix honnête. Malgré la cherté de la vie, les taxes et les impôts, chacun avait tenu à mettre la main à la bourse : on se sentait désormais solidaire de cette jeune femme dont on admirait le courage autant qu'on mesurait sa détresse…

Thomas Roubion, le plus nanti des paysans de Chaumezet et des environs n'avait pas hésité à prendre en son étable les trois vaches de Josèpha contre une somme qu'elle était loin d'espérer ! Mais, plus les choses avançaient, plus Josèpha prenait peur du moment du départ : elle savait bien que dès que disparaîtraient derrière elle les toits moussus de Montsupt, quelque chose se déchirerait en elle… Elle secoua ses longues mèches noires dans le vent turbulent. Il n'était pas encore vraiment temps de penser à cela !

Dimanche était là et Josèpha descendait du hameau en compagnie des Chira, des Ferrand, des Salnière, et de tous ses amis de Montsupt. Comme chaque dimanche, Jeanne lui avait prêté une de ses tenues les plus amples mais la jeune femme s'y sentait tout de même à l'étroit : sa carrure dépassait de loin celle des femmes d'ici !

Tout de noir vêtu, le petit groupe filait bon train en direction de Chaumezet, le visage battu par l'air vif… Les hommes devisaient d'un ton paisible, les femmes papotaient, les enfants se chamaillaient et les sabots martelaient en cadence les pierres du chemin…

Pourtant, ce dimanche-là, planait comme une ombre : chacun savait que le moment était proche du départ de Josèpha et l'on devinait que son absence allait créer un grand vide dans la communauté.

On savait aussi qu'on penserait à elle chaque fois que l'on croiserait ces ruines noircies qui s'affaisseraient d'année en année, chaque fois que le regard se poserait sur ces terres abandonnées que mangeraient vite la ronce et le genêt...

La tristesse était là déjà pour les habitants de Montsupt : que serait désormais leur hameau, sans Antoine, sans François, et sans cette Méridionale qu'ils avaient d'abord si longtemps tenue à l'écart et qui prenait maintenant tant de place dans leur cœur ?

La petite église grise et sombre était comble. Josèpha ne s'y sentait plus seule au milieu de tous les fidèles. Pourquoi avait-il fallu que le village l'acceptât enfin à l'heure même où elle était sur le point de le fuir ?

Un rai de lumière tombait sur l'autel, et Josèpha trouva que cet édifice sévère n'était peut-être pas aussi triste qu'elle l'avait autrefois jugé. Le curé commença le rituel dominical. Chants et prières montèrent vers la voûte sombre... Josèpha avait l'impression de n'avoir jamais de sa vie mis autant de ferveur dans cette supplication adressée à l'Éternel. Il lui semblait que François était là, près d'elle, mais sa main cherchait en vain celle de son époux, tout comme elle la cherchait en vain, la nuit, seule dans son grand lit trop vide...

Les larmes au bord des cils, mains jointes et serrées à s'en faire craquer les phalanges, elle récitait le Pater Noster comme portée par un souffle qu'elle ne s'expliquait pas. Poussée par une force à laquelle elle ne pouvait résister, elle vivait cette messe plus qu'elle y assistait ! Le curé était monté en chaire pour parler comme à l'habitude de la misère des temps, de la disette et de l'urgence qu'il y avait à se repentir des péchés pour attirer la bienveillance de Dieu...

Sans vraiment savoir pourquoi, Josèpha décida d'aller communier. Peut-être parce qu'elle se sentait plus proche que jamais du sentiment religieux ? Peut-être aussi parce que c'était la dernière fois qu'elle assistait à la messe dans ce pays... Face à l'autel, les deux genoux meurtris par les dalles froides, elle présenta sa langue au prêtre qui eut un regard dur :

— Ma fille... susurra-t-il sur le ton du reproche. Sans vous être confessée ?

La jeune femme releva la tête avec défi, révoltée dans l'instant par la morgue du gros homme en soutane. Ses yeux lancèrent de tels éclairs que le Curé Vignon déposa son hostie sur les papilles sèches... Pour un peu, Josèpha la lui eût recrachée au visage mais le sentiment de la chose sacrée l'en empêcha. Le Curé Vignon : en voilà un qu'elle ne regretterait pas !

Le soir tombait sur la bruyère des Hautes Chaumes... Un soir doux et frais à la fois, un de ces soirs d'automne irisés de féerie. Josèpha était seule dans les coteaux rocheux dominant le hameau et la vallée de Chaumezet, les cheveux frissonnant dans la brise... Sur toute l'étendue de l'horizon s'étiraient de longs nuages tachés de sang... Une couleur rouge orangé baignait les cieux du côté du couchant, devenant chaque minute plus profonde, plus intense... Quelque chose d'irréel se dégageait de cette vision et rendait plus étrange encore l'ombre froissée des sapins. La jeune femme se gorgeait du spectacle avec un sentiment de respect pour ces paysages au sein desquels elle avait vécu ses belles années de vie d'épouse…

Sous ses pieds, elle distinguait dans le flou du crépuscule le damier des toits de Montsupt, et cette tache plus sombre qui avait été la maison de son bonheur. Plus bas, la ligne indistincte de la vallée se perdait entre forêts et herbages. Tout là-bas, la masse grise des pierres du bourg, et plus loin le haut clocher de l'église de Chalmazel…

Le lacet plus clair des chemins serpentait le long des collines en direction de Chaumezet avant d'être avalé par la nuit tombante… Un dernier coup d'œil, un soupir et Josèpha se décida à rejoindre le domaine des Chira. Demain, elle serait partie pour d'autres horizons, pour une autre vie… Une vie pour laquelle elle ne se sentait aucun entrain, mais il fallait bien vivre ! Nostalgique plus que triste, elle poussa la porte grinçante et fut aussitôt accueillie par les aboiements bruyants de Pataud. Le chien aussi devinait le départ…

Elle eût voulu ne jamais se réveiller, et réveillée ne jamais se lever… Pourtant, contrairement à ses craintes elle avait eu un sommeil paisible. L'aurore lui était toutefois pénible, car il allait lui falloir affronter le cruel déchirement des adieux… Dire qu'il y avait si peu de temps personne ne se fût préoccupé de son départ ! Ce matin, tout était différent : il fallait qu'elle partît alors que tout le village l'avait enfin acceptée ! Elle se recroquevilla sous sa couverture de laine, espérant ne pas avoir à affronter l'inéluctable.

Mais la main de Sébastien était là, déjà, à la secouer gentiment...

— Josèpha ! Josèpha, il est temps ! Il nous faut partir si nous voulons avoir franchi le col ce soir...

Un long soupir oppressé pour toute réponse... La mort dans l'âme, Josèpha s'assit sur sa couche et se frotta les yeux. Le moment était arrivé de trancher dans la chair vive de ses sentiments. Dieu de Dieu !... Comme elle eût voulu pouvoir prendre la route sans même un au revoir, sans effusions et sans larmes, partir comme une voleuse, de nuit et sans témoins...

La jeune femme n'était pas debout que Sébastien harnachait Grison et l'attelait à la charrette chargée la veille. André et sa femme se levèrent aussi, bientôt rejoints par Marion encore perdue dans les brumes du sommeil... Consciente de la cruauté de ces minutes, la petite se mit à sangloter pitoyablement.

— Cette enfant s'attache trop vite, se força à dire Josèpha en dénouant le nœud de l'émotion dans sa voix. Il faudra songer à lui faire un petit frère ou une petite sœur !

— Nous y pensons, avoua Jeanne. Et c'est même en route... Espérons que le bébé survivra plus de six mois, contrairement aux frères et sœurs que Marion aurait pu avoir autour d'elle aujourd'hui...

— Je suis désolée, bredouilla Josèpha. Je ne savais pas...

Elle embrassa la fillette et ses parents :

— Que serais-je devenue sans vous ?

D'embrassades en embrassades, de sourires en larmes, la jeune femme avait maintenant hâte de partir pour couper court à ces moments trop durs... Elle se recula de deux pas, regarda d'un air implorant ces amis qu'elle quittait et les supplia :

— Restez à l'intérieur... Ne m'accompagnez pas, je vous en prie : cela me fait déjà assez mal comme ça !

Sa voix s'étrangla :

— Adieu, mes amis... Adieu !

— Adieu ! reprit Sébastien, toujours aussi peu loquace.

— Adieu à vous deux, et que le Seigneur vous garde !

Pataud participa lui aussi à l'émotion générale mais ses jappements n'avaient rien de triste...

Josèpha sortit précipitamment de la pièce, les yeux brouillés de larmes. « *Surtout, ne pas se retourner ! Ne pas se retourner... Ne pas se retourner...* » Se faisant violence, elle traversa la cour d'un pas décidé, remonta son châle pour affronter l'air frisquet et se saisit de la bride du cheval.

— Allons, Grison... En route !

Les roues cerclées de la vieille charrette grincèrent. On eût dit qu'elles gémissaient...

« *Non ! Non, Josèpha : ne te retourne pas ! Ne te retourne surtout pas...* »

Raide comme le grand sapin de l'angle du pré, elle avança comme un automate, murée dans un chagrin qu'elle était loin d'être sûre de pouvoir contenir... Quelques pas encore et elle sortirait du hameau. Relevant la tête, décidée à ne pas se laisser abattre, elle s'arrêta brusquement, stupéfaite, émue et bouleversée jusqu'au fond des tripes : prévenu par on ne sait qui, tout le hameau était là pour l'embrasser une dernière fois, pour l'accompagner sur le chemin du départ...

Heureuse de cette démonstration de sympathie, Josèpha soupira : d'un autre côté, cela lui rendait les choses tellement plus difficiles ! Il lui fallut puiser dans ses ultimes ressources pour ne pas s'effondrer, pour garder ce semblant de sourire, pour dire quelques mots à l'un ou à l'autre...

Il y avait là tous ses voisins de Montsupt avec femme et enfants, ainsi que des amis des hameaux proches et même des gens du bourg !

Mathieu Ferrand triturait son chapeau, la tête baissée sur la pointe de ses sabots, les époux Roubion affichaient un sourire embarrassé et Jean Salnière se balançait gauchement d'un sabot sur l'autre.

Le silence s'éternisait, et il fallut que Josèpha trouvât la force d'émettre un petit rire étranglé. Tiraillée, embrassée, serrée, bousculée, elle sentait les pleurs l'envahir et n'arrivait plus à les cacher...

— Eh, bien ! Si je m'attendais ! Dieu ! Si je m'attendais...

Ne sachant que dire, elle répétait inlassablement cette petite phrase stupide... Tout autour d'elle fusaient les exclamations, les encouragements, les regrets. Prise dans une sorte de tourbillon, il lui tardait de s'arracher à cette mêlée amicale. Trop amicale...

— Il faut que j'y aille, maintenant, finit-elle par dire d'une petite voix fêlée…

Les conversations se tarirent et les habitants de Chaumezet s'écartèrent. Plusieurs avaient l'œil humide. Josèpha, bravement, tira sur le licol et Grison se remit en route… Une fois encore, chaque pas déchirait un peu plus le cœur de la jeune femme qui se contenta d'un dernier signe de main pour prendre congé de ses amis, bien incapable qu'elle était d'émettre un son…

— Adieu, Josèpha !

— Adieu, Josèpha et Sébastien !

— Adieu ! Tu nous manqueras, tu sais !

— Et ton accent aussi, va nous manquer…

— Bon courage !

Du courage ! Josèpha le savait bien : il allait lui en falloir beaucoup ! Ravalant ses sanglots, elle chercha la main fripée de Sébastien et tous deux réglèrent leur pas sur le sabot de Grison…

- 19 -

Le vent soufflait par bourrasques violentes et chaque rafale semblait vouloir arracher le fenêtron de la chambre… François ouvrit les yeux sur l'aube grise et sale et s'étira voluptueusement : il était traité ici comme un roi des îles !

Jacques Callard n'était pas seulement un bon barbier, mais aussi le meilleur des hommes, et il cachait sous sa carcasse gigantesque une bonté peu commune ! Son épouse Marie, un petit bout de femme fluette s'ingéniait à lui rendre son séjour forcé le plus agréable possible, toujours gaie, toujours souriante, toujours aux petits soins pour son invité…

François jubilait : depuis deux jours il avait l'autorisation de marcher et ne s'en privait pas : quelle impression ! Pouvoir enfin poser le pied au sol sans crier de douleur, pouvoir faire un pas, puis un autre sans béquilles, sans grimaces et sans gémissements !

Avec un sourire éclatant il rejeta le drap de lin rêche et sauta hors du lit. Comme la veille et l'avant-veille, il avait hâte de se retrouver dehors malgré le vent, malgré la petite pluie fine, malgré les premiers froids, pour marcher et marcher encore…

Il lui fallait à tout prix muscler à nouveau cette jambe restée trop longtemps inactive !

Marcher et marcher encore et retrouver assez de forces pour entreprendre le voyage du retour. Il lui tardait tant de changer de paysages, de revoir ses montagnes, son Forez… et Josèpha ! Comme elle pouvait lui manquer !

La nuit tombait quand François claqua la porte derrière lui et s'ébroua en frappant des pieds pour s'égoutter un peu…

— François ! clama le barbier de sa grosse voix débonnaire. Tu es trempé comme soupe ! À quoi sert-il de réparer ta jambe si je dois demain me mettre à te soigner les poumons ! Tu vas attraper la mort à courir ainsi par tous les temps !

Marie se précipita, toute menue, empressée, une lueur de reproche au fond des yeux :

— Allez ! Ôtez-moi tout ça et séchez-vous ! Et vous me ferez le plaisir de rester devant la cheminée jusqu'au souper !

— Comme vous le voulez, dame Marie. Vous êtes trop bonne, pour moi !

François étouffa un sourire : la femme Callard lui rappelait une petite souris, à toujours s'activer de droite et de gauche à petits pas rapides, vive, discrète et silencieuse…

— Alors, scieur ? s'enquit le barbier.

— Jamais je ne me suis senti aussi bien ! De jour en jour, je me sens plus fort et plus solide sur mes jambes… Je connais maintenant presque tous les chemins de la région !

Maître Jacques éclata d'un nouveau rire tonitruant :

— J'en suis heureux pour toi ! Mais aussi un peu contrarié parce que cela signifie que tu ne vas plus tarder à nous quitter, n'est-ce pas ?

François répondit de bon cœur :

— Je ne peux quand même pas user de votre hospitalité jusqu'à ce que les ans fassent de moi un vieillard sénile ! J'ai déjà largement abusé de votre bonté... Et puis surtout, j'ai femme qui m'attend à la maison depuis trop longtemps !

— Nous le savons bien, François ! Mais nous nous étions habitués à ta présence et nous t'aimons beaucoup, mon épouse et moi. Et puis tu as raison : il ne faut pas laisser femme seule trop longtemps : les galants ne manquent pas quand l'homme n'est pas là...

— On voit que vous ne connaissez pas ma Josépha ! s'indigna le Forézien...

Le talon éculé de ses bottes mordait la boue du chemin raviné dans un bruit de succion. François avançait d'une allure décidée, le sac à l'épaule, et sa précieuse lame de scie roulée en bandoulière... Longtemps, il se souviendrait des adieux chaleureux de Jacques et Marie, et sa musette était lourde des victuailles qu'ils avaient tenu à tout prix qu'il emportât.

Pas après pas, il retrouvait l'exaltation du voyage et un sifflotement serein lui monta aux lèvres.

Le scieur était parti aux premières lueurs dans une bruine froide et pénétrante, mais la marche l'avait rapidement réchauffé. Les lieues s'ajoutaient aux lieues au fil des heures et le voyageur n'avait plus notion du temps qui passait...

Il s'arrêta. L'entassement grisâtre des maisons de Nantes se profilait devant lui, émergeant des brumes tenaces...

François s'en félicita : il avait avancé d'un bon pas !

Son estomac se rappela à lui d'un gargouillement douloureux. Après l'effort, une légitime fringale s'emparait de lui. Un instant, il songea à entamer la miche de pain frais et les gourmandises préparées si gentiment par la femme du barbier, mais la ville était si proche qu'il préféra se rendre en taverne. Il y avait tant de jours, de semaines et de mois qu'il n'avait pu se rendre dans une auberge !

Nantes ! La cité lui avait toujours semblé austère mais il se devait d'avouer que jamais aucune ville n'avait trouvé grâce à ses yeux : il serait toujours un homme des bois !

Il lui fallait des forêts, des reliefs tourmentés, de grands espaces de solitude. Ces interminables paysages à peine ondulés l'ennuyaient. La ville avait pourtant son charme, avec son superbe château ducal, impressionnante forteresse flanquée de grosses tours massives.

François passa la vieille porte Saint-Pierre, longea la cathédrale et se dirigea vers l'église Sainte-Croix, le cœur de la cité, avec ses rues étroites et ses vieilles maisons au charme désuet. Les eaux fangeuses s'y écoulaient au milieu du pavé et les odeurs mêlées, légèrement écœurantes, ne ménageaient pas les narines sensibles !

Il trouva vite auberge à sa convenance et ne réalisa que devant son écuelle qu'il était presque le seul client des lieux. Sans doute était-il un peu tard pour demander couvert, mais ce genre d'établissement avait coutume de servir à manger à toute heure ! Il fit la grimace car l'assiette n'était guère garnie, la viande chiche, le pain rassis, et son sourire contrarié se noya dans une cuillerée de bouillon fade : pour une fois, il avait sans doute mal choisi ! Mais sa petite moue se transforma vite en mauvais rictus quand fut venu le moment de sortir sa bourse :

— Dix-huit sols ? Presque une livre ? Mais c'est volerie !

Le patron des lieux s'offusqua :

— Mais d'où sors-tu et de quel monde viens-tu ? C'est prix honnête par la misère qui court ! Six sous la livre de pain blanc ! Trente livres l'ânée de vin ! Il ne se trouve plus ni viandes ni légumes, sinon à prix d'or ! Car c'est la disette, mon beau sire, si vous ne le saviez ! Il n'y a que mendiants et larrons par les rues et le client est rare ! Si cela continue, notre pauvre monde ne sera plus peuplé que de miséreux…

François baissa la tête et se mordit les lèvres. Comment avait-il pu demeurer aveugle à la détresse omniprésente qui l'environnait ? Il s'était laissé dorloter chez les époux Callard et il avait dû en coûter fortune au brave barbier pour que sa table restât honorable !

— Savez-vous, poursuivit l'aubergiste, que l'on fait un pain infect avec des glands et des fougères ? Estimons-nous pourtant encore heureux, ici : l'océan n'est pas avare de ses poissons ! De quel bateau débarques-tu, l'homme et de quel pays viens-tu pour ne le point savoir ?

François ressortit de l'auberge bien plus triste qu'il n'y était entré : ainsi, la famine était vraiment universelle ! Qu'en était-il à Chaumezet ? Josèpha en était-elle réduite aussi à se nourrir de glands et de racines ? Plus que jamais, il lui fallait rejoindre au plus vite ces terres foréziennes qu'il eût peut-être mieux fait de ne jamais quitter !

Sans même qu'il s'en rendît compte, ses pas le menaient sur le chemin des bords de Loire, là où Benoît l'avait déposé à son arrivée quelques mois plus tôt. Il ressentait le besoin de renouer avec ces bateliers du fleuve dont il avait si brièvement fait partie : il avait tant apprécié cette ambiance de saine camaraderie, d'entraide et d'amitié, sur les salembardes !

Oh, il ne fallait pas marcher bien longtemps : à moins d'une lieue de Nantes s'étirait un immense ponton de bois, gorgé d'eau et usé par le passage. Une vie grouillante et bruyante y fourmillait partout. À côté des barques à rames ou à voile et des embarcations de toutes sortes, s'alignaient plusieurs trains de sapines...

Soudain nostalgique, François repensa à ses amis du fleuve. Où était Pierre, le prince des mariniers, le brave Thomas, Barnabé, Jean, Christophe et tous les autres, tous ceux avec qui il avait descendu la Loire, ceux avec qui il avait partagé les dures souffrances du grand hiver ?

Assis en bordure du quai, François regarda les hommes s'activer et se surprit à les envier. Cette fourmilière s'épuisait à tirer hors des bateaux de lourds ballots de tissus, des barriques de porc salé, des caisses de vaisselles, des malles de dentelles et toutes ces productions qui prendraient bientôt la mer pour des horizons lointains... Le désir le démangeait de se joindre à leur tâche et de leur donner un coup de main, mais le crépuscule était proche et il préféra attendre l'heure du repos.

La cloche du village proche résonna enfin. La nuit tombait et François mit la bride de son sac à l'épaule pour se diriger vers le bourg. Il connaissait les mœurs de la profession et savait que les mariniers, dès le travail achevé, n'avaient rien de plus pressé que d'aller s'enivrer en tavernes.

La bourgade ne représentait qu'une poignée de maisonnettes agglutinées autour d'une église millénaire et il fut aisé pour François d'y repérer l'unique cabaret. Comme toutes les auberges, celle-ci sentait la fumée et le graillon froid. La pièce s'emplissait de buveurs et de mangeurs bruyants et chicaneurs. Disette ou pas, le marinier aimait à dépenser son argent en ces lieux que les bonnes âmes qualifiaient de perdition ! La plupart ne savaient même pas nager et profitaient du moindre moment à terre, chaque descente étant pour eux un pari contre la mort.

Les tables furent bientôt combles et les oreilles de François bruissaient des éclats de voix, des jurons, des rires gras et des plaisanteries coutumières de ceux qui affrontent la Loire. La fumée des pipes se mit à piquer les yeux et l'atmosphère de la pièce roula de lourds relents de vin renversé, de vomissures et de sueurs mêlées.

Ici, on jouait aux dés, aux cartes, et dans l'angle près de la porte on bouscula soudain des tables en échangeant quelques coups : une soirée sans cris, sans dispute et sans bagarre n'était pas une bonne soirée !

Un homme cogna du coude l'épaule de François :

— Dis, l'ami… C'est à toi, ce barda ?

François s'essuya les lèvres d'un revers de manche, regarda son bagage et répondit, les yeux dans ceux de son interlocuteur :

— Oui, compère... Pourquoi ?

L'homme partit d'un rire provocant et hurla à la cantonade :

— Oh ! Les gars... Un scieur parmi nous ! Il nous le faut chahuter un peu !

François se redressa lentement et le marin recula : la carrure du Forézien en impressionnait plus d'un ! Pourtant, le scieur savait que face au nombre il aurait rapidement le dessous si une échauffourée venait à survenir.

Aussi précisa-t-il paisiblement, mais d'une voix assez forte pour être entendue de tous :

— Scieur, peut-être... Mais si je remonte à pied, je suis venu ici comme vous, sur une salembarde... Tout au moins jusqu'aux environs de Nevers !

Un gros barbu s'approcha et posa son poing immense sur le rebord de la table :

— Encore un de ces miséreux des montagnes qui a réussi à encombrer une sapine ! Comme un quelconque colis ! Et qui a dû faire la joie des gobeurs !

Un grand échalas éclata d'un rire de fausset :

— Et qui s'arroge sans vergogne le droit de venir boire et manger à nos tables...

François déplia lentement son corps de toute sa hauteur :

— Je n'étais pas une simple marchandise ! J'ai manié la bourde, la patouille et l'outiau ! J'ai navigué sur la toue et posé des balises comme n'importe lequel d'entre vous…

— Des mots, tout cela ! Vantardises de cabaret !

— Les planches de la sapine que j'avais sous les pieds étaient celles de Pierre, répondit-il. Pierre que l'on dit le prince de votre batellerie…

Un grand éclat de rire général monta dans l'air enfumé :

— Pierre ! Le Grand Pierre ? Qui aurait voulu faire un marin d'un sétaïre ? Quelle baliverne !

Le tumulte des buveurs se faisait peu à peu plus intense autour de François qui se forgea tout de même une mine tranquille. Un grand gaillard n'en finissait plus de rire… Reprenant sa respiration, il remarqua :

— Un marin d'un sétaïre ? Après tout, Pierre est assez fou pour en faire le pari !

Un petit maigrichon ridé vint à la rescousse de François :

— Le Pierre ? Il s'en est assez vanté, à Roanne, d'avoir presque converti un corbeau de Chaumezet à la marine ! Et ce bouseux serait même resté avec eux si le grand hiver n'avait ruiné la descente…

— Je suis de Chaumezet ! confirma François. Je me suis battu contre la Loire avec Pierre, Thomas, Barnabé et les autres. Nous étions vingt-six, sur ce train de sapines…

Un grand gaillard posa brutalement un pichet sur la table et s'installa face au scieur en le regardant bien en face :

— Cet homme dit vrai ! proclama-t-il d'une voix forte. Le prince m'a conté cette histoire durant la morte-saison. Il regrettait d'avoir dû se séparer de son sétaïre pour cause de froidure. Alors, buvons ensemble, compagnon !

La tension retomba d'un coup et François prit une expression rigolarde :

— Au prix du pichet, n'est-ce pas folie que de boire à la santé d'un pauvre sétaïre ?

— À chaque voyage nous risquons notre peau, tu le sais bien. Alors, pourquoi nous priver ? Nous n'avons pas de famille sinon nous ne ferions pas ce métier ! Ce n'est pas sous terre qu'il sera temps de nous enivrer, et encore moins sous l'eau !

François leva son gobelet devant ses interlocuteurs et le vida d'un trait sous les applaudissements : en voilà un qui connaissait les usages !

Le grand marinier arbora un magnifique sourire :

— Gaspard ! C'est ainsi qu'on m'appelle… « Gaspard la Loire », car on dit que j'ai dompté le fleuve… En vingt-cinq ans, je n'ai pas mis une salembarde par le fond !

François claqua vigoureusement la large épaule en signe d'admiration, puis demanda :

— Tu connais donc bien Pierre ?

— Comme un frère, depuis vingt-cinq ans ! Nous avons commencé le métier ensemble et sur la même sapine…

— Pierre… répéta François, songeur. Est-il vraiment prince des bateliers ?

Le rire de Gaspard fit sursauter tous les buveurs :

— C'est ce qu'on prétend ! Mais je vais te dire une chose : cette réputation lui vient surtout de son nom ! Il s'appelle Pierre Leprince… Tu ne savais pas ?

Le rire de François fit écho à celui de Gaspard :

— Non, je ne le savais pas… Mais j'ai été le témoin du respect et de l'estime qu'on lui porte ! Pierre était aimé, et écouté.

— Et il l'est toujours ! confirma un autre marin. C'est vrai, Pierre est une figure de notre métier !

François fit une petite moue mi-figue, mi-raisin… Sans trop y croire, il interrogea :

— Il ne serait pas dans les environs, par hasard ?

— Non, Sétaïre… Il y a une quinzaine de jours, il était ici. Mais il est toujours pressé de remonter pour entreprendre une nouvelle descente. Infatigable, cet homme-là ! Et pourtant, quelle que soit l'humeur de la Loire, il n'a guère envoyé de sapines aux poissons ! C'est rare dans la profession…

Le petit maigrelet posa un index dur sur la poitrine de François :

— Toi, je parie que tu cherches à remonter aussi en Forez et que tu souhaiterais le faire en notre compagnie plutôt que seul !

— Gagné ! admit François.

— Pas de chance, mon gars ! répondit Gaspard. Nous allons remonter pour une fois à la voile et à force d'hommes par le fleuve. Avec des sapines pleines de poissons séchés et autres victuailles marines. Par ces temps de disette, c'est triste à dire, mais il y a là fortune à gagner... Si tu le veux, il y aura place pour toi sur ma salembarde...

— Non, compagnon ! On va plus vite par voie de terre et le temps me tarde de revoir mes Hautes Chaumes. Tant pis : je voyagerai donc seul...

François avançait d'un pas régulier et le vent rabattait sur son dos une pluie qui pénétrait les vêtements, froide et dérangeante. Droit devant, le chemin filait, rectiligne, seulement gonflé de proche en loin par les ondulations du relief. Les flaques et les rigoles brillaient le long des ornières d'un éclat glauque et boueux.

Le temps n'incitait guère à siffloter et le voyageur allait d'un bon train, les yeux dans le vague de l'horizon, la main cramponnée à la bride de son sac. Le trafic était rare et les quelques chariots qui passaient soulevaient des gerbes d'éclaboussures que François ne cherchait même plus à éviter...

Il avait jugé inutile de se mettre en quête d'un charretier à Nantes, faisant confiance aux hasards de la route pour lui fournir un moyen de locomotion plus rapide et plus confortable. Mais la famine et la misère paralysaient le commerce et les marchands circulaient peu...

Une bourrasque plus forte que les autres le fit pester et il remonta jusqu'au nez l'écharpe qu'il portait autour du cou : il lui faudrait faire vite pour parvenir à Chaumezet avant que l'hiver ne tombât prématurément sur les montagnes foréziennes !

Le flic-floc de la semelle de ses bottes claquait dans l'eau boueuse. Au loin, le point immobile d'une charrette embourbée attira son attention. Sans hâter ni ralentir son allure, François fut vite à hauteur de l'incident : un coteau plus abrupt, une ornière effondrée, et c'était maintenant un charretier houspillant son cheval et les hennissements nerveux de la bête affolée.

Sans un mot, François se mit aux côtés de l'homme et s'arc-bouta aux rayons de la roue enlisée. Sous les cris d'un effort conjugué, le cheval sortit la charge hors de la fondrière. Le charretier secoua son large chapeau pour en chasser les gouttes de pluie qui lui dégoulinaient sur le visage, puis considéra celui qui venait de l'aider à se tirer d'embarras. L'examen eut l'air de le satisfaire et un franc sourire éclata sous sa moustache.

Avec une solide claque sur l'épaule, il s'exclama :

— Merci, l'homme, grand merci de tout cœur... Jamais je n'ai vu le chemin aussi désert et je désespérais d'avoir de l'aide !

Il avisa la lame roulée sur l'épaule et poursuivit :

— Je parie que tu es un de la scie... Qui retourne en Auvergne, sans doute !

— Pas en Auvergne ! En mes montagnes du Forez, seulement.

— C'est du pareil au même ! décréta le charretier. Allez ! Prends place sur mon banc, ça t'évitera de me le demander ! Je sais trop combien on est pressé de retrouver son pays après des mois d'absence ! Allez, monte, te dis-je !

Le grincement monotone des roues cerclées de fer et ce furent de nouveau les cahots des routes du royaume. Brinquebalé de droite et de gauche, secoué d'ornière en ornière, François ne songeait pas à se plaindre de l'inconfort de la carriole : il était trop heureux de ne plus aller à pied, et surtout il se félicitait des longues distances parcourues chaque jour.

Martin Brisard, le marchand, se révéla vite être un compagnon agréable, toujours blagueur, bavard et chaleureux. L'homme ne semblait aucunement mécontent de partager son banc de charrette avec le Forézien car la route était longue jusqu'à sa maison lyonnaise : cette compagnie lui était bienvenue !

Chaque soir, les deux voyageurs s'arrêtaient dans une auberge, de préférence modeste et tranquille. Malgré la dépense supplémentaire, ces haltes demeuraient préférables à des nuits passées dans la froidure, sous le chariot bâché, entre le poisson séché, les barils de rhum et les ballots de lingerie...

Martin se retourna sur François, heurtant du coude le pichet qui se brisa au sol dans une flaque de vin.

— Par le chibre du Diable ! Quel gaspillage ! Au prix du vin, en ces damnés temps...

— Oh ! l'excusa François. Il en restait si peu...

— Brisard ! Je m'appelle Brisard... Tu comprendras maintenant pourquoi on me surnomme Brisefer ?

— Brisefer ! répéta le scieur. Je m'en souviendrai...

- 20 -

Josèpha avait vu disparaître derrière elle ces paysages austères qui lui étaient devenus si familiers et avait eu le sentiment d'y laisser à tout jamais un pan de sa vie. Pataud aussi sans doute, car il avait perdu bien vite son entrain coutumier. Tête basse et queue rabattue entre les pattes, il semblait triste en suivant la pauvre carriole... Le chemin serpentait à l'assaut du col du Biaud vers un avenir angoissant, et les sapins laissaient peu à peu place à des pins rabougris noyés dans le coton d'un brouillard tenace. Les bruyères squelettiques mangeaient jusqu'aux talus enserrant cette route d'Auvergne aux méchantes dalles bancales sur lesquelles cahotait la charrette grinçante.

Très loin dans la forêt retentit le hurlement sinistre des loups affamés et Josèpha se rapprocha un peu plus de son vieux compagnon.

Nez dans le vent presque glacial, elle regarda à ses pieds le versant auvergnat qui allait l'héberger cet hiver. Ce serait pour elle la première étape d'un voyage qu'elle comptait poursuivre jusqu'en son pays. Elle rêva, nostalgique, à ce doux soleil du Midi dont elle était si cruellement privée depuis près de cinq ans.

Les vallées se cachaient à ses yeux dans la ouate des brumes accrochées en nappes à mi-montagne, comme un tapis mouvant jeté en voile sur les paysages où elle allait vivre son exil... Avec un soupir, elle remonta son châle et reprit le licol de Grison avant d'amorcer la descente vers la vallée.

Sébastien tourna la manivelle mal huilée du frein pour soulager le vieux cheval.

— Inutile de poursuivre à pied, maintenant. Il y a de la place sur ce chariot. Pourquoi user nos sabots sur ces mauvais chemins ?

Josèpha ne répondit pas immédiatement, son pas se fit plus traînant...

— J'ai besoin de marcher... dit-elle enfin. Monte sur la charrette si tu veux ! Moi, il faut que je sente sous mes pieds les pierres qui roulent...

Le vieil homme haussa les épaules et ajusta son allure sur celle de la jeune femme.

Insensiblement, les immensités de bruyères rabougries et battues par les vents firent place à des résineux que léchaient déjà d'épaisses langues de brumes... Le chemin se fit plus encaissé et s'enfonça dans le brouillard dense qui emprisonnait les grands sapins. Les aiguilles vert sombre pleuraient des larmes d'humidité et les voyageurs furent vite aussi trempés que sous une averse, les yeux piquants sous la bruine poussée par les rafales... Josèpha ne s'en rendait même pas compte, la tête vidée de tout sentiment, de toute émotion... Sans cœur ni âme, elle ne s'accrochait qu'au son de chaque pas sur le caillou ou dans la boue.

Combien de temps lui faudrait-il pour admettre qu'elle était désormais seule, pour accepter son malheur et sa vie brisée ? Avait-elle seulement l'ombre d'un espoir de voir sa condition s'améliorer ?

Elle faisait désormais partie de ces êtres broyés par le sort, si souvent voués à une lente déchéance, des êtres qui venaient tôt ou tard grossir les rangs des errants et des mendiants... La fierté de la jeune femme s'y refusait, et peut-être était-ce même pour échapper à ce sort qu'elle voulait retourner sur les terres qui l'avaient vue naître, retrouver les personnes qu'elle avait connues et renouer des liens que la vie avait distendus... Peut-être était-ce là sa dernière chance ?

Elle hâta le pas pour essayer de se réchauffer et s'imposa de chasser de son esprit le sombre désespoir qui l'envahissait...

L'altitude diminuant, le brouillard se fit plus ténu et laissa place à une clarté hésitante, semblable à une vapeur diffuse enveloppant êtres et choses... On devina une grange dans cette opacité. La forêt se faisait plus lâche, gagnée ici ou là par les prairies ruisselantes de rosée. Bientôt, la charrette traversa un hameau apparemment désert où seuls les chiens hurlèrent de féroce façon, mais on eût pu déceler une curiosité furtive derrière les fenêtres closes !

Sébastien avait pris place sur la planche avant de la carriole et avait en vain insisté pour que Josèpha le rejoignît. Il n'avait pas non plus réussi à la décider à manger un morceau.

Les villages se faisaient plus importants, les églises plus élancées. La vallée approchait mais les yeux de Sébastien se faisaient méfiants : le vieil homme avait trop parcouru le royaume pour ne pas avoir remarqué tous ces gosses faméliques dans les champs, ces gens au regard creux, aux gestes lents, ces errants qui dormaient à l'évidence dans un coin de cour, sur une botte de foin...

Il devait bien l'admettre, l'Auvergne était plus misérable encore que les Monts du Forez ! Sébastien savait que la famine conduisait parfois les vagabonds à s'unir en bandes pillardes, et plus d'un voyageur avait été blessé ou tué pour la seule quantité de viande que représentait un cheval à des ventres affamés !

L'ombre précoce tombait sur une journée trop courte. L'hiver approchait... Heureusement, Olliergues se devinait déjà au détour du chemin, avec ses vieilles maisons, son église médiévale, ses rues aux pavés arrondis et usés par des générations de semelles. Olliergues était une grande ville pour cette contrée d'Auvergne !

Sébastien arrêta Grison avant d'interpeller Josèpha, qui n'avait pas dit un mot depuis des heures :

— Jèfa ! Il serait temps de faire halte maintenant, car nous ne pouvons marcher de nuit...

La jeune femme s'immobilisa devant Grison et se retourna, lasse à l'extrême :

— Nous ne pouvons non plus gaspiller nos écus en auberge ! Il nous faut sortir de ville et trouver une grange pour toit.

— Et nous faire dévaliser par les larrons et les miséreux qui pullulent ? protesta le vieux. Tu oublies que je suis Auvergnat ! J'ai souvent loué mes bras dans la région et je connais des fermes aux environs où l'on ne me claquera pas la porte au nez !

— Espérons que tu as raison… répondit Josèpha avec une grimace de doute.

— Et comment, que j'ai raison ! Nous ne sommes pas à Chaumezet, ici !

Sébastien regretta aussitôt ses paroles et se mordit les lèvres : qu'avait-il besoin d'évoquer ce village qui brûlait encore le cœur de Josèpha ? Mais la jeune femme parut ne pas avoir entendu : indifférente, elle reprenait sa marche au-devant de Grison.

Les chiens aboyaient furieusement et Pataud grogna pour les tenir à l'écart. Ce fut à peine si Sébastien entendit la réponse aux coups qu'il avait frappés à la lourde porte :

— Passez votre chemin ! Nous donnons l'aumône chaque jour et plus que de raison… Nous ne voulons plus aujourd'hui ni mendiants ni vagabonds !

— Non ! Maître Étienne ! Je suis Sébastien… Sébastien de Molières et je ne suis point mendiant !

La porte s'entrebâilla puis s'ouvrit franchement sur un homme massif à l'embonpoint généreux et au sourire engageant. Un grand et sympathique gaillard qui s'exclama aussitôt :

— Dieu ! Le vieux Sébastien ! Si je m'attendais ! Mais entre donc, qu'attends-tu ?

— C'est que je ne suis pas seul et j'ai cheval à mettre à l'abri si vous m'accordez le gîte pour la nuit, à moi et à Josèpha.

Il s'écarta pour permettre au maître des lieux de dévisager la jeune femme…

— Eh, bien ! Sébastien ! s'écria Étienne en riant. Jamais je n'aurais pensé te voir un jour avec compagne aussi mignarde !

Le vieil homme se surprit à rougir et Josèpha baissa les yeux cependant que le paysan ordonnait :

— Allez, entrez vous deux, vous laissez la fraîcheur passer la porte ! Louis, mon gars ! Tu iras ranger la carriole et donner du picotin au cheval de notre ami…

Laissant le petit valet s'empresser jusqu'à l'écurie, le vieux cardeur et la Cévenole pénétrèrent dans la grande salle dallée de carreaux de grès usés par le passage.

— Bien le bonsoir à tous !

Josèpha cligna des yeux dans la lueur de la cheminée ronflante et des bougies disséminées çà et là. L'atmosphère tranquille de cette pièce lui rappelait un peu celle des plus belles maisons de son pays… Dans un coin, des enfants de tout âge ouvraient de grands yeux étonnés sur ces visiteurs du soir et ne semblaient pas mécontents d'être dérangés dans leurs jeux : des inconnus dans la maison étaient toujours une curiosité !

Près de la cheminée, sur le bord du banc, une femme jeune et plantureuse donnait le sein à un nourrisson qui braillait dès que le mamelon lui échappait des lèvres. Sur l'unique chaise des lieux, un vieillard maigre à l'extrême, indifférent à tout, se balançait sans interruption, les yeux perdus dans les braises écarlates. La femme d'Étienne, aussi grasse que son époux, s'était approchée de Josèpha et de Sébastien, un bon sourire sur les lèvres :

— Mon homme est un véritable ours ! Que ne vous a-t-il déjà offert une place à notre table ? Avec une bonne écuelle de soupe... Le bouillon ne sera pas bien gras mais il y en aura largement pour tous !

— Mais nous n'en demandons pas tant ! protesta Josèpha. Nous avons victuailles dans le chariot et nous n'avons besoin que d'un coin tranquille pour y passer la nuit en toute sûreté !

— Cette jeune personne n'a pas le parler de chez nous et son accent nous met le soleil dans les oreilles... remarqua le maître. Mais Dieu me damne et le Diable aussi si je n'accueille pas comme il se doit un homme qui nous a rendu bien des services, depuis des années et des années ! Et si je n'accueille pas non plus la charmante personne qui l'accompagne !

— Sébastien n'est pas un fainéant ! commenta sa femme Catherine. Il a toujours su être présent quand nous avions besoin de bras ! Jamais un reproche à lui faire... Pensez ! Il travaillait déjà au domaine quand je n'étais qu'une morveuse ! Cet homme est plus qu'un manœuvrier : pour nous, il fait un peu partie de la famille ! Et je vous assure que...

Étienne l'interrompit :

— Ça, c'est tout Catherine : elle parle, elle parle ! Intarissable, qu'elle est ! Une bavarde comme on n'en trouve plus guère ! Mais enfin pour une fois elle a raison, bien que Sébastien doive faire partie de la famille de beaucoup de fermes de la région ! Qu'importe : nous sommes tous très heureux de l'avoir chez nous ce soir ! Ainsi que toi, la belle ! C'est que nous sommes curieux de savoir ce que ce vieux de la vieille fait en si bonne compagnie ! Et si charmante… Et…

— Et c'est moi la bavarde ! s'indigna comiquement dame Catherine. Passez plutôt à table, il y a de quoi manger, ici ! Sauf le pain, qui est un peu… rare ! Mais on ne se prive pas !

— Pas encore ! souligna seulement avec amertume Étienne. On ne se prive pas encore…

L'œil de Josèpha, bien que toujours voilé d'une immense tristesse, brillait maintenant d'un éclat de secret contentement : il y avait si longtemps qu'elle n'avait pas ressenti un tel bien-être à une table aussi animée, au milieu de tant de convives ! L'ambiance au sein de cette famille inconnue était tellement chaleureuse !

— Il nous faudra partir tôt, annonça Sébastien, si nous voulons arriver à Molières d'ici deux jours ! Peut-être même avant la nuit prochaine ?

Étienne jeta un regard préoccupé à sa femme et prit une profonde inspiration :

— Je ne pense pas que ce soit la meilleure solution, dit-il gravement.

Le silence s'abattit sur la tablée, vite brisé par le hurlement d'un des enfants pincé par un frère ou une sœur…

— Au lit, la marmaille ! gronda le paysan d'un ton sans réplique.

Il fixa Sébastien droit dans les yeux, ses grosses mains velues bien à plat sur la table :

— Vous avez traversé depuis le Col du Biaud des terres assez ingrates qui ne tentent guère les vagabonds, mais il n'en est pas de même dans les vallées ! Pour aller sur Issoire, les chemins sont encaissés et tortueux, et surtout moins sûrs que jamais ! Il ne se passe pas de jour sans que les pillards n'y commettent quelque méfait aux dépens de voyageurs isolés…

— Étienne a raison, pas de jour sans vol ou meurtrerie, que ce soit entre ici et Marat ou Cunlhat, ou entre Cunlhat et Auzelle ou Saint-Dier… Ou bien encore à Sugères… Bienheureux qui ne laisse pas la vie face à ces larrons ! Croyez-m'en : votre bagage, tout modeste soit-il, reste une aubaine pour les brigands en ces temps de misère !

Le maître de maison confirma :

— Un vieillard et une femme, seuls sur la route leur sont une proie de choix ! Vous ne pourriez pas vous défendre… Non ! Je vous en conjure : quitte à prendre du retard dans votre voyage, ne le faites pas seuls ! On en a pris l'habitude, ici. En se regroupant…

— C'est si grave que ça ? s'inquiéta le vieil homme, catastrophé.

— Et même plus encore ! reprit Catherine. Car tous les gens sensés qui veulent prendre la route le font à plusieurs : ils forment des convois assez forts pour que les malfaisants ne s'y frottent pas !

— Mais vous avez tout de même de la chance, précisa son époux. Car nombreux sont les marchands qui vont sur Issoire ! Et comme Molières est sur la route d'Issoire, vous n'aurez pas beaucoup de mal à vous joindre à un de ces convois…

Il y avait toujours ces brumes déplaisantes, ces vapeurs humides et froides et ce vent léger, presque discret, mais qui laissait s'infiltrer sous les vêtements ces frissons mouillés, ces sueurs gelées… Josèpha en finissait par oublier ces cris, toujours les mêmes pour houspiller les bêtes de trait, ce crissement des roues ferrées sur les cailloux, ces grincements d'essieux, de planches disjointes, de marchandises entrechoquées…

Une fois de plus, elle avait quitté des gens qu'elle avait appréciés, l'espace d'une soirée, d'une nuit et d'un matin trop bref. Jamais elle n'oublierait le visage bourru d'Étienne, le sourire ému de Catherine, les pleurs des enfants et ce regard amoureux de Louis, le petit valet… Jamais elle n'oublierait ces quelques larmes au coin de la paupière…

Elle se retrouvait maintenant dans ce convoi d'une dizaine de chars, charrettes et chariots, bâchés ou non, qui se suivaient bruyamment sous le couvert des arbres du coteau. Les voyageurs étaient sympathiques et enjoués et il allait encore lui falloir parler, lier connaissance, nouer des relations avec des gens dont il faudrait prendre congé dès le lendemain ! La jeune femme, lasse des déchirures et de ces adieux répétés, se laissait bercer par les secousses de la carriole…

Le chemin se faisait sinueux et tourmenté. Sur la gauche, loin en contrebas, glougloutait une rivière. Sur la droite, les pentes s'élevaient, des peupliers aux hêtres et aux noyers, puis des noyers aux sapins… Il faisait sombre et frais car la vallée était encaissée et le soleil, quand il s'échappait des nuages, n'y pénétrait que peu ! Les brouillards larvés et tenaces n'arrangeaient rien et les feuilles secouées par le vent déversaient sans cesse des gouttes d'eau désagréables sur le visage des voyageurs.

Josèpha soupira et son soupir exaspéra Sébastien qui préféra n'en rien dire : la jeune femme n'effectuait ce voyage que contrainte par la vie et l'injustice du sort ! Elle se souvenait également de son voyage pour Chaumezet, quelques années auparavant, une aventure formidable au bras de l'homme qu'elle aimait ! Retourner maintenant au pays n'était que la preuve trop voyante de l'échec et du malheur...

Comment eût-elle pu ressentir le moindre entrain à avancer sur ce chemin défoncé ? Comment eût-elle pu trouver un quelconque attrait à ces nouveaux paysages, à ces rocs de granite bousculant les forêts accrochées aux versants abrupts, à ces moutonnements toujours renouvelés de collines que l'on devinait derrière l'écharpe voilée de la brume ?

On avait fait halte entre Sugères et Cunlhat dans la grande cour d'un vaste domaine situé en bordure d'un vieux hameau délabré... Les lieux puaient la ruine et la pauvreté. Tout y baignait dans une fange malodorante et porcs et volailles couraient au milieu du cloaque, de la rigole de purin au tas de fumier... Josèpha affichait une pauvre mine, sensible à la tristesse de l'endroit. Oh ! Elle savait que ce point de chute était plus sûr qu'un simple campement improvisé au milieu des bois, mais cela n'empêchait pas la nostalgie...

Le propriétaire des lieux avait l'habitude de l'étape des convois chez lui et il en profitait pour demander quelques sols par chariot, plus quelques autres pour avoir le droit de dormir dans la grange, bien à l'abri de la menace des malfaiteurs hantant la contrée.

La veillée avait été triste et la jeune femme n'arrivait pas à sortir de sa morosité : une détresse profonde s'agrippait à son âme et ne la lâchait plus. Elle eût pourtant bien aimé recouvrer son sourire, ses façons alertes ! Au moins pour montrer sa reconnaissance envers la gentillesse de Sébastien ! Mais cet effort même s'avérait au-dessus de sa volonté...

Elle remuait maintenant et remuait encore sur la paille humide et inconfortable. Elle n'arrivait pas à se réchauffer et frissonnait sous sa maigre couverture. Pataud dut le comprendre et vint se pelotonner contre sa maîtresse pour partager sa chaleur animale, en toute simplicité...

Il y avait encore eu ces adieux avec les marchands et voyageurs qui continuaient leur route sur Issoire, Saint-Nectaire ou les Monts d'Auvergne, tous ces adieux que Josèpha ne supportait plus ! Puis il y avait eu aussi cette avance pénible sur des mauvais sentiers dans la solitude de forêts oubliées du monde. Avec ces fantômes d'arbres noirs jetant l'ombre de leurs branches décharnées sur les ornières et les flaques, au travers de brouillards qui semblaient installés ici de toute éternité...

De loin en loin toujours les mêmes hameaux, les mêmes chiens qui s'étranglaient à aboyer, la même misère qui transpirait des murs, les mêmes cris d'enfants affamés, les mêmes regards abrutis de souffrance...

Un couteau invisible déchira un instant l'épaisse chape des brumes et la jeune femme devina à l'horizon les dômes arrondis du paysage volcanique propre à ces régions... Puis la vision fut engloutie dans un flou nuageux et Josèpha se demanda si elle n'avait pas rêvé.

Après tout sous une autre saison, avec un soleil plus vaillant, cette Auvergne pouvait peut-être dévoiler des charmes insoupçonnés ? Les froidures humides de l'hiver naissant ne devaient embellir aucune contrée du royaume ! Avec une petite moue, la jeune femme se convainquit que les cigales s'étaient tues depuis longtemps dans le Midi, et que ses Cévennes devaient pour l'heure ne pas être plus agréables que les Monts d'Auvergne ou du Livradois...

Sébastien avait respecté de son silence les pensées de sa compagne de route mais montrait peu à peu des signes de nervosité : le chemin lui devenait plus familier, et depuis quelques lieues les arbres semblaient lui parler, les prés lui rappeler des souvenirs... Il retrouvait avec délectation ces paysages de son enfance, ces lieux où il avait grandi, aimé et souffert. Enfin, dans cette vallée coincée entre cette rivière qui s'appelait l'Ailloux et ces âpres collines, il se sentait déjà chez lui. Ici il était né, ici il entendait bien mourir !

Molières... Josèpha ne pouvait pas ressentir l'exaltation de Sébastien : ce n'était même pas un village ! À peine un hameau comme ils en avaient tant croisé, avec des maisons tristes qui pleuraient toute la misère de l'Auvergne...

Quel drôle d'endroit ! Personne ne sortait saluer l'arrivée du vieil homme, et pourtant Josèpha était certaine d'être épiée, certaine que l'on commentait déjà l'événement derrière ces murs mangés par la lèpre de la pauvreté. Sébastien sembla comprendre les interrogations de la jeune femme :

— Si j'étais seul, ils seraient déjà tous là pour fêter mon retour ! expliqua-t-il. Mais ils ne te connaissent pas, il faut les excuser ! Demain, ils viendront l'un après l'autre pour savoir qui tu es... Ce n'est pas de la méfiance, mais pour eux les choses doivent être faites dans l'ordre !

Josèpha ne répondit pas : elle se sentait d'emblée mise à l'écart et avait déjà éprouvé ce même sentiment d'amertume à son arrivée à Chaumezet ! Mais peut-être qu'ici tout serait différent ? De toute façon, dès le printemps elle aurait repris la route pour les Cévennes !

Sébastien arrêta Grison. Devant lui, se trouvait sa maison... Une pauvre masure comme il l'avait annoncée, qui tenait plus de la ruine que de la bâtisse ! Avec un toit qui s'affaissait sous le poids des lauzes et des siècles... Avec des murs noircis envahis de mousses, de lierre et de lichens, des murs qui faisaient le ventre et s'éboulaient en maints endroits.

Une porte vermoulue et deux minuscules fenêtres aux verres fêlés, dévorées par les toiles d'araignées, constituaient les seules ouvertures du corps de logis. Soudain embarrassé le bonhomme se retourna sur Josèpha :

— Je sais, ce n'est pas un palais ! Mais il y fait chaud quand ronfle la cheminée ! Tu y passeras l'hiver sans souci !

Il hésita, montra l'horizon du doigt :

— Et puis, quand les beaux jours seront revenus, ton pays, c'est par là !

- 21 -

Peu après Angers, Martin Brisard avait décidé d'abandonner le trajet des bords de Loire. À quoi bon faire du chemin superflu ? Si l'homme connaissait bien des itinéraires plus courts encore, il restait prudent et ne tenait pas à s'écarter des grandes routes fréquentées car les risques y étaient moindres que sur les pistes isolées…

Tours, Bourges, Moulins…

Tours, cette belle ville aux maisons hautes et leurs pignons, avec ses vieux quartiers aux ruelles étroites. François s'était plu à s'y promener le soir, de la place « Foire du Roi » à la basilique Saint-Martin, de la Tour de l'Horloge à la si pittoresque rue des Changes… Bourges, une cité aussi belle que Tours, qui avait gardé tout son charme aux yeux du scieur malgré le crachin glacial qui y tombait. Et puis Moulins ! Une ville envoûtante lorsqu'on déambulait de la rue des Orfèvres à celle de l'Ancien Palais, à l'ombre de l'antique beffroi…

Tours, Bourges, Moulins…

François aimait à flâner au cœur de ces vieilles cités… Lui, l'homme du bois qui détestait les grandes agglomérations, ressentait une inexplicable attirance pour ces vieilles pierres, comme si le courant des siècles passait au travers d'elles… Mais il n'avait guère le loisir d'y musarder, et tout comme Brisefer il avait hâte de rejoindre femme et foyer !

Le marchand l'interrompit dans ses pensées :

— À l'habitude, à partir d'ici, j'ai coutume de gagner Lyon par les bords de Loire car le fleuve n'est qu'à quelques lieues d'ici... De Digoin, je rejoins Cluny, puis Mâcon. Il ne me reste qu'à suivre la Saône pour arriver chez moi, à la Croix-Rousse...

François redressa la tête...

— En somme, tu veux me faire comprendre que nos routes se séparent là ?

Martin le détrompa d'un geste du menton :

— Je peux tout aussi bien passer par Roanne, tout compte fait : les chemins y sont plus sûrs en ces temps de pillage ! Et puis ainsi nous serons deux, tout au moins jusqu'à Lapalisse... Car si tu veux rejoindre tes montagnes, il te faudra bien bifurquer ! Tu vas sans doute passer par Noiretable ?

François eut une moue d'indécision :

— À vrai dire, je ne sais pas... Je peux aussi monter par d'autres chemins ! Pourtant tu as raison : je crois que c'est à Lapalisse que prendra fin notre équipe...

— Ce nous fait donc encore un ou deux jours à passer ensemble ! Mais faisons vite si nous voulons y arriver avant que nuit ne tombe...

Le cheval ne peinait pas trop sur cette route désespérément droite et plate. Déjà, François cherchait au-dessus des vallonnements continus l'ombre grisâtre des Monts du Forez, mais l'air humide était trouble, les nuages bas, la visibilité réduite.

Sur sa droite, en bordure des prés, il remarqua la ligne des peupliers laissant deviner le cours de l'Allier.

Les terres semblaient grasses et fertiles et les bâtisses de pierre montraient assez l'aisance des gens du pays ! On avait peine à imaginer qu'ici aussi l'hiver avait frappé et que le ventre de la terre était resté stérile tout au long de l'année ! Peine à penser qu'il faisait faim aussi dans ces belles fermes, sauf chez ceux qui avaient fortune suffisante pour garnir leur table quel qu'en fût le prix…

— Tu sais que le vin est bon, par ici ?

— En d'autres temps ! répliqua François. Inutile d'y penser, Brisefer : ici comme ailleurs, le froid a tué le vin !

— Tu as raison, admit le marchand. Il a fallu couper beaucoup de pieds pour conserver vie aux racines ! Certains ne donneront plus de raisin et les bonnes récoltes sont compromises pour plusieurs années !

Il contempla longuement les coteaux plantés de piquets alignés et soupira…

— Espérons que nous aurons tout de même des vendanges, l'année prochaine…

— En attendant, j'ai comme un creux ! Tiens : il me reste quelques oignons et un quignon de pain ! Plutôt sec, d'ailleurs… Tu en veux ?

Au fur et à mesure que le chemin s'éloignait de l'Allier il se faisait plus étroit, plus sinueux aussi. Les chariots qu'on croisait étaient rares et Martin avait peut-être eu tort de juger que la voie de Roanne était plus fréquentée que celle de Mâcon… Plus d'une fois il avait fallu surveiller de près les miséreux, qui devenaient parfois menaçants sur le bord des talus et des fossés. Certains mangeaient de l'herbe ou des racines et les êtres affamés peuvent devenir redoutables pour une bouchée de plus !

Combien d'entre eux n'étaient-ils pas capables de les assommer pour mettre du cheval à leur menu ? Et encore ne savaient-ils pas que le chariot était bourré de sacs de farine ! Malgré les armes à poudre qu'il laissait bien en évidence à portée de main, Martin n'était pas tranquille. Il jeta un regard inquiet en direction de son compagnon de route et fit claquer son fouet…

Il avait hâte de se trouver en des lieux plus rassurants !

Peu à peu, le paysage devenait plus familier aux yeux de François. Oh !… Ce n'était pas encore le Forez, ni même la montagne, mais la pierre lui rappelait celle des murs de Chaumezet, la forme des maisons et des toitures se rapprochait de celle des Hautes Chaumes, et l'air même lui semblait avoir une autre texture, une autre odeur…

Ah ! Comme il se sentait mieux dès qu'il sortait des mornes platitudes de ces prairies sans relief ! Comme son œil brillait dès que le chemin se faisait plus raide, plus tourmenté et plus tortueux ! Quel plaisir aussi il avait à voir apparaître à chaque lacet un paysage différent ! Non : jamais il ne se ferait à la monotonie des plaines…

Peu avant Lapalisse, Martin s'écarta du chemin principal et guida son cheval sur une sente malaisée. Dans la nuit tombante, François distingua bientôt les ombres d'un hameau. Le marchand répondit d'un clin d'œil ironique à la question muette de son compagnon de route…

— Pourquoi dépenser nos écus en auberge quand on peut faire autrement ? Il y a dans ces maisons riche veuve qui m'est bonne amie, et qui, j'en suis sûr, sera enchantée de nous accueillir pour la nuit !

— Satané Brisefer ! s'exclama François. Tu n'as donc pas délaissé la route du Nord uniquement pour mes beaux yeux et toutes les belles raisons que tu m'as dites !

— Oh ! Tu sais… C'est un des avantages de mon métier : il ne manque pas de cœurs à consoler par les routes du royaume, et il faudrait être bien bête pour ne pas contenter ici ou là quelque belle en manque d'amour ! Notre pauvre vie offre si peu de plaisirs…

François opina sans mot dire. Les yeux et le sourire ardent de Mariette traversèrent son souvenir, réminiscence aussi douce qu'amère : le remords le tourmentait toujours ! Et pourtant, Martin Brisard avait raison : en ces temps de misère, il fallait prendre les bonnes choses où elles se trouvaient ! C'était presque un devoir…

— Il faut aimer la vie, François ! conclut le marchand. Même si elle ne nous le rend pas !

Claudine Chassenet se montra ravie de cette visite imprévue. Bien en chair sans être plantureuse, la veuve était appétissante et François se demanda pourquoi elle n'avait pas encore trouvé un nouvel époux… Mais la dame était bonne vivante et le scieur le comprit vite : elle préférait sans doute les amis et amants d'un soir à la tutelle d'un mari ! De plus, la belle ne semblait pas dans le besoin, même en ces temps de disette si l'on en jugeait au nombre de valets et de servantes des lieux...

La maîtresse de maison, la trentaine épanouie, était une petite personne alerte et gaie qui gardait toujours aux lèvres le plus séduisant des sourires, sauf quand elle s'adressait à son personnel. Une patronne ! Qui n'avait besoin d'aucune épaule mâle pour mener le domaine !

— Alors, Martin ! Me présenteras-tu enfin ton compagnon ?

Sa pupille était de braise et sa parole de sucre... François comprit tout de suite que la charmante personne préférait la nouveauté dans son lit et qu'elle n'hésiterait pas à jeter son dévolu sur lui plutôt que sur Brisefer !

Aussitôt, il prit les devants :

— François ! Mon nom est François Courreau... Je dois à notre ami Martin de ne pas user mes chausses sur le caillou des chemins. Je serai ainsi plus vite en mes Monts du Forez où ma jeune épouse m'attend. Je me languis tant d'elle !

Sur ce, il affecta un air absent : d'emblée il avait posé ses barrières et la belle lui signifia d'un sourire désabusé qu'elle avait bien saisi le message. Elle se détourna du Forézien et enlaça tendrement le marchand : elle se contenterait donc du brave Martin !

— Martin et le beau François partageront bien ma table et mon couvert ? proposa-t-elle. Jacquette ! Jacquette, tu voudras bien faire coucher les enfants dès qu'ils auront mangé... Et dit à Charlotte de nous servir dans la grande salle. J'entends que la table soit bien garnie car ce soir est soir de fête, pour moi…

Jacquette, regard timide, toute menue et empressée, fila en silence vers l'office et François ne put s'empêcher d'apprécier les courbes graciles de la jeune servante.

— Allons, mes amis… Prenez place ! Vous devez avoir faim après toute cette route ! Vous verrez, chez dame Claudine on mange mieux qu'en la meilleure des auberges !

La maîtresse de maison n'avait pas menti et les deux hommes purent en juger bien vite : la misère semblait n'avoir aucune prise sur les habitants de ce domaine ! Pain, charcuterie, viandes et légumes furent servis en abondance, et jamais François n'avait été de telle ripaille… Le vin était aussi des meilleurs, et la veuve n'étant point chiche les pichets furent abondants !

Martin s'essuya la moustache d'un large geste de la manche et apprécia le festin qu'il venait d'ingurgiter :

— Eh, bien ! Ma bonne Claudine ! Il y avait longtemps que je n'avais été à telle fête… Je ne sais comment tu te débrouilles pour avoir toujours bonne table, pénurie ou non !

Dame Chassenet eut un sourire satisfait :

— Il faut bien tenir son rang ! Surtout quand on accueille un ami… très cher ! Et à quoi servirait la fortune dans laquelle mon défunt mari m'a installée ? Je n'ai pas d'héritier et les seuls bambins qui trottent dans mes jambes sont ceux de mes gens ! Je vis au jour le jour, mon brave Martin… Car que m'importeront mes écus lorsque mon temps sera révolu et que la terre m'ensevelira ?

— Ne parle pas de cela, Claudine ! Car tu es jeune et belle encore !

— Le temps n'est rien ! Jeune ou vieux, la lame peut faucher n'importe qui, n'importe où et n'importe quand... Il vous faut faire comme moi mes amis, et prendre le plaisir de chaque jour là où il se trouve !

Le marchand se contenta pour toute réponse d'un sourire entendu et François ne put s'empêcher de songer que la belle avait bien raison ! Cette approbation secrète eut l'effet d'un baume sur le sentiment de culpabilité qui ne le quittait plus depuis son aventure avec Mariette... Avec délectation, le scieur se laissa aller sur le dossier de sa chaise et remarqua enfin les œillades que lui lançait d'une pupille enamourée la mignonne servante. Il est vrai que Jacquette avait la plus jolie tournure qui fût ! Décidément, les mœurs des occupantes de la maison semblaient à l'image de la philosophie de la maîtresse des lieux !

La chambre allouée à François dépassait en confort tout ce qu'il avait connu même dans les auberges les plus huppées ! Un vrai lit de noyer, avec un vrai matelas et des draps de lin brodés, bien blancs et bien repassés... La couverture de laine était épaisse, chaude et douillette. Un miroir où se reflétait la clarté de la lune ornait le mur drapé de tentures, des tapis moelleux recouvraient le sol... Vraiment, n'eût été l'impatience qu'il avait de retrouver Josèpha, il se fût laissé aller à jouir des jours et des jours de ce confort !

Il se retourna sur le drap rêche et frais, laissant sa peau se repaître de cette douce sensation. Sa conscience s'englua progressivement dans le néant du sommeil…

Était-il vraiment endormi ? Toujours est-il qu'il lui sembla entendre le grincement de la porte puis un menu piétinement. Un froissement de tissu, puis un corps nu et chaud vint se glisser à ses côtés…

— Jacquette ! s'entendit-il protester.

La peau douce se colla contre lui et il se sentit fondre… Pourtant ses scrupules étaient toujours là, se dressant en barrière à son désir : à deux jours de trajet de Chaumezet, il ne pouvait détacher son esprit de Josèpha et ne rêvait que du regard de Josèpha, du sourire de Josèpha, du corps de Josèpha et des étreintes de Josèpha !

— Non, Jacquette ! Je suis trop près de chez moi et je n'ai d'autre envie que d'être dans les bras de celle que j'aime… Et pour cette unique raison, je serais sans doute un piètre amant ce soir ! Une autre fois peut-être, car je ne suis pas bégueule et tu es belle à croquer, tu sais !

Il devina la moue de dépit de la jeune personne et ajouta :

— Si tu le veux tant, j'aurai grand plaisir à te sentir près de moi. Point n'est besoin des jeux de l'amour pour partager la tendresse d'une nuit !

Il n'était pas très sûr que Jacquette fût de son avis, mais elle se laissa aller contre lui et accepta les bras rassurants du scieur :

— Faute de grive on mange du merle, dit-on ! marmonna-t-elle en s'abandonnant au sommeil...

La nuit leur fut tout de même profitable et le matin les surprit dans la même position...

Une lueur trouble et terne hésitait à franchir le verre de la fenêtre que la pluie battait sans répit. L'œil de François s'embua de contrariété et il oublia le bien-être que procurait en son lit la chaude présence féminine de Jacquette. Il aurait tant aimé rejoindre ses Hautes Chaumes sans avoir à affronter le mauvais temps ! Enfin ! Les aléas du climat étaient de saison...

Chacun mâchonnait en silence sa tranche de pain et son bout de lard ou de fromage. Le vent s'était levé en lieu et place du soleil et la pluie se transformait en tempête. Il avait été dur pour tous de sortir du lit ce matin-là, avec cette aube grisâtre, blafarde, et ce temps exécrable qui incitait à la morosité... François gardait de sa nuit une impression mitigée, entre satisfaction de lui et frustration stupide...

Martin soupira et chercha vainement une éclaircie à travers les carreaux de la fenêtre.

— Le voyage ne va pas être des plus folichons avec cette foutue radée ! Surtout pour toi François, car encore quelques lieues et tu seras à pied !

En homme habitué aux intempéries, François haussa les épaules, fataliste... Mais le marchand avait raison : il était difficile de s'arracher au confort de la maison de Claudine Chassenet pour faire front aux averses et aux bourrasques !

— Je m'en vais préparer le cheval... décida tout de même Martin.

Il regarda François :

— Tu feras bien encore un bout de chemin sur ma charrette, n'est-ce pas ?

— Oui, compère... La meilleure route pour moi, ce sera de filer sur Le Mayet, Saint-Just et Noirétable. De là, je rejoindrai Chaumezet par le col du Buron ou celui du Biaud...

Martin n'était pas sorti qu'aussitôt il rentrait, dégoulinant et transi...

— Dieu de Dieu, de Dieu, de Dieu ! C'est pas diable possible ! La cour est déjà une mare et les chemins des ruisseaux ! Je n'ai jamais eu peur de la pluie, mais là, c'est un déluge !

Comme pour lui donner raison, les gouttes furieuses martelèrent vitres et volets cependant que le vent secouait murs et toits...

— Impensable de voyager par un temps pareil ! Mordieu ! Fais ce que tu veux, François ! Mais pour ma part je n'en suis plus à un jour près... Je te conseille aussi d'attendre, car tant d'eau ne peut bien durer !

Le scieur eut une moue contrariée qui contrasta avec le sourire de Claudine. Il considéra la flaque s'élargissant aux pieds de Brisefer, jeta un nouveau coup d'œil vers la fenêtre, puis soupira : lui non plus ne craignait pas la pluie, mais un tel déchaînement des éléments avait de quoi faire hésiter.

Claudine Chassenet intervint, l'air plutôt enjoué :

— Moi, je ne me plains pas de ce contretemps ! Je suis enchantée à l'idée de vous garder encore en mes murs...

Son regard appuyé leva les derniers scrupules de Martin Brisard et François se résigna à accepter l'invitation. Après tout il n'était pas mécontent de rester au sec ! Comme pour l'approuver dans sa décision, un violent coup de tonnerre les fit tous sursauter...

La pluie redoubla jusqu'au milieu de l'après-midi, obsédante, assourdissante... François, pour couper court à l'ennui, s'était proposé pour de menus travaux d'intérieur, s'attirant aussitôt les foudres de la maîtresse du domaine :

— Crois-tu, Forézien, que je n'ai pas assez de valets et de serviteurs ? s'était-elle indignée.

Il s'était donc résolu à prendre son mal en patience. Jacquette ne perdait pas une occasion de passer et repasser dans la pièce pour le simple plaisir de croiser son regard... « *Que peuvent donc bien me trouver toutes ces filles dont je pourrais être le père !* » songea-t-il.

Aussi avait-on tué le temps en jouant aux dés et aux cartes et en faisant honneur aux pichets de dame Chassenet. La lueur du jour commençait à faiblir lorsque Martin s'exclama :

— Eh ! Vous entendez, la pluie s'arrête ! Si l'accalmie perdure jusqu'à demain, nous pourrons partir dès l'aube sans problème...

— Pourquoi ? grogna Claudine. Vous ne vous plaisez pas, chez moi ?

— Si, ma belle ! protesta Brisefer. Mais tu sais bien que je ne peux m'éterniser ici et que nos vies ne feront toujours que se croiser !

Un regard de défi, un sourire comme seules les femmes savent les emballer et la belle prit son marchand par la main :

— Raison de plus pour que nous ne perdions pas de temps quand nous sommes réunis... Si la pluie s'est arrêtée, j'espère seulement que la boue t'empêchera de voyager demain, et après-demain aussi !

Sans honte ni pudeur aucune, elle l'entraîna vers sa chambre en riant, et François se sentit subitement très seul. Un nouveau passage de Jacquette et l'œillade qu'elle lui lança ne firent qu'accroître sa gêne. Il pensa très fort à Josèpha pour chasser ses émois...

François bâilla, délicieusement allongé sous l'édredon confortable. Le repas du soir n'avait vraiment rien eu à envier à celui de la veille. Comme il était facile d'oublier en cette demeure les grands yeux criant famine croisés sur les routes de France ! Avec un soupir d'impuissance, il chassa cette pensée et s'étira doucement. Sa main chercha celle de Jacquette qui avait tenu à dormir près de lui.

« *Dormir, simplement...* » avait-elle dit avec une pointe de regret dans la voix...

Il écouta la calme respiration de la jeune femme, goûta avec plaisir la tiédeur qui émanait de ce corps nu qui n'aspirait qu'à l'étreinte. Puis, réfrénant son désir, il se força à chercher la torpeur du repos. Pour Josèpha, il se devait de rester fort !

Il fut néanmoins surpris en s'éveillant de n'être point seul en sa couche, comme si la nuit lui avait fait oublier la belle servante. Le regard profond de Jacquette était là, posé sur lui, comme cherchant à lire le secret de ses sentiments…

— Nous ne nous reverrons plus, n'est-ce pas ? Tu t'en vas ce matin et je sais bien que c'est à jamais ! murmura-t-elle.

— Personne ne peut rien dire de l'avenir, répondit-il. Alors, qui sait ?

Elle resta un moment rêveuse :

— François, comme j'aimerais être aimée autant que celle que tu aimes !

— Allons, Jacquette ! Tu es si belle, si douce et si franche aussi… Et tu trouveras bien à ton tour quelqu'un qui n'aura d'yeux que pour toi !

— Il faudra alors qu'il soit comme toi, confessa-t-elle la voix tremblante.

François se mit à rire gentiment :

— Il y a certainement bien meilleur choix à faire ! Je suis trop vieux pour toi !

— Qu'importe ? Je… Je peux te demander quelque chose ?

— Demande toujours…

— Embrasse-moi, François… Oui, embrasse-moi comme si j'étais ta femme ! Je ne t'en demande pas plus : en souvenir. En souvenir de ce que tu n'as pas osé !

François n'hésita qu'un instant avant de bâillonner de ses lèvres cette bouche suppliante et de l'étouffer d'un long baiser langoureux. Après tout, ce n'était qu'un baiser !

Pourtant, il n'eut pas le courage de se dérober quand les lèvres de Jacquette descendirent entre ses jambes…

Il y songeait encore en marchant dans les sapins, tout comme il repensait avec nostalgie à ses adieux : le sourire de Claudine Chassenet, la bourrade amicale de Martin Brisard, la petite larme émue de Jacquette…

Depuis deux jours il cheminait, avec à chaque pas pour seule préoccupation celle du pas qui suivrait, entre deux rêveries indistinctes… Après une nuit passée dans une grange du côté de Laprugne où il avait eu froid, il espérait bien dormir ce soir dans une chaude auberge de Noirétable !

Il devina la neige au-dessus des brouillards tout là-haut sur les Hautes-Chaumes, mais la couche ne devait pas y être épaisse et ne pouvait certes pas gêner les voyageurs de sa trempe ! À chaque village, à chaque hameau, François sentait monter en lui une fébrilité de plus en plus sauvage. Il était maintenant en terres connues, si voisines du Haut-Forez ! Des terres qu'il avait sillonnées, des chemins qu'il avait maintes fois parcourus ! Aussi, chaque enjambée se faisait plus vive, plus alerte, plus impatiente…

Encore une pleine journée de marche mais François ne ressentait plus la fatigue, au contraire ! Le chemin avait pourtant de quoi être pénible. Que de lacets, que de rudes montées, et ce col du Buron qui n'en finissait pas, qui paraissait ne jamais devoir se rapprocher… François avait beau connaître tous les raccourcis, il lui semblait ne pas avancer. Seul sur ces sentes qui pour tout autre que lui eussent pu passer pour hostiles, il pressa encore le pas. Il se sentait chez lui au cœur de ces forêts sombres peuplées de sapins immenses et presque menaçants, au milieu de ces chaos de pierres inquiétants accrochés aux versants abrupts et tourmentés…

Il aimait cette luminescence laiteuse qu'égratignaient les bruyères rabougries, cette neige fraîche qui crissait sous la botte… François fit pourtant la grimace. Était-il parti trop tard ou bien avait-il présumé de ses forces, mais le soir tombait plus rapidement qu'il ne l'avait imaginé !

La nuit était là, déjà, quand les premières maisons de Chalmazel se profilèrent dans le flou de l'horizon. Enfin ! François poussa tout de même un soupir de soulagement… Ce fut en sifflotant qu'il passa la rue principale du grand village désert : de Chalmazel à Chaumezet, il n'y avait plus qu'un jet de caillou ! François connaissait si bien ce chemin qu'il se sentait capable de l'accomplir les yeux bandés, et ses pieds évitaient d'instinct chaque pierre comme la plus petite ornière… Il n'avait nullement besoin de lanterne ! Déjà, il s'imaginait ouvrir la porte de chez lui, serrer Josèpha dans ses bras…

Quelle heure pouvait-il bien être ? François n'en avait aucune idée et seule comptait pour lui cette frénésie qui le gagnait à l'approche de son foyer. Il arrivait ! Chaumezet… Et pas la moindre lueur de bougie aux fenêtres closes, mais pour seul accueil les vociférations des chiens sur son passage ! Quelques lacets encore et il traversa Montsupt, son hameau ! À droite, la ferme des Ferrand, puis celle des Salnière… Enfin celle des Chira, tout de suite à gauche. Oui : il arrivait…

Le petit sentier, l'ornière creusée par la roue des chars, la haie de buissons, puis cette cour, sur la droite, cette cour qui était la sienne…

Il s'arrêta, les bottes pataugeant dans la boue : quelque chose d'anormal fit battre l'angoisse en son cœur : tout était trop silencieux et l'endroit lui sembla subitement mort et froid. Aucun grognement de porc ni piétinements de vaches… Pourquoi Pataud n'aboyait-il pas ?

Quelques enjambées encore avec les yeux qui cherchaient à percer la pénombre… Puis, pour finir de l'affoler, la brume qui se déchirait sur ces ruines éboulées dans le noir de la nuit… Cette ossature mutilée de poutres carbonisées… Ces gravats…

— Non ! Non ! Josèpha !

Avait-il vraiment crié ou seulement voulu le faire ? Le cœur broyé d'inquiétude, il laissa choir dans les flaques son sac, sa scie et ses bagages, puis courut comme un dément jusqu'à la maison la plus proche, celle des Chira… Sans souci du hurlement des chiens, il se mit à tambouriner à la porte de toute la force de ses poings :

— Ouvrez ! André ! C'est François ! François Courreau ! Mais ouvre, par le nom de Dieu ! Que s'est-il passé, chez moi ? Où est Josèpha ? Il ne lui est rien arrivé, au moins ? Mais ouvrez, ouvrez donc !

- 22 -

Josèpha avait l'habitude des demeures modestes car elle avait grandi dans une région pauvre où le luxe n'était guère de mise ! Mais au moins, dans ses Cévennes, la douceur du climat compensait-elle l'âpreté des conditions de vie ! Ici, la masure de Sébastien n'avait rien pour la distraire de son chagrin. Ce sol de terre battue était trop triste, ces murs tordus et blanchis à la chaux trop ternes. Tout pissait l'humidité, le noir et le gris des fumées de l'âtre… Elle n'avait même pas le goût à nettoyer vraiment les lieux ! Tout était trop misérable…

Pourtant Josèpha eût été bien mal inspirée de se plaindre, elle qui ne possédait plus rien ! Ni toit ni mari… Être à l'abri et au chaud en compagnie d'un ami fidèle était déjà pour elle une véritable aubaine ! Mais le sourire se faisait rare sur ses lèvres : y reviendrait-il d'ailleurs un jour ? Le poids du malheur et du chagrin peut si aisément briser les êtres les plus forts !

La jeune femme avait le sentiment de se racornir, de se recroqueviller, de s'enterrer, de ne plus exister même… Ses journées n'étaient faites que de gestes machinaux, d'occupations ménagères et culinaires qu'elle exécutait sans même en avoir conscience…

— Josèpha ! bougonna le vieux. Vas-tu te bouger un peu ? Tu ne peux pas passer ta vie à larmoyer sur ton sort, aussi triste soit-il ! J'ai vergogne à te rudoyer ainsi, mais j'estime qu'il est de mon devoir de le faire !

Josèpha baissa la tête, plus pitoyable encore, telle une enfant qu'on réprimande.

— Tu as raison, Sébastien : continue à me houspiller, ce n'est qu'ainsi que je sortirai de mon trou !

— Facile à dire, mais tu n'écoutes rien.

— Quelquefois, j'aimerais qu'on me fouette pour m'obliger à réagir ! Mais qui pourrait bien me fouetter ? Sûrement pas toi, assurément !

Un petit sourire bienveillant sur la face ridée :

— Non, Josèpha ! Sûrement pas moi !

La jeune femme soupira une fois encore. Qu'était devenue la méridionale enjouée, sa spontanéité, sa voix claire et son accent qui chantaient si fort par-dessus les murs ? Que restait-il de son entrain, de sa joie de vivre ?

Depuis des semaines, Josèpha se refusait à sortir de la maisonnette morne et triste... Pourtant, de petits riens en petits riens, elle avait su apporter une touche féminine à cet intérieur de vieux solitaire. Tout ce qui était de verre ou de cuivre s'était mis à reluire et l'antique table avait retrouvé sa teinte patinée. On pouvait y lire de nouveau la veine du bois !

L'hiver était pluvieux plus que neigeux, la mauvaise saison d'une douceur inaccoutumée... Comment croire qu'il y avait seulement un an... Le « Grand Hiver »... Josèpha se secoua car elle se refusait à se remémorer cette triste période !

Assise sur le billot martyrisé par des décennies de bûches fendues, elle regarda une fois de plus le paysage qui s'étalait devant ses yeux. Entre deux averses, elle avait coutume de se laisser ainsi emporter par de longues rêveries nostalgiques...

Au loin, s'étirait une succession de dômes et de vallonnements arrondis, tous ces puys, ces pics, ces cratères usés, et partout ce hérissement verdâtre des sapins... De place en place, sur les hauteurs, des ruines crénelées évoquaient le temps des châteaux forts. L'Auvergne est une terre d'Histoire ! Ailleurs, des falaises de lave, rouges et grises, cassaient l'harmonie des forêts et des prairies...

Sans penser, sans éprouver un quelconque sentiment, la jeune femme se perdait volontiers dans de longues contemplations. La douleur de vivre s'évadait alors d'elle et le temps enfin ne comptait plus...

À la voir ainsi absente, immobile, sans la moindre expression au fond de ses grands yeux sombres, on eût pu la croire démente... Ces interminables états de somnolence avaient le don d'exaspérer et de désespérer Sébastien. Mais il devait bien admettre, au moins, que durant ses rêveries Josèpha ne broyait pas du noir : ces évasions lui faisaient sans doute le plus grand bien, quand quelques heures durant elle cessait simplement d'exister...

Un pas calme et mesuré crissa sur les cailloux de la sente, suivi d'une haleine bruyante et essoufflée...

— Oh ! Sébastien... Ta maison est bel et bien la plus haute de Molières ! Ce n'est plus un chemin, mais une échelle qu'il faudrait pour venir te saluer !

Le vieil Auvergnat ricana :

— Tu dis cela chaque fois que tu viens, le Louis ! Et ma foi, tu te fais de plus en plus fréquent, on dirait...

L'homme était petit, rougeaud, malicieux. Jeune encore, la mine souriante, et le geste maladroit autant que la démarche gauche, il se balançait d'un pied sur l'autre, muet tout à coup. À la dérobée, il lorgnait du côté de Josèpha qui, indifférente à tout, ne s'était même pas aperçue de son arrivée.

Sébastien se moqua :

— Merci quand même de ta visite, le Louis, merci… Bien qu'il m'étonne que mes beaux yeux t'attirent si souvent en les parages !

Louis se mit à rougir, reporta son attention sur Josèpha. Un coup d'œil au vieux et il murmura :

— Dieu, qu'elle est belle ! Oh ! Oui… Quelle femme ! On dirait la Madone !

Il est vrai que Josèpha, dans sa méditation, immobile et les traits figés, prenait parfois des airs de statue d'église… Sébastien soupira :

— Mon pauvre Louis ! C'est bien touchant, tes sentiments, mais je ne crois pas qu'elle soit prête de penser à un autre homme que son pauvre mari ! Le mal qui la ronge sera très long à guérir…

Louis haussa les épaules et vint s'agenouiller auprès de celle qui faisait s'emballer son cœur. Il n'osait pas la regarder et se contentait de fixer le sol. Il n'osait pas non plus tenir dans ses paumes cette main qu'il trouvait si douce et continuait de se triturer nerveusement les doigts… Dieu ! Comme il eût aimé lui dire les élans qui le poussaient vers elle ! Lui dire son admiration, sa fascination, son adoration ! Mais Josèpha, plus grande que lui, tout autant que ses grands yeux si tristes l'intimidaient : il ne savait comment lui avouer l'espoir qu'il avait de lui rendre le bonheur... Pourtant, Louis n'avait à lui apporter que sa misère et sa timidité en partage, et il restait là aux pieds de la jeune femme, à rêver lui aussi, rêver à son impossible amour...

Sébastien les regarda un instant, et maugréa :

— Des muets ! Je ne vis qu'entouré de muets... Parole, jamais je n'aurais dû amener Josèpha ici !

Il le disait mais ne le pensait pas, car secrètement il ne regrettait rien : Josèpha avait été là lorsqu'il était dans le besoin, et la moindre des choses était bien de lui rendre la pareille !

Exaspéré par l'inaction de sa maîtresse, Pataud grogna et la bouscula du museau, comme pour l'arracher à cette nostalgie qu'il ne comprenait pas... Josèpha sembla s'éveiller soudain :

— Oh ! Pataud... Tu veux qu'on se promène ? Tu n'as plus de troupeau à garder et tu t'ennuies ? Mais je n'ai guère envie de me promener, tu sais ! Tiens ! Tu es là, Louis ?

— Oui, je suis là, Josèpha... Et Pataud a raison : tu devrais bouger ! Surtout que l'hiver le permet... D'accord pour une petite balade ?

Josèpha se leva de son billot avec toute la lassitude de la terre sur les épaules. Elle rabattit distraitement les pointes de son châle sur sa poitrine :

— À quoi bon ?

Sébastien était à portée d'oreille et intervint :

— Comment ça, à quoi bon ? s'exclama-t-il. Tu n'es lucide en rien ! Sais-tu seulement combien il est difficile de se nourrir, ici ? Non, bien sûr ! Heureusement que les voisins ont du lait et du fromage et que j'avais des porcs « à moitié » chez eux ! Heureusement que nous avons des noix et des châtaignes, même si nous manquons de pain ! Alors, Louis a raison : les forêts n'offrent plus de gibier depuis les grands froids, mais il y a encore des champignons pour améliorer l'ordinaire, des grisets, des charbonniers, des jaunets ! Il y a aussi de la doucette sauvage en cette saison, et bientôt des pissenlits dans les prés ! Ça ne viendra pas tout seul dans l'assiette !

Le coup de colère calculé de Sébastien eut l'air de faire son effet :

— Excuse-moi, Sébastien... Je suis impardonnable de ne pas remarquer les efforts que tu fais pour garnir nos écuelles.

— Alors ? demanda Louis, sourire aux lèvres.

— Alors on y va ! Allez, Pataud, en route !

— Eh ! s'écria Sébastien. N'oubliez pas les paniers !

Consciente désormais de la menace de famine, Josèpha se fit un devoir de sillonner les prés et les bois à la recherche de tout ce que la nature offre pour satisfaire les ventres humains... Chaque jour, Louis était plus empressé à ses côtés et l'accompagnait dans toutes ses errances : il ne fallait surtout pas qu'elle s'éloignât seule, « rapport aux loups » ! Peut-être Louis n'avait-il pas tort : on racontait tant de choses sur les attaques de meutes affamées !

Mais, si les longues marches sur les sentiers dans l'air vif montant des vallées l'obligeaient à une salutaire activité physique, la tête ne suivait pas. Josèpha se sentait comme étrangère à son corps et n'arrivait pas à récupérer cet entrain qui, il y avait si peu de temps, faisait d'elle une femme que chacun admirait...

La région était belle pourtant, et même agréable avec cette neige qui se refusait à tomber, cette bise qui ne se levait pas... Dans la lumière livide des matins humides, quand l'aiguille brille des mille éclats des gouttelettes nocturnes, quand la rocaille crève la rosée des prairies, quand les feuilles de châtaigniers se font tapis moelleux et odorant sous les pas, Josèpha ne semblait pas être sensible à la beauté des choses !

On avait tué le cochon à la ferme Sudre et Sébastien s'en revenait avec son dû, sa « moitié de la bête » comme il en possédait d'autres dans bien des maisons de la contrée : l'homme n'était pas souvent chez lui et avait l'habitude de mettre son « cheptel » en pension en échange de sa part... En cette période de disette, le vieil homme avait fermé les yeux sur ce qu'on lui devait de l'année du grand hiver, mais il entendait bien profiter de ce qui lui était dû pour la présente année !

La pluie l'avait contraint à réintégrer l'intérieur de sa pauvre demeure, et il préparait un jambon à la cendre comme seuls savent le faire les Auvergnats afin qu'il conserve longtemps sa saveur...

Il releva la tête en entendant Pataud gratter à la porte :

— Ah ! marmonna-t-il. Voilà notre Josèpha qui rentre avec son Louis-pot-de-glu !

Il s'alarma en voyant entrer la jeune femme soutenue par son soupirant et lâcha son couteau :

— Mon Dieu, Louis ! Un accident ?

Le jeune homme aida Josèpha à s'allonger sur un coin de lit et l'enveloppa d'une couverture avant de répondre :

— Non, Sébastien ! Mais elle tousse beaucoup depuis quelques jours et elle s'obstine à ne pas se couvrir contre le vent et la pluie ! Elle se fatigue au moindre raidillon ! Elle a failli me tourner de l'œil dans les bras...

Le vieil homme prit un air accablé, triste tout à coup. Il s'agenouilla près du lit sans un mot pour prendre entre ses doigts la main de la jeune femme.

Louis semblait catastrophé :

— Comme si elle avait du sang de navet. Elle s'est mise à tituber comme ces malheureux que la famine ronge sur le bord des chemins... Regarde comme elle est pâle !

— C'est comme tu le dis, mon Louis... Il y a de quoi manger chez moi à part le pain qui est rare, mais Josèpha picore comme un moineau !

— Elle est malade, Sébastien ! Il faudrait faire venir la Mélie... Elle saura bien la soigner !

Le vieil homme secoua doucement la tête :

— La Mélie peut soigner le corps, Louis... Mais elle ne soigne pas les âmes !

Se redressant, il prit le paysan par l'épaule et le reconduisit vers la porte.

— C'est peut-être encore plus grave que tu ne le penses, murmura-t-il. Et personne n'y peut rien ! Rentre chez toi, mon gars. Ça vaudra mieux ! Je m'en vais la sécher et lui faire un bon bouillon chaud...

Louis se prit la tête à deux mains :

— Mais qu'est-ce qu'elle a, vieux ? Qu'est-ce qu'elle a ?

— Elle veut rejoindre son homme ! Josèpha ne le sait pas, mais elle se laisse malgré elle mourir à petit feu...

Les jours passèrent, mornes et lugubres sous le soleil revenu. Sébastien vieillissait à vue d'œil en voyant dépérir sa jeune amie qui ne sortait plus de dessous ses couvertures. Pourtant, que de gentillesse ne lui donnait-il pas, que de chaleur humaine, d'attentions, de compréhension !

Le légendaire courage de Josèpha semblait s'être définitivement évanoui ! En moins d'une semaine, elle était devenue l'ombre d'elle-même, ses joues s'étaient creusées et ses yeux fiévreux s'enfonçaient chaque jour un peu plus dans les orbites... Elle avait maigri si vite qu'elle semblait avoir fondu dans ses vêtements. Où était donc la solide gaillarde que Sébastien avait connue ?

Sans cesse, elle frissonnait près des flammes malgré les bûches que le vieil homme offrait sans relâche à l'avidité de la cheminée. Josèpha ne se plaignait même pas, étrangère à son propre corps... Sans doute ne se rendait-elle pas compte de son état, de l'inquiétude de son ami ni de l'angoisse de Louis, qui ne laissait pas passer une journée sans lui rendre visite... Elle était lasse seulement, terriblement lasse ! Lasse de se battre, lasse de vivre... Elle eût pourtant dû se sentir entourée, car de tous les habitants de Molières rares étaient ceux qui n'étaient pas montés au moins une fois pour tenter de la réconforter... On s'épaule, en Auvergne !

Josèpha avait une fois de plus repoussé le bol de soupe qu'il lui présentait. Sébastien, effondré, s'était retiré sur son banc puis s'était tristement accoudé sur le bord de la table bancale. Il ne s'emportait même plus contre l'attitude de la jeune femme, impuissant qu'il était à lui apporter le moindre remède...

Un nouveau soir tombait sur la détresse du logis au sein duquel un sinistre silence s'appesantissait... Sébastien se mordit rageusement le poing, comme s'il se sentait coupable. Ah ! Peut-être que si elle était restée dans le Haut Forez ?

Soudain, Pataud releva la tête puis se dressa sur ses pattes. Il pointa les oreilles, se posta devant la porte en gémissant. Le vieil homme observa d'un air intrigué le chien qui frétillait de la queue : qui pouvait bien venir ? Le Louis ? Pataud n'en faisait aucun cas... Un étranger ? Il faisait alors son métier de chien en aboyant à tout va !

Tendant l'oreille, Sébastien perçut bientôt l'approche d'un pas décidé. Il se leva de son banc pour aller ouvrir la porte et se trouva devant un grand gaillard inconnu à forte tignasse, aux yeux pâles et francs, aux joues mangées par une barbe naissante.

Pataud se frotta aux jambes du visiteur avec de petits jappements de contentement.

— Que me vaut le plaisir, l'ami ?

Sans répondre, l'homme lança son regard dans la pièce par-dessus l'épaule de Sébastien :

— Josèpha ! s'écria-t-il d'une voix étranglée…

« *Josèpha !* »

Dans sa somnolence, la voix parvint à la conscience de la jeune femme, comme répercutée par un tunnel assourdi. Une voix familière, tant et tant espérée ! Rêvait-elle encore ?

— Josèpha !

Elle redressa lentement la tête et ouvrit des yeux écarquillés par l'incrédulité. Si elle eût été debout elle se fût évanouie… Son cœur bondissait. Non ! Ce n'était pas possible ? Le délire lui jouait des tours !

« *François !* » voulut-elle hurler, mais le nom si cher ne put se frayer une voie dans sa gorge douloureuse.

— Josèpha ! cria encore l'homme.

Elle repoussa la couverture et mit les pieds par terre pour se jeter dans les bras de ce fantôme mais ses jambes se dérobèrent et tout vacilla autour d'elle…

Déjà, François était là, bousculant le vieux Sébastien pour la saisir au vol et lui éviter de s'effondrer à terre…

— Josèpha ! Ma mie, allons, reprends tes sens, mon cœur ! Oui, c'est bien moi…

Les larmes inondaient le visage de la jeune femme qui ne se lassait pas de toucher ce front, ces cheveux, ces joues piquantes, ce grand corps qui sentait la sueur…

— François… Oh ! Mon François ! hoqueta-t-elle enfin.

Le scieur la serra contre lui de toute la force de ses bras puissants et se mit à tournoyer dans la pièce sous les aboiements complices de Pataud. Sébastien s'interposa :

— Allons, allons ! Lâche-la, mon gars… Tu vas nous l'étouffer ! Lâche-la, voyons ! Tu ne te rends pas compte combien elle est faible ?

François reposa doucement son épouse en larmes sur le bord du lit où, telle une poupée de chiffon elle se laissa choir, éperdue de bonheur, ivre d'amour… Puis il se retourna sur le vieil homme :

— Pardonne mon intrusion ! Tu dois être Sébastien, n'est-ce pas ?

L'Auvergnat se mit à rire doucement :

— Et toi, tu es François, si j'ai bien compris !

Il fit deux pas en arrière, détailla le nouveau venu de la tête aux pieds et décréta :

— J'ai bien entendu parler de toi, mon gars, mais je ne t'imaginais pas ainsi…

— Déçu ? questionna ironiquement François.

— Que non pas, mon gars ! T'es plutôt bien, même, pour un Forignat ! Je suis bien content de te voir, car toi seul es capable de nous remettre Josèpha sur pied !

François jeta un coup d'œil alarmé sur son épouse qui gémissait dans une semi-inconscience, abandonnée sur son lit, pâle et exsangue :

— Ce n'est pas l'émotion ? Elle... Elle est vraiment malade ?

Subitement inquiet, il agrippa Sébastien par le revers de sa veste noire et élimée :

— Elle est malade, n'est-ce pas ? Dis-moi ! Qu'a-t-elle ?

— Calme-toi, François ! Tu n'as donc pas remarqué combien elle est maigre ? Mais arrête donc de me secouer comme un prunier ! Tout ira mieux, maintenant que tu es là... Comprends : tout le monde te croyait mort ! Malgré son courage, Josèpha se laissait mourir à son tour... Par amour. Pour te rejoindre, peut-être ?

Il prit le grand scieur par les épaules et ajouta :

— Mais, par miracle et je ne sais comment, te revoilà ! Ta résurrection sera aussi celle de cette brave fille. M'aurait fait de la peine de la voir continuer à dépérir...

François regarda la femme qu'il aimait et les larmes lui montèrent aux yeux. Comment, dans la joie des retrouvailles, avait-il pu rester autant aveugle, ne pas voir ces joues creuses, ces yeux fiévreux ? Comment n'avait-il pas été intrigué de trouver Josèpha en chemise de nuit et au lit le soir à peine tombé ? Laissant Sébastien, il la rejoignit sur la couche et s'usa les yeux à la contempler avant de l'enserrer de ses bras, de la bercer doucement...

Dieu ! Il avait bien souvent imaginé son retour, mais combien ces rêves éveillés étaient loin de la triste réalité qu'il vivait ! Tant de fois il s'était vu sauter au cou de Josèpha, l'embrasser à en perdre le souffle, la dévêtir sur-le-champ et la basculer sur le lit… Et voilà qu'il se retrouvait sous un autre toit que le sien à serrer contre lui cet être inerte et bien loin de pouvoir éveiller le désir !

Mais son esprit était à mille lieues des délices de la chair et voir Josèpha dans cet état lui déchirait l'âme : tout cela était de sa faute ! Il avait perdu ses terres, sa maison et sa région natale, et il ne retrouvait sa femme que pour voir la vie s'en échapper comme l'eau d'un vase fissuré !

— Ne t'inquiète plus, François… Ta présence auprès d'elle sera maintenant le plus efficace des remèdes !

Le scieur tenta de cacher l'humidité perlée qui lui brûlait les paupières et il adressa à Sébastien un regard empli de gratitude. Comme il était bon de sentir près de lui, en véritable ami, un homme qu'il ne connaissait pas quelques instants plus tôt !

Josèpha émit un petit cri plaintif. Son cœur cognait à se rompre… N'avait-elle pas déliré ? Non, François était bien là, bien vivant ! L'odeur de François, les mains de François sur sa taille, son haleine chaude sur son cou…

Peu à peu, la jeune femme émergeait des limbes obscurs où elle s'était enlisée. Peu à peu s'infiltrait en elle la certitude qu'elle n'était pas victime d'un songe…

— François…

Sa voix n'avait plus de timbre. Elle avait l'impression d'avoir crié le nom chéri et était consciente de n'avoir émis qu'un pauvre murmure…

— François... Je te croyais perdu à jamais ! Dieu ! Que je suis heureuse... Que serais-je sans toi ?

— Tu serais Josèpha ! dit-il en se raclant la gorge. Je ne peux admettre que ma Josèpha abdique ! Et si malheur avait dû m'arriver, j'aurais souhaité de là-haut te voir forte et battante ! J'aurais voulu te voir relever la tête et ne pas te recroqueviller sous ces couvertures !

— J'ai essayé, François... Je t'assure, j'ai tant essayé !

Avec effort, elle se retourna, les yeux fermés, chercha de ses lèvres les lèvres de son homme. François, soudain presque timide, ne fit d'abord qu'effleurer ce baiser... Puis il s'empara de la bouche offerte avec avidité, avec rage, avec ivresse. Enfin, ce moment tant attendu ! Cette sensation de se fondre en celle pour qui il vivait !

Au bord de l'asphyxie, Josèpha repoussa la tête de François et reprit son souffle...

— Si tu savais comme je t'aime, comme tu m'as manqué !

— Je t'aime pour le moins autant et jamais plus je ne te laisserai seule ainsi !

Une expression de vie et de joie transfigura le visage de la jeune femme :

— C'est vrai ?

— Promis, juré !

Sébastien baissa les yeux avec une moue qui trahissait autant la joie que la gêne : il sentait bien que sa place n'était pas là en ce moment presque sacré, mais où pouvait-il aller en pleine nuit pour laisser au couple un peu d'intimité ?

Josèpha rejeta en arrière sa chevelure ébouriffée. Depuis quand n'avait-elle eu dans le regard cette étincelle joyeuse qui la rendait plus belle encore malgré sa maigreur maladive ? Elle se redressa avec une vivacité qu'elle ne se connaissait plus :

— Dieu ! François ! Que j'ai faim !

Sébastien se mit à rire :

— Elle est guérie ! Ça y est, elle est guérie ! J'en étais sûr ! Il y a des lustres que je ne l'ai entendue dire avoir faim !

— J'ai faim, moi aussi, avoua François. Mais il faut que je remise mon cheval et ma charrette…

Sébastien en profita pour trouver le prétexte de s'éclipser :

— Ne bouge pas ! J'y vais ! Je suis tellement heureux que vous vous soyez retrouvés…

Aussitôt qu'ils furent seuls, ce fut de nouveau la fournaise de deux bouches accolées, le cœur qui s'emballe, l'âme qui chavire… Josèpha s'écarta, à bout de souffle. Elle se sentait renaître et les questions se bousculaient maintenant sous son crâne…

— Me diras-tu maintenant pourquoi ce retard, pourquoi tout le monde te croyait mort ? Pourquoi ces longs mois sans nouvelles ? Pourquoi m'avoir fait vivre cette désespérance inutile ? Cent fois, j'ai cru mourir de chagrin !

Sébastien rentrait déjà et remarqua :

— La cent unième pouvait être la bonne ! Heureusement François, tu es revenu au bon moment ! Un mois de plus et je crois que tu serais arrivé trop tard : le veuvage tient parfois à bien peu de chose, tu sais !

Émû au-delà des mots, François baissa la tête. Comment eût-il pu vivre sans Josèpha ? Il ne pouvait ni ne voulait le concevoir... Sébastien posa une main paternelle sur les cheveux noirs de la jeune femme et demanda doucement :

— Ton épouse t'a posé questions auxquelles tu n'as pas répondu, François... J'en ajouterai une : comment as-tu déniché ma demeure perdue au fond de l'Auvergne ?

Le scieur laissa planer un silence avant de se décider à éclairer ce qui restait pour Josèpha et Sébastien un véritable mystère.

— C'est une longue histoire...

Sa voix s'était faite murmure et une grande tristesse en émanait... Il relata ses aventures sur terre et sur l'eau, sa survie lors des grands froids, son voyage à Nantes et le dur métier de la scie. Puis il évoqua son accident et cette jambe qui ne voulait pas guérir... Enfin, il décrivit la bienveillance envers lui de Jacques Callard, sa convalescence, ce voyage du retour, sa désespérance à ne point retrouver Josèpha...

— Dieu ! s'écria-t-il d'un ton fêlé par l'émotion. Qu'importait ma maison brûlée ? J'ai cru que le ciel me tombait dessus, que la terre s'ouvrait sous mes pieds ! J'ai eu si peur que tu ne sois aussi partie en fumée !

Un sanglot se cassa dans sa voix et il serra très fort Josèpha contre lui :

— Je t'ai crue morte moi aussi, et j'ai failli démolir en pleine nuit la porte des Chira ! Quelle joie alors de te savoir saine et sauve ! Quelles larmes aussi en apprenant la mort de mon pauvre frère…

Gorge nouée, il toussa pour masquer son émoi… Puis, trouvant au contact de Josèpha la force de chasser sa peine, il s'imposa un sourire :

— J'ai été bien aise de te savoir enfin acceptée des gens de Chaumezet. Ils t'ont maintenant en grande amitié, sais-tu ?

— Je sais, admit la jeune femme. Pourquoi n'avons-nous pas été amis plus tôt ! Ils se sont tous montrés si gentils avec moi…

— Alors, pourquoi n'es-tu pas restée à Chaumezet ?

— Quelles raisons avais-je d'y rester ? Je me croyais veuve et sans toit… Sébastien ne pouvait s'éterniser en Forez, même s'il a été comme un père pour moi… Là-haut, j'aurais vu partout ton ombre jusqu'à la fin de mes jours ! Ma seule envie dès lors, c'était de retourner en mes Cévennes : c'est là que je voulais mourir…

Un long silence suivit, presque palpable… Josèpha n'arrivait toujours pas à croire à son bonheur et ne quittait pas des yeux son homme, le buvant d'un regard éperdu de tendresse.

— Cela est fini maintenant, dit-elle. Au Diable mes Cévennes ! Nous pourrons retourner à Chaumezet, reconstruire notre maison ou habiter celle de notre cher Antoine ! Je me sens si forte depuis que tu m'es revenu !

François secoua la tête avec une moue :

— Nous ne retournerons pas à Chaumezet, dit-il d'un ton grave. Je me suis battu avec le notaire pour qu'il fasse vite et j'ai tout vendu, là-haut ! Mes terres et mes bois, mes murs et vergers, tant de mon domaine que de celui d'Antoine... C'est une des raisons de mon retard, car ce ne sont pas des choses qui se traitent en un jour ! J'ai donc bourse bien garnie en poche, ma Josèpha... Mais il nous faudra tout pour nous reconstruire une autre vie ailleurs !

Josèpha baissa la tête, un peu perdue : elle n'était pas prête pour envisager un tel changement !

— Mais pourquoi ? gémit-elle. Pourquoi cette fuite ? Nous pouvions tout rebâtir, à nous deux !

François se tortilla sur son banc, gêné. L'insistance de Josèpha l'ébranlait dans sa détermination...

— J'ai récupéré chez Antoine tout ce qu'il nous faut pour fonder un nouveau domaine : une pleine charrette ! Et j'ai acheté une brave jument qui s'appelle Mignotte ! Sébastien a pu juger combien elle est docile... J'ai tiré bon prix de toutes ces transactions malgré la famine et la misère qui règnent un peu partout... Mais j'ai trop de mauvais souvenirs à Chaumezet et je n'y aurais vu partout que l'ombre de mon frère Antoine... Les murs qui m'ont vu naître et qui ont vu naître mes ancêtres ne sont plus que ruines et je n'ai désormais plus aucune famille en Hautes Chaumes...

Il fit une pause et poursuivit :

— Et puis, tu n'as jamais vraiment aimé ce climat. Il me sera certainement plus facile de m'habituer à ton soleil que toi à mes froidures !

La jeune femme secoua vigoureusement la tête comme si elle s'ébrouait... Elle ne voulait plus réfléchir à tout cela ! Peu à peu, l'enthousiasme qu'elle avait à retourner auprès des Cévennes et de son soleil se mêlait à la joie de retrouver François. Une éclaircie magnifique déchirait enfin le ciel bouché de son avenir ! Elle savait qu'il ne serait pas plus facile de se reconstruire une vie dans le Midi qu'à Chaumezet, mais la perspective d'un climat plus doux l'incitait à l'optimisme : même la pauvreté semble plus légère au soleil !

Le fumet de la soupe chaude se rappela à ses narines et son estomac se manifesta en tumultueux borborygmes. Un appétit formidable s'emparait de tout son corps, l'appétit de manger, bien sûr, mais aussi l'appétit de vivre, de chanter, de rire et de faire l'amour à en perdre les sens ! Il allait lui falloir redécouvrir le bonheur de se pelotonner peau sur peau contre le corps d'un homme... De « son » homme !

Les émotions, la soupe chaude, l'état d'épuisement de Josèpha s'additionnaient pour étouffer les désirs charnels du Forézien et se muaient peu à peu en un tranquille bien être intense et serein... Dans l'obscurité de la nuit calme, la fatigue fut la plus forte et la jeune femme s'abandonna vite au sommeil dans les bras de François. En tout état de cause, elle était encore trop faible et ne se sentait pas l'énergie de se livrer à ces ébats que leurs corps demandaient de si impérieuse façon.

François, malgré toute l'envie qu'il en avait, se garda bien d'insister pour parvenir à ses fins : qu'importait sa soif d'étreinte, qu'importait son sexe tendu et douloureux ?

Josèpha était là, nichée entre ses bras et cela seul comptait !

Josèpha ! Sous ses doigts caressants palpitait la chair douce et chaude de celle qu'il aimait. Mais il en sentait aussi les côtes saillantes : les formes épanouies de Josèpha qui autrefois faisait tant d'envieuses avaient fondu... Sachant bien que le chagrin était seul responsable, François s'en sentit ému comme givre au printemps...

Sébastien se racla la gorge. Il aurait eu besoin de tousser mais craignait de troubler le calme de Josèpha et de son époux. Après son impuissance à voir dépérir sa jeune amie, sa joie ne connaissait plus de bornes à la savoir de nouveau heureuse ! Mais à la joie se mêlait la triste perspective de se retrouver bientôt seul encore une fois...

Un sourire éteignit cette moue que personne ne pouvait voir dans l'obscurité : après tout, Josèpha avait été pour lui un éclair de bonheur dans la nuit de sa vie et un éclair, aussi intense soit-il jamais ne sait durer !

- 23 -

Le rire clair de Josèpha sembla éclabousser les oreilles de François, qui se retourna :

— François ! Regarde ! Les premières violettes !

Les yeux de la jeune femme étincelaient d'une joie printanière et le Forézien se surprit une nouvelle fois à la désirer. Plus que jamais, il l'aimait ! Comme il exultait à la retrouver enfin telle qu'il l'avait quittée ! Avec les joues pleines, les formes arrondies, la poitrine accueillante et des hanches qui appelaient ses mains…

Et pourtant, en ces pauvres régions accablées par la disette et la misère, il fallait parfois se serrer la ceinture… À croire que l'amour nourrissait !

François soupira de satisfaction et se redressa pour laisser courir son regard sur l'horizon ressuscité par les premiers jours de vrai beau temps. Un soleil enfin chaud effleurait la peau et comblait d'une chaleur nouvelle l'herbe renaissante… Tout déjà verdissait, du fond des vallées jusqu'à l'orée des sapins hérissant le dôme des puys. Un vert tendre, porteur de toutes les espérances ! Dieu merci, l'hiver avait été clément, anormalement doux même, et l'on pouvait déjà augurer d'une récolte qui reléguerait au rang des mauvais souvenirs le spectre de la famine…

Une douceur presque étrange émanait de la nature qui, subitement, paraissait outrageusement gaie. L'eau du bachat chantait et étincelait de mille diamants fantasques et les animaux mêmes semblaient guillerets.

Le ciel d'un bleu serein et profond donnait l'impression de participer à une liesse que François sentait partagée par l'univers tout entier !

Sur la branche d'un arbre mort, une boule de plumes lança une mélodie et François dressa l'oreille : les oiseaux ! Plus d'un an qu'il n'en avait entendu le chant ! Le grand hiver n'avait donc pas tout tué ? Il suffisait de ce simple chant pour qu'il eût envie de pleurer de joie toutes les larmes de son cœur…

Ses yeux s'embuèrent et il repensa à sa première nuit d'amour avec Josèpha depuis son retour. Malicieusement, Sébastien s'était trouvé l'impérieuse obligation d'aller aider certains lointains cousins à remettre en état leur buron pour « l'estive » du bétail… Ni François ni Josèpha n'avaient été dupes, mais ils furent reconnaissants au vieil homme de sa délicatesse et de sa prévenance.

Ah ! Cette intimité retrouvée… Ces gestes gauches et presque timides envers la jeune femme ! Comme s'il avait eu peur que sa première caresse la brisât, comme si un baiser eût pu l'étouffer… En se moquant, Josèpha avait su prendre les devants et oser là où il n'osait pas, avec son regard retrouvé de femme du Midi et cette fougue si jubilatoire qui lui plaisaient tant !

Dieu ! Ces doigts tremblants aussi impatients qu'hésitants, ce cœur bondissant, ce souffle court… Puis ces baisers, pudiques d'abord mais qui s'étaient si vite enfiévrés, ces lèvres affamées et ces vêtements arrachés avec hargne… Comme ils s'étaient aimés, dans des étreintes où se mêlaient rage et tendresse, frénésie et passion ! Oh ! Ces attouchements brûlants, ces dents qui s'entrechoquaient, le bourgeon d'un sein sous la langue égarée, les ongles crochés dans la peau, et le bonheur sublime de se donner à l'autre sans retenue aucune !

François ferma les yeux comme pour mieux retenir en lui ce moment inoubliable où son désir tendu avait enfin trouvé le nid tendre et offert ! La lente montée d'un plaisir qu'il avait eu bien du mal à tenir en bride... Enfin cette apothéose ! Ce déchaînement de sensations qu'il eût voulu voir ne jamais finir, jusqu'à ce cri de Josèpha qui emplissait encore ses oreilles...

Combien de fois avaient-ils recommencé à l'infini ces jeux de l'amour ? Combien de fois ce soir-là et les jours qui avaient suivi ? Non ! Josèpha n'était pas de ces femmes qui se donnent par devoir, mais par plaisir ! Elle savait être une amante exigeante que les joies conjugales partagées portaient au comble de la félicité...

François s'efforçait de penser à autre chose pour oublier l'érection suscitée par ces tendres évocations quand il rencontra le regard moqueur de Josèpha. Elle n'avait pas été sans remarquer le secret émoi de son compagnon ! Sans un mot, ils tombèrent dans les bras l'un de l'autre et les premières violettes firent les frais de leurs ébats fébriles...

Son corps lourd abandonné en travers de celui de Josèpha, François caressa doucement les cheveux noirs emmêlés de sueur... Tous deux repus et le souffle fou vivaient en extase ces instants privilégiés qui suivent l'acte de chair... La jeune femme leva sur lui des yeux éperdus de reconnaissance, son sourire éclatant valait toutes les déclarations !

En cette minute ils étaient éternels et le temps suspendu. Là-haut, sur la branche, l'oiseau chanta de plus belle. Le ruisseau se mit à bruire plus gaiement au fond de la vallée. Pataud s'était couché à quelques pas, levant de temps à autre une paupière fatiguée sur les jeux de ses maîtres, en vieux chien qui en avait vu d'autres !

— Jèfa... Ma Jèfa...

— Tu ne vas t'y mettre, toi aussi ? J'aime tant t'entendre m'appeler Josèpha...

— Josèpha !

— Non ! François... Ne dis rien, c'est tellement plus beau, sans rien dire...

Ce soir-là, l'horizon se teinta peu à peu d'une couleur rouge sang, du côté du couchant. Les dernières lueurs du soleil nimbaient les cieux d'écarlate et de pourpre où s'étiraient en longs filaments d'or des nuages éblouissants. Main dans la main, François et Josèpha contemplaient ce spectacle, debout au milieu de la cour, muets devant tant de beauté et de majesté.

Assis sur le pas de la porte, Sébastien goûtait aussi le calme rassurant émanant de ce crépuscule de feu. Quand les derniers reflets ocre se furent dilués derrière le dos rond des montagnes sombres, François serra un peu plus contre lui son épouse et s'adressa au vieil homme, sans se retourner :

— Je suis désolé, Sébastien... Je connais ton attachement pour Josèpha, mais nous n'avons plus rien à faire ici maintenant que la belle saison est là ! Il est temps pour nous de partir !

Sébastien sembla accuser le coup et son regard se perdit dans le crépuscule. Il s'attendait depuis longtemps à ces mots, ce qui ne l'empêchait pas de redouter le moment où ils seraient prononcés… Et ce moment était là ! Silencieusement, il hocha la tête. Pataud, comme sensible au désarroi qu'il cachait vint discrètement se coucher à ses pieds.

— Pourquoi resterions-nous ? poursuivit François. Notre vie n'est pas ici, pas plus qu'elle n'est désormais à Chaumezet ! Je sais que tu voudrais nous voir rester à Molières mais nous ne serons jamais Auvergnats… J'ai envie de vivre maintenant dans le pays de Josèpha tout comme elle a vécu dans le mien. J'ai envie de respirer l'odeur des plantes de sa garrigue, de me chauffer la peau à son soleil !

Le vieil homme ne répondit rien et se força seulement à forger sur son visage de marbre le maigre sourire de ceux qui comprennent… Gênée, Josèpha vint s'asseoir auprès de lui : elle ne savait que lui dire mais elle devinait chez lui cette même détresse qu'elle avait elle-même éprouvée quand elle redoutait de le voir partir de Chaumezet. Elle eût voulu trouver les mots pour réconforter celui qui avait su, le premier, lui donner toute son amitié dans l'adversité…

François ne l'ignorait pas. Il avait lui-même été vite en mesure d'apprécier la gentillesse de leur hôte…

— Sébastien… reprit-il. Je sais que la vie est dure partout mais ta vallée transpire vraiment trop la misère ! J'ai essayé de rendre ta maison plus vivable, mais ce n'est plus une maison, tout au plus une masure dont les murs font le ventre et dont le toit s'affaisse ! Il faudrait tout écrouler ici, et tout rebâtir…

— Peut-être, mon gars... Peut-être... admit Sébastien d'une voix cassée. Mais c'est quand même chez moi !

François se frotta une barbe de deux jours, hésitant à proposer au vieil homme une solution dont il n'avait même pas parlé à Josèpha.

Enfin, il se planta debout devant le vieux :

— Tu ne cesses de nous dire « *pourquoi partir, pourquoi partir ?* » Alors moi je te demande : « *pourquoi restes-tu ?* » Tu n'as plus rien ni personne qui te retienne ici ! Oui, je sais bien que c'est ton pays, bonhomme ! Mais ne me dis pas que tu restes pour ces vieux murs ! Josèpha et moi sommes le seul semblant de famille que tu puisses avoir. Alors, pourquoi ne pas venir avec nous ?

Abasourdi par cette proposition, Sébastien redressa la tête pour voir si son interlocuteur parlait sérieusement. L'offre était tentante pour échapper à la solitude qui le guettait, mais comment pouvait-elle venir d'un homme qui ne le connaissait pas deux mois auparavant ?

— Tu ne réponds rien, Sébastien ? Tu as pourtant assisté Josèpha quand elle avait besoin de toi ! C'est sans doute grâce à toi si elle est toujours en vie.

— C'est sans doute aussi grâce à elle si je ne suis pas mort ! rétorqua Sébastien.

— Peut-être... Mais tu as tant fait pour elle ! Il me semble honnête de te tendre à mon tour la main. Et puis tu me plais, bonhomme...

L'émotion serrait la gorge du vieil homme. Le geste de François lui allait droit au cœur mais il ne se voyait pas partir avec le couple à l'aventure sur les routes du royaume ! Il ne pouvait être qu'une charge pour ces jeunes pleins de vie ! Et puis, à Molières, il était malgré tout chez lui…

Il eut des difficultés à déglutir et sa voix se fit murmure :

— Non, François… Pourquoi veux-tu que je laisse le peu que j'ai pour des lendemains incertains ? À mon âge, on ne joue plus avec la vie, tu sais ! Je te remercie du fond du cœur de ta bonté pour moi, mais je ne suis plus assez fou pour te répondre oui… Que Josèpha m'en pardonne !

François soupira, sincèrement désolé :

— À ta guise, Sébastien ! J'espère que tu ne le regretteras pas ! J'aurais pu ajouter que les routes sont plus sûres à trois qu'à deux, que tu n'aurais pas été de trop pour nous aider à nous reconstruire un foyer, que ta présence ne pouvait que nous apporter joie et sagesse, mais à ta guise… Nous partirons dès dimanche après la messe. Tu auras le temps d'y réfléchir, aussi n'en parlons plus aujourd'hui !

Le jour du départ annoncé approchait. Sébastien semblait vieillir à vue d'œil. La perspective de se retrouver seul le rongeait de l'intérieur, l'éclat de ses yeux se cachait de plus en plus derrière un voile terne, une moue amère se substituait à ce sourire si prompt à fleurir sur ses lèvres, et il se laissait aller à une inactivité inquiétante. Malgré l'insistance de François et de Josèpha, il s'obstinait dans son refus : il n'avait plus la force de tout quitter, de laisser derrière lui sa pauvre maison…

Avec un soupir, il repoussa en arrière sa vieille casquette élimée, se gratta une touffe de cheveux blancs et posa ses deux mains bien à plat sur les côtes rugueuses de son épais pantalon noir. Puis il s'assit avec lassitude sur le billot qui avait vu se fendre tant de bûches...

Josèpha lui lança un regard où se mélangeaient tendresse, reconnaissance et tristesse... À elle aussi l'imminence de la séparation s'annonçait cruelle ! La perspective du départ pour une nouvelle vie en compagnie de l'homme qu'elle aimait l'emplissait pourtant d'exaltation, et c'était avec belle ardeur qu'elle s'adonnait aux préparatifs du voyage, mais l'entêtement de Sébastien restait comme un nuage qui entachait son soleil...

Dans l'écurie délabrée, Grison se mit à hennir, imité par Mignotte. Atteints par la nervosité ambiante, ils sentaient proche le nouveau périple... Les charrettes bâchées étaient emplies des biens que le jeune couple avait décidé d'emporter avec lui : peu de chose, en vérité, mais des baluchons de vêtements, des draps et des couvertures, quelques objets plus sentimentaux, des ustensiles de cuisine... Il y avait aussi tous les outils nécessaires à la bonne marche d'un domaine : les haches, les scies, les fourches, bêches, pelles et pioches, le soc d'une charrue, l'outillage du sabotier, du menuisier, du tonnelier, aussi... Tout ce que Josèpha avait sauvé de l'incendie et tout ce que François avait jugé bon de ramener de la maison de son frère Antoine...

Dans les vieilles bâtisses des Hautes Chaumes, les générations avaient accumulé tous les outils dont on usait pour les activités en forêt ou dans les champs, pour le bâtiment et pour les artisanats les plus divers. Du forgeage au charronnage, de la cordonnerie à la sellerie, de la coutellerie au tissage, une foule d'objets hétéroclites encombraient ainsi les remises : jamais on ne se résignait vraiment à s'en séparer...

« *Cela pouvait toujours servir !* »

Le bruit des pas sur les cailloux du sentier leur paraissait lugubre et les mots que l'on voulait dire restaient murés derrière les lèvres closes. François et Josèpha, suivis de Sébastien, avançaient une dernière fois le long des ornières du chemin. Ils allaient lentement, le nez baissé sur le bout de leurs pieds.

La minuscule église de Molières dont ils venaient de sortir n'était guère loin derrière eux, mais le couple et son vieil ami eussent souhaité que ce court trajet n'en finît point afin de retarder encore le dur moment des adieux...

Pourtant, la pauvre demeure de Sébastien fut bien vite là, devant eux. Mignotte et Grison piaffaient d'impatience, harnachés qu'ils étaient depuis avant la messe, attendant le départ... L'instant fatidique était là, inévitable...

Sans pouvoir prononcer une parole, Josèpha embrassa longuement le brave Auvergnat qui ruminait sa peine sous un dehors bourru. Puis, le nœud de la détresse étreignant douloureusement son larynx, Sébastien se laissa donner l'accolade émue de François, l'œil humide sous ses paupières fermées... Le vieillard se mordit cruellement les lèvres puis chevrota d'une voix cassée :

— Bon voyage… Et bonne chance à tous deux ! Vous savez, vous serez toujours en mon cœur ! À tout jamais…

Incapable d'en dire plus, il réintégra sa masure et claqua la porte sur son désarroi…

Toute la détresse de l'instant leur étranglant l'âme, Josèpha et son époux prirent leur monture par la bride et les chariots s'ébranlèrent dans le grincement plaintif des roues… Ni l'un ni l'autre n'eurent le courage de se retourner.

- 24 -

L'atmosphère était étouffante dans cette pièce trop petite et la fumée des bougies irritait les yeux. Personne ne pipait mot et Josèpha, gênée par ce silence pesant, chercha du regard François qui lui répondit d'une moue impuissante. Le feu crépitait sèchement…

La jeune femme reporta son attention sur la magie des flammes, rageuse de l'inactivité à laquelle elle se voyait contrainte. Elle soupira : que faisaient-ils tous deux dans ce pauvre logis trop silencieux où nul enfant ne se chamaillait ? Ce logis si triste… Sans le rire de jeunes filles amoureuses ? Non ! Cette demeure lui semblait morte !

Il y avait près d'une semaine qu'ils avaient quitté Molières et leur vieil ami Sébastien. Josèpha pensait souvent à lui avec un petit pincement au cœur : elle avait tant partagé d'épreuves en compagnie du vieil homme ! Pourquoi s'était-il refusé à faire partie du voyage ?

Une semaine déjà, une semaine au pas tranquille de Grison et de Mignotte, avec une halte chaque soir dans une des grandes demeures paysannes que leur avait conseillées Sébastien avant le départ. Le bonhomme avait tant loué ses maigres bras sous tous les horizons tout au long de sa vie ! Et chaque maître de domaine en avait gardé un bon souvenir si l'on en jugeait à l'accueil fait aux voyageurs dès qu'ils se recommandaient de la part de leur ami !

Une semaine déjà ! Mais trois jours mortels passés dans cette ferme sans âme à attendre que la pluie s'arrêtât...

Tout avait commencé par des brouillards épais qui s'égratignaient à la crête des sapins. Rien de très méchant, en fait : il en faut plus pour décourager ceux qui prennent la route ! Josèpha s'était même extasiée sur la beauté des puys, avec leurs dômes alignés comme frileusement calfeutrés derrière leur manteau de brumes. Un spectacle que la blanche lueur du matin rendait féerique...

Puis les brouillards avaient laissé place à une bruine tenace et insistante que l'on avait d'abord subie sans trop de désagrément, mais qui était vite devenue gênante, puis insupportable :

— Ça vaut tout de même mieux que la glace ! avait remarqué François, évoquant son voyage hivernal...

Josèpha n'avait rien répondu : la moindre allusion à cette triste période la mettait mal à l'aise !

Enfin, la pluie était arrivée portée par des nuées menaçantes après quelques coups de tonnerre...

— Une ondée ! avait dit François.

Une ondée qui s'était faite averse, puis tempête, avec des gouttes larges comme des pièces de six sous, qui tombaient dru en giflant les visages : depuis trois jours, c'était un véritable déluge qui s'abattait sur l'Auvergne !

Les chemins n'avaient pas été longs à se transformer en bourbiers où la roue des charrettes comme le sabot des chevaux s'enlisaient, où les ornières se faisaient ruisseaux, les ruisseaux torrents, et il ne fallut guère de temps pour que les rivières sortissent de leur lit, arrachant les arbres, bousculant les rives, inondant les champs et emportant les ponts... C'était à regret que François et son épouse avaient dû se résoudre à interrompre leur périple.

Voilà pourquoi ils se retrouvaient là, dans cette salle sombre et sans âme, assis sans un mot devant l'épaisse table nue à ruminer leurs noires pensées. La mère Compigne, leur hôtesse, s'affairait devant la marmite en préparant la soupe du soir. Ses cheveux gris que le blanc envahissait trahissaient un âge déjà avancé. Maigre et fluette, le visage émacié, elle avançait toujours à petits pas pressés, le regard en dessous et la tête baissée...

Une brave personne, sans nul doute, dont la timidité semblait maladive. Trop d'épreuves et trop de chagrins la muraient désormais dans un silence sans fin...

Josèpha regarda du coin de l'œil le père Compigne, un gros homme aux traits bestiaux qu'une couperose avancée marbrait de veinules violettes. L'homme était affalé sur un coin de la table, cuvant le vin dont il s'abrutissait à outrance. Un lourd ronflement s'échappait des lèvres de l'ivrogne dont l'haleine avinée emplissait la jeune femme de dégoût.

À voir agir la maîtresse de maison, elle se convainquit que la pauvre mère Compigne n'était pas vraiment timide. Elle avait seulement l'attitude des femmes battues : l'alcoolique ne devait pas être tendre dans ses colères et la Cévenole ressentit une forte compassion pour la vieille paysanne...

La pluie battait toujours violemment le carreau. Josèpha eut un long soupir. Ces cataractes s'arrêteraient-elles un jour ? Les larmes lui montèrent aux paupières : l'ambiance n'incitait pas à la gaieté !

Comme pour ajouter au malaise, le Toinou, fils unique des Compigne, présentait tous les signes du débile profond !... D'une maigreur extrême cet être décharné dodelinait en bavant une tête inexpressive au bout d'un cou trop long. En trois jours, Josèpha ne l'avait entendu qu'émettre quelques sons rauques et indistincts. Son regard vide mettait la jeune femme mal à l'aise et elle évitait de le croiser.

Josèpha regrettait la chaude atmosphère rencontrée chez leurs précédents hôtes... Pourquoi avait-il fallu que le mauvais temps les immobilisât justement dans cette maison, la plus triste qu'ils avaient rencontrée depuis leur départ ?

La soupe n'était qu'un brouet clair où surnageait une maigre tranche de couenne, mais le couple ne songeait pas à s'en plaindre tant la misère semblait rôder sur ces plateaux... Heureux encore le pauvre qui trouvait à se mettre un quignon de pain rassis sous la dent ! François repoussa son écuelle sans même l'avoir vidée, bientôt imité par sa femme. Le mutisme des occupants du lieu finissait par devenir insupportable, angoissant même et rien n'incitait à l'appétit ! Le maître de céans continuait à dormir bruyamment devant son assiette pleine et son épouse, le nez dans son bol, semblait plus picorer que vraiment se nourrir.

Indifférent à tout, le pauvre Toinou avalait sa pitance à grands gestes maladroits en une suite ininterrompue de borborygmes écœurants cependant que le brouet dégoulinait de ses lèvres sur son cou et sa chemise souillée...

François eut du mal à déglutir pour chasser la nausée qui lui soulevait l'estomac. Son regard chercha le réconfort de celui de Josèpha, aussi gênée que lui par cette situation grotesque. Ah ! Quitte à rester bloqués ici, que la maison n'était-elle plus grande pour leur offrir un peu d'intimité ! À l'expression soudain attentive de François, Josèpha sut que ce dernier était sur le point de s'animer, et elle le crut capable d'un scandale regrettable : n'allait-il pas exploser devant l'attitude de leurs hôtes ?

— Josèpha !

Sa voix résonna étrangement aux oreilles de la jeune femme, tant il y avait d'heures que personne n'avait prononcé un mot.

— Josèpha ?

— Oui ? répondit-elle sans comprendre...

— Josèpha ! Mais tu n'entends pas ? La pluie ! On dirait qu'elle s'est arrêtée...

Renversant le banc, Josèpha se précipita à sa suite pour ouvrir la porte. François ne se trompait pas... Le ciel s'était brusquement dégagé et la lune pâle éclairait les brouillards et les brumes montant du sol détrempé. Des filets d'eau gouttaient encore du toit dans les flaques miroitantes, mais le couple ne s'en soucia guère. Avec un immense éclat de rire, François enlaça soudain Josèpha et la fit tournoyer dans une folle danse tourbillonnante.

Quels éclats de joie à virevolter ainsi au milieu de la boue sans se soucier des éclaboussures ! Il ne la lâcha, essoufflé, que lorsqu'ils furent trempés, et il l'embrassa avec fougue. Dieu ! Qu'il faisait bon revivre après cette inactivité forcée !

Josèpha s'écarta de ses bras et le regarda de toute la ferveur de son regard éclatant de bonheur :

— Ne t'enflamme pas si vite ! le railla-t-elle. Il ne pleut plus ce soir, mais qui te dit qu'il ne pleuvra pas demain ?

François prit un air faussement furibond :

— Espèce d'oiseau de mauvais augure !

La jeune femme secoua son cheveu noir dans la brise nocturne et remarqua doucement :

— Même s'il ne pleut plus, ce n'est pas ce qui va faire redescendre les rivières dans l'heure ! Ni reconstruire les ponts comme par enchantement, ni faire disparaître la boue des chemins ! Je crains que nous ne soyons encore bloqués chez les Compigne un bon moment…

François grogna d'une contrariété mal contenue :

— Ne viens pas gâcher ma joie ! Dès demain, nous partirons d'ici… Même si nous devons demander asile à la ferme la plus proche ! Même si je dois louer notre lit à la première auberge venue… Je ne peux plus rester dans cette maison : elle pue trop la mort !

Josèpha opina de la tête :

— Oui, murmura-t-elle. Des morts-vivants…

Timidement, le temps s'arrangea. Un soleil hésitant s'installa dans des cieux chaque jour plus dégagés mais il fallut encore une bonne semaine avant de pouvoir enfin atteler les montures pour de bon, car les ruisseaux charrièrent longtemps des eaux brunes et épaisses et la décrue fut lente. Les gués restaient infranchissables et les ponts malmenés ne furent pas consolidés aussi vite que François l'eût souhaité.

Dévoré par l'impatience de reprendre la route, il rongeait son frein. Heureusement, ils avaient pu fuir la maison des Compigne et trouver à moins de trois lieues un bon domaine recommandé par Sébastien... Ils y avaient été traités en amis : Joseph et Berthe Payrès avaient sensiblement le même âge que François et les deux couples s'apprécièrent aussitôt. De plus, deux bambins, dont le plus grand plaisir était de se crotter dans tous les recoins possibles, amenaient cette vie et cette gaieté qui manquaient tant à Josèpha...

François se fit un plaisir d'offrir ses bras et sa force au service de son hôte, et les jours s'écoulèrent d'une manière plus agréable qu'il ne l'avait craint...

Mais le soleil des Basses Cévennes avait un appel trop puissant ! Dès que la chose fut possible, Josèpha et son mari n'eurent rien de plus pressé que de se lancer de nouveau sur les chemins. Une fois encore, l'épreuve allait être pénible pour la jeune femme qui ne se faisait des amis que pour mieux souffrir en les laissant derrière elle ! Elle se mordit les lèvres lorsque les enfants s'accrochèrent à ses jupes avec une immense détresse au fond des yeux... Eux aussi, perdaient une amie !

— Allons, les p'tits loups ! murmura Josèpha avec un sourire forcé. On se reverra peut-être un jour ! Et puis on a passé de si bons moments ensemble qu'il ne faut rien regretter !

Sa voix étranglée sonnait faux et peu ne s'en fallut que les larmes ne prissent le dessus...

Berthe lui tomba dans les bras, très émue elle aussi :

— Certes ! On se reverra bien un jour !

Personne n'y croyait vraiment et la jeune femme embrassa rapidement ses hôtes : il valait mieux ne pas s'éterniser et elle se porta à hauteur de Grison dont elle flatta gentiment l'encolure. Après une dernière solide poignée de main à Joseph Payrès, François la rejoignit avec un entrain simulé :

— Allez ! En route !

Le trajet semblait maintenant plus léger à Josèpha : tout bruissait de vie sous le soleil... Sous le couvert des frondaisons elle pouvait deviner les vallées encaissées d'où montait une bienfaisante fraîcheur. Au-delà des pentes raides, à la faveur d'une trouée dans la végétation, elle laissait parfois son regard caresser la chaîne de puys...

De part et d'autre du chemin, la nature conjuguait toute la gamme des verts, du vert sombre des sapins au vert tendre de la fougère qui vient de naître. Quelques oiseaux se faisaient entendre pour bien prouver au monde que les grands froids n'avaient pas exterminé tout ce qui portait plumes... Une brise douce faisait frémir les feuilles des arbres.

Tout l'enchantait de ces paysages qui s'apparentaient si peu à ceux qui l'avaient vu grandir, pas plus qu'ils n'évoquaient ceux des Hautes Chaumes... En Auvergne, chaque lacet de la route dévoile un panorama chaque fois renouvelé qui jamais ne ressemble au précédent. La monotonie aride d'un puy laisse place à une forêt, plus loin une cascade se jette dans une rivière au sein de prairies humides... Ici, un étang miroitant, là des amas de rocailles austères et des champs qui se disputent à la jachère et aux bois...

Cette variété empêchait la jeune femme de s'ennuyer, de songer à ce qu'elle laissait derrière elle, tout comme elle l'empêchait de penser à l'incertitude d'un avenir aléatoire...

En dehors des hameaux et des villages traversés ils croisèrent peu de gens. Les carrioles étaient rares sur les chemins et les paysans travaillaient aux champs... Souvent, au plus profond des bois résonnaient la scie et la cognée. Ici, on rentrait à l'étable un bétail maigre et souillé, ailleurs, on retournait la terre, on consolidait un muret, on battait l'enclume. La vie des hommes continuait...

François marchait en tête, tenant Mignotte à la bride en se laissant lui aussi bercer par la nonchalance d'un voyage où il tenait à ménager ses forces et celles de son épouse. Il restait encore beaucoup de route à faire et rien ne servait de s'exténuer en étapes longues et harassantes...

Soudain, il se retourna :

— Josèpha ! Prends garde...

La jeune femme se raidit et sa respiration se fit plus courte : elle n'était pas rompue comme le scieur aux dangers qui guettent le voyageur et se sentait tellement plus vulnérable qu'au sein d'un convoi, tel celui qui l'avait conduite avec Sébastien d'Olliergues jusqu'à Molières !

François avait crispé sa main sur le manche du « paroir » qu'il tenait coincé sur la selle de sa jument, mais Josèpha ne voyait toujours pas ce qui l'avait alarmé. Elle ralentit pourtant sa marche et remarqua bientôt, sur le talus au détour du sentier, quelques gueux en haillons qui semblaient les guetter. Des mendiants, sans doute... Sinon pire : elle se remémora les exactions dont étaient capables certains groupes de ces errants. Il n'y a bien souvent qu'un petit pas vite franchi pour faire un brigand d'un miséreux !

Avec sang-froid, François jaugea d'un coup d'œil la situation. Il n'y avait là qu'une dizaine de malheureux tout juste sortis de l'adolescence, pas même des hommes ! Mais qui pouvaient être néanmoins dangereux si l'on se fiait aux frondes, bâtons et coutelas qu'ils exhibaient. Seul, le Forézien eût peut-être avancé comme si de rien n'était, certain que sa détermination, sa stature et sa carrure étaient ses meilleures armes.

Mais il y avait Josèpha...

Il s'arrêta donc à quelques pas du groupe, toisa chaque individu droit dans les yeux et resta bien campé sur ses jambes, arborant un calme qu'il était loin de posséder. Les jeunes gens n'avaient pas encore une attitude menaçante et paraissaient attendre un droit de passage, comme si un péage leur était dû.

François ne put s'empêcher de sourire de compassion : ces grands gosses en guenilles, avec leurs grands yeux vides et leurs joues creuses faisaient plus pitié que peur ! La faim pousse facilement à des extrémités regrettables...

Il se décida à parler le premier tout en se félicitant d'être natif des Hautes Chaumes, une région frontière où l'on parle aussi bien le forézien que l'auvergnat : les « Forignats » n'avaient pas trop bonne réputation par ici et mieux valait user du dialecte local !

— Que voulez-vous, gamins ? L'aumône ? Alors qu'on trouve de l'ouvrage dans tous les bons domaines : partout où je suis passé, il manque de bras !

Le plus décidé de la troupe sauta du talus sur le chemin et se campa devant François :

— Je mendie depuis le grand hiver, l'homme ! Et j'ai plus à manger et plus de pécunes ainsi qu'en travaillant comme avant pour les riches !

« *Une fille !* » pensa François en entendant cette voix qui se voulait plus grave qu'elle n'était.

— On ne le dirait pas ! répondit-il. Vous n'êtes pas bien gras, pour des gens qui mangent à leur faim !

La « gamine » sortit un long coutelas et en joua nonchalamment :

— Il faut parfois savoir forcer la charité ! menaça-t-elle.

Du même air indolent, François sortit son grand paroir de sabotier, long comme le bras et tranchant comme un rasoir :

— Il faut parfois savoir se défendre, la belle ! Et ma femme a deux fusils chargés à portée de main et elle sait s'en servir !

Il perçut le désarroi dans le regard de son interlocutrice qui ne s'attendait pas à cette résistance. Déjà, ses « troupes » battaient en retraite dans les bois et elle recula pour en faire autant. François n'eut pas le cœur à profiter de son avantage et il s'approcha de son chariot :

— Non, reste là, petite ! Et tu n'auras pas à user de frondes ou de couteaux : j'aurais défendu mon bien bec et ongles, mais puisque vous n'insistez pas, j'aurais plaisir à vous offrir un jambon… Tu ne l'aurais jamais obtenu de moi par la menace ! Que cela te serve de leçon !

La fille eut l'air décontenancé et ses yeux brillèrent de telle façon lorsque François sortit le jambon promis de la charrette qu'il sut que jamais il n'oublierait ce regard…

— Un conseil encore : il y a d'autres moyens de trouver pitance, crois-moi ! À ton petit jeu, tu finiras trouée comme une passoire ! Les marchands et les soldats du Roi n'ont pas ma bonté et traitent autrement les brigands par les temps qui courent !

La route avait repris son cours. L'incident n'était plus que souvenir. François se félicitait tout de même d'avoir réparti son magot en différents endroits des chariots et des montures, histoire de ne pas mettre « tous ses œufs dans le même panier »…

— Nous serons bientôt sur des routes plus larges et mieux fréquentées ! dit-il. Le Puy n'est plus très loin…

Le Puy ! Capitale du Velay… Josèpha avait longuement écouté François en parler. Il ne tarissait pas d'éloges pour cette ville étrange où, disait-il, les églises se trouvaient perchées sur des pitons de roche ! La jeune femme était curieuse de voir cela tant cette description tenait des fables ou contes pour enfants... D'un autre côté, ses racines protestantes se rebellaient contre l'idolâtrie qui classait cette cité au rang de ville sainte. Elle comprenait mal les pèlerinages des bons catholiques, mais enfin ! François voulait tant lui faire connaître ces édifices !

— Qu'importe la religion ? lui avait-il dit. Le paysage que l'on découvre de là-haut est aussi beau pour Dieu que pour un protestant, un papiste, ou un païen ! Et crois-moi, ça vaut le coup d'œil !

François n'avait pas eu tort... Jamais Josèpha n'oublierait la première vision qu'elle avait eue de la ville, un des sites les plus curieux qui se puisse imaginer !

Le Puy : une ville multiple qui s'étageait au pied de fantastiques pitons volcaniques que le soleil semblait couvrir de rouille... Les maisons, telles des armées de murs et de toits, prenaient d'assaut les rochers abrupts qui les dominaient, et seuls les bâtiments religieux paraissaient avoir réussi à atteindre leurs sommets vertigineux...

La première chose à faire en arrivant avait été de mettre chevaux et charrettes en sécurité, et il n'avait pas été difficile de trouver une bonne auberge dans le vieux quartier aux ruelles étroites... Une fois n'étant pas coutume, le couple pouvait bien s'y offrir une ou deux nuits ! Ce fut donc près de la Place du Plot que François dénicha « l'Auberge du Pichet d'Or », dans l'antique rue pavée que les gens nommaient ici rue Rochetaillade...

Oubliant les quelques réticences qu'elle entretenait envers les fastes de la religion, Josèpha éprouva vite une admiration emplie d'émotion devant l'architecture de ces lieux saints. Combien de ferveur, combien de sueur, de peine et de talent avait-il fallu pour faire sortir du rocher cette cathédrale Notre-Dame qui écrasait les mortels de sa masse majestueuse ? Combien d'artistes s'étaient usés à sculpter et broder ces dentelles de pierre, à ciseler voûtes et ogives ?

C'était avec ces questions en tête que Josèpha s'était laissé guider du Rocher Corneille à la Chapelle des Pénitents, du Cloître Saint-Jean à l'église Saint-Laurent...

Ce matin-là, elle suivait François avec l'impression de marcher sur un nuage, dans cette ascension de l'escalier conduisant au sommet de la gigantesque aiguille de lave qui dominait la ville au nord de toute sa phénoménale hauteur... Un escalier interminable, raide, inégal et périlleux... Son époux se retourna, intrigué :

— J'ai l'habitude de rudes efforts, assura-t-il. Mais cette escalade arrive tout de même à m'essouffler ! Comment fais-tu pour conserver une respiration de dormeur ?

Josèpha ne répondit pas : ses oreilles bourdonnaient, sa vue se brouillait, mais elle ne ressentait aucune fatigue ! Pourtant, à peine eut-elle fait quelques pas dans le soleil aveuglant, sur la plateforme au pied de la chapelle Saint-Michel d'Aiguilhe qu'elle sentit ses jambes vaciller : comme dans un brouillard, elle crut reconnaître un visage flou au cœur même de l'évanouissement où elle sombrait...

— Sé... bastien...

François se précipita à temps pour amortir sa chute :

— Josèpha ! hurla-t-il. Mon Dieu ! Que t'arrive-t-il ?

Les fidèles massés sur le parvis se retournèrent sans comprendre et un moine en bure sombre s'approcha vivement :

— Laissez-moi passer, ce n'est rien ! J'ai l'habitude, vous savez ! Ce n'est pas la première à tourner de l'œil ! Pensez : deux cent soixante-huit marches à grimper, ça secoue !

- 25 -

Ce fut étrangement avec un sentiment de bien-être immense que Josèpha émergea de son malaise, au grand soulagement de son mari :

— Josèpha ! ne trouva-t-il qu'à dire en l'étreignant de toutes ses forces, des sanglots d'émotion dans la voix.

La jeune femme sembla regarder au travers de lui et s'écria :

— Sébastien ! Sébastien !

François s'écarta d'elle, vaguement inquiet. Était-elle devenue folle ?

— Ne dis donc pas de bêtises, je suis François ! Ton mari !

Josèpha se redressa un peu plus, bras tendu :

— Sébastien !

François fit volte-face, incrédule, et écarquilla les yeux : Sébastien était bel et bien là, souriant et l'air un peu goguenard.

— Sé... Sébastien ! Mais... Que fais-tu là ?

Le bonhomme n'eut pas le loisir de répondre. Totalement remise, Josèpha se releva et se précipita dans ses bras, des larmes de joie lui roulant sur les joues... Abasourdi, François regardait la scène sans comprendre.

— Oui, répéta Josèpha. C'est bien toi ! Que fais-tu là, mon Sébastien ?

Le vieil homme eut un sourire malicieux et répondit laconiquement :

— Mais… Je vous attendais, bien sûr !

Il fallut se trouver un coin tranquille en bordure de l'esplanade envahie de pèlerins pour pouvoir discuter en paix. Loin au-dessous, la ville étalait la mosaïque de ses toits à la caresse du soleil. La brise jouait avec les mèches noires des cheveux de Josèpha…

— Alors ! Si tu nous racontais, maintenant ?

Son accent chantait plus que jamais, vibrant d'un bonheur non dissimulé… Le vieil homme se décida enfin à parler :

— Eh, bien ! Voilà : j'avais été bouleversé par votre offre de me garder près de vous comme un membre de votre famille et votre départ a fait un grand vide en ma vie… Mais les vieux sont têtus, Josèpha, et je ne regrettais rien : à quoi bon partir ?

Sa voix grave ronronnait comme une douce musique… Devant les regards interrogatifs du couple, il poursuivit :

— Et puis il y a eu cette pluie qui semblait verser les mêmes larmes que ma solitude… Un vrai déluge ! Était-ce un signe de Dieu ? C'est ce que je me suis demandé la nuit même lorsque toute la colline a bougé sous les eaux et la boue : le gros mur de la maison a fait le ventre, un autre a commencé à s'ébouler et la poutre maîtresse a ripé du faîtage… Le toit s'est… comment dire ? Un peu affaissé ! J'ai eu de la chance que tout ne s'écroule pas sur ma tête !

Avec une moue cocasse, il remarqua :

— Tu avais bien raison, François ! Ma pauvre masure était bien une ruine… Et peut-être n'était-ce pas un hasard si la pluie l'achevait au moment même où vous partiez !

Il se dressa, bras écartés dans le vent et son ombre se calqua à celle d'une croix de l'édifice…

— C'était un signe, vous m'entendez ! Ma vieille demeure menaçait de s'effondrer sur moi, et sans elle rien ne me retenait plus à Molières ! Un pauvre homme comme moi ne possède pas grand-chose, alors j'ai vendu le peu que j'avais, à vil prix mais tant pis ! De quoi m'acheter la carne qui m'a traîné ici… J'ai donné le reste à des amis : ça ne m'a guère pris plus de deux jours ! Je n'avais plus qu'une idée : vous rejoindre…

Un grand silence suivit les révélations du brave homme qui, dans l'aventure de cet exil imprévu semblait avoir rajeuni… Dans les yeux étonnés de François et de Josèpha, la stupéfaction le disputait à la joie des retrouvailles :

— Mais… Comment nous as-tu dénichés ?

Le sourire de Sébastien se fit plus finaud encore.

— Oh ! Bien sûr… J'aurais pu vous suivre à la trace par les fermes que je vous avais conseillées ! Mais ma monture n'est guère rapide et mon bagage peu encombrant. Pourtant, comme le dit le proverbe, la montagne, même la plus haute, craint l'homme, même le plus lent… Vous deviez forcément passer par Le Puy. J'y suis arrivé avant vous !

Josèpha éclata de son rire clair et sonore qui se brisa en échos sur la haute façade de Saint-Michel :

— Le Puy, c'est grand ! Autant chercher une aiguille dans une botte de foin !

— La preuve que non, petite : j'ai simplement attendu que l'aiguille sorte de la botte de foin ! François ne pouvait passer par cette ville sans te montrer ce lieu spectaculaire ! Il y a donc trois jours que j'attends votre passage ici, en haut de ces escaliers, devant le porche de Saint-Michel : je ne pouvais pas vous rater !

François rit à son tour et fit claquer une bourrade virile sur l'épaule du vieil homme :

— Malin comme un Auvergnat ! se moqua-t-il…

Le vin était cher depuis le grand hiver mais les trois amis s'offrirent le luxe de fêter leur bonheur comme il se devait ! Aussi, ceci expliquant cela, ce fut avec un mal de tête qui leur battait les tempes que François et Sébastien attelèrent leurs montures dès l'aube, sous le regard un peu moqueur de Josèpha.

Pataud jappait joyeusement en courant de l'un à l'autre, se montrant manifestement heureux de voir Sébastien se joindre au voyage… Josèpha se sentait transportée d'allégresse et le retour du vieil homme semblait l'avoir délivrée d'un poids : que pouvait-elle espérer de plus pour retrouver son Midi !

— En route !

Pour la première fois depuis longtemps, ces deux petits mots presque rituels ne lui déchirèrent pas l'âme, et ce fut avec un sourire éclatant qu'elle se saisit du licol de Grison…

La journée était belle, et seuls les grincements des roues cerclées accompagnés du gémissement des planches branlantes des chariots répondaient au rythme paisible du sabot des chevaux.

Peu à peu, le cortège de dômes chauves et pelés faisait place à un paysage plus tourmenté… La rocaille se durcissait sous les feux du soleil, accueillante et froide à la fois, et le chemin se plaisait de plus en plus à n'être qu'une suite de lacets. Les vallées se creusaient toujours plus profondes mais Josèpha n'était pas dupe du charme qui en émanait : elle savait combien ces lieux si plaisants dans la lumière du printemps devenaient lugubres et effrayants au plus fort de la mauvaise saison !

Les pâturages se firent plus rares, cédant une fois encore le pas aux forêts, là où les coteaux étaient trop raides pour être livrés à la culture. En contrebas, tout au fond, les eaux roulaient leur écume dans un tumulte lointain… Cet environnement sauvage agissait comme une magie sur le moral de la jeune femme dont l'enthousiasme croissait au fil des lieues…

Sébastien, nonchalamment assis sur sa monture efflanquée, remarqua gentiment :

— Eh, bien ! Jèfa… L'air de la région a l'air de te faire le plus grand bien : on dirait que tu planes sur un nuage !

— Ne parle pas trop de nuages, répliqua la jeune femme en riant. Le ciel est si bleu !

François ne partageait pas le même optimiste : ce pays trop perdu et trop âpre lui semblait hostile... On croisait trop peu de convois à sa guise sur ces ornières du bout du monde, et il se souvenait de ce groupe de jeunes mendiants rencontrés près du Puy. Aussi ne se sentait-il pas vraiment à l'abri de mauvaises rencontres en ces lieux inhospitaliers : les brigands inquiétaient plus le Forézien que les mendiants, et il craignait l'embuscade. Aussi eut-il un soupir de soulagement en abordant le grand chemin muletier. Le passage y était plus intense, ce qui limitait les risques...

Il secoua la tête, se parlant à lui-même :

— Cette misère ne fait qu'ajouter à l'insécurité ! Espérons que les voyageurs seront plus nombreux !

La route offrit dès lors plus de rencontres, donnant ainsi raison au Forézien qui se sentit aussitôt rassuré : ce fut avec le sourire qu'il entendit au loin la mélopée de clochettes rythmée au pas cadencé des mulets qui annonçait une caravane. Et ce fut avec plaisir qu'il entama la conversation avec ces gens du voyage ! Les muletiers étaient des hommes placides au large chapeau de feutre, qui portaient longue canne et gros souliers ferrés et qui avaient la réputation d'être bavards...

— Oh ! Là, les braves... cria François... Le chemin est plus rude à la montée qu'à la descente ! Vous allez sur Le Puy, peut-être ?

Quatre muletiers et un jeune garçon arrêtèrent la colonne d'une quinzaine de bêtes qu'ils menaient, et qui portaient chacune ballots ou outres gonflées...

— Au Puy d'abord, plus loin ensuite... répondit laconiquement le chef de file en brossant d'un revers de manche sa moustache en broussaille...

Sébastien descendit précautionneusement de son cheval, histoire de se dégourdir les jambes…

— Vous avez pu produire du vin, en bas, l'année dernière ? s'étonna-t-il. On m'avait pourtant dit que tout était gelé ! Et ce jusqu'à la mer !

— Presque tout gelé… rectifia l'homme. La vigne a résisté sur certains coteaux abrités des vents. Mais certains malins avaient paillé les pieds, ce qui les a sauvés. Et puis, dans toute hécatombe, il y a toujours des survivants ! Aussi avons-nous quelque vin à négocier…

Il eut un rire finaud :

— Qui se vend d'ailleurs un prix d'or, rareté oblige ! Tout comme les rares noix et olives qui ont résisté, et dont nous avons quelques ballots…

Il secoua sa queue-de-cheval nouée dans le dos à la façon des muletiers, et proposa :

— Une « tasseido » ? Pour la route…

Ces hommes d'abord rudes avaient coutume d'offrir un gorgeon de vin aux passants avec qui ils liaient conversation. Il eût été impoli de refuser !

Après une succession de coteaux aux vallonnements assez doux, les voyageurs abordèrent une région de nouveau plus tourmentée. L'horizon se déchirait de saignées étroites balafrées d'éboulis, les pentes se faisaient plus escarpées, et selon l'exposition, le grès et le schiste le disputaient à l'humus cependant que feuillus, hêtres et châtaigniers, supplantaient progressivement les résineux…

Les maisons et les mas, rares encore, se regroupaient ici ou là en hameaux isolés et les villages perdus se firent de plus en plus éloignés les uns des autres. Toutefois, il y avait toujours quelqu'un au cœur de ces espaces qu'on eût jugés déserts, et la forêt résonnait souvent du cri des bûcherons, du choc du fer sur le bois, du craquement des grands arbres s'abattant avec fracas.

Ailleurs, d'immenses prairies répercutaient le son des cloches des troupeaux de chèvres et de moutons, et il n'était pas rare de parler à un berger ou à une bergère sur le bord du talus. Pourtant, les voyageurs ne croisèrent plus que de rares convois de mulets : la plupart d'entre eux prenaient plus volontiers la route de Mende.

Dans les brumes, au plus loin que pouvait porter la vue, se devinaient les Monts Lozère : on abordait la Cévenne dans sa partie la plus âpre et la plus dure ! Même Josèpha se sentait peu à l'aise dans cette contrée pourtant si voisine de ses terres natales. Quelque chose d'inquiétant s'échappait de ce paysage indompté, trop massif et trop impressionnant ! À la réflexion, elle trouvait les Monts du Forez plus hospitaliers... Elle avait hâte de descendre plus bas encore, vers le calcaire, là où brusquement le châtaignier laisse la place à la garrigue...

Sébastien regardait avec curiosité ces lieux qu'il découvrait pour la première fois : jamais il n'était descendu autant vers le sud ! Il n'avait plus de bonnes adresses à conseiller depuis longtemps, et il fallait parfois s'arrêter en auberge lorsqu'ils ne trouvaient pas grange où s'abriter.

Mais le Cévenol, sous un aspect bourru et réservé, après un coup d'œil méfiant, savait être accueillant comme on l'est souvent dans les régions où la vie est dure... Un Cévenol qui ne se déridait bien souvent que devant son assiette de soupe au lard, un verre de piquette à la main ! Longtemps, François et Josèpha conserveraient le souvenir de ces veillées chaudes et amicales devant le feu qui ronflait...

Les jours passaient, et sur les renseignements des habitants, ils s'enfonçaient toujours plus avant au cœur des défilés sombres tailladant les montagnes. La forêt relâcha son emprise et des champs écaillés de roches la remplacèrent... Dès lors les mas succédèrent aux mas, chacun agrippé sur son pan de colline, et les pentes asservies par l'homme étagèrent leurs lambeaux de terre de terrasses en terrasses.

Sébastien, en homme qui connaît le prix de la sueur, ne cessait de s'étonner du labeur obstiné qu'il avait fallu à des générations pour grignoter un peu de sol aux cailloux et à la forêt, pour bâtir pierre par pierre ces murettes qui morcelaient le terroir en une suite infinie de paliers... Quel acharnement pour remonter à dos d'homme la terre qui inlassablement coulait au bas des coteaux, pour empiler à chaque passage une pierre de plus arrachée au sol ! Aussi, au fur et à mesure que le vieil homme prenait conscience de ce travail de Titan, son étonnement se muait en admiration...

Enfin, ils arrivèrent près des vallées qui avaient bercé l'enfance de Josèpha. Les villages s'y tenaient perchés, faisant corps au rocher, et le sol se décharnait de plus en plus, laissant saillir ses côtes de calcaire en autant de falaises blafardes sous le soleil... La terre, crevassée et trouée, crachait ici et là des chicots de roche, des bouquets de chênes verts et de buis, au sein d'une végétation rabougrie lacérée de ravins tortueux... L'air s'emplissait des odeurs les plus subtiles, celle du thym, de la menthe. Celle de la garrigue toute proche...

Josèpha avançait d'un pas plus décidé. Elle retrouvait des lieux connus, des endroits qui lui rappelaient des souvenirs de plus en plus précis, et elle ouvrait de grands yeux sur ces paysages qui lui avaient été si familiers... Curieusement, elle n'en ressentait aucune émotion particulière et ce retour aux sources ne lui procurait qu'une joie sans enthousiasme. Peut-être avait-elle trop souffert, ici ?

Malgré tout, un trouble qu'elle ne s'expliquait pas s'emparait d'elle au fil des pas, et elle fut reconnaissante à François de s'être porté à ses côtés. Le bras passé sur l'épaule de sa femme, il ne restait pas insensible au malaise qui la gagnait...

Josèpha jeta soudain à droite et à gauche des regards de bête apeurée. Elle se libéra de l'emprise de François, parut subitement essoufflée, oppressée. De grosses gouttes de sueur roulèrent sur son front...

— Josèpha ! s'inquiéta son mari. Josèpha ? Ça ne va pas ? Mais réponds ! Réponds-moi...

Elle n'eut pas l'air de l'entendre et se mit à courir en tous sens comme une démente. Au croisement du chemin, elle fit demi-tour, revint sur ses pas, embrassa le paysage d'un œil atterré puis se laissa tomber les deux genoux au sol en pleurant. Sans comprendre, François et Sébastien s'approchèrent : tout à l'heure encore, elle paraissait si gaie, si sereine !

— Josèpha ! Que se passe-t-il ?

La jeune femme restait prostrée, secouée de sanglots, et se mit à geindre lamentablement. Sébastien tira la manche du Forézien :

— Si elle a besoin de pleurer, laisse-la pleurer, mon gars… Il sera bien assez temps de lui demander de s'expliquer quand elle n'aura plus de larmes à verser !

Les pleurs sont des sources qui tarissent souvent vite. Quelques reniflements humides, quelques hoquets, et Josèpha leva ses grands yeux noirs brouillés de larmes :

— Mais ? demanda-t-elle. Vous ne voyez pas ?

Sa voix cassée avait un timbre méconnaissable. Les deux hommes se regardèrent, étonnés. Que voulait-elle leur dire ?

— Nous sommes à Cadouls ! cria-t-elle d'un ton déchirant. Sur la place même du village !

L'expression ahurie des deux hommes se fit encore plus perplexe… Josèpha perdait-elle la raison ?

— Mais oui ! hurla-t-elle, prise d'une soudaine frénésie. Ces rochers, là, dans les taillis… Ce sont d'anciens murs ! Ils ont tout brûlé, tout détruit, tout effondré ! Ici, partout, c'était Cadouls ! La place du marché, là ! La maison de la mère Pesteil, ici… Là encore, l'auberge, puis l'échoppe du boulanger, celle du forgeron, le brave Étienne… Et ici encore la vieille église où plus personne d'ailleurs ne mettait plus les pieds…

Pour illustrer son propos, Josèpha courait d'un tas de pierres à l'autre, de massif de ronces en massif de ronces sous le regard stupéfait de ses compagnons de route. Elle s'arrêta enfin, bras ballants, et conclut :

— Même la fontaine, plus la moindre trace… Plus rien ! Cadouls n'existe plus… Anéanti… Oublié…

— Quelle mémoire, petite !

La voix sortie de nulle part fit sursauter la jeune femme qui esquissa deux pas en arrière : un homme sortait des fourrés et Pataud se précipita sur lui en aboyant à pleine gueule…

— N'aie pas peur ! reprit l'inconnu. Je suis trop âgé pour être une menace… Mais… Ventredieu ! Tu serais pas la petite Soudraïs ? Des Rigaudes ?

Interloquée, Josèpha chercha dans ses souvenirs :

— Le père… Bur… Burzon ! Oui, c'est ça : le père Burzon !

L'homme, bien que voûté, était grand et maigre, les yeux délavés par cette transparence laiteuse que donnent les ans aux vieux sages… Il portait une veste sombre et élimée, des pantalons épais maintenus à la taille par une large ceinture de toile. Ses souliers noirs, lacés haut, rappelaient que la région n'était guère celle du sabot ! Un grand chapeau de feutre au bord fripé jetait un peu d'ombre sur son visage ridé.

— Père Burzon ! Mais que faisiez-vous là à vous cacher ?

Le vieillard eut une petite moue triste :

— Je ne me cachais pas, petite ! Mais je suis né dans ce village qui n'existe plus et j'aime à y revenir souvent : j'y cause avec des fantômes, avec des ruines… Ça m'aide à vivre encore !

Josèpha baissa la tête. Elle comprenait... Mais ce fut François qui posa la question qu'elle n'osait aborder :

— Que s'est-il passé, ici ?

Le père Burzon secoua la tête avec une mauvaise grimace.

— Ce qui s'est passé ailleurs : les troupes royales ! Il y avait trop des nôtres, dans ce village. Trop de la Religion ! Il y avait eu des échauffourées entre les soldats et les Camisards... Certains étaient de Cadouls. Alors, les Dragons du Languedoc sont venus, ils nous ont fait sortir de chez nous à la pointe de leur baïonnette et ils ont incendié Cadouls sous nos yeux. Ça ne leur suffisait pas et ils sont revenus abattre les murs pour que jamais le village ne renaisse de ses cendres ! Oui, petite : nous avons tout perdu, ici...

Il eut un silence, puis ajouta dans un murmure :

— Sauf la foi !

Les voyageurs émus avaient écouté le vieillard sans mot dire. Un tel acharnement paraissait incroyable ! En Auvergne comme en Forez on restait catholique, et on ne connaissait la foi huguenote que par les prêches enragés de curés comme celui de Chaumezet. Mais on était loin d'imaginer les atrocités commises par les armées du Roi contre le peuple du Roi !

La rancœur de Josèpha, Sébastien et François contre ce souverain toujours plus haï s'en trouva renouvelée, et le vieil Auvergnat cracha par terre pour tout commentaire. Josèpha s'assit sur quelques pierres près du père Burzon dont elle prit gentiment la main, sans un mot. François regardait l'horizon loin derrière la crête des montagnes pour masquer l'émotion qui l'étreignait... Ses poings étaient crispés à s'en faire mal. Tous trois et le Cévenol semblaient communier à la mémoire du village disparu dans le soleil couchant qui rosissait les cieux.

Avec un soupir, le vieux se releva :

— La nuit va tomber, Josèpha... Toi et tes amis, suivez-moi avec votre barda ! J'aurai bien un coin de table et un bout de litière à vous offrir...

François regarda Josèpha avec surprise, mais le père Burzon insista :

— La région a bien changé ! Vous ne trouverez pas une auberge, par ici... Et puis, j'aurai plaisir à parler avec la petite !

C'était sans appel ! Le vieil homme s'arma de son bâton et prit le sentier contournant le bosquet de ruines. Le petit groupe le suivit. Dès qu'ils eurent passé le premier lacet, les voyageurs comprirent où le vieux les amenait : à quelques centaines de pas, s'élevait un hameau. La fraîcheur des toits de chaume indiquait bien que s'élevait là « Cadouls-le-Neuf »...

— Les malheurs s'enchaînent parfois étrangement, déclara leur guide. Ce hameau a été abandonné durant les pestes, du temps de mon grand-père ! Et occupé de nouveau, après réparation, à cause de la violence des hommes...

Les charrettes furent vite remisées et les chevaux conduits à l'écurie cependant qu'après quelques grognements les chiens du hameau sympathisaient avec Pataud. Le vieil homme ouvrit la porte et prévint :

— Et oui ! Une maison de vieux ! Un hameau de vieux, une région de vieux… Les jeunes qui n'ont pas été tués par les soldats sont sur les galères du Roi ! Et ceux qui ont échappé aux galères sont allés pourrir dans la misère des villes ! Quel gaspillage… C'est une injure à Dieu !

On ne pouvait que lui donner raison ! Quelle tristesse à ne pas entendre les enfants jouer ou pleurer, écouter les filles chanter ou les garçons se battre pour leurs œillades… Quelle pitié de voir la sève vive d'une région s'écouler des blessures de tout un peuple !

— Oh ! La Jeanne ! Il y aura trois assiettes de plus à table ! Viens donc voir… Tu la reconnais pas, cette gamine ?

Fichu sur la tête, une petite femme âgée au regard vif trottina à leur rencontre et fronça le sourcil :

— Non, non, je ne vois pas ! À moins que… Si ! La petite au Pierre Soudraïs !

— Et oui : la petite Josèpha des Rigaudes…

Josèpha vivait ces instants rares comme emportée par un tourbillon… Trop de sentiments brassés se bousculaient en elle et ce fut à peine si elle toucha à la soupe odorante qui lui était offerte. Elle avait écouté tête baissée le père Burzon réciter un psaume et ce rite lui rappela de douloureux souvenirs, un peu comme si elle se retrouvait des années en arrière à la table paternelle…

Leur hôte repoussa son assiette et s'essuya les lèvres de sa manche. Il s'adressa à la jeune femme avec un mouvement de menton en direction de François…

— Si je comprends bien, c'est ton mari, petite ?

Sur le signe affirmatif de Josèpha, il remarqua :

— Un bel homme, mais qui n'a pas vraiment les manières de la Religion ! Enfin, qu'importe ? Il a l'air brave et le monde manque de braves gens...

Josèpha ficha son regard dans les dalles froides. Le souvenir des conversions forcées lui était douloureux...

— Si tu savais ! reprit le vieux. Les atrocités qui secouent encore nos pauvres Cévennes ne sont rien en rapport de ce qui s'est passé déjà... Il y a bien encore quelques illuminés comme Abraham Mazel, qui feignent de ne pas voir que La Cause est perdue, mais les derniers vrais Camisards ne sèment plus l'épouvante... On s'est enfin aperçu que pour un dragon tué tombent dix des nôtres ! Il nous faudra retourner aux églises papistes et faire semblant de prononcer les mots que la tête ne pense pas. Il nous faudra cacher encore nos Bibles derrière leurs crucifix, leurs madones et leurs images pieuses...

Il parlait comme un prêcheur mais sa voix baissait et son timbre se faisait triste :

— Tu ne devrais pas retourner aux Rigaudes... Là aussi, il n'y a plus que ruines. Et les gens ont encore trop de colère contre les catholiques pour que la vie te soit belle, par ici ! Tu ferais mieux de retourner d'où tu viens... Je ne te vois pas d'avenir en nos Cévennes...

Les larmes aux yeux, Josèpha ravala sa salive :

— Je n'ai pas d'avenir non plus là d'où je viens, avoua-t-elle. Je pensais relever ces ruines comme vous l'avez fait ici…

Le vieillard secoua la tête d'un air accablé et conseilla :

— Crois-moi, passe ton chemin, petite… Va plus loin que nos Cévennes, dans les pays de garrigues, au-delà de Villefort, au-delà des Vans… On y trouve papistes et protestants qui vivent en meilleure entente que nous autres. Notre coin de Cévennes n'est pas encore à l'heure de la tolérance et les blessures y seront longues à cicatriser…

Il repensa au vieil Édit de Nantes, et conclut :

— Comme tout irait mieux si ce roi n'avait défait ce qu'un autre roi avait fait !

Josèpha devina François perplexe. Elle ne savait que penser… Elle changea donc de sujet pour en aborder un autre qui lui tenait à cœur.

— Les Rigaudes ne sont guère loin d'ici ! Savez-vous ce que sont devenus mes frères ?

Abel Burzon détourna les yeux :

— Je savais bien que tu me poserais cette question ! Élie a été tué dans une bataille il y a deux ou trois ans vers la montagne de Leyris, en juillet… Un combat inutile mené par de soi-disant Camisards, des suicidaires ! Quant au cadet, Gédéon, personne n'a su ce qu'il était advenu de lui… On prétend qu'il aurait rejoint Genève comme beaucoup de vrais croyants…

Josèpha releva bravement la tête :

— Je voulais juste savoir, car j'avais depuis longtemps fait mon deuil d'eux, depuis qu'ils avaient craché sur la conversion forcée de Père... Et je n'oublie pas qu'ils m'avaient laissée seule et sans ressources dans ce hameau désert : ils m'avaient abandonnée comme on n'abandonne même pas une bête...

Elle poussa un grand soupir :

— Maintenant, j'ai grand besoin d'aller dormir...

Tous la regardèrent prendre avec lassitude le chemin de la grange et personne n'eut rien à ajouter...

François rejoignit vite sa femme, inquiet qu'il était des conséquences que pouvaient avoir sur elle les émotions du jour... Seul Sébastien resta en compagnie d'Abel et de Jeanne à discuter tard dans la nuit.

- 26 -

Tôt le matin il avait fallu se quitter, et les deux vieux Cévenols eurent un certain regret à voir s'éloigner ces êtres qui, le temps d'un soir, avaient vu un peu de vie ressusciter leur foyer moribond... Abel avait tenu à réunir tous les habitants du hameau pour leur présenter la revenante, la fille des Soudraïs, des Rigaudes... Josèpha y avait éprouvé autant de gêne que de plaisir, et ce fut tout de même soulagée qu'elle avait vu disparaître les maisons au détour du sentier.

— Adieu, père Burzon ! Adieu à vous tous !

— Adieu à toi, petite ! Que le Seigneur vous garde !

François affichait sa mine des jours renfrognés : il ne voyait pas d'un bon œil l'entêtement de son épouse à se rendre coûte que coûte jusqu'aux ruines de sa maison natale... Pourquoi ce pèlerinage qui ne pouvait que lui faire mal ? Mais que pouvait-il dire : quand Josèpha affirmait sa détermination, rien ne la détournait de son but ! Il ne lui appartenait pas de se dresser contre sa volonté : les sentiments qu'éprouvait Josèpha n'étaient qu'à elle et à elle seule !

— Josèpha ! Tu es bien sûre de vouloir...

L'éclair agacé qui traversa les grands yeux noirs lui fit ravaler sa question et Sébastien se garda bien d'intervenir ! Il se contenta de suivre ces jeunes gens qu'il considérait de plus en plus comme ses propres enfants : Josèpha et François seraient désormais, jusqu'à la mort, sa seule famille...

La jeune femme s'animait de nouveau, le cœur envahi d'émotions contraires. Chaque lieu évoquait maintenant un souvenir précis et tout autour d'elle devenait familier : ce bosquet où elle avait échangé ses premiers baisers avec un boutonneux du hameau voisin, ce sentier raide qui lui valait la petite cicatrice qu'elle portait encore au genou, ces coteaux où elle avait gardé chèvres et moutons... Ce replat enfin, où se dressait naguère la demeure familiale, un peu à l'écart des autres maisons... Une bâtisse si humble vis-à-vis du mas des Brugues qui lui faisait face...

Josèpha lâcha la bride de Grison et s'avança à pas lents, comme si elle redoutait de découvrir un spectacle auquel elle s'attendait pourtant. François et Sébastien la laissèrent aller seule devant, jugeant que ces durs instants lui appartenaient en propre.

C'était là, derrière le bouquet d'arbres...

Josèpha ne ressentit pas le choc auquel elle s'attendait : tout était si calme, si paisible, presque champêtre... Les grands murs noircis lui faisaient face et semblaient la fixer au travers de l'orbite vide des fenêtres.

Des gravats, des tuiles brisées, des poutres calcinées encombraient le sol, mais la jeune femme regardait le spectacle d'un œil étranger. Elle ne parvenait pas à se reconnaître dans ces pierres sombres et ces ruines sans âme... Elle pensait trouver des tas informes envahis de ronces et d'arbustes, comme à Cadouls, et fut surprise de voir se dresser devant elle ces murs presque intacts... Il n'y manquait que portes, fenêtres et toits : cette maison semblait ne demander qu'à revivre…

Elle jeta un regard de l'autre côté du vallon. Le mas voisin était dans le même triste état…

Ce ne fut que lorsque François s'approcha d'elle qu'elle éclata en sanglots… La serrant contre lui, il tenta de lui sécher les larmes en la grondant gentiment :

— Je t'avais prévenue, Josèpha… Il ne fallait pas mettre les pieds ici !

Elle renifla et eut du mal à répondre :

— Non ! Tu n'as pas compris, je ne pleure pas cette maison des Rigaudes qui n'est plus rien pour moi… Je pleure notre maison de Montsupt ! Ces murs brûlés me rappellent trop ceux où nous avons été heureux avant cette horrible année 1709 !

Les poutres noires et mutilées de sa maison familiale ressurgirent en la mémoire de François, y laissant un voile de nostalgie : le malheur laisse toujours des échardes, mais il se força à afficher un optimisme de circonstance :

— Tu sais, cette maison est tout à fait réparable car les murs sont sains et…

— N'en dis pas plus, François ! l'interrompit Josèpha dont les cils brillaient encore de larmes. Tu n'as pas voulu rester à Chaumezet avec le fantôme de ton frère. Moi, je ne veux pas vivre ici avec les fantômes de mon passé…

— Mais enfin ! C'est tout de même bien toi qui avais décidé de revenir ici ?

Elle releva la tête avec énergie, mâchoires serrées et regard noir :

— Quand je l'ai décidé, je me croyais veuve et je n'avais nulle part ailleurs où aller ! Je ne voulais rejoindre les Rigaudes que pour m'y laisser mourir... Mais maintenant, pour rien au monde je ne voudrais vivre sur ces lieux maudits !

François soupira. Il ne pouvait en vouloir à Josèpha de ses réactions ! Pour tout commentaire, il se contenta de chercher ses lèvres et le baiser qu'ils échangèrent fut plus qu'un simple baiser... Sébastien toussa discrètement. Il ne tenait pas à écourter ces instants troublants mais le soleil était déjà haut dans le ciel.

— Il y avait Montsupt, ma masure de Molières, et enfin cette demeure des Rigaudes... Elles ne valent pas mieux les unes que les autres, dirait-on ! Qu'allons-nous faire, maintenant ?

François fut pris de court et bafouilla des propos inaudibles pour masquer son indécision. Josèpha, quant à elle, ne voulait pas céder à la désespérance, surtout pas maintenant !

— Nous allons écouter les conseils du père Burzon ! décréta-t-elle. Descendre plus avant, vers les vallées du Chassezac ou de la Cèze. C'est bien le Diable s'il ne s'y trouve pas lieu où dégoter un toit et de l'ouvrage ! Surtout que nous ne sommes pas sans le sou ! Au pire, il restera les villes, où il y a toujours de la place pour des gens courageux, à Aubenas, Largentière ou Alès...

François s'inclina.

— Tu as raison… Ce n'est pas le moment de nous morfondre sur notre sort !

Deux chariots brinquebalants sur les chemins caillouteux, suivis d'un vieillard tirant sur la bride d'une maigre rosse. L'errance continuait… Une errance d'autant plus angoissante qu'aucun but précis ne justifiait plus le voyage !

François, de moins en moins sûr de lui, se mordit les lèvres : une sourde inquiétude s'engouffrait en lui. N'allaient-ils pas rejoindre les cohortes de sans-logis et de vagabonds qui infestaient le royaume ? Bien sûr, il avait bourse bien garnie qui devait lui permettre de reconstruire un foyer, mais la malchance fait si vite basculer une vie !

S'arrachant à ses pensées, il reporta son attention sur le paysage. Sans mot dire, Josèpha et Sébastien semblaient en faire autant… Sous le soleil déjà chaud, la nature bruissait doucement d'une faible brise. Partout moutonnaient des groupes de buis et de chênes verts… Certains coteaux à la végétation dense semblaient même impénétrables. Ailleurs, là où le rocher était à fleur de terre, ne poussaient que de rares plantes rases et épineuses.

Ces espaces dénudés, aussi hostiles qu'attirants, éveillaient l'intérêt de François qui s'étonnait que Josèpha lui en eût si souvent parlé : sans arbres, sans terre, ces étendues ne pouvaient que porter la misère !

Comment pouvait-on vivre en des régions aussi dénudées ?

Encore un lacet et ils arrivèrent en surplomb d'un plateau plus vert où se devinaient au loin quelques villages. À leurs pieds, se lovait dans le calcaire une vallée entaillée où serpentait une rivière claire, toute miroitante de soleil... En maints endroits, la garrigue se morcelait d'enclos de pierres sèches emprisonnant de maigres cultures ou quelques oliviers. Ailleurs encore, troupeaux de moutons ou de chèvres essaimaient le long des pentes d'herbe sèche...

Un hurlement se démultiplia en échos sur le versant de la montagne. Un hurlement atroce... François eut aussitôt tous ses sens en alerte : il avait trop cheminé pour ne pas être prudent ! De plus, il y avait trop longtemps qu'ils n'avaient croisé âme qui vive sur ce mauvais chemin et il convenait de se montrer plus vigilant que jamais !

Sur un geste, il fit signe à Josèpha et à Sébastien de se tenir en arrière et il avança seul avec Mignotte et la carriole jusqu'au croisement qui se devinait après le bouquet de buis. Des cris s'en échappaient...

D'un coup d'œil, le Forézien évalua la scène qui se déroulait devant ses yeux : avec des ahans rageurs, un homme de bonne mise se défendait avec l'énergie du désespoir et l'épée à la main contre trois larrons armés de coutelas. L'un d'eux brandissait une lame de faux emmanchée comme une hallebarde, une arme redoutable ! Les agresseurs, forts de leur supériorité en nombre semblaient faire durer les choses à dessein, avec cruauté...

Un autre homme, sans doute celui qui avait hurlé, gisait en contrebas du fossé, agité de spasmes et perdant son sang en abondance...

Les gens habitués à voyager ont le sens de l'entraide ! Sans plus réfléchir, François attrapa dans la charrette sa lame de scie roulée et la délaça vivement de son étui de cuir. L'outil se déploya avec des sons presque harmonieux et aussitôt le Forézien se mit à courir vers le lieu du drame en s'égosillant de toute sa voix. Les belligérants se retournèrent sur lui.

Dès qu'il fut à leur portée, François fit tournoyer autour de lui la lame qui fendit l'air en sifflant. L'arme tourbillonnante, (un vieux truc de sétaïre) tout improvisée qu'elle fût était d'une terrifiante efficacité : un pas en avant, un moulinet plus bas, et l'un des agresseurs hurla, l'oreille arrachée, le cuir chevelu déchiré et saignant à flots. Dans l'excitation du moment, François se mit à crier :

— À qui le tour, bande de lâches ? Vous n'avez pas idée comme une bonne lame de scie entre bien dans une gorge, pourceaux que vous êtes !

Josèpha, horrifiée, ne pouvait faire un pas, terrorisée à l'idée qu'il pût arriver malheur à François. Jambes flageolantes et souffle court, elle attendait que passassent ces interminables secondes de lutte tout en tenant Pataud de force pour qu'il ne se jetât pas dans la mêlée…

Les truands avaient délaissé leur victime qu'une longue estafilade au visage défigurait, et les deux malfrats valides firent face au scieur cependant que celui qu'il avait blessé se réfugiait sous le couvert des bois… S'emparant de sa faux emmanchée, le plus hardi tenta de bloquer la scie au vol mais il en fallait plus pour arrêter le tournoiement : son arme vola en l'air tandis que la lame se vrillait en chantant avant de mordre la chair de l'homme au bras. L'individu beugla de douleur et recula en compressant de la main le sang qui maculait déjà sa chemise…

Il ne restait qu'un adversaire qui se mit promptement hors de portée... Mais il sortit de sa ceinture un pistolet qu'il braqua sur François qui blêmit : face à la poudre, il n'avait aucune chance de s'en tirer !

— Avec ou sans ta scie, tu fais moins le fier, maintenant ! aboya le pillard...

La détonation claqua sèchement dans l'air chaud et vibra longtemps le long de la vallée... Sans même pousser un cri, l'homme s'affala en avant aux pieds de François médusé : un large trou sanguinolent fleurissait le dos de sa chemise... Le regard de François rencontra alors celui d'un Sébastien moqueur qui tenait à la main une antique arquebuse encore fumante...

— Sébastien !

— Oh ! Une vieille arme qui me vient de mon père : j'ai jugé utile pour le voyage d'en encombrer les fontes de ma bourrique... J'ai même eu bien de la chance qu'elle ne me pète pas à la gueule !

— Comme tu as bien fait ! s'écria Josèpha en l'embrassant sur les deux joues avant de se jeter dans les bras de François...

La victime de l'embuscade s'approcha de François en épongeant le sang qui coulait de sa joue.

— Merci ! Merci à vous tous... Sans vous, ces drôles me faisaient la peau !

Le personnage avait bonne bouille et l'accent chantant, sa bedaine trahissait celui que la faim ne tenaille pas et le tissu fin de sa chemise comme la qualité de sa mise laissaient pressentir l'homme de bien... François se retourna alors vers le talus et s'inquiéta :

— Mon Dieu ! Et votre compagnon ?

— Le malheureux... Dieu ait son âme : ils ne lui ont pas laissé une chance !

Son doigt fit un geste éloquent au niveau du cou. Josèpha sentit un frisson d'horreur lui parcourir le dos mais elle s'approcha et prit l'inconnu par le bras :

— Venez, je vais essayer de panser cette mauvaise plaie...

Elle avait bien besoin de se sentir utile pour oublier la panique qui s'était emparé d'elle un instant...

Assise sur la mousse du sous-bois, Josèpha s'efforçait de ne pas poser les yeux sur les deux cadavres qui imbibaient le sol d'un sang noirâtre et elle écoutait le rescapé, lequel, remis de ses frayeurs, contait ses mésaventures :

— J'ai trop fiance aux hommes, mes bons amis... Jamais je n'aurais dû me lancer sur les routes avec si piètre escorte ! Je suis Michel de Goyesse et je tiens en fief une puissante maison-forte, pour ne pas dire château, de l'autre côté de ces plateaux, en redescendant sur Barjac... J'avais quelques biens plus haut dans les Cévennes proches, mais les conflits qui depuis des années enflamment ces contrées m'ont décidé à m'en défaire. Monseigneur d'Escourré étant d'accord pour les acquérir, l'affaire fut vite conclue. Ces malfrats étaient-ils au courant ou bien n'était-ce que le hasard ? Toujours est-il que c'est au retour qu'ils m'ont voulu voler et tuer !

François s'étonna :

— L'un de ces rustres avait un pistolet chargé et j'ai bien failli en faire les frais ! Que ne s'en est-il servi contre vous, Messire !

— Pas de Messire entre nous, mon sauveur ! Ces bandits voulaient sans doute faire durer le plaisir et me tuer à petit feu... Peut-être parce que je suis catholique et eux huguenots ! C'est là raffinement auquel incitent, hélas, les tourments de notre pauvre monde en matière de religion...

Sébastien remarqua :

— Mais ils n'ont pas eu tant d'égards pour votre serviteur, semble-t-il...

— Ce pauvre Augustin ! Pas trop courageux... Ils lui ont réservé le sort voué aux lâches dès qu'il s'est enfui, et ils n'ont pris la peine de le rattraper que pour mieux l'égorger, comme un mouton ! C'était mon métayer, mon aide, mon homme de confiance, et je l'appréciais beaucoup malgré ses défauts... Il me manquera, vous savez ! Enfin... Aidez-moi à le mettre en travers de son cheval sous une couverture... Il mérite de reposer en terre chrétienne !

— Alors, faisons vite, car ces malfaisants pourraient revenir en nombre !

Josèpha désigna le cadavre du voleur écroulé au milieu du chemin :

— Et ce mort ? Allons-nous le laisser ainsi ?

— Ses semblables viendront le chercher, affirma François. Il en va ainsi chez les pillards...

— Si c'est votre chemin, nous pousserons jusqu'aux Vans, proposa Michel de Goyesse. Je me ferai un plaisir de vous y convier à un repas à la hauteur de vos mérites ! Si, si ! C'est bien peu de chose, car je vous dois la vie !

Chemin faisant, Messire de Goyesse s'efforça de rompre le silence de ses compagnons de route : s'il se doutait que le sanglant épisode du voyage les avait secoués, il voulait surtout abattre la barrière que créait leur différence de condition. Mais le macabre colis que portait le cheval en queue de convoi n'incitait guère à l'exubérance !

De questions en allusions, de bribes de conversation en confidences, la joviale personne qui semblait déjà avoir tout oublié de sa tragique mésaventure finit par tout savoir de ses compagnons de route : leurs joies, leurs drames, les malheurs qui les avaient frappés et le courage avec lequel ils faisaient front à l'adversité…

Sa reconnaissance se muait rapidement en sentiment d'amitié car le rang de ce nobliau n'avait d'égal que sa simplicité : Michel de Goyesse ne s'embarrassait guère des convenances ! Il prétendait qu'il ne dédaignait pas s'asseoir au banc des paysans pour une fête quelconque, qu'il s'amusait même à danser la farandole en compagnie des jouvencelles, et qu'il faisait fi des dentelles et des modes ! Il n'aimait rien tant que son pays et les gens qui y habitaient…

« *Rien à voir avec ces hobereaux de la Cour !* » pensa François.

Le chemin avait pris plus de temps que prévu et la nuit tombait quand ils arrivèrent aux Vans.

— Voici « Le bon pot », dit le brave homme. Allez, entrez-y et désaltérez-vous. Pendant ce temps, je me mets en quête du curé pour porter en terre ce bon Augustin dès demain...

— Comment ? s'insurgea Josèpha. Sans même prévenir ses proches ?

— Augustin était seul au monde... Je l'avais pris sous ma protection durant les grandes famines d'il y a une quinzaine d'années... Avec la chaleur, il ne serait pas bon de le transporter un jour de plus à dos de cheval. Et puis après tout, la terre d'ici n'est pas pire que celle d'ailleurs !

Un bon pichet sur la table de noyer et du vin rouge dans les gobelets... Sébastien et ses amis apprécièrent de toutes leurs papilles l'arôme de ce vin du sud si agréable au palais, puis ils se regardèrent. Ils ne réalisaient pas encore très bien comment ils se retrouvaient là, dans cette bourgade inconnue, mais ne savaient pas encore ce qu'ils allaient faire du lendemain... Chercher à s'installer par ici ? Ou bien marcher encore plus loin pour tenter leur chance ailleurs ? Ils n'eurent pas le loisir d'y réfléchir : déjà, Michel de Goyesse revenait et secouait ses bottes sur le palier...

— Alors, ma bonne Claudette ! J'espère que tu as réservé bonne place à mes amis ? lança-t-il d'entrée à la patronne, grasse personne à la poitrine opulente.

— Mais, Messire de Goyesse... Ils ne m'ont pas dit être en votre compagnie !

— Oh, oh ! Les petits cachottiers ! Qu'à cela ne tienne, je veux bonne table et bonne chère pour nous tous. Je dois la vie à ces gens et je leur suis redevable de plus qu'un souper ! Vous leur préparerez donc des lits…

Il parlait haut et fort, au grand désarroi des voyageurs qui eussent souhaité plus de discrétion…

Michel de Goyesse semblait aimé et estimé autant des bons catholiques que des tenants de la Religion Reformée. Chacun lui reconnaissait générosité et tolérance, et malgré les troubles de l'époque il n'était pas homme à avoir des ennemis…

Avec sa faconde exubérante d'homme du soleil, il ne se fit pas prier pour raconter à tous les incidents du jour sans pouvoir s'empêcher d'enjoliver ici, d'exagérer là, tant et si bien que Josèpha, François, Sébastien et même Pataud se retrouvèrent bientôt les héros d'une véritable épopée !

On les pressa, les félicita, et comme il fallait bien fêter l'événement, ce fut plus que cramoisis et la parole titubante qu'ils passèrent enfin à table à une heure où les enfants dorment depuis longtemps ! Josèpha avait été plus raisonnable avec la boisson, mais elle n'avait pas jeté un œil critique sur les libations de François : il est des circonstances où ivresse n'est pas vice !

Le repas fut un véritable festin en cette période où l'abondance n'était pas de mise : leur hôte, reconnaissance oblige, entendait ne pas lésiner sur la dépense !

François ouvrit les yeux et se mit à geindre. Un mal de tête lancinant lui vrillait les tempes : les lendemains de fête sont souvent difficiles ! Seule Josèpha se sentait fraîche et dispose. À peine ressentait-elle quelque contrariété à envisager de nouveaux adieux, car le sieur de Goyesse était un homme sympathique et attachant !

Mais il y avait moins gai : pouvaient-ils le laisser assister seul à la mise en terre du pauvre Augustin ? Car la petite église risquait d'être bien vide pour la messe de funérailles d'un inconnu étranger au village !

Josèpha se trompait : les aventures de Michel de Goyesse avaient déjà fait le tour du pays, et l'homme étant de bonne réputation ce fut une assistance nombreuse qui assista aux obsèques. La jeune femme en fut émue pour ce défunt qu'elle ne connaissait pas…

La messe ne dura que peu et le couple, Sébastien, ainsi que Michel de Goyesse, se retrouvèrent bientôt isolés avec le curé devant le maigre carré de terre remuée. Chacun se sentait oppressé comme on peut l'être en ces moments où l'on mesure l'insignifiance d'une existence d'homme. Mais ce sont des instants qu'il vaut mieux vite oublier ! Le Sieur de Goyesse fit un dernier signe de croix, donna l'obole au curé et entraîna ses compagnons hors du cimetière… Puis il ouvrit ses bras à la caresse du soleil :

— Ah ! On se sent revivre en sortant de là ! Je propose un dernier verre à la mémoire d'Augustin : il y a au coin de la rue honnête taverne et…

— Oh, non ! protesta François en se tenant comiquement la tête.

— Il ne faut pas faire affront aux morts, François ! Et puis, j'ai à vous parler…

François cacha le haut-le-cœur que lui procura la première gorgée de vin, fit la grimace et considéra l'œil moqueur de Michel de Goyesse. Josèpha, déjà nostalgique à l'idée d'une nouvelle séparation pensait encore à ce que leur réservait l'avenir... Où s'arrêterait leur fuite en avant ? Quant à Sébastien, considérant que tout bon moment se devait d'être pris, il dégustait en silence son gobelet...

Leur nouvel ami leva son verre :

— Et voilà une triste chose de faite... Augustin n'est plus, Dieu ait son âme !

Puis il baissa la voix, ce qui ne lui était guère habituel, et précisa :

— Je me retrouve sans mon aide le plus précieux : Augustin entretenait le domaine, dirigeait les travaux, recrutait les journaliers... Rien ne lui échappait. Il s'occupait de mon bois, des tuiles à remplacer, de tout ! Il me manquera beaucoup !

— Je comprends, compatit François en avalant une autre goulée de vin.

Le Méridional se fendit d'un sourire finaud :

— D'après ce qu'il m'a été donné de savoir de vous, vous cherchez un lieu où vous installer, des terres à cultiver, et vous ne savez pas où louer vos bras ? Alors... Pourquoi ne viendriez-vous pas avec moi en mon domaine, à Robiac ? Dieu vous a mis sur ma route et vous êtes tous trois ceux que je cherche depuis toujours...

— Comment ? s'étonnèrent d'une seule voix Josèpha et François, abasourdis par cette proposition...

Ils avaient eu l'impression que le plafond leur tombait sur la tête ! Cet homme qu'ils ne connaissaient que depuis la veille était-il sérieux ? L'offre était trop belle pour y croire ! Leur trouble manifeste sembla amuser Michel de Goyesse au plus haut point :

— J'y pense depuis hier, vous savez ! Mais je tenais à ce qu'Augustin fût sous terre avant de vous en parler : c'est plus décent !

Il se tut l'espace d'un lourd silence avant de poursuivre :

— Vous savez, Robiac n'est pas Versailles, mais une simple demeure forte aménagée au goût du jour. Et puis j'aime les choses simples... À quoi bon le luxe inutile ? Je ne suis heureux que sur mes terres, dans mes bois, dans la garrigue qui m'entoure. J'aime mes vignes, j'aime mes oliviers, j'aime les gens de mes domaines, et si je vous invite à partager ce que j'aime c'est parce que je crois que nous n'avons tous que des avantages à en tirer...

François ne réalisait pas très bien encore :

— Pourquoi remplacer ce pauvre Augustin par trois personnes ? balbutia-t-il.

Le gentilhomme se mit à rire :

— Je ne pouvais tout demander à Augustin ! Il y a tellement de choses que vous savez faire, à vous trois ! Tu connais tout du bois et de la culture, François...

— Mais rien aux vignes et aux oliviers !

— Tu n'auras pas à cultiver, nigaud... Seulement à organiser le travail et ça, tu le peux ! Les oliviers ?

Il faudra tout replanter ou presque. Les arbres morts donneront d'ailleurs du bois à travailler ! Sébastien sait faire des tonneaux, et il aura de l'ouvrage dans cette région de vignes... Josèpha aura du travail aussi, du poulailler à la bergerie ! Sans compter que ma femme Isabelle sera fort heureuse d'avoir féminine compagne pour l'aider à l'entretien de notre grande maison ! Rien ne vous empêche d'essayer ?

Si elle avait osé, Josèpha eût embrassé cet homme providentiel ! Mais François, l'effet de surprise passé, tenait à garder la tête froide :

— Grand merci, Messire, car l'offre est alléchante... Ce n'est pourtant pas ainsi que nous avions pensé les choses : nous ne sommes pas sans économies et nous espérions que notre pécule nous permettrait d'avoir un vrai chez nous...

Le rire du Sieur de Goyesse emplit la taverne au grand amusement de la clientèle. Le brave homme baissa à nouveau la voix :

— Ce « chez vous », il est chez moi, mes amis ! J'ai une demeure inutilisée plus grande que vous ne l'avez jamais rêvée, juste face à ma maison, de l'autre côté de ce que j'appelle « mes jardins »... Une maison avec puits et potager !

La méfiance du Forézien reprit le dessus :

— Et... Vous en voulez combien ?

— Mais rien ! Ces bâtiments sont plutôt une charge pour moi tant qu'ils restent inoccupés... Dans un premier temps je vous les cède contre l'entretien, c'est ainsi que ça se passe, ici ! Si vous le souhaitez, par la suite et si tout se passe bien, nous pourrons aller devant notaire pour une vente définitive. Je n'en demanderai pas cher, je vous assure ! Quant à vos services au domaine, je les paierai plus que le prix accoutumé : un honnête marché, non ?

François jeta un bref coup d'œil à Josèpha puis à Sébastien, avant de se décider à la façon des marchands :

— Dans ces conditions, tope là ! Comme vous le dites, rien ne coûte d'essayer ! Nous sommes d'accord ! À condition de pouvoir nous dédire si nous ne nous plaisons pas chez vous… Cet arrangement est tellement subit et… tellement surprenant que vous comprendrez notre réserve ?

— À la bonne heure ! En plus d'un bon service, je pense y gagner trois amis !

— En ce cas, nous gagnons aussi un ami, conclut François.

— Vous n'en doutiez pas, j'espère ? Mais, un ami contre trois, c'est bien moi qui suis gagnant ! Allez, mes amis ! Il est peut-être temps de lever le camp si nous voulons arriver demain à Robiac…

- 27 -

Michel de Goyesse fit jouer la clef dans la serrure. Il arborait un air satisfait…

— Voilà, je vous laisse faire connaissance avec les lieux. Moi, j'ai hâte de rejoindre ma femme ! Demain, je vous présenterai à elle : vous verrez, Dame Isabelle est charmante ! Ensuite, nous ferons le tour de mon fief…

L'homme les regarda un instant puis éclata de rire avant de regagner son logis, heureux comme un enfant qui vient de faire une bonne farce…

Josèpha et les deux hommes restaient plantés devant la porte ouverte, bouche bée et bras ballants. Ils se regardèrent, encore incrédules…

— Tu es sûre qu'il ne se paie pas nos têtes ? Sûre qu'il est vraiment sérieux ?

Josèpha ne répondit pas et eut un rire qui sonnait faux :

— Dis-moi que je ne rêve pas, François… C'est trop beau pour être vrai !

— Vain Dieu de vain Dieu de vain Dieu ! bougonna Sébastien. C'est pas Diable possible !

Une maison avec étage et grenier, adossée à ce qui avait dû être un vieux mur d'enceinte. Oh ! Pas une de ces demeures de montagne avec des fenêtres ressemblant à des lucarnes, mais une vaste maison aérée avec de grandes ouvertures et la lumière qui pouvait pénétrer jusqu'au cœur des pièces ! Sébastien se racla la gorge :

— Ben ! Moi… J'ose pas entrer là-dedans tout de suite ! Je vais dételer les chevaux et les remiser à l'écurie…

Plus timidement encore que s'ils eussent foulé le sol d'une cathédrale, Josèpha et François entrèrent lentement dans la salle pavée de briquettes ocre. Une monumentale cheminée trônait dans l'angle droit… Sur la droite, la porte d'une remise, à gauche, une immense pièce au sol lustré par des siècles de passage…

— Mais c'est trop grand pour nous ! s'exclama Josèpha, l'air extasié…

Un bel escalier brillant aux marches grinçantes permettait d'accéder à l'étage divisé en trois chambres spacieuses, un marchepied sommaire semblait monter à la soupente. Les lieux sentaient bon cette odeur familière de poussière et de bois ciré, le parfum des meubles vieillis par des lustres d'entretien. Le plancher craquait sous les pieds, comme une musique agréable, les lits étaient accueillants, chaque chambre avait coffre et armoire : tout ce qui eût représenté un véritable luxe à Chaumezet semblait ici naturel… Le Paradis !

Se tenant mutuellement par l'épaule, François et Josèpha se portèrent vers la fenêtre : devant eux s'étendaient le parc et le vieux logis des maîtres de Robiac, où Michel de Goyesse devait s'amuser comme un fou à conter à Dame Isabelle la mine qu'ils avaient faite à ses propositions… Plus loin, les vallons et les coteaux hérissés de ceps de vigne enchantaient le regard. Des pâturages mangeaient la garrigue des collines et, plus loin encore, la pierre dorée des ressauts du calcaire se perçait de l'ombre de grottes mystérieuses... Vraiment, Robiac semblait bien un endroit de rêve !

François tira son épouse jusqu'au lit le plus proche sur lequel il la bascula sans ménagement en riant avant de l'étouffer de baisers... Josèpha finit par se dégager de cette étreinte passionnée et reprit son souffle :

— François... Il... Il fallait que je te dise...

— Oui ? l'interrompit-il en l'embrassant de nouveau.

— Non ! François... Il faut que je te dise : tu te souviens du malaise que j'ai eu au Puy ?

— Bien sûr ! Qu'y a-t-il ? Cela s'est reproduit ? s'inquiéta le Forézien.

Josèpha mit un moment à répondre :

— Je ne voulais pas t'en parler avant d'en être certaine... Maintenant, je le suis : François, j'attends un bébé !

L'homme resta bouche ouverte, comme foudroyé par cette nouvelle qu'il désespérait d'entendre depuis près de cinq ans...

— Tu en es vraiment... certaine ?

Le sourire de la jeune femme se fit radieux :

— Oui, François... Certaine !

Le hurlement de François perça l'air calme de la campagne ensoleillée et il chercha de nouveau les lèvres de Josèpha...

Du coin de la fenêtre filtra un rai de soleil mutin.

— Ce sera un garçon ! décréta François.

— Alors, nous l'appellerons Antoine ! murmura Josèpha.

Les yeux perdus dans l'azur, il lui sembla deviner qu'au-delà le mystère de cieux incertains, le visage d'Antoine, déformé par le hideux rictus d'une mort glacée s'éclairait d'un sourire attendri…

Sur le pas de la chambre, Sébastien les considéra d'un bon regard paternel puis se retira sur la pointe des pieds : il adorait les histoires qui se terminent bien !

*

* *

*

CHEZ LE MÊME ÉDITEUR :
dans la collection le coquelicot (roman de terroir) :

RÉGION LOIRE/FOREZ :

Le Hameau des Roches de Claire Minne-Beauvoir
Le Sac des Secrets de Nathalie Roche
Le Retour au Mas de Michel Lacombe
Le Secret du Médaillon de Nicole Tardy
D'Ambre et de Lumière de Jacqueline Lefort
La Scie des Amouilhaux d'Alain Faucoup
Noël en forez - A. Degraix- G. Deliperi - A. Faucoup -
C. Minne-Beauvoir - A. Pouget
Le Ruban de Satin bleu de Nicole Mercier-Thomasson
La Messagère du Printemps de Nathalie Roche

Découvrez tous nos titres sur : www.motpassant.fr